21 世纪高等学校计算机应用技术规划教材

计算机组装与维护基础与实践教程

钟章生　杨　静　缪　亮　主编

梁玉凤　主审

清 华 大 学 出 版 社

北　京

内 容 简 介

本书主要介绍计算机组装与维护方面的基本知识,力求突破高职高专传统的教学框架,重点培养学生对计算机组装和维护的动手操作能力。

全书共分13章,通过具体的任务分别介绍计算机硬件的识别、选购和组装、BIOS的设置和硬盘分区、操作系统的安装、常见故障的处理和维护等知识。

全书内容精练,突出重点,易于理解。融合了作者在计算机的组装和维护技能方面的教学经验,以"工作过程"的理念为指导,以实际应用为目的,突出培养学生三大关键能力,即计算机选购能力、计算机安装能力、计算机维护能力。

本书适合作为高职高专院校计算机类相关专业和IT企业的培训教材以及计算机爱好者的参考资料。

图书在版编目(CIP)数据

计算机组装与维护基础与实践教程/钟章生等主编. —北京:清华大学出版社,2011.8
(21世纪高等学校计算机应用技术规划教材)
ISBN 978-7-302-24605-3

Ⅰ. ①计…　Ⅱ. ①钟…　Ⅲ. ①电子计算机－组装－教材 ②电子计算机－维修－教材
Ⅳ. ①TP30

中国版本图书馆CIP数据核字(2011)第012438号

责任编辑:魏江江　薛　阳
责任校对:时翠兰
责任印制:王秀菊

出版发行:清华大学出版社　　　　　　　　　　地　　　址:北京清华大学学研大厦A座
　　　　　http://www.tup.com.cn　　　　　　邮　　　编:100084
　　　　　社　总　机:010-62770175　　　　　邮　　　购:010-62786544
　　　　　投稿与读者服务:010-62795954,jsjjc@tup.tsinghua.edu.cn
　　　　　质　量　反　馈:010-62772015,zhiliang@tup.tsinghua.edu.cn
印　刷　者:北京季蜂印刷有限公司
装　订　者:三河市溧源装订厂
经　　　销:全国新华书店
开　　　本:185×260　印　张:21.75　字　　数:528千字
　　　　　　附光盘1张
版　　　次:2011年8月第1版　　印　　　次:2011年8月第1次印刷
印　　　数:1～3000
定　　　价:39.00元

产品编号:038919-01

编审委员会成员

	李善平	教授
扬州大学	李 云	教授
南京大学	骆 斌	教授
	黄 强	副教授
南京航空航天大学	黄志球	教授
	秦小麟	教授
南京理工大学	张功萱	教授
南京邮电学院	朱秀昌	教授
苏州大学	王宜怀	教授
	陈建明	副教授
江苏大学	鲍可进	教授
武汉大学	何炎祥	教授
华中科技大学	刘乐善	教授
中南财经政法大学	刘腾红	教授
华中师范大学	叶俊民	教授
	郑世珏	教授
	陈 利	教授
江汉大学	颜 彬	教授
国防科技大学	赵克佳	教授
	邹北骥	教授
中南大学	刘卫国	教授
湖南大学	林亚平	教授
西安交通大学	沈钧毅	教授
	齐 勇	教授
长安大学	巨永锋	教授
哈尔滨工业大学	郭茂祖	教授
吉林大学	徐一平	教授
	毕 强	教授
山东大学	孟祥旭	教授
	郝兴伟	教授
中山大学	潘小轰	教授
厦门大学	冯少荣	教授
仰恩大学	张思民	教授
云南大学	刘惟一	教授
电子科技大学	刘乃琦	教授
	罗 蕾	教授
成都理工大学	蔡 淮	教授
	于 春	讲师
西南交通大学	曾华燊	教授

出版说明

随着我国改革开放的进一步深化,高等教育也得到了快速发展,各地高校紧密结合地方经济建设发展需要,科学运用市场调节机制,加大了使用信息科学等现代科学技术提升、改造传统学科专业的投入力度,通过教育改革合理调整和配置了教育资源,优化了传统学科专业,积极为地方经济建设输送人才,为我国经济社会的快速、健康和可持续发展以及高等教育自身的改革发展做出了巨大贡献。但是,高等教育质量还需要进一步提高以适应经济社会发展的需要,不少高校的专业设置和结构不尽合理,教师队伍整体素质亟待提高,人才培养模式、教学内容和方法需要进一步转变,学生的实践能力和创新精神亟待加强。

教育部一直十分重视高等教育质量工作。2007年1月,教育部下发了《关于实施高等学校本科教学质量与教学改革工程的意见》,计划实施"高等学校本科教学质量与教学改革工程(简称'质量工程')",通过专业结构调整、课程教材建设、实践教学改革、教学团队建设等多项内容,进一步深化高等学校教学改革,提高人才培养的能力和水平,更好地满足经济社会发展对高素质人才的需要。在贯彻和落实教育部"质量工程"的过程中,各地高校发挥师资力量强、办学经验丰富、教学资源充裕等优势,对其特色专业及特色课程(群)加以规划、整理和总结,更新教学内容、改革课程体系,建设了一大批内容新、体系新、方法新、手段新的特色课程。在此基础上,经教育部相关教学指导委员会专家的指导和建议,清华大学出版社在多个领域精选各高校的特色课程,分别规划出版系列教材,以配合"质量工程"的实施,满足各高校教学质量和教学改革的需要。

本系列教材立足于计算机公共课程领域,以公共基础课为主、专业基础课为辅,横向满足高校多层次教学的需要。在规划过程中体现了如下一些基本原则和特点。

(1)面向多层次、多学科专业,强调计算机在各专业中的应用。教材内容坚持基本理论适度,反映各层次对基本理论和原理的需求,同时加强实践和应用环节。

(2)反映教学需要,促进教学发展。教材要适应多样化的教学需要,正确把握教学内容和课程体系的改革方向,在选择教材内容和编写体系时注意体现素质教育、创新能力与实践能力的培养,为学生的知识、能力、素质协调发展创造条件。

(3)实施精品战略,突出重点,保证质量。规划教材把重点放在公共基础课和专业基础课的教材建设上;特别注意选择并安排一部分原来基础比较好的优秀教材或讲义修订再版,逐步形成精品教材;提倡并鼓励编写体现教学质量和教学改革成果的教材。

(4)主张一纲多本,合理配套。基础课和专业基础课教材配套,同一门课程可以有针对不同层次、面向不同专业的多本具有各自内容特点的教材。处理好教材统一性与多样化,基本教材与辅助教材、教学参考书,文字教材与软件教材的关系,实现教材系列资源配套。

　　(5) 依靠专家,择优选用。在制定教材规划时依靠各课程专家在调查研究本课程教材建设现状的基础上提出规划选题。在落实主编人选时,要引入竞争机制,通过申报、评审确定主题。书稿完成后要认真实行审稿程序,确保出书质量。

　　繁荣教材出版事业,提高教材质量的关键是教师。建立一支高水平教材编写梯队才能保证教材的编写质量和建设力度,希望有志于教材建设的教师能够加入到我们的编写队伍中来。

21世纪高等学校计算机应用技术规划教材

联系人：魏江江 weijj@tup.tsinghua.edu.cn

前 言

　　随着现代计算机教育的需要,熟练操作计算机已是对本专业学生的基本技能要求,这也包括了对计算机组装和维修的掌握与运用。所以,本门课程是计算机及应用专业培养学生理论联系实际的重要课程。

　　目前市场上也有一些有关计算机组装与维修的书籍,但这远远不能满足读者需求,特别是高等职业学校使用的教材,更是十分缺乏。为此,本书全面介绍了计算机各主要部件的特性、选购、组装与维护等基本知识,并从实用角度出发,分门别类地讲解了计算机及其外围设备的组装原理与流程、CMOS 设置、硬盘分区、操作系统、硬件驱动程序的安装与调试以及常见故障的处理等内容。本书每章的后面都设置了实训指导,旨在训练读者的动手操作能力,使读者在实践中不断学习新的知识,探索使用技巧,真正学会计算机的操作方法。

　　本书构思科学合理,理论与应用配合紧密,语言通俗易懂,既可作为各类院校计算机专业及相关专业的教材,也可以作为培训机构相关专业的培训教材。

主要内容

　　全书共分 13 章,各章内容介绍如下:

　　第 1 章计算机基本知识,包括计算机系统的组成、计算机的硬件组成及外部设备、品牌机与兼容机、计算机维修等。

　　第 2 章主板,包括认识主板、主板的结构和主板的选购等。

　　第 3 章 CPU,包括认识 CPU、CPU 的性能指标及常用术语、CPU 风扇和 CPU 的选购等。

　　第 4 章存储设备,包括内存的识别与选购、硬盘的识别与选购、光盘驱动器的识别与选购等。

　　第 5 章显卡与声卡,包括显卡的识别与选购、声卡的识别与选购等。

　　第 6 章基本外设,包括显示器的识别与选购、机箱和电源的识别与选购、键盘和鼠标的识别与选购等。

　　第 7 章计算机辅助设备,包括常见办公设备、常见数码设备、常见的网络设备等。

　　第 8 章计算机组装技能,包括装机的准备工作、装机的流程和图解计算机组装过程等。

　　第 9 章 BIOS 基本设置,包括认识 BIOS 和 CMOS、BIOS 常用设置和升级 BIOS 等。

　　第 10 章硬盘分区与格式化,包括硬盘分区、使用软件为硬盘分区等。

　　第 11 章操作系统的安装,包括安装操作系统、驱动程序、应用软件和使用 Ghost 备份与还原系统等。

　　第 12 章计算机日常维护,包括整机的保养、硬件维护、软件维护和病毒防范等。

　　第 13 章计算机故障诊断和排除,包括计算机故障原因和处理、计算机故障诊断方法、软件故障排除和硬件故障排除等。

本书特点

1. 理论与实际相结合

　　本书既阐述了计算机各种硬件基础知识和选购方法,又结合实践技能详细介绍了计算机组装技能及操作系统的安装,最后通过实例阐述了计算机常见故障诊断和排除方法,使读者学以致用。

2. 紧扣教学规律,合理设计图书结构

本书作者长期在第一线从事教学,对学生的特点和认知规律有深入的了解,在编写过程中紧扣教师的教学规律和学生的学习规律,既考虑概念的严谨和清晰,又兼顾了叙述的通俗易懂,全力打造难易适中、结构合理、实用性强的教材。

本书采取"知识要点—知识讲解—应用讲解—实训指导—习题"的内容结构,在每章的开始处给出本章的主要内容简介,让读者可以了解本章所要学习的知识点,在具体的教学内容中注意基本知识点的系统讲解和学习目标的实用性。

3. 注重教学实验,加强实训内容的设计

计算机组装与维修是一门实践性很强的课程,学习者只有亲自动手练习,才能更好地掌握教材内容,本书将实训内容穿插在每章的基础知识中,教师可以根据课程要求灵活授课和安排实训,读者可以根据实训指导中介绍的方法、步骤进行实践,然后再根据自己的实际情况加以扩展,加深对其中所含知识的理解。

4. 专设图书服务网站,打造知名图书品牌

立体出版计划为读者建构全方位的学习环境!最先进的建构主义学习理论告诉我们,建构一个真正意义上的学习环境是学习成功的关键所在。学习环境中有真情实境、有协商和对话、有共享资源的支持,才能高效率地学习,并且学有所成。因此,为了帮助读者建构真正意义上的学习环境,以图书为基础,为读者专设一个图书服务网站。

网站提供相关图书资讯,以及相关资料下载和读者俱乐部。在这里读者可以得到更多、更新的共享资源;还可以交到志同道合的朋友,相互交流、共同进步。

网站地址:http://www.cai8.net。

本书作者

本书作者是南昌理工学院和开封教育学院的教师,均从事过多年的计算机组装与维护教学工作,积累了丰富的实例思想和教学方法,具有丰富的教学经验和实际应用经验。

本书主编为钟章生(负责编写第 2 章~第 6 章及第 8 章~第 11 章),杨静(河北农业大学,编写第 12 章、附录),缪亮(负责提纲设计、视频教程制作及相关文档编写等),副主编为胡彦玲(负责稿件初审,编写第 13 章),张轶群(编写第 1 章、第 7 章、第 12 章)。

另外,在本书的编写过程中,范芸、胡荣群、徐炳荣、郑清生、谭晓芳、陈黎艳、杨梅、夏伟、雷学锋、周雪敏等参与了部分内容的编写工作和材料整理,在此一并表示感谢。

由于编写时间有限,加之作者水平有限,疏漏和不足之处在所难免,恳请广大读者批评指正。

作 者

2011 年 6 月

目　录

第1章

计算机概述

计算机(Computer)是一种能够按照事先存储的程序,自动、高速地进行大量数值计算和各种信息处理的现代化智能电子设备,它可以对数据、图像、文字和声音等信息进行存储、处理和输出,目前广泛应用于各行各业中,本章讲解与计算机组装有关的一些基本知识。

本章主要内容:

- 计算机系统的组成;
- 计算机的硬件组成及外部设备;
- 品牌机与兼容机。

1.1 计算机系统的组成

计算机系统由硬件系统和软件系统构成,其中硬件系统是构成计算机系统各功能部件的集合,也是计算机完成各项工作的物质基础,包括运算器、控制器、存储器、输入/输出设备等。软件系统是为了运行、管理、维护和开发计算机而编制的各种程序及相关资料的总和,主要包括系统软件和应用软件,其结构如图 1-1 所示。

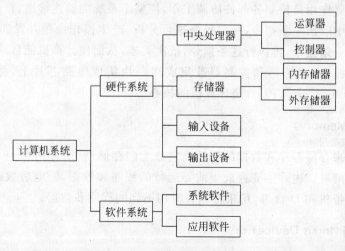

图 1-1 计算机系统组成

没有安装任何软件的计算机通常称为"裸机",裸机是无法工作的。硬件系统和软件系统二者是相互依存、不可分割的,二者共同构成一个完整的计算机系统。

1.1.1　硬件系统

所谓硬件系统，是指构成计算机的物理设备，即由机械、光、电、磁器件构成的具有计算、控制、存储、输入和输出功能的实体部件。如 CPU、存储器及各种输入/输出设备，整机硬件也称"硬设备"。

基于冯·诺依曼结构的计算机硬件系统由运算器、控制器、存储器、输入设备和输出设备 5 部分组成，其关系如图 1-2 所示。

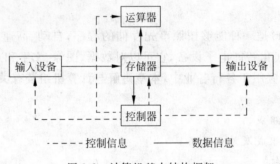

图 1-2　计算机基本结构框架

1. 运算器（Arithmetical Unit）

运算器在控制器的控制下，对取自存储器的数据进行算术或逻辑运算，并将结果送回存储器。运算器一次运算二进制数的位数称为字长，主要有 8 位、16 位、32 位和 64 位等。字长是衡量 CPU 性能的重要指标之一。

2. 控制器（Control Unit）

控制器的主要作用是控制各部件协调工作，使整个系统能够连续地、自动地运行。控制器每次从存储器中取出一条指令，并对指令进行分析，产生操作命令并发向各个部件，接着从存储器取出下一条指令，再执行这条指令，依次类推，从而使计算机能自动运行。

在现代计算机中，运算器和控制器被集成在一块集成电路芯片上，称为中央处理器（Central Processing Unit，CPU），是计算机的核心部件。

3. 存储器（Memory）

存储器是用来存储程序和数据的部件。它分为内存储器（简称内存）和外存储器（简称外存，也称辅存）两种。内存主要存放当前要运行的程序和数据，断电后数据会丢失。外存有硬盘、光盘、磁带机和 U 盘等，用来存储暂时用不到的程序和数据。

4. 输入设备（Input Device）

输入设备可以把程序、数据、图形、声音或控制指令等信息，转换成计算机能接收和识别的信息并传输给计算机。目前常用的输入设备有键盘、鼠标、扫描仪、音视频采集设备（话筒、摄像头等）等。

5. 输出设备(Output Device)

输出设备能将计算机运算结果(二进制信息)转换成人类或其他设备能接收和识别的内容,如文字、图形、图像、声音或其他设备可以识别的信息指令。常用的输出设备有显示器、投影机、打印机、绘图仪和音箱等。

输入/输出设备和外部存储器统称为外部设备(简称外设),通过适配器与主机联系,使主机和外围设备并行协调地工作,是外界与计算机系统进行沟通的桥梁。

6. 总线(Bus)

计算机硬件的5个部分之间由总线相连。系统总线是构成计算机系统的骨架,是系统部件之间进行数据、指令、地址及控制信号等信息传输的公共通路。

计算机中总线有外部总线和内部总线之分,外部总线有地址总线(Address Bus)、数据总线(Data Bus)和控制总线(Control Bus)3种,是CPU与其他部件之间的连线。内部总线则是指CPU内部的连线。

1.1.2 软件系统

计算机软件系统主要包括系统软件和应用软件两大类。

1. 系统软件

系统软件是指控制和协调计算机及外部设备,支持应用软件开发和运行的系统,是无须用户干预的各种程序的集合,其主要功能是调度、监控和维护计算机系统,负责管理计算机系统中各种独立的硬件,使得计算机使用者和其他软件将计算机当作一个整体而不需要顾及到底层每个硬件是如何工作的。

系统软件主要包括操作系统,如DOS、Windows XP、Windows 7、Linux、Netware等;语言处理程序,如低级语言、高级语言、编译程序、解释程序等;以及各种服务性程序,如机器的调试、故障检查和诊断程序、杀毒程序等;各种数据库管理系统,如SQL Server、Oracle、Informix、Foxpro等。

一般系统软件是在计算机系统购买时随机携带的,也可以根据需要另行安装。其主要特征如下:

(1) 与硬件有很强的交互性。

(2) 能对资源共享进行调度管理。

(3) 能解决并发操作处理中存在的协调问题。

(4) 其中的数据结构复杂,外部接口多样化,便于用户反复使用。

2. 应用软件

应用软件是为满足用户不同领域、不同问题的应用需求而提供的那部分软件,它可以拓宽计算机系统的应用领域,放大硬件的功能,具有无限丰富和美好的开发前景。

根据应用软件用途的不同可分为以下几种:

(1) 用于科学计算方面的数学计算软件、统计软件等。

（2）办公软件，如 WPS、Office 等。

（3）图像处理软件，如 Photoshop、Flash、3D MAX 等。

（4）各种财务管理软件、税务管理软件、工业控制软件、辅助教育软件、娱乐游戏软件等。

1.2　计算机的基本硬件及外部设备

一台计算机包括主机、显示器和键盘，计算机的 CPU、内存、硬盘等设备统一放置在机箱中，称为主机，计算机的输入/输出设备，如显示器、键盘、鼠标等都是独立于主机的，称为外部设备。

1.2.1　主机

打开主机的机箱，可以看到里面包含有 CPU、主板、内存、各类板卡、硬盘、光驱等配件，通常也将这些称之为内设。

1. 前面板接口

主机前面板上有光驱、前置输入接口（USB 和音频）、电源开关和 Reset（重启）开关等。如图 1-3 所示。

电源开关：主机的电源开关，按下该开关后，即接通主机电源并开始启动计算机。

光驱：光驱的前面板，可以通过面板上的按钮打开和关闭光驱。

前置接口：使用延长线将主板上的 USB、音频等接口扩展到主机箱的前面板上，方便接入各种相关设备。常见的有前置 USB 接口和前置话筒、耳机接口。

2. 后部接口

主机箱的后部有电源、显示器、鼠标、键盘、USB、音频输入/输出和打印机等设备的各种接口，用来连接各种外部设备，如图 1-4 所示。

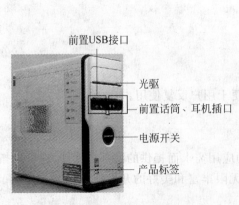

图 1-3　主机前面板

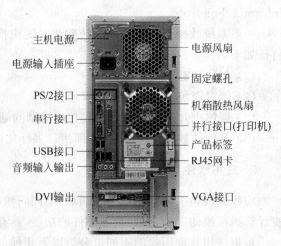

图 1-4　主机后部示意图

3. 内部结构

主机箱内安装有电源、主板、内存、显卡、声卡、网卡、硬盘和光驱等硬件设备,其中声卡和网卡多集成在主板上,如图 1-5 所示。

4. 主板

主板,又叫主机板(mainboard),安装在主机箱内,是计算机最基本也最重要的部件之一,如图 1-6 所示。

主板一般为矩形电路板,安装有组成计算机的主要电路系统,一般有 BIOS 芯片、I/O控制芯片、键盘和面板控制开关接口、指示灯插接件、扩充插槽、主板及插卡的直流电源供电接插件等元件。

目前主流的主板品牌有华硕、技嘉、微星、精英等。

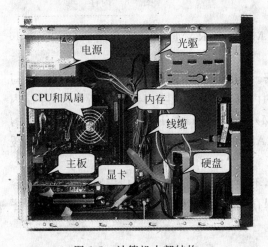

图 1-5　计算机内部结构

图 1-6　主板

5. CPU

CPU 是中央处理单元(Central Processing Unit)的缩写,简称微处理器,它是计算机中的核心配件,只有火柴盒那么大,几十张纸那么厚,但却是一台计算机的运算核心和控制核心。计算机中所有操作都由 CPU 负责读取指令。目前主流的 CPU 厂商有 Intel 和 AMD等,如图 1-7 所示。

CPU 主要包括运算器、控制器、寄存器组和内部总线等,它和存储器、输入/输出接口、系统总线组成为完整的 PC(个人电脑)。其中运算器是完成各种算术运算和逻辑运算的装置,可以作加、减、乘、除等数学运算,也可以作比较、判断、查找等逻辑运算。控制器是计算机的指挥系统,由指令寄存器、指令译码器、时序电路和控制电路组成,其基本功能是从内存取指令和执行指令。

6. 内存

内存也被称为内存储器,由半导体器件构成,包括内存芯片、电路板、金手指等部分,是计算机中最重要的部件之一,如图 1-8 所示,用于暂时存放 CPU 中的运算数据以及与硬盘等外部存储器交换的数据,它是与 CPU 进行沟通的桥梁,计算机中所有程序的运行都在内存中进行,CPU 会把需要运算的数据调到内存中进行运算,当运算完成后 CPU 再将结果传出,因此内存的性能对计算机的影响非常大。目前主流的内存品牌有金士顿、金邦、瞻宇等。

图 1-7　Intel 和 AMD 的 CPU　　　　　　　　　　　　　　图 1-8　内存

内存又分为随机存储器(Random Access Memory,RAM)和只读存储器(Read Only Memory,ROM)两种。

随机存储器可以读出数据,也可以写入数据。读出时并不损坏原来存储的内容,只有写入时才修改原来所存储的内容,随机存储器中的内容具有易失性,当计算机断电后,存储内容立即消失。RAM 可分为动态(Dynamic RAM)和静态(Static RAM)两大类。DRAM 的特点是集成度高,主要用于大容量内存储器,SRAM 的特点是存取速度快,主要用于高速缓冲存储器。

只读存储器的特点是只能读出原有的内容,不能由用户再写入新内容,原来存储的内容是采用掩膜技术由厂家一次性写入的,并永久保存下来,它一般用来存放专用的固定的程序和数据,不会因断电而丢失。

7. 硬盘

硬盘(Hard Disc Drive,HDD)是计算机主要的存储媒介之一,由一到多个铝制或玻璃制的碟片组成,碟片表面覆盖有铁磁性材料,如图 1-9 所示,绝大多数硬盘都是固定硬盘,被永久性地密封固定在硬盘驱动器中。

目前主流的硬盘品牌有希捷和西部数据等。

8. 显卡

显卡全称显示接口卡,又称为显示适配器(Video Adapter),其用途是将计算机系统所需要的显示信息进行转换驱动,并向显示器提供行扫描信号,控制显示器的正确显示,是连接显示器和电脑主板的重要元件。

显卡作为电脑主机里的一个重要组成部分,承担输出显示图形的任务,对于从事专业图形设计的人来说显卡非常重要。一般显卡分为集成显卡和独立显卡两种,目前主流的独立显卡品牌有讯景和七彩虹等。

1) 集成显卡

集成显卡是将显示芯片、显存及其相关电路都整合在主板上,与主板融为一体,优点是功耗低、发热量小、部分集成显卡的性能已经可以媲美入门级的独立显卡,如图 1-10 所示。集成显卡的显示芯片有单独的,但大部分都集成在主板的北桥芯片中,一些主板集成的显卡也在主板上单独安装了显存,但其容量较小,集成显卡的显示效果与处理性能相对较弱,不能对显卡进行硬件升级,但可以通过 CMOS 调节频率或刷入新 BIOS 文件实现软件升级来挖掘显示芯片的潜能。

图 1-9 硬盘

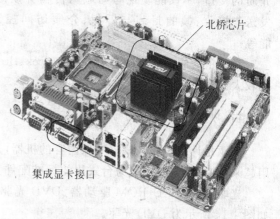

北桥芯片

集成显卡接口

图 1-10 集成显卡

2) 独立显卡

独立显卡是指将显示芯片、显存及其相关电路单独做在一块电路板上,作为一块独立的板卡存在,它需占用主板的扩展插槽,如图 1-11 所示。独立显卡单独安装显存,一般不占用系统内存,在技术上也较集成显卡先进,比集成显卡更能发挥显示效果和性能,容易进行显卡的硬件升级,但系统功耗、发热量较大,需额外花费资金购买。

9. 声卡

声卡(Sound Card)也叫音频卡,是多媒体技术中最基本的组成部分,用来实现声波/数字信号的相互转换,即把来自话筒、磁带、光盘的原始声音信号加以转换,输出到耳机、扬声器、扩音机、录音机等声响设备,或通过音乐设备数字接口(MIDI)使乐器发出美妙的声音。

声卡一般有板载声卡和独立声卡之分,随着主板整合程度的提高以及 CPU 性能的日益强大,主板厂商出于降低用户采购成本的考虑,板载声卡出现在越来越多的主板中,如图 1-12 所示,目前板载 AC′97 声卡已成为主板的标准配置。

图 1-11 独立显卡

图 1-12 板载声卡芯片

10．网卡

网卡又称为通信适配器或网络适配器（Adapter）或网络接口卡 NIC（Network Interface Card），如图 1-13 所示。网卡是工作在物理层的网络组件，是局域网中连接计算机和传输介质的接口，不仅能实现与局域网传输介质之间的物理连接和电信号匹配，还涉及帧的发送与接收、帧的封装与拆封、介质访问控制、数据的编码与解码以及数据缓存的功能等。

目前主流的网卡品牌有 Intel、Realtek、Broadcom 等，不同速率、不同品牌的网卡价格差别较大。

11．光驱

光驱是计算机用来读写光碟内容的机器，是台式机比较常见的配件。随着多媒体的应用越来越广泛，光驱已成为台式机的标准配件。

光驱可分为 CD-ROM 驱动器、DVD 光驱（DVD-ROM）、康宝（COMBO）和刻录机等，如图 1-14 所示为 DVD 光驱。

目前主流的光驱品牌有先锋和三星等。

图 1-13　网卡　　　　　　　　　　　图 1-14　DVD 光驱

12．机箱

机箱作为电脑配件之一，主要作用是放置和固定各电脑配件，起承托和保护作用，此外，电脑机箱具有屏蔽电磁辐射的重要作用。

机箱一般包括外壳、支架、面板上的各种开关、指示灯等，如图 1-15 所示。外壳用钢板和塑料结合制成，硬度高，主要起保护机箱内部元件的作用，支架主要用于固定主板、电源和各种驱动器。

目前主流的机箱品牌有金河田、华硕、技展、富士康等。

13．电源

电源为机箱中的设备提供动力，并具有稳压、滤波和散热等功能，如图 1-16 所示。

目前主流的电源品牌有航嘉和长城等。

图 1-15 机箱

图 1-16 电源

1.2.2 外部设备

外部设备简称"外设",是计算机系统中输入/输出设备(包括外存储器)的统称,对数据和信息起着传输、转送和存储的作用,是计算机系统中的重要组成部分。

1. 显示器

显示器通常也被称为监视器,是将电子数据通过特定的传输设备显示到屏幕上再反射到人眼的一种显示工具。目前常用的显示器有 CRT 显示器和液晶显示器,如图 1-17 所示。目前主流的显示器品牌有三星、飞利浦、LG 等。

CRT显示器   液晶显示器

图 1-17 显示器

2. 键盘

键盘是最常见的计算机输入设备,如图 1-18 所示。它广泛应用于微型计算机和各种终端设备上,计算机操作者通过键盘向计算机输入各种指令和数据,指挥计算机的工作,与计算机对话。

3. 鼠标

鼠标全称为"显示系统纵横位置指示器",因形似老鼠而得名"鼠标",如图 1-19 所示。鼠标的使用是为了使计算机的操作更加简便,代替键盘繁琐的指令。

目前主流的键盘鼠标品牌有罗技和双飞燕等。

图 1-18　键盘

图 1-19　鼠标

1.2.3　外部辅助设备

计算机的外部辅助设备是用来帮助扩展计算机的更多功能,不是计算机必须配备的设备。用户可以根据自己的工作需要来配备音箱、打印机、扫描仪、数码相机、摄像头和移动存储设备等辅助设备。

1. 音箱

音箱属于一种主流的音频输出设备,如图 1-20 所示,通过音箱才可以把播放的声音发出。播放的声音质量与声卡和音箱都有着直接关系。

2. 打印机

打印机(Printer)是计算机的输出设备之一,如图 1-21 所示,用于将计算机处理结果打印在相关介质上。衡量打印机好坏的指标有 3 项,即打印分辨率,打印速度和噪声。目前打印机正向轻、薄、短、小、低功耗、高速度和智能化方向发展。

图 1-20　音箱

图 1-21　打印机

3. 扫描仪

扫描仪(Scanner)是一种计算机外部仪器设备,通过捕获图像并将之转换成计算机可以显示、编辑、存储和输出的数字化输入设备。对照片、文本页面、图纸、美术图画、照相底片、菲林软片,甚至纺织品、标牌面板、印制板样品等三维对象都可作为扫描对象,提取和将原始的线条、图形、文字、照片、平面实物转换成可以编辑及加入文件中的装置,如图 1-22 所示。

4. 数码相机

数码相机又名数字式相机,英文全称为 Digital Camera,简称 DC,是一种利用电子传感器把光学影像转换成电子数据的照相机,如图 1-23 所示。在图像传输到计算机以前,通常会先储存在数码存储设备中(通常是使用闪存,软磁盘与可重复擦写光盘已很少用于数字相机设备)。按用途可将数码相机分为单反相机、卡片相机、长焦相机和家用相机等。

图 1-22　扫描仪

图 1-23　数码相机

5. 摄像头

摄像头(Camera)又称为电脑相机,电脑眼等,是一种视频输入设备,如图 1-24 所示,被广泛地运用于视频会议,远程医疗及实时监控等方面。普通的人也可以彼此通过摄像头在网络进行有影像、有声音的交谈和沟通。另外,人们还可以将其用于当前各种流行的数码影像,影音处理。

图 1-24　摄像头

1.3　品牌机与兼容机

在计算机市场格局越来越复杂的情况下,究竟是选择品牌计算机还是选择兼容计算机,依然困扰着那些打算购买或即将购买计算机的用户。

1.3.1　品牌机

品牌机是指有明确品牌标识的计算机,它是由公司组装起来的计算机,并且经过兼容性测试,而正式对外出售的整套的计算机,有质量保证及完整的售后服务。

品牌机类型大致分为以下 4 种。

(1)家用机:以游戏为主,突出游戏性能,而且追求个性化外观。

(2)笔记本:便携式电脑,体积小,方便携带,用途广泛。

(3)商用机:以办公为主,一般多选用 Intel 平台,注重硬件稳定。

(4)服务器:除了特定维护外,可以长年不休的工作,所以对硬件要求非常高,一般采用服务器专用配置。

品牌机的适用对象是对性能要求不高的办公、企业单位,购买品牌机的主要优点是稳定性高、质量过硬以及售后服务较完善。

1.3.2　兼容机

兼容机是指用户根据自己的实际需要,选择计算机硬件相应的配置,自己购买硬件 DIY 的机器,即非厂家原装,由个体配件装配而成的机器,其中的元件可以是同一厂家出品,也可以是整合各家之长的计算机。

兼容机的适用对象是普通家庭用户,主要优点是低价、组装随意和升级方便,可以根据自己的需要选择不同档次的配置。计算机的稳定性根据选择配件的质量好坏和组装人员的水平来决定。

1.3.3　品牌机与兼容机的区别

品牌机是由正规的计算机厂商生产、带有全系列服务的计算机整机,而兼容机主要是消费者进行计算机配件采购后动手组装的机器,品牌机和兼容机各有千秋,用户可以根据自己的需要进行选择,品牌机与兼容机之间的区别主要有以下 6 点。

1．稳定性

品牌机的配件采用大批量采购的方式,有自己独立的组装车间和测试车间,有自己的品牌理念。自己组装的兼容机则没有良好的组装环境和测试环境,容易出现兼容性方面的问题。

2．灵活性

品牌机一般情况下不能更改配置或者更改余地较小,而个人组装的兼容机完全可以根据自己的需要和经济条件来进行配置。

3．价格

品牌机的价格比相同配置的组装机价格高,因为包含品牌价值、售后服务、门面租金等。

4．售后服务

品牌机的售后服务相对来说较完善,一般品牌机的售后服务为 1~2 工作日内上门服务。品牌机适用于公司单位和对计算机知识较贫乏的人群,而组装机适用于对计算机知识略懂一二的人群。

5．附件

品牌机一般附带有正版杀毒软件和正版操作系统等,兼容机则不具备这些配件。一般组装兼容机的时候,商家会送鼠标垫、防尘罩、电源插座等小礼品。

6．外观

品牌机的外观比较时尚亮眼,兼容机可以根据自己的需要搭配外观。

1.3.4　笔记本电脑

随着网络时代的到来,笔记本电脑已经成为人们网络化办公不可缺少的一部分,但笔记本的选购与台式机的选购有一定的差别。

1. CPU

笔记本电脑所用的 CPU 分为台式 CPU 和笔记本专用 CPU 两种。笔记本专用 CPU散发的热量较低,可以使机器更好的工作,而使用台式 CPU 的笔记本价格上则更占优势。

2. 内存

笔记本电脑大多数采用 DDR3 内存,主流配置为 1G 或 2G 内存,可根据机器的用途选择合适的内存大小。

3. 显示屏

笔记本电脑所用的显示屏基本都是 TFT 液晶显示屏,显示屏是笔记本中最为昂贵的部件,约占成本的 40%,优质的显示屏亮度、清晰度更好,刷新频率更高,坏点也相对较少,一般来说坏点不能超过 3 个。选购时应确定其尺寸大小,目前主要有 12.1、13.3、14.1、15英寸等几种标准,没有特殊用途不必过分追求太大的显示屏,过大的显示屏重量更重、耗电更大、价格更高。

4. 电池

电池是笔记本电脑的重要部件之一,一般分为镍氢电池和锂电池,锂电待机时间较镍氢电池更为长久。

5. 主板

笔记本电脑的主板是由特定厂家生产的,在选购的时候一定要注意其主要性能,升级潜力和售后服务等情况。

6. 外观

笔记本电脑需要经常移动,表面很容易形成划痕,造成美观程度下降,因此在考虑美观的同时还要考虑到其易磨损的特性,选购时应注意其硬度和耐磨性。

1.4　计算机维修

伴随计算机市场成长和壮大的还有计算机维修市场,宏大的计算机使用群体背后需要高效、规范的计算机使用培训、硬件维护和故障维修支持。

1.4.1　维修业务构成

1．板卡维修

计算机主板和显卡都是比较容易损坏的设备，在设计寿命达到时或损坏后都需要进行维修。PC 平台架构的转变很快，如果不维修，很可能连同 CPU 和内存都要更换，而购买相同接口的主板又十分困难，因此维修几乎是唯一的选择。

2．硬盘维修

硬盘的物理特征导致其故障率一直很高，尽管硬盘价格已经相对比较便宜，但是很多用户还是希望能够拯救其中的重要数据。更重要的是，不少硬盘通过更换损坏的部件后还可以正常使用。

3．显示器维修

显示器是计算机中重要的输出设备，但由于采用了不同于电视机的线路设计，且生产厂商不提供电路图和维修资料。导致家电维修人员在对显示器进行维修时，经常会因缺少维修资料和专业测试仪器而束手无策。所以需要专业技术人员对计算机显示器进行检测和维修。

4．笔记本维修

笔记本价格不菲，而且集成度相对较高，但不少笔记本厂商仅仅提供一年质保服务。在超过质保期限后，生产厂商的维修费用又往往很高，用户只能求助于专业的维修服务商。

5．外设维修

打印机、传真机、一体机和复印机等都是损耗较大的设备，这些外设的维修绝对是计算机维修业务的重要组成部分。

6．数码产品维修

目前 MP3、MP4、DC 和 DV 等产品已经逐渐普及，其维修量也在不断增加。由于 MP3 和 MP4 的集成度较高，因此真正的维修难度并不高，而 DC 与 DV 的维修业务也将是重要的利润增长点之一，相关的维修业务自然也蒸蒸日上。

7．网络维护与 IT 外包

网络维护是指对计算机网络进行日常维护和故障排除，保障网络通信的畅通和网络设备的正常高效运行，最大程度地发挥计算机网络的作用。

专家点拨　现代企业或政府部门为降低成本、提高工作效率、专注用于发挥自身核心竞争力，将全部或部分 IT 工作包给专业性公司来完成。

1.4.2　维修市场现状

1. 市场潜力巨大

中国互联网络信息中心发布的《中国互联网络发展状况统计报告》统计中国网民已超过2.53亿,家庭计算机超过8470万台,计算机的数量反映了维修业的发展前景。计算机属于电子产品,基于其自身的特点,难免会出现故障。起初,计算机维修是厂家为销售服务的,是售后服务的一部分。现在IT行业流行服务外包,把某项服务承包给专业的企业来完成,计算机厂家的售后服务也正在向这种模式过渡。企业和家庭用户对计算机了解不多,需要专业的技术服务人员为他们提供计算机使用和操作指导,并及时排除故障,代购相关配件等。金融机构、中小型企业、学校和政府部门,都已成为或即将成为网络维护和外包服务的重要用户。

2. 技术人才匮乏

虽然计算机维修行业发展前景看好,但是,目前计算机维修行业最大的危机是人才的缺乏。由于计算机产品技术含量很高,维修难度较大,维修人员如果不经过系统、专业的学习,就很难胜任计算机的维修工作。随着计算机行业的迅速发展,特别是计算机大量进入家庭后,计算机维修的质量也已成为社会各界和消费者越来越关心的问题。专业维修人员缺乏或维修人员素质不高,是造成质量纠纷的潜在因素,已成为制约计算机维修业向前发展的瓶颈。

3. 专业设备不足

进行专业维修需要具备吹焊台、锡炉、拆焊机、专用烤箱、硬盘测试仪和专用示波器等专业维修设备。但目前维修市场中,拥有专业设备维修的屈指可数,大多数的计算机维修人员通常只能检查故障原因,焊接简单的芯片和电容,处理相对简单的故障。对于主板南北桥芯片损坏,硬盘数据丢失这样的问题大多束手无策或不敢维修。

4. 质量良莠不齐

计算机维修从业人员的水平不高严重制约着行业的发展。目前的维修市场中,有相当一部分是私营企业,没有多余的资金或不愿意投资用于员工技能的培训。对于出现的一些无法解决的高技术问题,有的企业就采取混、懵的办法来对付,甚至出现了维修作业不规范、偷工减料、使用假冒伪劣配件、收费混乱等现象。

计算机维修业已经由幕后走到了前台,被越来越多的计算机用户所了解,成为一个相对独立的、社会化的、初具规模的新兴行业,潜在客户群体不断增加,市场也在一步步地扩大。因此,大量地培养高素质的计算机维修技术人员成为计算机维修服务业最迫切的要求。

1.5　实训

1.5.1　认识微机的组成和配置

1. 实训设备

(1) 可用于拆卸的PC。

(2) 运行Windows操作系统的多媒体计算机一台,安装相关系统测试软件。

2．实训目的

（1）认识计算机的组成，指出计算机各部件的名称。

（2）了解计算机的配置信息。

3．实训指导

（1）将学生分为若干组，以组为单位进行实验。

（2）在老师的指导下拆卸 PC，指出计算机各组成部件的名称。

（3）运行计算机，测试并填写如表 1-1 所示的计算机配置单。计算机硬件部件的单价可以在网上搜索一个参考价格。

表 1-1　电脑配置单

配件	配置	单价	备注
CPU			
主板			
声卡			
显卡			
内存			
硬盘			
光驱			
显示器			
键盘			
鼠标			
音箱			
耳机			
摄像头			
其他			
操作系统			
装机软件			
合计			

1.5.2　微机选购和行情调研

1．实训设备

具备上网功能的计算机一台。

2．实训目的

（1）通过有目的性地到电脑城走访和到 IT 网站上搜索相关资料，有效地解决平时在学校内的一些抽象性的问题，提高学生的观察能力和实物鉴别能力。

（2）了解主流计算机的配置信息。进一步了解新产品市场及掌握市场产品的动向情况。

（3）调查市场品牌计算机和 DIY 装机市场的行情。

3．实训指导

利用课余时间到本地的计算机市场或计算机公司，了解并索取当前主流计算机（分品牌计算机和组装计算机两类）的配置及报价单，根据收集的配置报价单，从技术指标和价格两个方式，筛选出适合学生购机的两个可行配置方案。

（1）了解主流计算机 CPU 的信息（Intel 和 AMD 两类）。

（2）了解主板的信息，注意不同的芯片组的性能和价格。

（3）了解主流内存和硬盘等存储器的品牌、性能、容量和价格等信息。

（4）了解主流光驱的品牌及性能信息。

（5）比较不同品牌、规格显示器的技术指标和价格。

（6）利用 Internet 对主流品牌计算机和主流硬件设备进行了解。

（7）可以进入以下推荐网站进行模拟装机实验：

eNET 模拟攒机（http://www.enet.com.cn/hardwares/simdiy/）；

IT168 DIY 频道（http://diy.it168.com/cuanji/）；

走进中关村模拟攒机（http://tech.china.com/zh_cn/zol/city_1_order_hint.shtml）；

太平洋电脑网自助装机（http://mydiy.pconline.com.cn/）。

本章小结

本章介绍了计算机的基础知识，通过本章的学习，读者应初步掌握计算机的系统组成，计算机基本硬件及外部设备的认识，对计算机组装有初步的认识。

练习 1

1．填空题

（1）计算机硬件主要由_____、控制器、_____、输入设备和输出设备 5 大部件组成。

（2）计算机软件系统包括_____和_____两大类。

（3）存储器按其用途可分为_____和辅助存储器。

（4）常用的显示器有_____和液晶显示器。

2．简答题

（1）组装计算机时应该购买哪些基本硬件？

（2）购买笔记本电脑时，要从哪几方面考虑？

第2章

主板

主板是整个计算机系统平台的载体，引导着系统中各种信息的交流，起着让计算机稳定发挥系统性能的作用。它是计算机中最重要部件之一，决定了整台计算机的性能，其他的部件都要与主板直接相连。本章主要介绍主板的结构、性能参数及作用。

本章主要内容：

- 认识主板；
- 主板的结构；
- 主板的选购。

2.1 认识主板

最早的主板只不过是用来安插各种元件的一块简单的电路板，在各种电子设备中都存在。主板在计算机不断的发展过程中为了把各种不同的电器元件整合到一起，满足 CPU 的发展和多媒体技术的应用而日趋复杂和成熟，最后演变成今天的拥有复杂线路和芯片的集成电路板。

2.1.1 什么是主板

主板来自其英文名称——Motherboard，又叫母板，是机箱内最大也是最重要的一块电路板，上面密布着各种元器件和线路，如图 2-1 所示。

主板一般为矩形电路板，上面安装了组成计算机的主要电路系统，一般有 BIOS 芯片、I/O 控制芯片、键盘和面板控制开关接口、指示灯插接件、扩充插槽、主板及插卡的直流电源供电接插件等元件。主板的另一特点，是采用了开放式结构。主板上大都有 6～8 个扩展插槽，供 PC 外围设备的控制卡（适配器）插接。通过更换这些插卡，可以对微机的相应子系统进行局部升级，使厂家和用户在配置机型方面有更大的灵活性。总之，主板在整个微机系统中扮演着举足轻重的角色。可以说，主板的类型和档次决定着整个微机系统的类型和档次，主板

图 2-1　主板

的性能影响着整个微机系统的性能。

2.1.2 主板的功能

主板的功能是连接计算机硬件设备,管理和协调计算机系统中各部件中的运作和传输数据,对计算机系统的稳定起着决定性的作用,相当于人的"身躯"。

1. 连接计算机的硬件

一般台式机的主板拥有 1 个 CPU 插座、2~4 个内存插槽、2~5 个 PCI 插槽、1~2 个 PCI-E 插槽或 AGP 插槽,还带有各种外设接口。

2. 协调设备工作

主板能够协调相关设备间的通信,以保证各个设备正常工作。是通过主板芯片组来协调各个设备间的工作。

3. 传输数据

计算机中的所有设备都会直接或间接地与主板相连,所以彼此之间的数据通信和传输必须通过主板作为中转。

2.1.3 主板的分类

主板的类型和档次决定着整个微机系统的类型和档次,主板的性能影响着整个微机系统的性能。按主板的结构标准划分,主板分为 AT、Baby-AT、ATX、Micro ATX、LPX、NLX、Flex ATX、EATX、WATX 和 BTX 等结构。

其中 AT 和 Baby-AT 已经被淘汰,LPX、NLX、Flex ATX 是 ATX 结构的扩展形式,采用这些结构的主板多用于品牌机中,组装机市场中并不常见。采用 EATX 和 WATX 结构的主板多用于服务器和工作站计算机中。

采用 ATX 结构的主板是当前组装机市场上的主流产品,俗称为大主板。它的尺寸大概是 305×244mm,大主板插槽多,扩展性强,稳定性强,用料足,价格高一些,适用于商用机,如图 2-2 所示。

而 Micro ATX 又称为 Mini ATX,是 ATX 结构的简化板,俗称为小主板或简化板。它的尺寸大概是 244×244mm,体积小,插槽少,集成度高,适合于不用多扩展的用户,经济实惠,多用于品牌机并配备小型机箱,如图 2-3 所示。

当前市场上的主流产品是 ATX 型和 Micro ATX 型主板。BTX 是 Intel 公司制定的一种主板结构。

专家点拨 用户选购主板时,是根据自己的需求选择什么类型的主板,不同的类型,价格不一样。

图 2-2　ATX 型主板

图 2-3　Micro ATX 型主板

2.1.4　主板的性能指标

用户选购主板时,通常要了解主板的一些参数和性能指标,一般在说明书上会有详细的说明,如主板芯片型号、支持 CPU 类型、内存类型和是否支持独立显卡等。

1. 支持 CPU 的类型与频率范围

CPU 插座类型的不同是区分主板类型的主要标志之一,尽管主板型号众多,但总的结构是很类似的,只是在诸如 CPU 插座等细节上有所不同,目前市面上主流的主板 CPU 插槽分 Socket AM2,Socket AM3,Socket 939,LGA 775 和 LGA 1366 等几类,它们分别与对应的 CPU 搭配。

CPU 只有在相应主板的支持下才能达到其额定频率,CPU 主频等于其外频乘以倍频,CPU 的外频由其自身决定,而由于技术的限制,主板支持的倍频是有限的,这样,就使得其支持的 CPU 最高主频也受限制。另外,现在的一些高端产品,出于稳定性的考虑,也限制了其支持的 CPU 的主频。因此,在选购主板时,一定要使其能足够支持所选的 CPU,并且留有一定的升级空间。

2. 对内存的支持

内存插槽的类型表现了主板所支持的也即决定了所能采用的内存类型(目前的主板都支持 DDR2 内存或者 DDR3 内存),内存插槽数量(一般有 2~4 个插槽)和支持内存最大容量(目前的主板都支持 4~8GB 内存容量),表现了其不同程度的扩展性。

内存插槽数量多的目的是为了内存的容量升级使用,或者一些内存插槽接触不良,无法识别内存条,可以方便内存条替换插槽位置使用。因此,用户选购主板时,购买内存插槽数量多一些的主板和支持最大内存容量。

3. 对显示卡的支持

主板上的 AGP 和 PCI-E 插槽是应用于显示卡的专用插槽。AGP 插槽已被 PCI-E 插槽替代,有着更高数据传输速度。目前的主板独立显卡插槽数量为 1~2 个,有一些主板支持两种显卡,既支持集成显卡,又支持独立显卡。

4. 对硬盘与光驱的支持

主板上的 IDE 和 SATA 接口是用于连接硬盘和光驱的,IDE 接口为 40 针双排插座,主板上都至少有 2 个 IDE 设备接口,分别标注 IDE1 或者说 primary IDE1 和 IDE2 或者 secondary IDE。而 SATA 接口是新型的硬盘和光驱的数据传输接口,数据传输速度比 IDE 接口更快,是目前主流的接口。主板上一般有 4 个或者更多 SATA 设备接口,分别标注 SATA1、SATA2、SATA3 和 SATA4。

5. 扩展性能与外围接口

除了 AGP 插槽和 DIMM 插槽外,主板上还有 PCI、AMR、CNR、ISA 等扩展槽标志了主板的扩展性能。PCI 是目前用于设备扩展的主要接口标准,独立声卡、独立网卡等设备主要都接在 PCI 插槽上,主板上一般设有 2~5 条 PCI 插槽不等,且采用 MircoATX 板型的主板上的扩展槽一般少于标准 ATX 板上扩展的数量,一般家庭用户,可能需要一个 PCI 槽接声卡,另一个接网卡或其他的 PCI 板载卡,再考虑以后的升级需要,3 个 PCI 插槽可能是最低的要求。

6. BIOS 技术

BIOS 是集成在主板 CMOS 芯片中的软件,主板上的这块 CMOS 芯片保存有计算机系统最重要的基本输入/输出程序、系统 CMOS 设置、开机上电自检程序和系统启动程序。目前市场上的主板使用的主要是 Award、AMI、phoenix 这几种 BIOS。早期主板上的 BIOS 采用 EPROM 芯片,一般用户无法更新版本,后来采用了 Flash ROM,用户可以更改其中的内容以便随时升级,但是这使得 BIOS 容易受到病毒的攻击,而 BIOS 一旦受到攻击,主板将不能工作,于是各大主板厂商对 BIOS 采用了种种防毒的保护措施,在主板选购上应该考虑到 BIOS 能否方便地升级,是否具有优良的防病毒功能。

2.2 主板的结构

主板不但是整个计算机系统平台的载体,还负担着系统中各种信息的交流,起着让计算机稳定的发挥系统性能的作用。计算机中的芯片(CPU)、显示卡、声卡、内存等配件都是通过插槽安装在主板上的,软驱、硬盘、光驱等设备在主板上也都有各自的接口。

主板的平面是一块 PCB 印刷电路板,上面集成了非常多的部件,其中最主要的是控制芯片、各类插槽和外设接口,如图 2-4 所示。

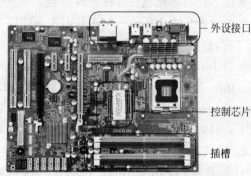

外设接口

控制芯片

插槽

图 2-4 主板的结构

2.2.1　控制芯片

主板上的控制芯片部分主要集成了控制芯片组(Chipset)、声卡芯片(Audio)、网卡芯片(LAN)和 BIOS 芯片等。

1. 控制芯片组

现在的控制芯片组大多由北桥芯片和南桥芯片组成,是主板的核心,相当于主板的心脏,其性能会直接影响到整个计算机系统的性能。

北桥芯片(MCH)是靠 CPU 最近的芯片,如图 2-5 所示。它决定了主板可以支持的CPU 类型、内存类型、最大容量和显卡类型,是内存的控制中心,主要负责处理 CPU、内存、显卡 3 者之间的数据通信。由于北桥芯片运行频率较高,所以发热量较高,因而在芯片表面上要安装散热片和风扇。主板生产厂家一般用北桥芯片来命名主板的型号,集成显卡的型号也是以北桥芯片命名。

南桥芯片(ICH),是靠 PCI 插槽最近的芯片,如图 2-6 所示。它是输入/输出的控制中心,主要负责控制存储设备、PCI 总线接口、外部接口以及 I/O 总线之间的数据通信,有些南桥芯片也会安装散热片。

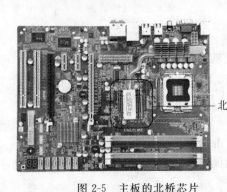

图 2-5　主板的北桥芯片

图 2-6　主板的南桥芯片

但现在很多主板芯片组的生产厂家没有专门做单独一块芯片作为南桥芯片,而是把南桥芯片的功能都集成到北桥芯片上,如图 2-7 所示。

在计算机系统中,任何一款 CPU 都必须有搭配的主板芯片组才能充分发挥硬件性能。生产主板芯片组的主要厂商有 Intel、AMD、VIA、nVIDIA、SiS、ATI 等,这里简单介绍几种芯片组。

1) Intel 芯片组

Intel 公司是全球最大的 CPU 制造商和芯片组开发商,它所生产的芯片组主要支持自己生产的CPU。目前市场上的 Intel 主板芯片组主要有 IntelP 系列(如 Intel P45)、Intel Q 系列(如 Intel Q45)、Intel X 系列(如 Intel X58)、Intel H 系列(如 IntelH67)、Intel G 系列(如 Intel G45)等,如图 2-8 所示

图 2-7　主板的南北桥集成一块芯片

为 Intel 芯片组。

2）AMD 芯片组

AMD 公司是著名的 CPU 制造商和芯片组开发商，它所生产的芯片组也是只能支持自己生产的 CPU。目前市场上的 AMD 主板芯片组主要有 AMD 790G、AMD 890GX、AMD 880G 等，如图 2-9 所示为 AMD 890GX 芯片组。

图 2-8　Intel P45 芯片组　　　　　图 2-9　AMD 890GX 芯片组

3）VIA 芯片组

VIA（威盛）是主板芯片组的主要研发商，也是唯一可以和 Intel 在主板芯片产品上相抗衡的公司。它生产的主板芯片能够支持 Intel 和 AMD 两种 CPU。目前市场上的 VIA 主板芯片组有 VIA K8M890、VIA P4M890 等，如图 2-10 所示为 VIA K8M890 芯片组。

4）nVIDIA 芯片组

nVIDIA 是著名的独立显卡芯片开发商，同时也开发主板芯片组。它生产的主板芯片支持 Intel 和 AMD 两种 CPU。目前市场上的 nVIDIA 主板芯片组主要有 nVIDIA GeForce 8300（MCP78U）、nVIDIA nForce 790i SLI（C73P）等，如图 2-11 所示为 nVIDIA nForce 790i 芯片组。

图 2-10　VIA K8M890 芯片组　　　　图 2-11　nVIDIA nForce 790i 芯片组

5）SiS 芯片组

SiS（矽统）是主板芯片组开发商，它以低廉的价格同时保证优越的性能，采用该芯片组的主板性价比都很高。它生产的主板芯片可支持 Intel 和 AMD 两种 CPU。目前市场上的 SiS 主板芯片组主要有 SiS 672、SiS 771 等，如图 2-12 所示为 SiS 672 芯片组。

6）ATI 芯片组

ATI 是独立显卡芯片和主板芯片组开发商，支持 Intel 和 AMD 两种 CPU。目前市场上的 ATI 主板芯片组主要有 ATI Radeon Xpress 1250（RS600）、ATI Radeon Xpress 1150 等，如图 2-13 所示。

图 2-12　SiS 672 芯片组

图 2-13　ATI 芯片组

2. 声卡芯片

声卡芯片提供声音处理的能力,分别为声音信号输入和输出,常见的声卡芯片有 ALC650、AD1888、CMI8738 等,如图 2-14 所示。

(a) ALC650声卡芯片

(b) AD1888声卡芯片

(c) CMI8738声卡芯片

图 2-14　声卡芯片

3. 网卡芯片

网卡芯片提供网络通信能力。常见的网卡芯片有 RTL8100、Intel 82562、Broadcom(如 BCM4318)、Atheros(如 AR8216)等,如图 2-15 所示。

(a) RTL8100网卡芯片

(b) Intel 82562网卡芯片

(c) Broadcom BCM43182网卡芯片

(d) Atheros AR82162网卡芯片

图 2-15　网卡芯片

4. BIOS 芯片

BIOS 芯片保存着计算机中最重要也最基本的输入/输出控制程序,是计算机能正常运行的核心内容。通过设置 BIOS 的相关信息,可以控制系统的启动和自检等程序,优化计算机的运行,BIOS 芯片的外观和封装形式各有差异,但具体功能是相同的,如图 2-16 所示。

另外,BIOS 芯片有一块电池,用于提供在电脑关机后继续 BIOS 程序设置信息的电能量,如图 2-17 所示。

图 2-16　BIOS 芯片　　　　　　　　　　　图 2-17　BIOS 电池

专家点拨　电池无电能量,就会丢失 BIOS 设置信息,甚至会造成电脑无法开机。

2.2.2　插槽

主板上有 CPU 插槽、内存插槽、独立显卡插槽、外存插槽、PCI 插槽和电源插槽等。下面对各种插槽进行介绍。

1. CPU 插槽

主板上的 CPU 插槽用来安装 CPU。由于目前 CPU 采用主流的针脚式和触点式,所以 CPU 插槽也分为插针型和触点型。每款 CPU 都有相对应型号的 CPU 插槽,因为插孔数、体积和形状方面都不一样,安装时不能互相接插。常见的 CPU 插槽分别有 Intel CPU 的 Socket 478 和 LGA 775 等,AMD CPU 的 Socket 939 和 Socket AM3 等,如图 2-18 所示。

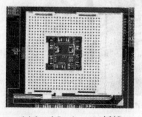

(a) Intel Socket 478插槽　　　　　　　　(b) Intel LGA775插槽

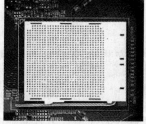

(c) AMD Socket 939插槽　　　　　　　　(d) AMD Socket AM3插槽

图 2-18　CPU 插槽

2．内存插槽

主板上安装内存条的插槽称为内存插槽。内存条经过 4 代发展史，分别为 SDR、DDR、DDR2 和 DDR3，如图 2-19 所示。各类的内存都有相对应的内存插槽。目前主流支持 DDR2 和 DDR3，但是还有用户在使用 SDR 和 DDR。

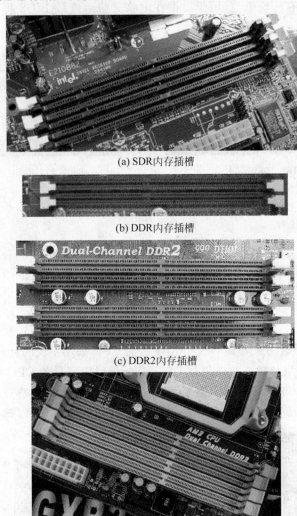

(a) SDR内存插槽

(b) DDR内存插槽

(c) DDR2内存插槽

(d) DDR3内存插槽

图 2-19　内存插槽

DDR、DD2 和 DDR3 插槽的区别很难看出，用 3 种内存条对比就可以从内存插槽凸口处的位置不同来区别。安装时，不能安反，否则会烧毁内存条。

3．独立显卡插槽

主板上安装独立显卡的插槽称为独立显卡插槽，目前常见的显卡插槽有 AGP 和 PCI-E 两种，这两种插槽形状不同，因此不能相互兼容，如图 2-20 所示。

(a) AGP显卡插槽

(b) PCI-E显卡插槽

图 2-20 两类不同的显卡插槽

4. 外存插槽

外存插槽用于连接光驱和硬盘等外存储设备,目前常见的外存插槽有 IDE 和 SATA 两种接口类型,如图 2-21 所示。

(a) IDE外存插槽

(b) SATA外存插槽

图 2-21 两类外存插槽

5. PCI 插槽

主板上安装各种 PCI 接口的板卡称为 PCI 插槽,如用于安插独立的声卡和独立网卡等。主板上的 PCI 插槽越多,可以安装的扩展卡越多,也体现主板的扩展性强。目前主板上一般都有 2～3 个 PCI 插槽数量,如图 2-22 所示。

图 2-22 PCI 插槽

6. 电源插槽

电源插槽是用于主板与电源连接的接口,负责对主板、CPU、内存和各种板卡供电。常见的电源插槽有供给主板电能的 20 针和 24 针两种,还有单独供电的 4 针和 8 针两种,如图 2-23 所示。

(a) 24针主板电源插槽

(b) 4针主板电源插槽

(c) 8针主板电源插槽

图 2-23 电源插槽

在选择电源时用户要仔细观察,电源插槽有些孔是六边形,这是为了防止插错电源而做的标识,在安装时,一定要按照方向标识插入插槽,避免因接错而烧毁硬件。另外还要注意如果要将 20 针的电源插入 24 针电源插槽时一定要找出与 20 针相同方向标识的接口。

2.2.3　外设接口

外设接口包括用于连接键盘和鼠标的 PS/2 接口、显示器接口、网线接口、音箱接口和 USB 设备接口等,如图 2-24 所示。

1. PS/2 接口

PS/2 接口用于连接键盘和鼠标。它有颜色区别,一般情况下紫色是键盘接口,绿色是鼠标接口,如图 2-25 所示。

图 2-24　主板的外设接口

图 2-25　主板的键盘鼠标接口

专家点拨　键盘和鼠标接反在电脑系统中无法使用。

2. 串行接口

用于连接一些串行接口设备,如一些工业控制机器等设备,如图 2-26 所示。

3. USB 接口

USB 接口是应用最广泛的一种接口,如手机、U 盘、打印机等,如图 2-27 所示。

图 2-26　主板的串行接口

图 2-27　主板的 USB 接口

4. 声卡接口

声卡接口是用于声音输入/输出的接口,以颜色作区别:绿色是声音输出,接音箱设备;

粉红色是声音输入,接话筒设备,如图 2-28 所示。

5. 网卡接口

网卡接口(RJ-45)用于连接网线,如图 2-29 所示。

图 2-28　主板的声卡输入输出接口　　　　图 2-29　主板的网线接口

2.3　主板的选购

　　主板作为计算机中一个非常重要的部件,其质量的优劣直接影响着整个计算机的工作性能,在了解了主板的基本构造和类型后,用户已经可以对主板的选购做出一个自己的判断,但是,由于目前市场上的主板无论是品牌还是型号都多得十分惊人,并且鱼龙混杂的现象十分突出,加之其中还充斥着许多的 OEM(品牌商从生产工厂中购买产品,然后以自己的品牌出售)或者是 ODM(虚拟工厂),因此即使是 DIY 高手也不敢保证自己选购的产品就一定耐用可靠。

2.3.1　主板选购应考虑的主要性能

　　主板在计算机系统中占有很重要的地位,在选购计算机时,主板的选购至关重要。选购主板应考虑的主要性能是:速度、稳定性、兼容性、扩展能力和升级能力。

1. 速度

　　现在的多媒体应用使得 CPU 要处理的数据及要和外设之间交换的数据量大为增加,而 CPU 与内存、CPU 与外设(独立显卡、SATA 设备等)、外设与外设的数据通道都集成在主板上。所以主板的速度制约着整机系统的速度。

2. 稳定性

　　微机的各部件都可能出现性能不够稳定的情况,但都不如主板对系统的影响大。一块稳定性欠佳的主板会在使用一段时间后暴露出其弱点,而这种不稳定性往往以较隐蔽的方式表现出来,如:找不到 IDE 硬盘、显示器无显示、莫名其妙地死机等,往往让人误以为是

CPU 或外设出了问题,而实际上是由于主板性能不稳定造成的。

3. 兼容性

兼容性好的主板会使你在选择部件和将来对微机升级时有更大的灵活性。兼容性差的主板不容易和外设匹配,造成一些优秀的板卡因为主板的限制而不能使用,致使系统性能降低或无法发挥。

4. 扩充能力

计算机在购买一段时间后都会出现要添置新设备的需求。有着良好扩充能力的主板将使用户不必为插槽空间的紧缺伤脑筋。主板的扩充能力主要体现在有足够的 I/O 插槽、内存插槽、CPU 插槽、PCI-E 插槽以及与多种产品兼容的硬驱接口和 USB 接口等。

5. 升级能力

CPU 的更新换代速度较快而主板相对稳定,也就是说主板比 CPU 有着更长的生命周期。一块好的主板应为现在的及未来的 CPU 技术提供支持,使 CPU 升级时不用更换主板。

2.3.2　选购主板时考虑的因素

面对性能各异、价格不一的主板,要考虑的因素很多,如何才能正确挑选购买好一款主板,一般来说,要重点查看以下几个方面。

1. 实际需求

用户应按自己的实际需求来选购主板。如对一般的办公处理来说,如没有较高的娱乐性要求,则可选购一款性能适中的主板。

2. 主板结构

首先用户要考虑需使用什么样 CPU 的主板,选用的 CPU 大致决定了整台系统的性能档次。目前流行的主板按照 CPU 的接口分为:LGA 775、Socket AM2 和 Socket AM3。一定要注意所购主板是否适合 CPU 的接口。

3. 主板的技术性能

主板厂家研发的强弱也可以从主板的技术性能来体现。主板的特色技术主要体现在:超频稳定性能、安全稳定性能、方便快捷性能(免跳线技术、PC99 技术规格)、升级扩充性能和其他技术性能(UDMA100 技术、STR 技术)。

4. 主板产品的售后服务

性能再好的主板也难免会出现问题,所以主板厂家是否提供良好的售后服务也非常重要。最好选择可以在所在地调换产品的商家,这样就可以及时地解决所出现的问题。

5. 品牌

品牌产品无论是设计、用科、工艺、品管测试和包装运输要求都非常严格,好的品牌产品给用户提供了产品的高质量和良好的服务,目前生产主板的厂家很多,主板厂商主要有华硕(ASUS)、微星(MSI)、技嘉(GIGABYTE)、升技(ABIT)、梅捷(SOYO)、精英(ECS)、昂达(ONDA)、富士康(FOXCONN)、磐正(EPOX)、映泰(BIOSTAR)、捷波(JETWAY)、七彩虹(COLORFUL)、华擎(ASROCK)等。建议用户优先选择知名品牌的主板。一块有品牌保证的主板其本身的品质也一定不错,能给计算机的稳定性提供良好的保障。在选择各种主板产品的时候,一定要做到知己知彼、心里有底、临阵不乱、胆大心细,同时多多衡量产品的利弊因素,只有这样,才能挑选到一款称心如意的产品。

6. 了解市场的主流产品

在购买前最好查询一下市场上当前主流的技术和应用范围。在购买前最好使用互联网查询相关的产品信息,了解各类主板的性能,选择适合用户需要的型号。比如,用户选购时从支持 CPU 的类型,支持内存的类型和最大容量,支持硬盘接口类型和数量,支持独立显卡的插槽类型和数量等方面进行比较。

7. 做工

主板的做工好坏直接关系到主板工作时稳定性。首先,用户观察主板上的元器件的焊接是否坚固,焊点是否光滑,排列是否整齐、有规律等,如图 2-30 所示。做工差的主板,焊点不光滑(有黄色和黑色等现象),元器件排列不整齐。

图 2-30　主板的焊点

其次,观察主板上的电容,电容是用来保证电源对主板上元器件供电的稳定性。品牌主板都会采用高质量的固态电容,比如,采用 Rubycon、KZG 和 Sanyo 品牌电容。采用劣质的杂牌电容使用时间一长则容易出现爆裂现象,对计算机运行产生不稳定,如图 2-31 所示。

再次观察主板的布局合理,一是各插槽、电容之间间隔合理,既保证 PC 配件插拔方便也利于机箱内部散热。二是 CPU 插槽的位置和周边的元器件不能靠太近,会妨碍 CPU 风扇的安装,也容易损坏周边的元器件,如图 2-32 所示为布局较好的主板。

图 2-31　主板的电容

图 2-32　主板的布局

2.3.3　主板选购的一般步骤

在选购主板时首先要制定一个合理的购买计划。正所谓没有理性的思考,就不会有 DIY 的追求,希望的是如何降低自己的花销,而不是无畏的损失。因此,在选购主板的时候,理应先考虑主板的性价比问题。只有这样,才会在购买主板时将未来损失降为最低。那什么样的主板才称得上是性价比一流呢? 有 3 种方法可供参考。

(1) 想一想值不值得为新技术多花费 30%的金钱。

由于市场中可以买到的主板上的芯片组主要有 VIA(威盛)、Intel 以及 SIS(台湾矽统) 3 家的产品,因此对于所有的主板而言,只要其使用的主控芯片组相同,那么它们的技术都应该是相同的。也正是因为这样,许多的主板厂商都把开发新技术的功夫用在了开发主板增值的其他技术上。如有的厂商提出主板线性超频概念,就是把 CPU 的频率按 1MHz 的间隔进行增减;还有的厂商提出硬盘免 CIH 功能,就是通过主板的 BIOS 的一个程序将硬盘划出一部分用于备份 C 盘的数据,以便于在 C 盘受到冲击时进行恢复,从而达到不丢数据的目的;还有的厂商提出双线圈主板供电系统的说法,就是在主板的 PCI-E 插槽旁边专门增加一个线圈稳压电路,以便于在使用像杂牌 GEFORCE256 这样的显卡时能够稳定的工作,而不死机;除此之外,还有的厂商居然在主板的芯片组散热上做文章,将 24K 镀金的散热片安装在主板,以期达到方便散热的目的。这些技术听起来的确十分诱人,也逐渐成为许多人选购主板的主要参考因素之一。所以在选购主板前,最应该想到的就是:用户需要带有哪些最新技术的主板? 要有一个合理的技术定位,这样才能够让自己在选购主板时保持理智。

(2) 看生产相同芯片组主板的同价格厂商数量是否达到了 3 家。

正所谓货比三家,只有竞争才能让产品的价格日趋合理,关于这方面的例子在主板中层出不穷。比如,技嘉 GA-MA785GMT-US2H,其主板的价格在上市之初一度卖到了 1000 元左右,而当所有生产主板厂商推出 AMD 785 型号的主板之后,前者的价格马上就降至 650 元,原因就在于市场上主板种类多和新技术又出来,产生降价的现象。而后者的价格只定到了 650 元或者更低,所以就迫使技嘉 GA-MA785GMT-US2H 一路下跌,直至与后者接近为止。

(3) 在价位相同时,尽量考虑带有辅助芯片的产品。

这似乎与前者产品的新技术矛盾,其实不然。这里所指的是,假如我可以花 1000 元买一块带有 10M/100M 自动网卡芯片的主板,就没有必要选择另一块不带此功能的卖价为

980 元的同一品牌的主板。

其次要根据需要制定需要的品牌、型号。在购买之前应当先考虑的是买这块主板做什么。如果是想天天玩游戏的话,那么可以选购一款对未来的扩展性比较强。而假如选择的主板只是为了搞一些文字处理的话,那么理应选择那些以稳定著称的主板。再比如机器将来还想升级,那么主板理应成为首选。但如果机器将用于图形工作的话,那么买一块技嘉的主板准没错。经过上面的思考,就可以在众多的品牌商中取舍了。

最后就是冲向市场,讨价还价,购买自己中意的主板。注意在购买前一定要咬准自己准备购买主板的品牌、型号。而且一定要注意卖家拿给你的货品,因为有些经销商经常将那些摆了很长时间的主板或者是返修的主板装在盒子中卖。

此外在购买时还应当注意向商家索要正式的保修卡或者是信誉卡,因为没人敢保证自己的主板回去准没问题,即使像技嘉、华硕这样的大主板生产厂商,其产品中也含有一定比例的质量稍差品,而正规的手续既可以防止商家不认账,也可以在购买到假货时进行索赔。

2.4 实训

2.4.1 查看并认识主板

1. 实训设备

(1) 每组一块主板。
(2) 条件允许的话,可以多提供几个型号的主板。

2. 实训目的

了解主板的结构、性能和技术参数。

3. 实训指导

(1) 观察主板,分别指出它的各种芯片、各类接口。
(2) 讨论并说明该主板使用了多少层 PCB 板。
(3) 讨论并说明该主板支持哪种 CPU、内存等。
(4) 每位学生都写出实验报告。

2.4.2 通过测试软件查看主板型号和参数

1. 实训设备

运行 Windows 操作系统的多媒体计算机一台,并安装了 EVEREST 测试软件。

2. 实训目的

(1) 掌握 EVEREST 测试软件的使用方法。
(2) 通过 EVEREST 进一步了解主板的相关信息。

3. 实训指导

（1）运行 EVEREST 软件，打开 EVEREST 软件界面，如图 2-33 所示。

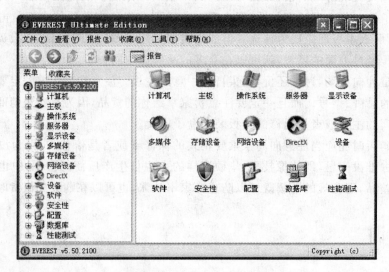

图 2-33　EVEREST 界面

（2）在软件界面的左边窗口中，单击"主板"→"主板"，在右框中可以看到本机主板名称、前端总线特性、内存总线特性和芯片组总线特性等信息，如图 2-34 所示。

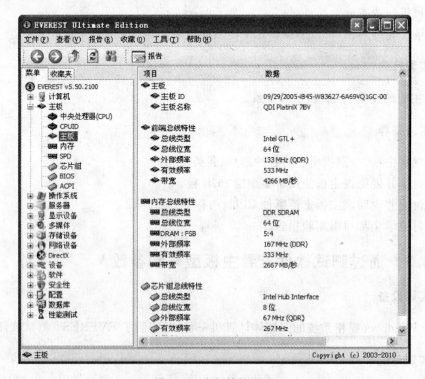

图 2-34　主板特性测试

（3）在软件界面的左边窗口中，单击"主板"→"芯片组"，可以看到芯片组的型号和参数，如图 2-35 所示。

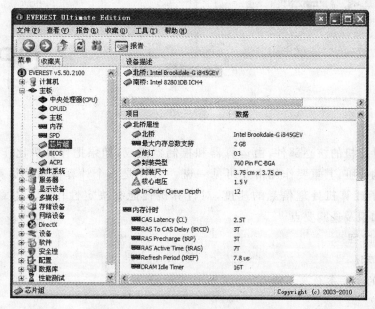

图 2-35 查看主板南北桥型号和参数

本章小结

主板是计算机最重要的部件之一，是连接其他部件的核心部件。当然，也关系到整台机器的运行速度，本章主要介绍主板的作用、结构、技术参数、一些术语和实训。通过掌握这些知识为选购、组装和维护计算机，打下良好的基本技能。

练习 2

1. 填空题

（1）BIOS 是用于_____。

（2）主板的主要作用_____和_____。

（3）主板的参数_____、_____、_____和_____。

（4）主板的插槽分类_____、_____、_____和_____。

2. 简答题

（1）主板中的南、北桥芯片组的作用是什么？

（2）列出几个主板芯片的主要生产厂家。

（3）列举说明主板除了南、北桥芯片组外，通常还会拥有哪些常见芯片？提供哪些功能？

（4）主板的选购方法有哪些？

（5）目前主板的 CPU 的插槽主要有哪些类型？

第3章

CPU

CPU 是计算机的核心部件,由运算器和控制器组成,如果把计算机比作一个人,那么CPU 就是他的心脏,其重要作用由此可见一斑。CPU 是整个计算机系统运算和控制的中心,直接决定了计算机处理信息的速度,对计算机性能起决定性作用。本章将详细介绍CPU 的相关知识及选购要点。

本章主要内容:
- CPU 概述;
- CPU 的主要参数及术语;
- CPU 风扇;
- CPU 及 CPU 风扇的选购。

3.1 认识 CPU

CPU 是 Central Processing Unit(中央处理单元)的缩写,又称为微处理器。其内部结构包括控制单元、运算器和存储器 3 部分。其主要功能是对信息和数据进行运算和处理,并对计算机程序进行控制。CPU 的能力决定了计算机的性能,所以说,CPU 的发展史实际上就是计算机发展史。

3.1.1 CPU 的发展简史

CPU 从最初发展至今已经有近三十年的历史了,这期间,按照其处理信息的字长,CPU可以分为:4 位微处理器、8 位微处理器、16 位微处理器、32 位微处理器以及 64 位微处理器等,如图 3-1 所示。目前,64 位处理器使用较广泛。

1971 年,早期的 Intel 公司推出了世界上第一台微处理器 4004,这是第一个用于计算机的 4 位微处理器,它包含 2300 个晶体管,由于性能很差,其市场反应十分不理想。

随后,Intel 公司又研制出了 8080 和 8085 处理器,加上当时 Motorola 公司的 MC6800微处理器和 Zilog 公司的 Z80 微处理器,一起组成了 8 位微处理器的家族。

16 位微处理器的典型产品是 Intel 公司的 8086 微处理器,以及同时生产出的数学协处理器,即 8087。这两种芯片使用互相兼容的指令集,但在 8087 指令集中增加了一些专门用于对数、指数和三角函数等数学计算指令,由于这些指令应用于 8086 和 8087,因此被人们统称为 X86 指令集。此后 Intel 推出的新一代的 CPU 产品,均兼容原来的 X86 指令,如后

4位处理器　　　　　8位处理器　　　　　16位处理器

32位处理器　　　　　　　64位处理器

图 3-1　各类 CPU 处理器

来的 8088 和 80286 等。

32 位微处理器的代表产品首推 Intel 公司 1985 年推出的 80386,这是一种全 32 位微处理器芯片,也是 X86 家族中第一款 32 位芯片,其内部包含 27.5 万个晶体管,时钟频率为 12.5MHz,后逐步提高到 33MHz。80386 的内部和外部数据总线都是 32 位,地址总线也是 32 位,可以寻址到 4GB 内存。它除了具有实模式和保护模式以外,还增加了一种虚拟 86 的工作方式,可以通过同时模拟多个 8086 处理器来提供多任务能力。随后,推出了奔腾 (Pentium)系列和赛扬(Celeron)系列处理器。

2003 年 AMD 公司发布了第一款应用于个人计算机的 64 位微处理 Athlon 64,接着,2005 年 Intel 公司也发布首款 64 位 Socket 775 针的微处理器。随后,两家公司新产品不断推出,占用各自的市场,竞争越来越激烈。

3.1.2　CPU 的分类

CPU 厂商会根据 CPU 产品的市场定位来给属于同一系列的 CPU 产品确定一个系列型号以便于分类和管理,一般而言系列型号可以说是用于区分 CPU 性能的重要标识。

目前 CPU 主要有 Intel、AMD、VIA、全美达、IBM 这几个著名的 CPU 生产厂商,其中市场上又以 Intel 和 AMD 的 CPU 为主流。这两家公司在技术和价格等方面都各有优势,竞争非常激烈。可以从 CPU 的档次及核心来对 CPU 进行划分。

1. 按 CPU 的档次划分

按 CPU 的档次来划分可以有高、中、低 3 档,每个档次的价格和性能有时相差很大,且不同的档次针对的是不同的消费群体和应用领域。

早期的 CPU 系列型号并没有明显的高低端之分,如 Intel 的面向主流桌面市场的 Pentium 和 Pentium MMX 以及面向高端服务器生产的 Pentium Pro,AMD 的面向主流桌面市场的 K5、K6、K6-2 和 K6-III 以及面向移动市场的 K6-2＋和 K6-III＋等。

随着 CPU 技术和 IT 市场的发展,Intel 和 AMD 两大 CPU 生产厂商出于细分市场的目的,都不约而同地将自己旗下的 CPU 产品细分为高低端,从而以性能高低来细分市场。

而高低端 CPU 系列型号之间的区别无非就是二级缓存容量（一般都只具有高端产品的四分之一）、外频、前端总线频率、支持的指令集以及支持的特殊技术等几个重要方面，基本上可以认为低端 CPU 产品就是高端 CPU 产品的缩水版。

目前 Intel 公司有 3 个系列的产品，分别是针对低端市场的赛扬（Celeron）系列，针对中端市场的奔腾（Pentium）系列和针对高端市场的酷睿 Core 系列。如图 3-2 所示的(a)、(b)、(c)分别是赛扬系列的 Celeron Dual Core E1200 芯片，奔腾系列的 Pentium Dual Core E2140 芯片和酷睿系列的 Core 2 Duo E4500 芯片。

(a) Intel 赛扬系列　　　　(b) Intel 奔腾系列　　　　(c) Intel 酷睿系列

图 3-2　Intel 公司产品

AMD 公司的 3 个系列分别为针对低端市场的闪龙（Sempron）系列，针对中端市场的速龙（Athlon64）系列和针对高端产品的羿龙（Phenom）系列。如图 3-3 所示的(a)、(b)、(c)分别是闪龙系列的 Sempron 3000，速龙系列的 Athlon 64 X2 5000 和羿龙系列的 Phenom II X2 555。

(a) AMD 闪龙系列　　　　(b) AMD 速龙系列　　　　(c) AMD 羿龙系列

图 3-3　AMD 公司产品

在购买 CPU 产品时需要注意的是，以档次型号来区分 CPU 性能的高低也只对同时期的产品才有效，任何事物都是相对的，今天的高端就是明天的中端、后天的低端，如昔日的高端产品 Pentium 4 和 Pentium M 现在已经降为了中端产品，AMD 的 Athlon64 在 Athlon 64 X2 发布之后也将降为中端产品。另外某些低端 CPU 产品中也出现过不少以超频性能著称或者能修改的精品，例如 Intel 方面早期的 Celeron 300A，中期的图拉丁核心的 Celeron III 系列，以及现在的 Celeron D 系列等；AMD 方面也有早期的 Duron 由于可以依靠连接金桥而修改为 Athlon 和 Athlon XP 而风靡一时，中期的 Barton 核心 Athlon XP 2500＋和现在的 64 位 Sempron 2500＋都以超频性能著称。这些低端产品其修改后和超频后的性能也并不比同时期主流的高端型号差，性价比非常高。

2. 按 CPU 的核心划分

核心（Die）又称为内核，是 CPU 最重要的组成部分。CPU 中心那块隆起的芯片就是核心,是由单晶硅以一定的生产工艺制造出来的,CPU所有的计算、接受/存储命令、处理数据都由核心执行。各种CPU核心都具有固定的逻辑结构,一级缓存、二级缓存、执行单元、指令级单元和总线接口等逻辑单元都会有科学的布局。

为了便于CPU设计、生产、销售的管理,CPU制造商会对各种CPU核心给出相应的代号,这也就是所谓的CPU核心类型。

CPU核心的发展方向是更低的电压、更低的功耗、更先进的制造工艺、集成更多的晶体管、更小的核心面积(这会降低CPU的生产成本从而最终会降低CPU的销售价格)、更先进的流水线架构和更多的指令集、更高的前端总线频率、集成更多的功能(例如集成内存控制器等等)以及双核心和多核心(也就是1个CPU内部有两个或更多个核心)等。

Intel公司和AMD公司生产的相应产品分别如图3-4和图3-5所示。

(a) Intel单核系列Celeron 430　　(b) Intel双核系列Core 2 Duo E7200　　(c) Intel多核系列Core i7 920

图3-4　Intel公司产品

(a) AMD单核系列Sempron 3000　　(b) AMD双核系列Athlon II X2 240　　(c) AMD多核系列Phenom II X4 945

图3-5　AMD公司产品

CPU核心的进步对普通消费者而言,最有意义的就是能以更低的价格买到性能更好的CPU。

3.1.3　CPU的外部结构

CPU的外形就是一个矩形片状物体,这是生产厂商为了防止空气中的杂质腐蚀芯片电路,将CPU内核等元件都进行了封装。已经封装好的芯片从外壳上可以观察到以下几部分,分别是:编码、基板、散热片、安装标识、桥接电路和针脚。如图3-6所示。

图3-6　CPU的外部结构

1. CPU 编码

CPU 芯片封装好后,生产厂家会在芯片朝上的一面标明几行字母和数字,这些字母和数字分别表示的是 CPU 类型、主频、二级缓存和前端总线频率等信息。当然,不同的生产厂家给出的标识形式会有所不同,其含义也有差别。

专家点拨 CPU 表面上的标识是通过激光蚀刻的,字迹清晰,用手搓除不了,所以用户选择时试验一下,以判断 CPU 的真伪。

2. CPU 基板

CPU 基板是指 CPU 的电路板,基板主要是将 CPU 内核和外部数据传输所需桥接电路、针脚和散热片等焊接在一起。

3. CPU 接口

CPU 接口也可以称为 CPU 的封装方式,有针脚式(Socket)和触点式(LGA)两类。针脚式接口又可以分为 Socket 478、Socket AM2 和 Socket AM3 三种。

1) Socket 478

Socket 478 接口主要应用于 Intel 公司早期的 Pentium 4 系列和赛扬系列的 CPU 芯片。Socket 指的是针脚式封装,478 指的是针脚数。如图 3-7 所示的是 Socket 478 接口插座和对应的 CPU。

图 3-7　Socket 478 插座和对应的 CPU

2) Socket AM2

Socket AM2 接口主要应用于 AMD 公司的 Sempron 系列、Athlon 64 系列和 Athlon 64 X2 系列的 CPU 芯片,其芯片针脚数为 940。如图 3-8 所示的是 Socket AM2 接口插座和对应的 CPU。

3) Socket AM3

Socket AM3 接口是 AMD 公司目前主流的 CPU 芯片接口,Phenom II 系列和 Athlon II 系列的 CPU 芯片使用的就是该类型的接口。仍然是针脚式封装方式,但针脚数为 938。如图 3-9 所示的是 Socket AM3 插座接口和对应的 CPU。

触点式接口有 LGA 775 和 LGA 1366 两种。

图 3-8　Socket AM2 插座和对应的 CPU

图 3-9　Socket AM3 插座和对应的 CPU

1）LGA 775

LGA 775 接口在 Intel 公司的 CPU 芯片上使用较多，Pentium D、Celeron D、Celeron Dual Core、Pentium Dual Core 和 Core 2 Duo 等系列 CPU 芯片采用的就是这类接口。采用触点式（LGA）封装方式的 CPU 其针脚都集成在主板的 CPU 插槽上，这样就减少了因为 CPU 针脚损坏而造成的损失。如图 3-10 所示的是 LGA 775 接口插座和对应的 CPU。

图 3-10　LGA 775 插座和对应的 CPU

2）LGA 1366

Intel 公司 Core i7 系列 CPU 芯片使用的是 LGA 1366 接口。LGA 1366 与 LGA 775 一样，主板插槽与 CPU 之间以触点形式连接，CPU 上没有任何插针和孔洞。只是 LGA 1366 插槽中的触点排列更加细密。如图 3-11 所示的是 LGA 1366 接口插座和对应的 CPU。

图 3-11　LGA 1366 插座和对应的 CPU

3.2　CPU 的性能指标及常用术语

CPU 芯片表面标注的编码参数,给用户提供了与该 CPU 性能有关的信息。要读懂这些信息就必须掌握相关的术语,如 CPU 主频、缓存、双核和多核等。本节将对与 CPU 有关的参数和术语进行详细介绍。

3.2.1　CPU 的性能指标

CPU 的性能大致上反映出了它所配置的那部微机的性能,因此 CPU 的性能指标十分重要。CPU 主要的性能指标有以下几点:

1. CPU 的主频和外频

CPU 主频也叫做时钟频率,是 CPU 内部的工作频率,代表的是处理器的运算速度,单位为 GHz。主频越高,处理器的运算速度越快。如图 3-12 中框出的 2.93GHz 表示的即是 Intel 酷睿 2 双核 E7500 的 CPU 主频。

外频是由主板为 CPU 提供的基准频率,单位为 MHz。外频越高,CPU 与系统内存交换数据的速度就会越快,有利于提高系统的整体运行速度。目前,主流 CPU 的外频为 400MHz。

倍频是 CPU 的主频和外频之间的相对比例关系。这个比例值也叫做倍频系数,简称为倍频。它们三者的关系是:主频＝外频×倍频。如 Intel 酷睿四核 i5750,主频是 2.66GHz,外频是 133MHz,倍频是 20。

2. 前端总线频率

前端总线频率(FSB)是 CPU 与北桥芯片、内存等进行数据交换的工作频率。前端总线频率越高,意味着 CPU 与内存等进行数据交换的速度越快,也就越能让 CPU 充分发挥其性能。目前,主流前端总线频率为 800MHz、1066MHz 或者更高。如图 3-13 中所框出的 1066 即表示前端总线频率的标识位置。

主频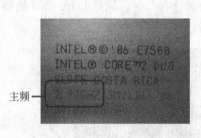

前端总线频率

图 3-12　CPU 的主频　　　　　　图 3-13　CPU 的前端总线频率

专家点拨　前端总线频率是由主板的芯片组决定的,一般都能够向下兼容。比如,主板支持 1066MHz 前端总线频率,那么该主板安装的 CPU 前端总线频率可以是 1066MHz 或 800MHz。只是安装了 800MHz 前端总线频率的 CPU 时,主板不能发挥最大的性能。

3. 缓存

缓存(Cache)是位于 CPU 与内存之间的临时存储器,它的特点是容量比内存小,但数据交换速度比内存快。加入缓存的目的是为了缓解 CPU 与内存工作速度的差异,提高 CPU 与内存之间数据传递的速度。缓存可分为:一级缓存(L1 Cache)、二级缓存(L2 Cache)和三级缓存(L3 Cache)3 种。

一级缓存为 CPU 内部缓存,集成在 CPU 芯片的内部。用于暂时存储 CPU 运算时的部分指令和数据。缓存容量比较小。如 Intel 酷睿 i5740 的一级缓存为 128KB。

二级缓存为外部缓存,位于 CPU 外部。用于暂时存储 CPU 内部一级缓存与内存交换的指令和数据。二级缓存的容量比一级缓存的容量大一些,但存取速度稍慢。如 Intel 酷睿 i5740 的二级缓存为 1MB。

三级缓存是为读取二级缓存后未命中的数据设计的一种缓存。在拥有三级缓存的 CPU 中,约 95% 的数据无须从内存中调用,进一步降低了内存延迟,提升了大数据量计算时的 CPU 性能。如 Intel 酷睿 i5740 的三级缓存为 8MB。如图 3-14 中所框出的 8M 即表示三级缓存容量的标识位置。

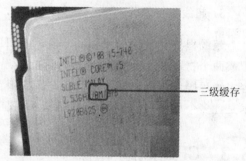
三级缓存

图 3-14 CPU 的三级缓存容量

4. 工作电压

工作电压(Voltage)指的是 CPU 在正常工作时需要的电压。早期 CPU(386、486)由于工艺落后,它们的工作电压一般为 5V,发展到奔腾 586 时,已经是 3.5V/3.3V/2.8V 了,随着 CPU 的制造工艺与主频的提高,CPU 的工作电压有逐步下降的趋势,发热量和功耗也随之下降。目前,主流 CPU 的工作电压为 1.35V,功率为 65W。低电压能解决耗电过大和发热过高的问题,这对于笔记本电脑尤其重要。

5. 制造工艺

制造工艺是指制造 CPU 或 GPU 的制程,或指晶体管门电路的尺寸。通常生产的精度以纳米来表示,精度越高,生产工艺越先进,CPU 的集成度越高。目前,主流制造工艺为 45 纳米。

3.2.2 CPU 的常用术语

1. 双核处理器

双核处理器是指在一个处理器上集成两个运算核心,两个核心直接连接到同一个内核上,核心之间以芯片速度通信,进一步降低了处理器之间的延迟,从而提高计算能力。CPU 内核增加一个,处理器在每个时钟周期内可执行的单元数将增加一倍。目前双核处理器在市场上占主流,比如 Intel 公司推出的双核处理器有赛扬双核(Celeron Dual-Core)系列,奔腾双核(Pentium Dual-Core)系列和酷睿 2(Core 2 Duo)系列。AMD 公司推出的速龙 64 X2 (Athlon64 X2)系列、速龙 II X2 系列和羿龙 II X2 系列。

2．虚拟化技术

虚拟化技术(Virtualization Technology) 是指将单台计算机的软件环境分割为多个独立的分区,每个分区都可以按需要模拟计算机的一项技术。这项技术的实质是通过中间层次实现计算资源的管理和再分配,使资源利用率最大化。虚拟分区的最大优势是实现在同一个物理平台上能够同时运行多个同类或不同类的操作系统,使不同业务和应用能够有不同的支撑平台。虚拟化有两种实施方式,即传统的纯软件虚拟化方式(无须 CPU 支持 VT 技术)和硬件辅助虚拟化方式(则需 CPU 支持 VT 技术)。

3．超线程技术

超线程技术(Hyper-Threading,简称 HT)是利用特殊的硬件指令,将两个逻辑内核模拟成两个物理芯片,让单个处理器都能实现线程级的并行计算。该技术还能使单处理器兼容多线程操作系统和软件,减少 CPU 的闲置时间,提高 CPU 的运行效率。当然,超线程技术是让多个程序共享一个 CPU 的资源,程序的执行效率并不等于使用两个 CPU。

3.3　CPU 风扇

CPU 风扇又称为 CPU 散热器,主要用来为 CPU 散热。由于 CPU 是高度集成的器件,如果工作时温度过高轻则会导致死机,重则可能将 CPU 烧毁,所以 CPU 风扇好坏直接影响 CPU 的正常工作。

3.3.1　CPU 风扇的分类

CPU 风扇由散热片和风扇两部分组成,如图 3-15 所示。散热片起到吸收 CPU 热量的作用,风扇是将散热片吸收到的热量排出。

CPU 风扇的轴承是整个风扇中最重要的部件,它对 CPU 风扇的价格影响最大。采用了好的轴承的风扇,其使用寿命长,噪音低,价格也更贵。如磁浮轴承寿命高达 10 万小时,是传统滚珠轴承的 2 倍,油封轴承的 3 倍。常见的风扇轴承有含油轴承、滚珠轴承和液压轴承 3 种。

金属散热片　　　　　　散热风扇

图 3-15　CPU 风扇及其组成

1．含油轴承风扇

含油轴承是最常见的散热风扇轴承,其结构示意图如图 3-16 所示。这种轴承使用润滑油作为润滑剂和减阻剂,价格较便宜。缺点是使用寿命短,在有灰尘进入或没有润滑油时就容易产生较大的噪声,其散热效果也会下降。

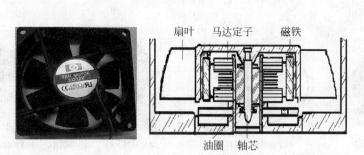

图 3-16 含油轴承风扇及结构示意图

2. 滚珠轴承风扇

滚珠轴承可分为单滚珠和双滚珠两种。其原理是利用滚动摩擦来代替传统的滑动摩擦,摩擦力较小。这种风扇的使用寿命长,转速较高,拥有更好的散热效果。但是价格高,噪声也大。如图 3-17 所示是滚珠轴承风扇及结构示意图。

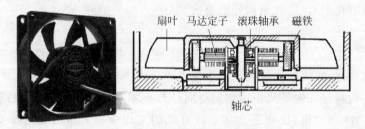

图 3-17 滚珠轴承风扇及结构示意图

3. 液压轴承风扇

液压轴承风扇是在含油轴承风扇基础上改进的 CPU 风扇类型。它采用了独特的环式供油回路,比普通含油轴承风扇使用寿命长,并且噪声减小,转速高,散热效果好。如图 3-18 所示是液压轴承风扇及结构示意图。目前市场上大多采用滚珠轴承和液压轴承的类型。

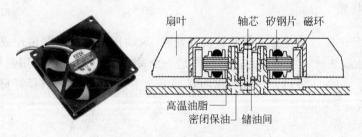

图 3-18 液压轴承风扇及结构示意图

不同类型的 CPU 使用的 CPU 风扇也不同,如 Intel CPU 的风扇不能放在 AMD CPU 上使用,两个厂家的风扇如图 3-19 所示。

Intel 775 针脚的 CPU 风扇不能与 Intel 478 针脚的 CPU 风扇混用。两种风扇外形如图 3-20 所示。

(a) Intel CPU风扇　　　(b) AMD CPU风扇　　　(a) Intel 775针CPU风扇　　(b) Intel 478针CPU风扇

图 3-19　不同厂家的 CPU 风扇　　　　　图 3-20　不同针脚 CPU 风扇

3.3.2　CPU 风扇的性能指标

选购一款好的 CPU 风扇非常重要,但是目前市场上 CPU 风扇品种那么多,怎样才能买到适合的风扇呢? 实际上,在选购风扇之前,有必要了解一些有关 CPU 风扇的性能指标,本节主要介绍几个 CPU 风扇的性能参数。

1. 风扇功率

风扇功率是影响风扇散热效果的一个很重要的因素。通常,功率越大,风扇的风力也越强,散热效果也就越好。但是风扇功率需要同计算机本身的功率相匹配,如果功率过大,不但能起到很好的冷却效果,反而还会加重计算机的工作负荷。所以在选择 CPU 风扇功率时,应该遵循够用原则。

2. 风扇转速

风扇转速是指一分钟时间内转动的圈数,单位是 r/min(转/分)。通常,风扇的转速越高,风量越大,散热效果也越好,同时产生的噪声也会越大。目前,主流 CPU 风扇的转速为3500 转/分至 5200 转/分之间。

3. 散热器材质

CPU 的热量是通过散热片或散热器传导出来,风扇再将热量从散热片或散热器上的排风口排出。因此散热材料对热量的传导性能是一个关键。目前,大多使用铜加铝合金,镶铜在散热片的底部对 CPU 吸热。铝散热作用好且不会生锈,是散热片的最好材料。如图 3-21所示是铜加铝合金散热器。

4. 排风量

排风量是衡量风扇质量的一个比较综合的指标,是风扇性能的重要参数。而风扇的扇叶角度又是影响风扇排风量的决定因素。如果要测试风扇的排风量,只需将手放在散热片上排风口处,感受一下吹出风的强度就可以了,如图 3-22 所示。质量好的风扇,即使手离它很远,也能感到风流。

图 3-21 铜加铝合金散热器

图 3-22 测试风扇的排风量示意图

5. 风扇噪声

风扇噪声是指风扇工作中发出的声音,它主要受风扇轴承和叶片的影响,与风扇的功率也有关,通常功率越大,转速也就越快,噪声也就越大。在购买风扇时,一定要试听风扇的噪音,如果太大,最好不要购买。

3.4 CPU 和 CPU 风扇的选购

CPU 是计算机的核心部件,它的性能直接关系到计算机的整体性能。而 CPU 风扇是为 CPU 散热的设备,良好的散热才能使 CPU 正常、稳定的工作。本节将介绍如何选购 CPU 及其风扇。

3.4.1 CPU 的选购

如今计算机正以惊人的速度向前发展着,CPU 作为微机的心脏,在微机中起着极其重要的作用,它决定了微机的档次。选购 CPU 时可以从以下 5 个方面考虑。

1. 根据用户需求选择

在选购 CPU 时,首先要明确计算机使用者的需求,不同的用户对计算机的性能是有不同要求的。比如说,如果用户购买计算机主要是用来学习、上网、办公或进行软件设计等方面工作的,那么可以考虑购买 Intel 公司的 CPU。如果需要实现 3D 图形图像或玩大型游戏,那么可以考虑购买 AMD 公司的产品。如果对图形图像方面有比较高的要求,建议购买 AMD 三核以上的 CPU,能使计算机运行更流畅。

2. 产品的包装方式

从产品包装方式来看,可分为盒装和散装两种。盒装是指一个包装盒内含一个 CPU 和原装 CPU 风扇。这种一般价格要高一些。散装是指只有一个 CPU,没有风扇。风扇需要另外购买。散装的价格要便宜些。从性能上来看两者没有区别,价格相差也不大,所以建议还是购买盒装 CPU。

3. 性价比

在选购 CPU 时,性价比是一个很重要的因素。AMD 公司的 CPU 性价比较高。因为其产品价格便宜,用途也比较广泛,尤其是在游戏方面的表现尤其出色。而 Intel 公司的 CPU 兼容性较好,而且该公司 CPU 的市场占有率大,但价格贵一些。用户可以根据自己的财力和需要选择价格适中,性能相对出色的产品。

4. 售后服务

售后服务方面,AMD 和 Intel 两家公司的政策都是一样的。盒装正品,提供三年质保,散装正品,提供一年质保。

5. 辨别是否正品

目前市场上的 CPU 主要由 AMD 和 Intel 两家公司供货,其产品不论是散装还是盒装都提供防伪标识,购买时要注意识别,是否正品 CPU 可以看以下几个地方。

1) 看包装

正品的 CPU 包装盒贴有封口标贴,如图 3-23 所示。封口标贴是辨别包装盒真伪的一个关键点,如果没有封口标贴,那肯定是假货。正品纸盒颜色鲜艳,字迹清晰细致,且封口标贴撕开就不能贴回,用户选购时一定注意。

(a) Intel包装盒的封口标贴　　　　　　(b) AMD包装盒的封口标贴

图 3-23　正品 CPU 包装盒封口标贴

2) 看编号

正品盒装的 CPU 表面上的序列号,产地与包装盒上印制的序列号,产地一致,如图 3-24 所示。编号的真假也可以从印刷质量上看出来,正品的编号条形码采用的是点阵喷码,字迹清晰。而假冒的条形码是用普遍方式印刷,字迹模糊且有粘连感。如果发现条形码印刷太差,字迹模糊,建议最好不要购买。

3) 看风扇

打开 CPU 的包装后,可以查看原装的风扇正中的防伪标签,正品 Intel CPU 风扇防伪标签为立体式防伪,除了底层图案会有变化外,还会出现立体的 Intel 标志。而假的盒装

图 3-24　标签和 CPU 表面的编号一致

CPU 风扇,没有 Intel 标志。AMD 公司 CPU 风扇防伪标签与 Intel 公司类似,如图 3-25 所示。

图 3-25　Intel 和 AMD 原装风扇防伪标签

另外还可以通过风扇的扇叶数量来辨别真假,正品 Intel 盒装风扇扇叶为 7 片,AMD 盒装风扇扇叶为 9 片,如图 3-26 所示。扇叶厚实,面积也比较大,假的就做不到这点。

(a) Intel原装风扇有7片叶子　　(b) AMD原装风扇采用9片叶子

图 3-26　通过风扇的扇叶数辨别真伪

4) 看代理商标签

Intel 公司与 AMD 公司的 CPU 都有代理商的防伪标签。在国内市场上,AMD 处理器代理商主要有安富利、伟仕、威健和神州数码,其防伪标签如图 3-27 所示。而 Intel 处理器的代理商分别是英迈国际、联强国际和神州数码,Intel 公司代理商防伪标签如图 3-28 所示。

(a) 安富利防伪标签　　　　　　　(b) 伟仕防伪标签

(c) 威健防伪标签　　　　　　(d) 神州数码防伪标签

图 3-27　AMD 公司代理商防伪标签

5）辨别散装 CPU

正品散装 CPU 的表面颜色鲜艳，没有使用过的痕迹。CPU 针脚焊点光滑，无氧化物。CPU 编码字迹清晰，不易脱落。辨别时可以用手指在 CPU 编码表面上搓几下，正品 CPU 的编码字迹不会变化，如图 3-29 所示。

(a) 英迈防伪标签　　　　　　(b) 联强防伪标签

图 3-28　Intel 公司代理商防伪标签　　　　图 3-29　辨别散装 CPU 示意图

3.4.2　CPU 风扇的选购

如果买的是散装 CPU，那么接下来就要购买 CPU 风扇了。选购 CPU 风扇可以从 5 个方面着手。

第一是品牌的选择，目前主流的 CPU 风扇品牌有 AVC、富士康（Foxconn）、九州风神（Deepcool）、超酷（Acecool）和 Tt 等，如图 3-30 所示的是富士康和九州风神公司 CPU 风扇。

第二是做工，通常好的 CPU 风扇的散热片表面非常平滑，扇叶厚实，面积较大，用料特

(a) 富士康风扇　　　　　　(b) 九州风神风扇

图 3-30　CPU 风扇外形图

别考究。工作时噪声较小或者无噪声。如果不符合以上几点，那么建议不要购买。

第三是价格，目前市场上 CPU 风扇的价格相差不大，价格在 45 元左右的风扇质量就已经不错了。

第四是选择材质类型，散热片根据材料的不同，可分为纯铜、镶铜和纯铝，其散热效果依次降低。纯铜散热片比较重，价格较贵，对主板的要求较高；镶铜散热片是在铝散热片的底部合金，对 CPU 有更好的吸热作用，这种散热片是众多用户的需要，散热效果较好，价格适中；纯铝散热片最常见，其价格低，散热效果稍差一些。

第五是适用范围，除盒装 CPU 自带原装风扇限制适用范围之外，一般的 CPU 风扇的适用范围都比较大。比如，九州风神阿尔法 200 风扇适用于 CPU 有 Core 2 Duo 和 Core 2 Quard。超酷追风刀的风扇适用于 CPU 有 AMD Athlon64 X2 5000 和 AMD Athlon64 X2 4800。在购买时可以根据购买的 CPU 的类型选择。

3.5　实训

3.5.1　查看 CPU 型号和参数

1. 实训设备

运行 Windows 操作系统的多媒体计算机一台，并安装了 EVEREST 测试软件。

2. 实训目的

（1）掌握 EVEREST 测试软件的使用方法。

（2）通过 EVEREST 进一步了解主板的相关信息。

3. 实训指导

（1）运行 EVEREST 软件，打开 EVEREST 软件界面，如图 3-31 所示。

（2）在软件界面的左边窗口中，单击"主板"→"中央处理器（CPU）"，在右框中可以看到 CPU 的类型、主频、一级缓存、二级缓存和 CPU 使用率等信息，如图 3-32 所示。

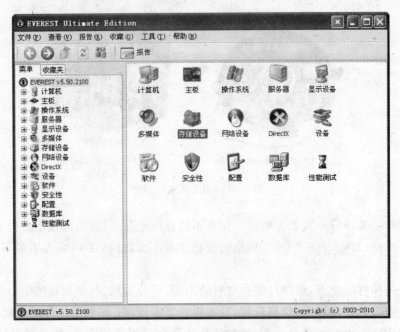

图 3-31　EVEREST 软件界面

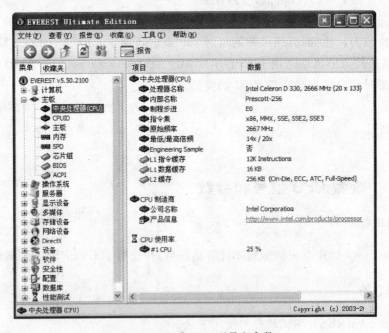

图 3-32　查看 CPU 型号和参数

3.5.2　CPU 风扇的应急维护

1. 实训设备

(1) 每组一块 CPU、一个 CPU 风扇。

(2) 每个人准备一把螺丝刀和毛刷。

2. 实训目的

(1) 掌握拆装 CPU 风扇的方法。
(2) 掌握对 CPU 风扇应急维护的步骤。

3. 实训指导

(1) 用螺丝刀将 CPU 风扇拆下来,如图 3-33 所示。
(2) 用刷子仔细清理 CPU 风扇上的灰尘,如图 3-34 所示。

图 3-33　拆卸 CPU 风扇　　　　　　　　图 3-34　清理风扇灰尘

(3) 撕开 CPU 风扇背面的标签,如图 3-35 所示。
(4) 在 CPU 风扇中心孔上加点润滑油,如图 3-36 所示。

图 3-35　撕开风扇背面标签　　　　　　　图 3-36　风扇加润滑油

(5) 封好标签,再将 CPU 风扇安装回散热片上,如图 3-37 所示。

专家点拨　如果没有润滑油,就加点食用油,但是食用油使用时间短,易损坏风扇,只能用于应急使用。

(a) 封好CPU标签　　　　　　　　　(b) 安装风扇

图 3-37　最后安装

本章小结

本章主要介绍了 CPU 的发展及分类,给出了 CPU 外频、倍频、主频和缓存等技术参数及双核、虚拟化技术和超线程技术的概念。讨论了 CPU 及 CPU 风扇的选购方法。最后通过两个实训加强了学生的动手能力。本章内容对加强学生动手和实际操作能力有很大的作用。

练习3

1. 填空题

(1) CPU 译成中文就是_____,它的内部结构可分为_____、_____和_____3 大部分。

(2) 目前民用市场的 CPU 厂家主要是_____和_____两家,其中 AMD 系列 CPU 主要有面向高端市场的_____,以及面向低端市场的_____。

(3) CPU 按位数划分的发展史有_____、_____、_____、_____和_____。

(4) CPU 的主频指_____。

(5) Intel 公司的 LGA 775 处理器采用_____针脚,而 AMD 的 CPU 采用_____形式。

(6) CPU 风扇分类为_____、_____和_____。

2. 简答题

(1) 如何选购 CPU?

(2) CPU 的主要性能指标有哪些?

(3) 常见的 CPU 插槽有哪些?

(4) 简述缓存的作用。

(5) 如何选购 CPU 风扇?

第 **4** 章

存储设备

计算机系统中常用的存储设备有内存、硬盘和光盘等，它们是计算机系统中存储信息的"仓库"，在整个系统中有着举足轻重的作用。本章主要介绍几种常用的存储设备，如内存、硬盘等的分类、结构、参数和术语。

本章主要内容：

- 内存的识别与选购；
- 硬盘的结识别与选购；
- 光盘驱动器的识别与选购；
- 光盘的识别。

4.1　内存

内存是计算机中最重要的存储设备之一，计算机中所有程序的运行都是在内存中进行的，内存容量的大小和存取速度的快慢都直接影响计算机的整体性能。

4.1.1　内存概述

内存又称为主存储器或主存，是 CPU 能直接寻址的存储空间。内存一般采用半导体存储单元，包括只读存储器和随机存储器。

只读存储器(Read Only Memory)，简称 ROM，是指在制作过程中将数据或程序写入半导体电路并能够被永久保存的存储器类型。这种存储器的特点是只允许从中读出信息而不能写入，信息在计算机关闭时也不会丢失，所以常用于存放计算机的基本程序和数据，如内存 BIOS。

随机存储器(Random Access Memory)，简称 RAM，是指通过指令就可以对存储器中的信息进行随机读或写的存储器类型。这种存储器的特点是不能长期保存，主要用来存储计算机运行时的临时数据。当关闭计算机时，其中存储的数据就会丢失，所以在关闭计算机时需要将随机存储器中的数据保存到硬盘或其他能永久保存的存储设备中去。

4.1.2　内存的结构

在计算机诞生初期并不存在内存条的概念，最早的内存是以磁芯的形式排列在线路上，每个磁芯与晶体管组成一个双稳态电路作为一比特(Bit)。每比特需要占用玉米粒大小位置,而这样的体积是用户不能接受的。为了解决这个问题,出现了焊接在主板上的集成内存芯片,但内存芯片有个最大的弊病,就是不能拆卸,于是,内存条出现了。

在电脑主板上有专门的内存插槽,封装好的内存芯片通过这个插槽实现与计算机的连接。现在的内存条主要由电路板、芯片颗粒、SPD 芯片和金手指 4 部分组成,如图 4-1 所示。

图 4-1　内存的外部结构

（1）芯片颗粒实际上就是存储芯片,主要用于存储计算机运行时的临时数据。根据品牌不同,内存采用的芯片也会有所区别。

（2）SPD(Serial Presence Detect)芯片是指一个 8 针 256 字节的可擦写可编程只读存储器(EERROM)芯片。一般位于内存条正面的右侧,它记录了内存速度、容量、电压、行地址、列地址以及带宽等重要的参数信息。当计算机启动时,BIOS 将自动读取 SPD 中的信息。

（3）金手指(Connecting Finger)是内存条上的金黄色的导电触片,因其表面镀金而且导电触片的排列如手指状,故被称为“金手指”。内存条通过金手指与内存插槽连接,内存处理单元所有的数据流及电子流都是通过该连接与计算机系统进行交换。

4.1.3　内存的分类

随着计算机技术的发展,对计算机内存的要求越来越高。从几百 KB 到现在的几 GB,内存的容量和制作技艺都发生了很大变化。下面分别按内存发展年代和适用类型对内存的类型进行介绍。

1. 按内存发展年代分类

随着计算机硬件技术的发展,计算机内存也发生了变化。从发展年代来划分,内存经过了 SDRAM、DDR、DDR2 和 DDR3 几种类型的变化。

1) SDRAM

SDRAM(Synchronous Dynamic Random Access Memory)即同步动态随机存储器,其外形如图 4-2 所示。同步指的是 RAM 与 CPU 能够以相同的时钟频率进行控制,这样数据在传输时的延迟减少了,同时也提高了系统的效率。动态是指存储阵列需要不断的刷新来保证数据不丢失。随机是指数据不是线性依次存储,而是自由指定地址进行数据读写的。

SDRAM 内存引脚采用了 168Pin,金手指上有两个缺口来保证与插槽的连接方向。内存带宽为 64b,工作电压 3.3V。这种类型内存主要应用于早期的 Intel 公司的 Pentium 和 Intel Celeron 系列以及 AMD 公司的雷鸟、钻龙等系列产品上。

图4-2 SDR 内存条

2）DDR

DDR（Double Data Rate）即双倍速率同步动态随机存储器,其外形如图4-3所示。所谓双倍是指在时钟脉冲的上升和下降沿都能进行数据传输,从而提高了数据的传输速度和内存带宽。

DDR 内存引脚采用了184Pin,金手指上只有一个缺口。其工作电压为 2.5V,按工作频率又可以分为 DDR200、DDR266、DDR333 和 DDR400 几种。这种类型的内存主要应用于 Intel 公司的 Pentium 4、Pentium D、Celeron 和 Celeron D 系列以及 AMD 公司的 Athlon、Athlon XP、Athlon 64 等系列产品上。

图4-3 DDR 内存条

3）DDR2

DDR2（Double Data Rate 2）是由电子设备工程联合委员会提出的新一代的内存技术标准,它拥有两倍于 DDR 内存的预读取能力(即 4b 数据读预取),外形如图4-4所示。也就是说,DDR2 内存在每个时钟能够以 4 倍外部总线速度进行数据的读写。

DDR2 内存引脚采用 240Pin,金手指上也只有一个缺口,其工作电压为 1.8V,可细分为 DDR2 533、DDR2 667 和 DDR2 800 等不同型号。该类型的内存主要用于 Intel 公司的 Celeron Dual-Core、Pentium Dual-Core 和 Core 2 Duo 系列以及 AMD 公司的速龙 2、羿龙 2 和速龙 64 等系列产品上,目前在市场上还属于主流产品。

图4-4 DDR2 内存条

专家点拨 DDR2 与 DDR 两种内存条不能兼容,所以在升级选购时,一定要注意原有内存类型和主板内存插槽的情况。

4）DDR3

DDR3 内存提供了比 DDR2 内存更高的数据读写速度、更低的工作电压以及更大的容量。它能够以 8b 的速度进行数据的读写,外形如图 4-5 所示。

图 4-5　DDR3 内存条

DDR3 内存引脚采用 240Pin,金手指上也只有一个缺口,内存工作电压为 1.5V,可细分为 DDR3 1333、DDR3 1600 和 DDR3 1800 等,主要配合四核 CPU 系列使用,也是目前比较主流的产品。

专家点拨　DDR、DDR2 和 DDR3 的缺口左端的长度分别为 59.21mm、61.86mm 和 53.88mm,在安装时一定要注意。

2. 按内存的适用类型分类

根据内存条适用的计算机类型的不同,内存的产品特性也会有所不同。如普通台式机、笔记本电脑和服务器所用的内存不论在外部结构或性能上都是不一样的。

1）普通台式机内存

普通台式机上的内存一般采用 184Pin 或 240Pin 引脚类型,这两种内存的价格相对于其他类型来说比较便宜。

2）笔记本电脑内存

笔记本电脑中使用的内存相对于普通台式机而言,在尺寸大小、稳定性和散热性等方面的要求要高得多,且价格也要高于普通台式机内存。目前笔记本电脑中使用的内存一般为 200Pin 或 240Pin 引脚类型,如图 4-6 所示。

3）服务器内存

服务器内存具有许多普通 PC 内存没有的新技术,如 ECC、Chip Kill、Register、热插拔技术等,并且具有极高的稳定性和纠错能力。目前生产服务器内存的公司主要有三星、Kingston、IBM 等,如图 4-7 所示。

图 4-6　笔记本电脑内存条

图 4-7　服务器内存条

4.1.4　内存的性能指标

内存的性能指标包括存储速度、内存容量、CAS 延迟时间、内存带宽等。

1. 存储速度

内存的存储速度用存取一次数据的时间来表示,单位为纳秒,记为 ns,1 秒＝10 亿纳秒,即 1 纳秒＝10^{-9}秒。ns 值越小,表明存取时间越短,速度就越快。目前,DDR 内存的存取时间一般为 6ns,而更快的存储器多用在显卡的显存上,如 5ns、4ns、3.6ns、3.3ns、2.8ns 等。

2. 内存容量

内存容量是指内存条存储信息的总量,是内存条的关键参数之一。目前内存容量一般以 GB 为单位。内存容量越大系统运行速度越快,目前在台式机和笔记本电脑上安装的内存一般在 2G 以上。如图 4-8 所示为金邦内存条,容量为 2G。

3. 内存主频

内存主频是指内存芯片的最高工作频率,以 MHz 为单位。目前主流内存 DDR2 800 及 DDR3 1333 的主频为 800MHz。如图 4-9 所示为主频 800MHz 的 DDR2 内存。

图 4-8　内存容量

图 4-9　内存频率

4. 内存带宽

内存带宽是指内存数据的传输速度,一般以 GB/S 为单位。内存数据带宽计算公式为:内存带宽＝内存最大主频×内存总线宽度/8。

例如,DDR2 800 的带宽就为 $800 * 64/8 = 6.4GB/S$。

5. 工作电压

工作电压是指内存条在正常工作时所用的电压,如 DDR 内存的电压为 2.5V,DDR2 内存的电压为 1.8V,DDR3 内存的电压为 1.5V,一般主板内存插槽的给定电压不要超过内存工作电压。

6. 延迟时间

延迟时间(CAS Latency,CL)是内存性能的重要指标之一。当 CPU 从内存读取数据时,读出数据之前有一个"缓冲期",这个"缓冲期"就是延迟时间。内存的 CL 值越小,就表示内存在同一频率下工作速度越快。一般在内存条上都会标注延迟时间,如图 4-10 所示。

7. 内存双通道

内存双通道指的是内存的控制和管理技术,

图 4-10　内存的延迟时间

该技术通过芯片组的内存控制器进行控制,在理论上能够使两条同等规格的内存带宽增加一倍。

双通道体系包含两个独立并能互补的智能内存控制器,它们能够在彼此间零延迟的情况下同时工作。如有两个内存控制器,分别为 A 和 B,当控制器 B 准备好进行下一次存取时,控制器 A 正在读/写内存。

8. 奇偶校验

奇偶校验(Error Correcting Code,ECC)是一种数据检验机制。ECC 不仅能够判断数据的正确性,还能纠正大多数错误。普通的 PC 中一般不使用奇偶校验,奇偶校验主要应用在高端服务器上。

9. 内存的 2-2-3

通常所说的内存 2-2-3 指的是 TRP(Time of Row Precharge),TRCD(Time of RAS to CAS Delay)和 CL(CAS Latency)。TRP 是 RAS 预充电时间,数值越小越好;TRCD 是 RAS 到 CAS 的延迟,数值越小越好;CL(CAS Latency)为 CAS 的延迟时间,是纵向地址脉冲的反应时间,也是在一定频率下衡量支持不同规范的内存的重要标志之一。

4.1.5　内存的选购

内存虽然体积小,但在计算机中占有相当重要的地位。品质优异的内存,性能稳定,与主板兼容性好,可以长时间保持不死机,运行大型 3D 游戏,并且流畅、可靠。要选购到好的内存,可从以下 6 个方面考虑。

1. 内存品牌

和其他产品一样,内存芯片也有品牌的区别,目前市场上内存品牌有金士顿(Kingston)、金邦(Geil)、威刚(A-DATA)、海盗船(Corsair)、胜创(KINGMAX)、迈威(MAKWAY)、超胜(Leadram)、黑金刚(KINGBOX)、三星(SAMSUNG)、现代(HYUNDAI)、英飞凌(Infineon)、宇瞻(Apacer)、金泰克(KINGTIGER)、创见(Transcend)、芝奇(G. SKILL)等,在内存条的背面可以看到相应的品牌标识,如图 4-11 所示。

图 4-11　金邦内存条

这些品牌大多走的是高品质路线,属于较高档的类型,这也给内存的选购有了更多的选择。不同品牌的质量自然也不同,一般来说,一些久负盛名的内存芯片在出厂时都会经过严格的检测,而且在对一些内存标准的解释上也会有一些不同,一些名牌厂商的产品通常会留有一定的宽裕程序,所以有人说超频是检验内存好坏的一种方法也并不是没有道理。

2. 根据需求选择

在选购内存时,先要明确计算机使用者的需求,不同的用户对计算机的性能是有不同要求的,一般情况下,普通家用和办公的用户选择内存容量为2GB左右即可满足要求,软件开发用户选择比普通用户要高一些,做3D效果或玩游戏的用户可选择容量为4GB以上。

3. 内存做工

在选购内存时,除看品牌外,还要看看内存的做工工艺,正规厂家生产的内存元器件排列整齐,PCB(印刷电路板)采用6层设计,焊点光亮工整,金手指颜色鲜艳,无毛刺,无氧化物,且内存颗粒的型号清晰,如图4-12所示。

在选购时,一定要注意查看内存颗粒的编号是否清晰可见,如果发现编号模糊或有篡改打磨痕迹,或是金手指上有氧化物,如图4-13所示,建议不要购买。

金手指
上有氧化物

内存颗粒型
号不清晰

图 4-12 正品内存   图 4-13 内存颗粒不清晰

4. 售后服务

目前各品牌内存都提供了至少三年的免费质保服务,有些品牌更是提出了终身质保的承诺,虽然有些模棱两可,但是三年的免费质保也足够让用户放心。在产品故障方面,如金士顿等厂商在出厂时对内存进行了百分百测试,出故障几率相当小,再者,内存的出故障几率在整机中仅高于CPU,总体上返修率很低。另一方面,市场上专门经营内存维修的店也不少,而且价格很低,笔者认为,消费者在选购时不必要将其质保作为首要考虑因素。

5. 质量与性能

内存质量包括内存颗粒质量和PCB板质量及相关的电子元件质量。所谓一分钱一分货,内存产品的质量从其产品价格上略知一二。但低价不代表低质。由于目前内存条的生产技术已经相当成熟,低价的内存产品虽然在做功与用料方面要比高端产品略逊,但也极少出现因产品质量而引起的不稳定问题。一般来说,品牌内存的出故障几率相当低,消费者对品牌的内存质量不必过分担心。

而在产品性能方面,不同品牌的性能因其 SPD 中设置的延时值等的不同,性能会有微小的差距,但是除非是通过测试来查看数据,否则在大部分应用中这些相差的性能几乎可以忽略。另一方面,某一品牌由于其不同批次的产品采用的芯片不同,对 SPD 的设置也未必相同,若是真要考虑这方面的用户,除了看品牌外,在实际选购时也不要忘了看清这方面的参数。

6. 产品价格

实际上,很多消费者在选购内存时受自身的品牌倾好影响比较大,这是个人的喜好问题,与产品价格无关。内存产品的选购,无非是针对用户的自身要求而定。高要求者,选择高标准的产品,而普通用户,则没有太大的必要为一线产品的高价格买单,普通产品也不会影响到日常的使用。

4.1.6　辨别内存真伪

市场上常会有一些不法商家欺骗用户,换用假冒伪劣的内存。用户选购内存时,特别注意以下几点辨别方法。

1. 通过观察产品说明书辨别

正品内存的说明书,会详细介绍产品性能和指标,其文字和图示清晰明朗,如图 4-14 所示。而伪劣产品的说明书就做不到这点,也不提供官方网的网址以及查询方法。

2. 通过包装盒辨别

正品的内存都有单独塑封盒,盒面由不干胶纸标签贴封。不干胶纸标签上,印有详细的产品型号、参数、容量、条形码及商标和产地等,标签上印字精美,套色均匀,如图 4-15 所示。

图 4-14　内存说明书

图 4-15　封盒标签

3. 通过短信或网站查询

目前正品的内存都有防伪标签,上面提供了短信真伪查询号码或官方网真伪查询信息,用户可以通过查询来确定内存的真伪,图 4-16 所示为金士顿内存条防伪标签。

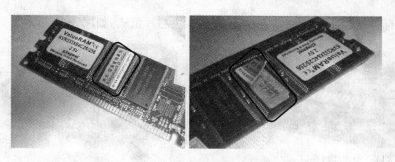

图 4-16　金士顿的防伪标签

4.2　硬盘

除内存以外，计算机还有许多外部存储设备。硬盘就是计算机系统中重要的外部存储设备之一，使用硬盘可以将数据长期保存。

4.2.1　硬盘的结构

硬盘是计算机内数据存放的仓库，其主要优点是能够长期保存程序和数据等信息，存储容量大，计算机内所有的图片、文字、音乐、动画等，都是以文件的形式存放在硬盘内的。

1. 硬盘的外部结构

从外观上看，硬盘是一个金属盒子，由接口、控制电路板、外壳和标签组成，如图 4-17 所示。

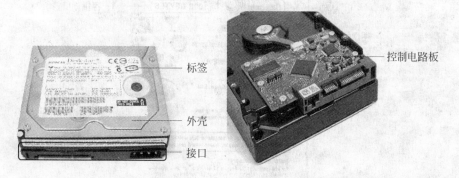

图 4-17　硬盘的外部结构

1）接口

接口又可分为数据线接口、电源接口和跳线接口 3 种，如图 4-18 所示。

新一代的硬盘使用 SATA 接口技术，具有传输速度快、支持热插拔等特性，如图 4-19 所示。

2）芯片

控制电路板是集成了调节硬盘盘片转速的主轴调速电路、控制磁头的驱动电路、读写电路和接口电路的电路板，从外形来看，可以看到控

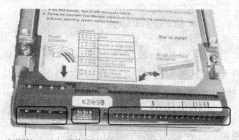

电源接口　主从盘跳线接口　数据线接口

图 4-18　硬盘的接口

制电路板上有主控芯片、主轴控制芯片和缓存 3 块芯片组成，如图 4-20 所示。

数据线接口　电源线接口

图 4-19　硬盘的接口 　　　　　　　　图 4-20　硬盘的控制电路板

（1）主控芯片：这是控制电路板上最大的一块芯片，提供了硬盘工作的基本要素，负责管理硬盘工作、接口传输和电源供应，硬盘使用的 S.M.A.R.T 等技术也整合其中。

（2）主轴控制芯片：该芯片可以看成是驱动器，在控制电路板上它是最小的一块正方形芯片，可在硬盘加电后，自动启动主轴电机，初始化寻道，定位和自检等一系动作。

（3）缓存：该芯片是硬盘的一块内存芯片，具有极快的存取速度，它是硬盘内部存储器和外部接口之间的缓冲器，主要用于调节硬盘的内部数据传输速度和外界设备的传输速度。

3）标签

外壳是为了保证硬盘盘片和内部机械部分的稳定而采用的一个金属盒。在外壳上贴有标签，上面标识了产品型号、容量、品牌、产品序列号等信息。外壳标签如图 4-21 所示。

图 4-21　硬盘的标签

2．硬盘的内部结构

硬盘内部是被全密封的高度精密机械配件，即使是很小的灰尘，也会对盘片造成损坏，使硬盘无法存储数据。在硬盘内部有盘片、主轴和读写磁头等几个部分，如图 4-22 所示。

1）盘片

盘片是硬盘存储数据的载体，目前硬盘盘片大多采用铝金属薄膜材料，具有更高的存储密度、高剩磁及高矫顽力等优点。

2）主轴

主轴包括轴承和马达两部分，主要用于转动盘片，随着硬盘容量不断增大、读取速度的提高,主轴电机的速度也在不断提升,现在都采用液态轴承电机技术来降低硬盘工作时的噪音。

　　3) 读写磁头

　　读写磁头是由读写磁头、传动手臂、传动轴 3 部分组成的,如图 4-23 所示。在工作时,读写磁头通过传动手臂和传动轴以固定半径扫描盘片,读写磁头在高速旋转的磁盘表面滑行,以获得极高的数据传输率。

图 4-22　硬盘内部结构

图 4-23　硬盘的读写磁头

4.2.2　硬盘的分类

　　随着计算机技术的不断发展,硬盘的制作技术也得到了提高。从诞生至今,硬盘有许多不同的类型,可通过对硬盘的接口类型和硬盘适用类型来进行划分。

1. 按硬盘接口类型分

　　硬盘接口是硬盘与主机系统间的连接部件,主要完成数据的传输。不同的接口类型,数据传输速度也不同。硬盘接口有 IDE、SATA 和 SCSI 3 种,目前 SATA 接口的硬盘比较普遍。

　　1) IDE 接口

　　IDE(Integrated Drive Electronics)即电子集成驱动器,其外观如图 4-24 所示。它将硬盘控制器与盘体集成在一起,有 40 针的数据接口。IDE 还有另外一种叫法是国际标准并行接口技术,也叫 ATA 接口,数据传输率有 100MB/s 和 133MB/s 两种。主要应用于个人计算机,不支持热拔插技术。

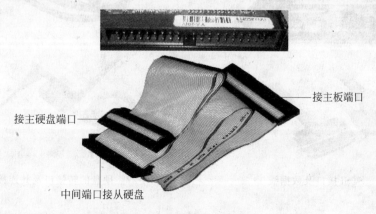

图 4-24　IDE 接口及数据线

专家点拨　如果在工作时将 IDE 接口硬盘的数据线拔出会造成硬盘电路板损坏，再次使用时系统将无法识别硬盘。正确操作方法是：先关闭主机电源，后将硬盘数据线取下。

2) SATA 接口

SATA(Serial ATA)接口硬盘又称为串口硬盘，其外观如图 4-25 所示。它的出现主要是为了缓解磁盘系统的瓶颈问题，而采用串行方式传送数据的硬盘，数据线数目很少，采用 7 针数据接口。SATA 1.0 定义的数据传输率为 150MB/s，SATA 2.0 的数据传输率为 320MB/s。主要应用在个人电脑上，支持热拔插技术。

3) SCSI 接口

SCSI(Small Computer System Interface)接口是一种小型计算机系统接口，其外观如图 4-26 所示。它与 IDE(ATA)完全不同，IDE 接口是普通 PC 的硬盘标准接口，而 SCSI 却并不是专门为硬盘而设计的，它是一种广泛应用于小型机上的

图 4-25　SATA 接口及数据线

高速数据传输接口，其优点是应用范围广、多任务、带宽宽、CPU 占用率低以及支持热插拔等，但由于价格较高，所以难以普及，主要应用在中、高端服务器和高档工作站上。

很多情况下，用户经常会将 IDE 接口或 SATA 接口硬盘(光驱)转换成 USB 接的硬盘，将它作为移动硬盘使用。实现方法很简单，只需要到电脑市场上购买一个硬盘转换接口就可以了。硬盘的转接口及其连接方法如图 4-27 所示。

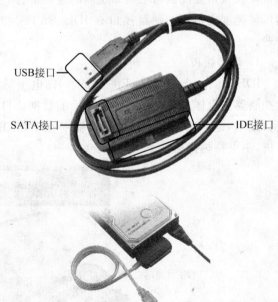

USB接口

SATA接口　　　　IDE接口

图 4-26　SCSI 接口及数据线　　　　　图 4-27　硬盘的转接口及其连接方法

2. 按适用类型分

根据硬盘适用的计算机类型的不同,硬盘产品的特点也会不同。如普通台式机、笔记本电脑和服务器,每种类型的计算机对硬盘的外部结构和性能的要求都不一样。

1) 普通台式机硬盘

普通台式机硬盘是最为常见的计算机存储设备,目前普通台式机的硬盘容量一般为320GB 或 500GB,转速为 7200r/min,硬盘直径为 3.5 英寸,采用 SATA 接口。

2) 笔记本硬盘

笔记本硬盘的主要特点是体积小、重量轻、稳定性好、功耗低等,如图 4-28 所示。目前笔记本硬盘的直径为 2.5 英寸,厚度约为 8.5～12.5mm,重量在 100g 左右,容量为 320GB,转速为 5400r/min,也采用 SATA 接口。

3) 服务器硬盘

服务器是网络的核心,服务器硬盘则是这个核心的数据仓库,其外观如图 4-29 所示。对用户来说,服务器硬盘上储存的数据是最宝贵的,所以对硬盘可靠性要求非常高,为了使硬盘能够适应大数据量、超长工作时间的工作环境,服务器一般采用高速、稳定、安全的SCSI 硬盘。

图 4-28　笔记本硬盘　　　　　　　　　图 4-29　服务器硬盘

4.2.3　硬盘的性能指标

在如此频繁地淘汰、更新硬盘的过程中,用户只有非常熟悉硬盘的一些技术参数和性能指标,才能在每次的更新换代中获取到质量可靠、性能稳定的硬盘。一块新型硬盘的性能的优劣,同它的单碟容量、转速等指标紧密相关,因而要判断一个硬盘的性能的好坏只能从其性能指标来判断,其中重要的几个性能指标如下。

1. 硬盘容量

硬盘容量是指硬盘存入数据量的多少。硬盘容量越大,能够存放的数据就越多。目前的硬盘容量一般为 320GB 或者更大。

专家点拨　硬盘在操作系统中显示容量与标注的容量相比会少一些。比如,标注320GB 的硬盘,可能系统中显示只有 315GB 甚至更少一些。这是因为硬盘厂家和操作系统两者对硬盘容量的计算方法不同造成的。系统中将每 1024 字节作为1KB,而一般厂家是将每 1000 字节作为 1KB,这样一来硬盘的容量就出现了差异。

2．转速

转速（Rotational Speed）是指硬盘中电机主轴的转动速度，它是决定硬盘内部传输能力的关键参数，在很大程度上决定了硬盘的速度，转速越高，硬盘读写时间越短，同时也是区别硬盘档次的重要标志。目前普通台式机的硬盘转速为 7200r/min、笔记本电脑为 5400r/min、服务器为 12000r/min 或更高。

3．缓存

缓存（Cache Memory）是硬盘控制器上的一块内存芯片，它是硬盘内部存储体与外界接口之间的缓冲器。缓存大小和速度直接影响着硬盘数据传输的速度。目前硬盘缓存容量为 8MB 到 16MB 或更高。

4．单碟容量

单碟容量是指硬盘内部的一个存储盘片所能存储的最大数据量。因为标准硬盘的碟片数是有限的，靠增加碟片来扩充容量满足不断增长的存储容量的需求是不可行的，只有提高每张碟片的容量才能从根本上解决这个问题。现在的大容量硬盘采用的都是新型 GMR 巨阻型磁头，磁碟的记录密度大大提高，硬盘的单碟容量也相应提高了。

单碟容量的一个重要意义在于提升硬盘的数据传输速度，单碟容量越高，存储数据的密度就越大，读取数据速度也越快。硬盘单碟容量的提高得益于数据记录密度的提高，而记录密度同数据传输率是成正比的，并且新一代 GMR 磁头技术则确保了这个增长不会因为磁头的灵敏度的限制而放慢速度。

5．内部数据传输率

内部数据传输率是指硬盘磁头与缓存之间的最大数据传输率，也叫持续数据传输率（Sustained Transfer Rate），单位为 MB/s，一般取决于硬盘的盘片转速和盘片线密度（指同一磁道上的数据容量），它反映了硬盘的读写能力。内部数据传输率的高低是评价一个硬盘整体性能的决定性因素。目前普通用户级硬盘的内部数据传输率在 70～90MB/s 左右，笔记本硬盘的内部数据传输率则在 55MB/s 左右。

6．S.M.A.R.T

S.M.A.R.T（自监测、分析、报告技术）是一种普遍采用的数据安全技术。在硬盘工作时，监测系统对电机、电路、磁盘、磁头的工作状态进行分析，当有异常发生时就会发出警告，还会自动降速并备份数据。

7．扇区

扇区（Sector，磁区）是磁盘上最小的存取单位，从逻辑上来讲，一个磁盘由圆心向外分为好几轨，每一轨再分为好几个扇形区域，每个小区域被称为扇区。磁盘扇区如图 4-30 所示。

8. 磁道

当盘片旋转时,磁头保持在一个位置上不动,则每个磁头都会在磁盘表面划出一个圆形轨迹,这个圆形轨迹就叫做磁道,如图 4-31 所示。在磁盘表面都涂有磁性材料,工作时,由磁头在磁层上进行读/写操作,信息就被记录在磁层上。

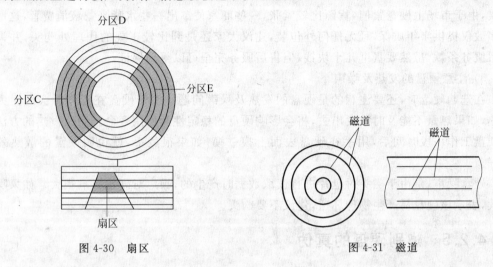

图 4-30　扇区　　　　　　　　　　　　图 4-31　磁道

4.2.4　硬盘的选购

随着硬盘制造技术的不断发展,如今的硬盘厂商纷纷推出一系列的新品,常会在广告或者杂志报刊中宣传自己的硬盘采用什么先进的技术,单碟容量怎么大,接口技术怎么快等,广告宣传琳琅满目,让消费者不知如何选购一款合适自己的硬盘。用户要选购一款合适自己的硬盘,可以从以下几个因素来考虑。

1) 接口的类型

在选购硬盘时,首先要弄清楚主板上的硬盘接口类型,目前常见的硬盘接口有 ATA 接口、SATA 接口以及 SCSI 接口。其中 SCSI 为小型计算机系统接口,主要用于服务器或者高端工作站,且售价比普通硬盘高 3～7 倍,不适合我们一般 PC 用户。ATA 接口即为我们平时所称的 IDE 接口,目前最先进 IDE 接口即为 2000 年 6 月发布的 Ultra ATA/100,他最高支持高达 100MB/S 的外部数据传输,而现在主流的接口主要是 SATA 2.0 接口。

2) 硬盘的容量

容量的单位为兆字节(MB)或千兆字节(GB)。目前的主流硬盘容量为 500GB 左右,影响硬盘容量的因素有单碟容量和碟片数量,现在的单碟容量通常为 6.8GB～15GB,而最高的单碟容量现在已高达 20GB,很多的媒体都推荐大家购买硬盘的容量越大越好,其实不然,假设用户购买的硬盘为 100G,估计用个 7～8 年应该没问题,但是到一年或者两年后,计算机制造技术又不知会有多大的发展,也许到那时,所使用的计算机瓶颈就是这个硬盘了。这就和当初老"奔"时代,装的 4.3G,4500 转的硬盘,配在当前 PIII 上面,无疑就是一个瓶颈了,所以比较推崇大家购买一块容量适中的硬盘,一般普通用户有 320GB 足够,如果做 PS 图形图像则最好选择 500GB 或更大。

3）硬盘的缓存

当然是越大越好，可以用来提高读写的速度，目前硬盘缓存通常为 2MB 或 8MB，且差价不大，建议大家购买 Cache 比较大一点的，目前的主流就是 16M 或者更大。

4）硬盘的售后服务

硬盘由于读/写操作比较频繁，所以保修问题非常重要，一般质保时间为 3～5 年。很多时候，由于市场上硬盘紧俏，货源比较紧张，一些商家便拿出一些水货来蒙蔽消费者，这些水货多数仅提供半年质保，且无任何外包装，建议大家还是到比较正规的代理处购买，并询问售后服务条款，虽然要贵个几十块钱，但售后服务完全可以得到保证。

5）注意硬盘的发热及噪声

在选购硬盘时，还要注意的是硬盘的发热及噪声问题。由于硬盘在工作时会产生大量的热，如果热量不能及时散发出去，将会影响硬盘的稳定性及使用寿命。测试发热的方法是让硬盘工作一段时间后，用手在硬盘表面上摸一摸，如果很烫手，就说明硬盘的散热效果不好。

硬盘噪声，是由于磁头对盘片进行读取数据时产生的，噪声对硬盘影响很大。如果噪声太大，表示该硬盘易产生物理坏道，建议不要购买。

4.2.5　辨别硬盘的真伪

众所周知，硬盘在计算机内部是存储数据的关键部件，它既精密又十分娇气，如今市场中的假货让经销商及厂商都头疼不已，其低廉的价格要比正品产品便宜将近一半，一般的消费者在认不清真假的情况下，极易被假货老板“忽悠”。而假货产品是由非正规厂家生产的，不具有任何质量保证。

随着信息量的猛增，硬盘容量也在不断扩大，如何让客户大量的宝贵数据妥善保存，挑选一款正品行货硬盘成为大家普遍关注的焦点。本节将给大家介绍一些辨别硬盘真伪的方法。

1. 通过硬盘标签上的型号辨别

硬盘的外壳标签上都会印有该硬盘的型号，如图 4-32 所示。

安装后可右击“我的电脑”图标，在打开的快捷菜单中选择“管理”命令，打开“计算机管理”对话框，在该对话框左边的树型浏览中选择“设备管理器”，然后在右边相应的内容中选择“磁盘驱动器”，即可查看到硬盘的型号，如图 4-33 所示。可通过比较硬盘外部标签上的型号与系统中显示的型号是否一致来辨别真伪。

图 4-32　硬盘的编号

2. 通过官方网站查询

可通过公司提供的官方网站查询硬盘标签上的序列号来辨别真伪。如希捷硬盘查询网址为 http://support.seagate.com/customer/warranty_validation_cn.jsp，如图 4-34 所示。

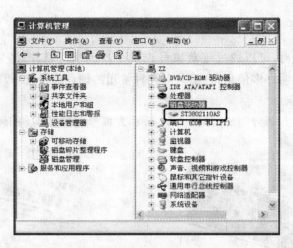

图 4-33　磁盘驱动器型号

图 4-34　希捷硬盘查询方法

进入网站后输入产品序列号(S/N)、硬盘型号(Model Number)或部件号(P/N),单击"提交"按钮进行查询。

3. 二手硬盘的辨别

辨别二手硬盘的简单方法是注意硬盘的螺丝口有无痕迹以及硬盘表面是否有刮痕,如图 4-35 所示。另外,如果发现购买的硬盘已经分好区了,那肯定是二手硬盘,因为厂商是不会为新硬盘分区的。

4. 识别硬盘编号

用户在选购硬盘时,可以通过硬盘编号识别硬盘生产厂家、产品型号和技术参数等信息。硬盘编号能够说明许多信息,这里只对几种常用的硬盘编号进行详细介绍。

1) 三星硬盘编号

三星硬盘编号由 5 部分组成,如图 4-36 所示为编号 HD321KJ 的硬盘。

图 4-35　二手硬盘　　　　　　　　　　　图 4-36　三星硬盘编号

编号中每个字母和数字的含义如下所示。

- HD:表示硬盘的适用类型。编号 HD 为桌面型、HE 为商业型、HM 为笔记本电脑适用,HX 为外置型。
- 32:表示硬盘容量为 320GB。
- 1:暂无表示。
- K:表示硬盘的容量单位及磁头数。这里表示容量为 10,磁头数为 5。
- J:表示硬盘的接口和转速。这里表示接口为 SATA2.0,转速为 7200r/min。

2) 日立硬盘编号

日立硬盘编号由 7 部分组成,如图 4-37 所示为编号 HTS723232L9A60 的硬盘。

编号中各字母和数字表示含义如下。

- HTS:日立硬盘产品系列。
- 72:表示硬盘转速为 7200r/min。
- 32:表示最大硬盘的容量为 320GB。如果编号为 25 则表示容量为 250GB,编号为50 则表示容量为 500GB。
- L:表示硬盘尺寸。这里 L 表示硬盘为 2.5 英寸盘。
- 9:表示硬盘的厚度为 9.5mm。
- A3:表示硬盘的接口为 STAT 300。
- 6:表示硬盘的缓存为 16MB。

3) 希捷硬盘编号

希捷硬盘编号由 7 部分组成,如图 4-38 所示为编号 ST3500320AS 的硬盘。

编号中各字母和数字表示含义如下。

- ST:表示是希捷硬盘。
- 3:表示硬盘的尺寸,为 3.5 英寸。
- 500:表示硬盘的容量,为 500GB。

图 4-37 日立硬盘编号

图 4-38 希捷硬盘编号

- 2：表示硬盘的碟片数为 2 碟。单碟容量一般为 250GB。
- 3：表示硬盘缓存为 32MB。
- 0：是硬盘备用数字。
- AS：表示硬盘接口为 SATA 口。

4）西部数据硬盘编号

西部数据硬盘编号由 4 部分组成，如图 4-39 所示为编号 WD5001ABYS 的硬盘。

编号中各字母和数字表示含义如下。

- WD：表示是西部数据硬盘。
- 500：表示硬盘总容量为 500GB。
- AB：表示单碟容量。AB 表示单碟容量为 250GB，AA 表示单碟容量为 160GB。
- YS：表示硬盘的适用类型。YS 为企业型，KS 为普通用户。

图 4-39 西部数据硬盘编号

专家点拨 各常用硬盘品牌厂家字母代号如下：三星（SAMSUNG）、西部数据（Western Digital，WD）、希捷（Seagate，ST）、日立（HITACHI）、迈拓（Maxtor）、富士通（Fujitsu）、东芝（TOSHIBA）。

4.3 光驱

随着多媒体技术的发展，数据量也成倍的增加，原来的软盘已经不够记录这些信息，而硬盘的代价又太高，于是，光盘出现了。现在，几乎所有的多媒体制品都是以光盘的形式出现，而光驱是唯一能读取光盘的设备。

4.3.1 光驱的分类

光驱（Drive）的全名是光盘驱动器，它不但能够将光盘上的数据读出，更重要的是它还能够将电脑中的数据刻录到光盘中。根据光驱存储介质的功能、接口和适用类型的不同，可以按光驱的存储介质和接口的不同及适用类型进行分类。

1. 按光驱的存储介质功能划分

按光驱的存储介质的功能分类可分为 CD 光驱、DVD 光驱、刻录机和 COMBO 光驱 4 种。

1) CD 光驱

CD 光驱(CD-ROM)全称是"只读型光驱",主要用于读取 CD 光盘上的数据,且只能读取 700MB 之内 CD 光盘。因为 CD 光盘在存储容量上的限制,现在多被 DVD 光驱所取代。一般 CD 光驱的识别方法是光驱外观上标明 52X max 字样,如图 4-40 所示。

2) DVD 光驱

DVD 光驱(DVD-ROM)读取的 DVD 盘片能够存储高于 CD 光盘容量的数据,也就是可以读取 4.7GB 容量以上的光盘。一般 DVD 光驱的识别方法是光驱外观上标明有 DVD 字样,如图 4-41 所示。

图 4-40　CD 光驱　　　　　　　　　　图 4-41　DVD 光驱

3) 刻录机

刻录光驱是既能够对特殊光盘进行数据写入,又能将光盘中数据读出的设备。刻录机还可以细划为 CD 刻录机(CD+RW)和 DVD(DVD+RW)刻录机两种。目前的 DVD 刻录机不但可以刻录 DVD 光盘,还可以刻录 CD 光盘。刻录光驱外观上会标明 RW 字样,如图 4-42 所示。

4) COMBO 光驱

COMBO(康宝)光驱是一种特殊的光存储设备。它是将 CD-RW 和 DVD-ROM 结合在一起,具备 CD 和 DVD 光盘的读取功能。能够刻录 CD,且主要用于笔记本电脑的光驱。常用光驱外观上会标明 COMBO 字样,如图 4-43 所示。

CD刻录机　　　　　　DVD刻录机

图 4-42　刻录机　　　　　　　　　　图 4-43　COMBO 光驱

2. 按光驱接口划分

1) IDE 接口

IDE 数据接口是 40 针规格的接口。IDE 接口有两种传输率速率,即 100MB/s 和

133MB/s。常用于台式机,外观如图4-44所示。

2) SATA 接口

SATA 数据接口是采用 7 针规格的接口,可以用 SATA1.0 定义的数据传输接口率
(150MB/s)或 SATA 2.0 的数据传输率(320MB/s)进行数据传输,常用于台式机,外观如
图4-45所示。

图 4-44　IDE 接口光驱

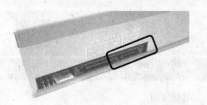

图 4-45　SATA 接口光驱

3. 按适用类型划分

按适用类型划分可分为台式机光驱和笔记本光
驱。台式机的光驱一般体积较大,外形尺寸为 148×
42.3×172.7mm。而笔记本电脑的光驱体积比台式机
小很多,如图4-46所示。

图 4-46　笔记本电脑光驱

4.3.2　光驱的结构

光驱正面的控制面板是光驱外部结构的组成部分。它由托盘面板、指示灯、开盒按钮和
应急开盒孔组成,如图4-47所示。

- 托盘:用于放置光盘。
- 指示灯:显示光驱的运行状态。
- 开盒按钮:用于控制进出盒。
- 应急开盒孔:用于断电后或非正常状态下打开托盘。例如,可以用针桶应急开盒
  孔,如图4-48所示。

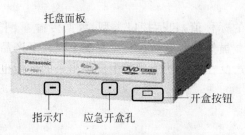

图 4-47　光驱的前控制面板

图 4-48　应急开盒

光驱背面包括有音频接口、主从关系跳线、数据线接口及电源接口,如图4-49所示。

打开光驱的外壳,可看到它的内部结构,光驱的内部结构由激光头组件、解码电路和电
机控制组件 3 个部分组成。

（1）激光头组件：包括光电管、聚焦透镜等组成部分，如图 4-50 所示。配合运行齿轮机构和导轨等机械组成部分，在通电状态下根据系统信号确定、读取光盘数据并通过数据带将数据传输到系统。

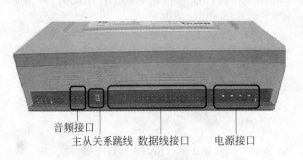

音频接口
主从关系跳线　数据线接口　电源接口

图 4-49　光驱背面

图 4-50　激光头组件

（2）解码电路：主要负责将激光头读出的信息转换为模拟脉冲，即电平信号，最后又将电平信号转化为数字信号并输出到主机接口总线，如图 4-51 所示。

（3）电机控制组件：主要用于控制光头的移动、光盘转动及开盒电机，如图 4-52 所示。

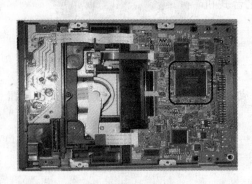

图 4-51　解码电路

图 4-52　电机控制组件

4.3.3　光驱的性能指标

性能指标参数是生产厂商产品推出过程中的标称值，包括接口类型、数据传输率、平均寻道时间、内部数据缓冲、多种光碟格式支持等。虽然这些参数在一定程度上反映了产品的性能，但由于设计方式的不同，即使相同速度的产品在实际使用过程中反映出来的性能也大有差异，因此在选购光驱时应考虑如下条件。

1. 速度

速度指的是光驱的数据传输率，一般以倍速来表示。如 CD-ROM 为 52X，而 52X 指的是 CD 光驱的数据传输倍速。对于 CD-ROM 光盘而言，它的标准传输率是 150KB/s，而对于 DVD-ROM 光驱而言，它的标准传输率是 1.35MB/s。光驱的最大读取速度等于倍数与标准传输率的乘积。例如，16 倍速 DVD 光驱数据传输率为：$16 \times 1.35\text{MB/s} = 21.6\text{MB/s}$。现在市场上主流的光驱其速度为 18X。

刻录机速度表示方法与普通光驱的速度表示方法不同。例如,DVD±RW 16X16X8X4X,其中第 1 个 16X 表示 DVD-ROM 读取速度,第 2 个 16X 表示写入速度,8X 表示复写速度,而 4X 表示 DVD 刻录的速度。

2. 缓存

缓存是读取数据的缓冲区,设置缓存的目的是为了提高光驱读取的速度。光驱本身所带的缓存在一定程度上能够提高数据传输效率,理论上缓存越大速度越快,目前普通光驱缓存容量一般设置为 256KB~512KB,而刻录机缓存容量一般设置为 2MB~16MB。但是影响光驱性能的原因很多,因而多数产品仍使用 128KB 和 256KB 的缓存。另外随着可擦写光盘驱动器的普及,对包括 CD-R/RW 盘片在内的多种光碟类型的支持也显得非常重要,这无疑扩大了光驱作为多媒体部件的使用范围。

3. 平均寻道时间

平均寻道时间是衡量光驱性能的一个重要指标。平均寻道时间是指光驱查找一条位于光盘可读取区域中数据道所花费的平均时间,单位是毫秒(ms)。目前 DVD 光驱平均寻道时间一般为 90ms~100ms。

4. 容错性

容错性是指光驱对一些质量不佳的光盘的读取数据的能力。任何光驱的性能指标中都没有标出容错能力的参数,但这却是一个实在的光驱评判标准。在高倍速光驱设计中,高速旋转的马达使激光头在读取数据的准确定位性上相对于低倍速光驱要逊色许多,同时劣质的光碟更加剧对光驱容错能力的需求,因而许多厂家都加强对容错能力的设计。其中中国台湾的光驱产品相对而言读取能力要好于日本、韩国等的产品,但在性能上却是良莠不齐。一些小厂家只是单纯加大激光头的发射功率,初期使用时读盘容错能力非常好,但在两三个月之后,其容错性能明显下降。而名牌大厂通常以提高光驱的整体性能为出发点,采用先进的机芯电路设计,改善数据读取过程中的准确性和稳定性,或者根据光碟数据类型自动调整读取速度,以达到容错纠错的目的。因此在选择光驱时除了要有较好的容错能力外,还要注意其整体性能的优良。必须注意的是,为了保证数据读取的严密性,光驱产品不可能具有同VCD 影碟机一样的超强纠错能力,两者设计的出发点和使用目的都不相同。

目前许多公司都采用了先进的容错技术,采用中等功率的激光头,有良好的稳定性,从而提高光驱的容错性能。

5. 其他

光驱高速旋转的主轴马达带来的震动、噪音、发热对光盘有一定的影响,选择有防震机构、静噪性能的产品对光驱和光盘都有好处。另外具备高速音轨捕捉的光驱产品,借助软件可以直接在 CD 上抓取高效压缩、音质纯正的 MP3 数字音乐文件。

4.3.4 光盘

光盘(Disc)是用激光扫描的记录和读出方式保存信息的一种介质,如图 4-53 所示。光盘的最大容量大约是 650MB(DVD 盘片单面 4.7GB)。光盘的存储原理比较特殊,里面存储的信息不能被轻易地改变,有一种特殊的光盘 CD-R 是可以写的,但需要使用"光盘刻录机"才能把内容写到 CD-R 光盘上。

1. 光盘的结构

一般光盘就是一张盘片,主要由保护层、金属反射层、染色层、预刻槽和塑料基座等几部分组成,如图 4-54 所示。标准光盘的尺寸直径为 120mm,中心孔为 15mm,厚度为 1.2mm。

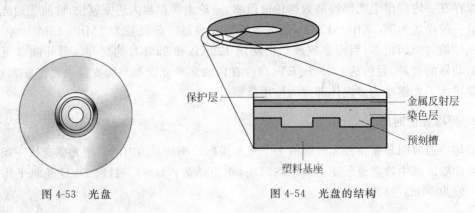

保护层   金属反射层   染色层   预刻槽   塑料基座

图 4-53   光盘   图 4-54   光盘的结构

2. 光盘的格式

光盘主要有以下几种格式:

(1) CD-DA(CD-Audio)称为数字音乐光盘,是用于储存音效格式的光盘格式。主要是以音轨方式储存声音资料,CD-ROM 能兼容此格式音乐。

(2) CD-ROM(Compact Disc Read Only Memory)称为只读光盘,用于计算机数据存储和压缩视频图像存储两种类型。

(3) CD-R(Compact Disc Recordable)称为刻录光盘,只能写入一次光盘数据。

(4) CD-RW 是可反复刻录式光盘。其原理是在光盘上加上一层可改写的染色层,使用激光可以实现对光盘数据的多次、反复写入。

(5) DVD(Digital Versatile Disk)称为数字万用光盘,它的特点是容量大,有 4.7GB 以上。

3. 光盘容量

光盘的容量根据光盘格式的不同可分为以下几种:

(1) CD 光盘容量为 700MB。

(2) DVD5 光盘容量为 4.7GB,采用的是单面单层技术,即一面数据,另一面印刷图案和文字,如图 4-55 所示。

(3) DVD9 光盘容量为 8.5GB,采用的是单面双层技术,即一面数据,另一面印刷图案和文字,如图 4-56 所示。

(4) DVD10 光盘容量为 9.4GB,采用双面单层技术,两面都用于记录数据,如图 4-57 所示。

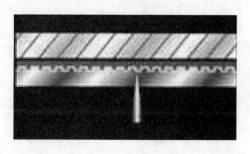

图 4-55 单面单层

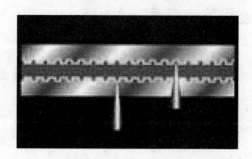

图 4-56 单面双层

（5）DVD18 光盘容量为 17GB，采用双面双层技术，两面都用于记录数据，如图 4-58 所示。

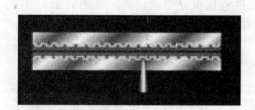

图 4-57 双面单层

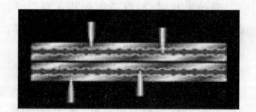

图 4-58 双面双层

专家点拨 所谓光盘的单面双层技术，指的是双层盘有两个数据层。上面的一层是半透明层，以便激光头能够穿透它，读到第二层数据。因为单面双层盘两层数据都在同一个面上。双层盘相对于单层盘可以拥有几乎两倍的数据量。

4.3.5 光驱和刻录机的选购

在购买光驱时，用户要根据实际需要进行选择。除此之外，还应注意一些其他的选购技巧。

1. 光驱选购技巧

1）选择品牌

优秀的品牌是产品质量的保证。光驱的性能、质量、售后是用户最关心的问题。目前光驱市场的几大厂商，如先锋、三星、索尼、微星、飞利浦、LG、华硕、明基、建兴等品牌的产品质量都非常不错。

2）价格

现在所有 DVD 光驱的价格都相差不大，大概在 120 元左右。

3）做工

正品光盘驱动器表面无毛刺感，金属外壳有光泽，轻摇时内部无响声，光驱背面清晰地印有详细的技术参数和产品信息。

在购买时如果要考虑是否为正品光驱可以用手掂量光驱重量，全钢机芯光驱是比较重的。越重就越能保证读取速度的稳定，再听听工作时的噪音，应选择噪音小，发热量小的产品。

4）售后服务

目前市场上大多数光驱都号称一年保换,但很多小品牌因为价格低,利润也低,使得一年保换的承诺成为虚设。所以,用户在选购时要注意品牌与经销商的信誉度。

5）纠错测试

纠错能力差将导致读取光盘坏区时非常困难,甚至会使得系统停止响应或计算机死机。要测试光驱纠错能力最简单的方法就是使用几张质量不好的光盘来测试光驱的纠错能力。

2. 刻录机选购技巧

1）注意缓存容量

刻录光盘时,数据必须先写入缓存。刻录时软件将从缓存中调用需刻录的数据。在刻录的同时,后续数据还需不停地写入缓存,如果没有及时写入就可能导致刻录失败。因此,缓存容量越大,刻录成功率就越高。

2）选择刻录格式多的光驱

用户在选购光驱时,最好选择刻录格式越多的越好。目前 DVD 刻录机除了能支持普通刻录机支持的刻录格式外,还支持 DVD－R、DVD＋R 和 DVD－RW 等格式的光盘刻录。

3. 光盘的选购

正规产品品质才有保证。正规厂家的光盘具有用料考究,做工精致,盘基厚,数据存储能力强,不易划伤的优点。辨别是否正规厂家光盘的简单方法是检测印制层是否有光泽,盘基是否被划伤等。

4.4　实训

4.4.1　查看内存型号和参数

1. 实训设备

运行 Windows 操作系统的多媒体计算机一台,并安装了 EVEREST 测试软件。

2. 实训目的

(1)掌握 EVEREST 测试软件的使用方法。

(2)通过 EVEREST 进一步了解内存的相关信息。

3. 实训指导

(1)运行 EVEREST 软件,打开 EVEREST 软件界面,如图 4-59 所示。

(2)在软件界面的左边的菜单项上,单击"主板"→"内存"选项,然后在右边的窗口就可以看到本机内存的总容量、交换区总数和虚拟内存等信息,如图 4-60 所示。

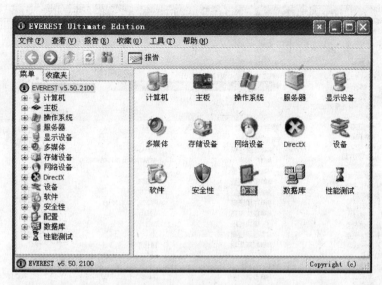

图 4-59 EVEREST 软件界面

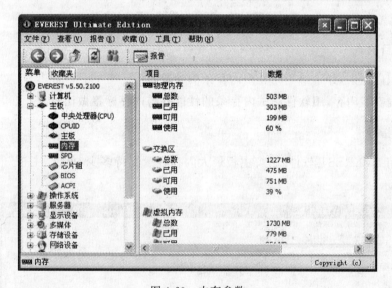

图 4-60 内存参数

（3）单击 SPD，可以看到本机内存类型、内存容量、主频、带宽、工作电压和延迟时间等参数，如图 4-61 所示。

4.4.2 内存条升级方法

1. 实训设备

（1）运行 Windows 操作系统的计算机，需安装测试软件 EVEREST。

（2）不同类型、规格的内存条若干根。

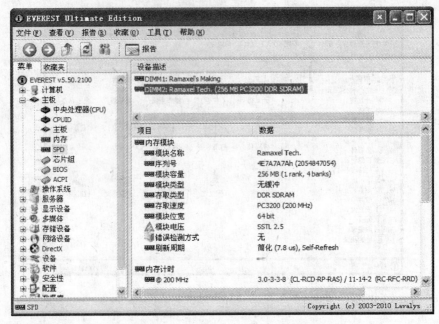

图 4-61　SPD 中相关参数

2. 实训目的

（1）认识内存条，并了解不同类型内存条的参数。

（2）正确安装内存，用软件测试内存条的性能并与内存标签做比较。

3. 实训指导

（1）使用 EVEREST 软件，了解主板最大内存容量支持多少，单击"主板"→"芯片组"，如图 4-62 所示。

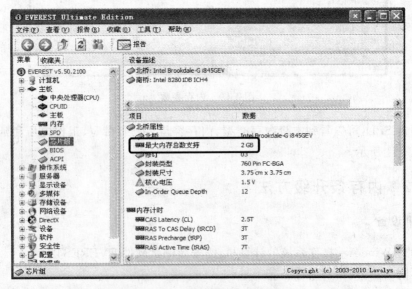

图 4-62　最大内存总数支持

（2）查看现使用的内存类型、内存容量、主频、带宽、工作电压和延迟时间等参数，如图 4-63 所示。

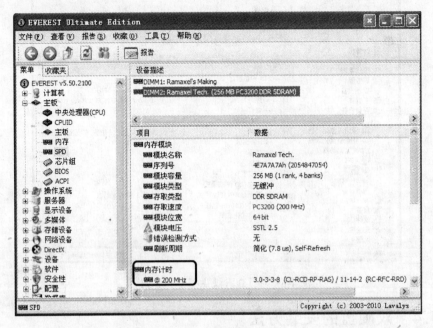

图 4-63 内存相关参数

（3）选择相同品牌、相同类型的内存条。这样两个内存条才能匹配。

（4）戴上防静电手套或防静电手腕，也可以触摸一下金属物体释放身体上的静电。

（5）关闭计算机电源，打开主机箱，观察主板上的内存插槽，确定计算机使用的内存类型。

（6）挑选出合适的内存，将内存插到其中一个内存插槽上。

（7）检查内存插接是否牢固，机箱中有无异物，关上机箱盖，并拧上螺丝。

4.4.3 查看硬盘型号和参数

1. 实训设备

运行 Windows 操作系统的多媒体计算机一台，并安装了 EVEREST 测试软件。

2. 实训目的

（1）掌握 EVEREST 测试软件的使用方法。

（2）通过 EVEREST 进一步了解硬盘的相关信息。

3. 实训指导

（1）运行 EVEREST 软件，打开 EVEREST 软件界面。

（2）在软件界面的左边窗口中，单击"存储设备"→ATA 选项，可以查看本机硬盘的生产厂家、型号、接口类型和缓存等参数，如图 4-64 所示。

图 4-64　查看硬盘型号和参数

4.4.4　双硬盘的安装方法

1. 实训设备

（1）每组一台计算机。

（2）两块 IDE 接口的硬盘。

（3）螺丝刀等安装工具。

2. 实训目的

（1）掌握硬盘的安装方法。

（2）掌握双硬盘的安装和设置方法。

3. 实训指导

所谓的双硬盘，就是将两个硬盘连接到同一根数据线上。但是一般计算机系统是只有一个硬盘的，为了不影响系统的正常启动，必须将它们区分出主盘和从盘。

（1）查看 IDE 接口硬盘标签上的"跳线图"，上面标明 Master 为主盘，Slave 为从盘，Cable Select 为线缆自动选择，如图 4-65 所示。

（2）按上图所示，用镊子将硬盘跳线帽分别对两个硬盘进行连接。即将一个硬盘设置为主盘（Master），另一个设置为从盘（Slave），操作如图 4-66 所示。

（3）用一根数据线将两个硬盘连接到一起，如图 4-67 所示。

（4）通电开机后，按 Del 键，进入 BIOS 程序界面。打开 Standard CMOS features 选项，在 IDE Primary master 和 IDE Primary Slave 选项中将分别显示主盘和从盘的编号，如图 4-68 所示。这就说明主、从盘已连接好。

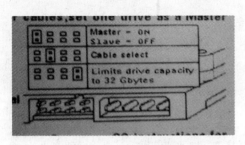

图 4-65　硬盘跳线图

图 4-66　使用跳线帽设置主从盘

图 4-67　用一根数据线连接两个硬盘

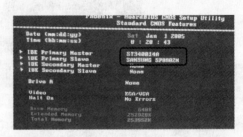

图 4-68　主盘和从盘连接完成 BIOS 界面

专家点拨　两个 SATA 接口硬盘的主、从是通过主板上的 SATA 接口来区分的。一般默认连接在 SATA 1 接口上的为主盘,连接其他接口的为从盘。如图 4-69 和图 4-70 分别是接线图和 BIOS 界面信息。

另外,IDE 接口硬盘和 SATA 接口硬盘如果需要安装在同一台计算机上,不需要进行主从盘跳线设置,系统 BIOS 程序会自动识别。这两个硬盘中启动系统所在的硬盘将被默认为主硬盘。

图 4-69　SATA 接口硬盘主从接线图

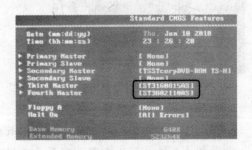

图 4-70　BIOS 程序界面中显示两个硬盘编号

4.4.5　光驱和硬盘同一数据线连接方法

1. 实训设备

(1) 每组一台计算机。

(2) 一块 IDE 接口的硬盘、一个光驱。

(3) 螺丝刀等安装工具。

2．实训目的

(1) 掌握硬盘的安装方法。

(2) 掌握光驱和硬盘同一数据线连接方法。

3．实训指导

(1) 通过主从关系跳线把两个设备设置主从盘，把光驱设为主盘，而硬盘为从盘，如图 4-71 所示。

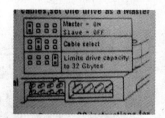　

　　　(a) 硬盘主从盘跳线　　　　　　　(b) 用镊子跳线

图 4-71　跳线

(2) 使用 IDE 数据线把光盘和硬盘连接在一起，如图 4-72 所示。

(3) 通电开机后，按下 Del 键，进入 BIOS 程序界面，打开 Standard CMOS Features 界面，如果在 Primary Master 和 Primary Slave 选项中分别显示了光驱和硬盘的编号，说明主从盘已连接，如图 4-73 所示。

　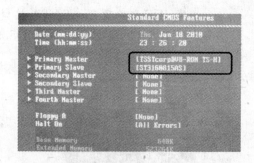

图 4-72　光驱和硬盘接同一根数据线　　　图 4-73　BIOS 程序中光驱和硬盘的编号

专家点拨　当光驱和硬盘连接同一根数据线时，用户不用主从盘之分，也可以启动计算机的系统。因为光驱没有引导系统的文件，计算机扫描完光驱后，自动会进行硬盘扫描并启动操作系统。

本章小结

本章主要介绍存储设备的分类、结构、技术参数和术语及实训。通过掌握这些知识为选购、组装和维护计算机打下良好的基础。

内存和硬盘是计算机的重要部件,是计算机中数据存储和信息交换的设备。它的优劣直接关系到机器运行的状况。所以用户在选购时,应多方参考,才能购买到好的及适合的产品。

练习4

1. 填空题

(1) 内存按发展年代可分为_____、_____、_____和_____。

(2) 内存的作用是_____。

(3) 一块硬盘的编号为 ST3802110AS,编号中的 ST 表示_____,该硬盘总容量为_____。

(4) 硬盘按数据传输接口类型可分为_____、_____和_____,目前主流台式机使用的硬盘接口类型为_____。

(5) 光驱上应急开盒孔的作用是_____。

(6) 光盘的格式,可分为_____、_____、_____、_____和_____等。

2. 简答题

(1) 试简单叙述内存的选购方法。

(2) 内存的技术参数有哪些?

(3) 硬盘的技术参数有哪些?

(4) 硬盘按应用分类,可应用于哪些计算机?

(5) DVD 刻录机上如果标注有 18X18X12X8,试说明每个数字代表的意思。

(6) 简单叙述光驱的选购方法。

第 5 章

显卡与声卡

计算机要显示出内容并发出声音,就需要通过显卡与声卡的数据处理,显示器和音箱只是被动地接收显卡和声卡处理过的信息并显示出来,因此显卡和声卡处理数据的能力直接决定了显示图像和声音的质量。

本章主要内容:

- 显卡与声卡的结构;
- 显卡与声卡的功能;
- 显卡与声卡的分类;
- 显卡与声卡的选购。

5.1 显卡

显卡的全称是显示接口卡(Video Card,Graphics Card),又称为显示适配器(Video Adapter),其主要功能是为显示器提供经过转换和驱动的行扫描信号,并保证这些信息能在显示器被正确显示出来。所以说显卡是连接显示器和计算机系统的重要元件,是实现"人机对话"的重要设备之一。

5.1.1 显卡的结构

显卡是由一块印刷电路板和附在上面的显示控制芯片、显存、显卡接口和一些电容电阻等组成,如图 5-1 所示。如今,一些中、高档的显卡还拥有视频输出和输入接口。

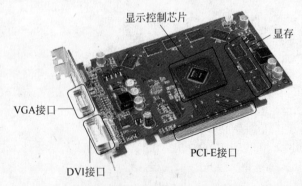

图 5-1 显卡的结构

1. 显示控制芯片（GPU）

显示控制芯片（Graphic Processing Unit），又称为"图形处理芯片"，是显卡的核心部件，其功能是对计算机传送到显卡的数据进行处理后再发送到显示器上。由于显卡需要处理大量的数据，所以在显示控制芯片上一般还要加装散热片和风扇。

目前市场上的显示控制芯片主要由 NVIDIA 和 ATI 两家公司生产，通常简称为 N 卡和 A 卡，如图 5-2 所示。

　　NVIDIA显示芯片　　　　　　　　ATI显示芯片

图 5-2　显示芯片

2. 显存

显存又称"显卡内存"，属于随机存储器，其主要功能是暂时储存显示芯片中要处理的数据和处理完毕的数据。显存的容量越大表示该显卡显示图像的精度越高，画面也越流畅；图形核心的性能越强，需要的显存也就越多。

以前的显存主要是 SDR 的，容量不大。如今市面上的显卡大部分采用的是 GDDR3 显存，这是专门为图形图像处理开发的一种新型内存，具有低功耗、高频率和单颗容量大的优点。单颗颗粒位宽 32b，8 颗颗粒即可组成 256b/512MB 的显存位宽/容量，数据存取速度在 2.5ns(800MHz)～0.8ns(2500MHz)之间。

现在最新的显卡采用了性能更为出色的 GDDR4 或 GDDR5 显存，GDDR5 显存比 GDDR3 显存更加优秀，它的显存颗粒能够提供的总带宽是 GDDR3 的 3 倍以上，具有更大的灵活性和更高的性能，目前的高端显卡采用的都是 GDDR5 显存。

显存主要由传统的内存制造商提供，如三星、现代、Kingston 等。

3. 显卡接口

显卡的接口由总线接口和输出接口两部分组成。

1）总线接口

总线接口可分为 AGP 和 PCI-E 接口两种。AGP(Accelerate Graphical Port)接口是一种显卡专用局部总线接口，如图 5-3 所示，它能够实现点对点（即控制芯片和 AGP 显卡）的连接。AGP 接口从诞生到现在发展经历了 AGP1X、AGP2X 和 AGP8X 等阶段，其传输速度从最早的 266MB/s 发展到现在 AGP8X 的 2.1GB/s，但最终还是被 PCI-E 接口替代。

PCI-E 接口是一种新型的总线接口，采用的是点对点串行连接，如图 5-4 所示，取代 AGP 接口的 PCI-E 接口位宽为 X16，能提供 5GB/s 的带宽。能够支持高阶电源管理、热插拔和数据同步传输，还可以为传输数据进行带宽优化，是目前流行的显卡总线接口。

图 5-3　AGP 接口

图 5-4　PCI-E 接口

2）输出接口

输出接口又可分为 VGA 和 DVI-I 接口两种，目前流行的显卡集成输出接口为 DVI 加 VGA，对 CRT 和 LCD 显示器都可以连接。VGA（Video Graphics Array）接口是用于输出模拟信号的显卡标准接口，常用于显卡的视频输出。VGA 接口由 15 个针孔组成，分成 3 排，每排 5 个。常用的 8 个针孔分别为 1、2、3、6、7、8、13 和 14 针，其针孔功能如图 5-5 所示。

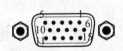

1 为红色　2 为绿色　3 为蓝色
6 为红色地　7 为绿色地　8 为蓝色地
13 为行同步　14 为场同步

图 5-5　VGA 接口插头

专家点拨　显示器图像是由红、绿、蓝 3 原色和行、场同步信号共同组成的。如果显示的图像出现了缺色或无信号现象，多数是由于信号输出接口未接好造成的。

DVI-I 接口是兼容数字信号和模拟信号接口的一种新型接口，由 24 个数字插针孔和 5 个模拟插针孔（4 针孔和一个十字花）构成，如图 5-6 所示。该类型接口具有传输速度快和画面清晰的优点，是目前显卡和 LCD 显示器的首选接口。

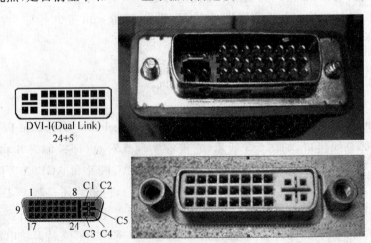

DVI-I(Dual Link)
24+5

图 5-6　DVI-I 接口

专家点拨 DVI-I 接口能兼容模拟信号,但不能作为 VGA 接口直接使用,需要通过一个 DVI 与 VGA 接口转换接头才能使用。

5.1.2 显卡的工作原理

数据一旦离开 CPU,必须通过以下 4 个步骤,最后才会到达显示屏。

(1) 从总线(Bus)进入图形处理器 GPU,即将 CPU 送来的数据送到 GPU 里面进行处理。

(2) 从显卡芯片组(Video Chipset)进入显存,即将芯片处理完的数据送到显存。

(3) 从显存进入随机读写存储模-数转换器(RAM DAC),即将显示显存读取出数据再送到 RAM DAC 进行数据转换的工作(数字信号转模拟信号)。

(4) 从 DAC 进入显示器,即将转换完的模拟信号送到显示屏。

显示效能是系统效能的一部分,其效能的高低由以上 4 步所决定,它与显示卡的效能不太一样,如要严格区分,显示卡的效能应该受中间两步所决定,因为这两步的资料传输都是在显示卡的内部。第(1)步是由 CPU(运算器和控制器一起组成了计算机的核心,成为微处理器或中央处理器,即 CPU)进入到显示卡里面,最后一步是由显示卡直接送资料到显示屏上。

5.1.3 显卡的分类

显卡可按工作原理和显示芯片两方面进行分类。

1. 按工作原理分类

根据显卡的工作原理可分为独立显卡和集成显卡两种。

1) 独立显卡

独立显卡是指将显示芯片、显存及其相关电路单独做在一块电路板上,自成一体而作为一块独立的板卡存在,是一种为图形加速的专用扩展卡,它需占用主板的扩展插槽(ISA、PCI、AGP 或 PCI-E)。独立显卡单独安装有显存,一般不占用系统内存,在技术上也较集成显卡先进得多,比集成显卡能够得到更好的显示效果和性能,容易进行显卡的硬件升级。其缺点是系统功耗有所加大,发热量也较大,需额外花费购买显卡的资金。

2) 集成显卡

集成显卡是将显示芯片、显存及其相关电路都做在主板上,与主板融为一体的显卡类型,其性能比独立显卡稍差,但是基本可以满足普通用户需求。集成显卡的显示芯片有单独的,但大部分都集成在主板的北桥芯片中,其型号与主板北桥芯片型号一致,如集成在 Intel 845GV 主板芯片组上的集成显卡为 Intel 845GV。

一些主板集成的显卡也在主板上单独安装了显存,但其容量较小,集成显卡的显示效果与处理性能相对较弱,不能对显卡进行硬件升级,但可以通过 CMOS 调节频率或刷入新 BIOS 文件实现软件升级来挖掘显示芯片的潜能。集成显卡的优点是功耗低,发热量小,部分集成显卡的性能已经可以媲美入门级的独立显卡,所以不用花费额外的资金购买显卡,但由于集成显卡没有独立显存,所以在工作时需要占用大量内存,这对计算机系统的整体性能有影响。

　　通过主机箱外形即可辨别独立显卡和集成显卡,若是立式机箱,集成显卡接口为竖式,独立显卡接口为横式,如图5-7所示。

　　若是卧式机箱,集成显卡接口为横式,独立显卡接口为竖式,如图5-8所示。

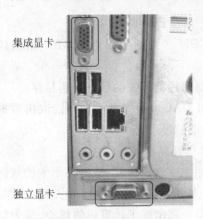

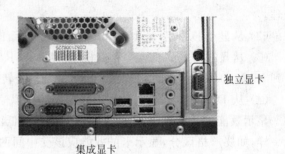

图5-7　立式机箱显卡接口　　　　　　　图5-8　卧式机箱显卡接口

2. 按显示芯片类型分类

按显示芯片类型则可分为NVIDIA和ATI两种。

1) NVIDIA芯片

NVIDIA(中文名称"英伟达")是一家以设计显示芯片和主板芯片组为主的半导体公司,该公司的主打产品是GeForce显卡系列及计算机主板nForce芯片组系列,目前该公司在市场上流行的芯片有GeForce 9系列、GeForce 400系列和GeForce 300系列。图5-9所示为GeForce 9800 GT显示芯片。

2) ATI芯片

ATI(Array Technology Industry,中文名为"冶天")是世界著名的显示芯片生产商,该公司专门设计并销售适用于个人计算机的显示卡、图形处理器和主板芯片组。目前该公司在市场上流行的芯片分别是台式机上使用的ATI Radeon™ HD 5000系列和ATI Radeon™ HD 4000系列等,笔记本上使用的ATI Radeon™ HD 4000系列。图5-10所示为ATI Radeon HD 5970显示芯片。

图5-9　GeForce 9800 GT显示芯片　　　　　图5-10　ATI Radeon HD 5970

5.1.4　显卡的性能指标

要了解显卡的性能就必须了解显卡的性能指标,这样在选购显卡时才能游刃有余。显卡的主要性能指标有显存容量、显存位宽、最大分辨率和核心频率等。

1. 显存容量

显存担负着系统与显卡之间数据交换以及显示芯片运算 3D 图形时的数据缓存,因此显存容量的大小决定了显示芯片处理的数据量。理论上讲,显存容量越大,显卡性能就越好,系统对图形图像的显示效果和速度就越快。而实际上,在普通应用中,显存容量大小并不是显卡性能高低的决定因素,而显存速度和显存位宽才是影响显卡性能的关键指标。目前主流的显存容量是 512MB 或更大。如现在市场上主流的七彩虹逸彩 9800GT-GD3 和冰封骑士 3F。

2. 显存位宽

显存位宽是显存也是显卡的一个重要性能指标,可将显存位宽理解为数据进出通道的大小,在运行频率和显存容量相同的情况下,显存位宽越大,数据的吞吐量就越大,性能也就越好。现在常见的显存位宽有 64b、128b 和 256b,在运行频率相同的情况下,128b 显存位宽的数据吞吐量是 64b 显存位宽的两倍,256b 显存位宽的数据吞吐量是 128b 显存位宽的两倍。

3. 显存速度

显存速度决定于显存的时钟周期和运行频率,它们影响显存每次处理数据需要的时间。显存芯片速度越快,单位时间交换的数据量也就越大,在同等条件下,显卡性能也将会得到明显的提升。

显存的时钟周期以 ns(纳秒)为单位,运行频率则以 MHz 为单位。它们之间的关系为:运行频率=1/(时钟周期×1000)。

4. 最大分辨率

分辨率是指显卡在显示器上能描绘的像素个数,可分为水平行点数和垂直列点数,如分辨率为 1280×1024,即表示每行由 1280 个像素点组成,垂直方向每列由 1024 个像素点组成。

最大分辨率是指显卡在显示器上所能描绘的像素点的最大值,目前显卡的最大分辨率已高达 2560×1600。

5. 核心频率

显卡的核心频率指的是显示核心的工作频率,核心频率的高低可以在一定程度上反映显示核心的性能。但显卡的性能除了与核心频率有关外,还与显存大小、分辨率和显存位宽等参数有关,所以并不是核心频率高显卡的性能就强。

6. RAMDAC

RAMDAC 是指数-模转换器,主要用于将显存中的数字信号转换为显示器能识别的模拟信号。RAMDAC 的转换速率决定图像的刷新率,目前显卡的 RAMDAC 都集成在显示芯片里,它的转换速度越快,频率越宽,分辨率越高,显示出来的画面质量就越好。

7. 显示 BIOS

显示 BIOS 的主要功能是存放芯片与驱动程序之间的控制程序,记录显卡型号、规格、生产厂家、出厂日期等信息。计算机启动时,会自动检测这些信息。

8. GTX

GTX 是 NVIDIA 显卡芯片中超强版级别的代号,也是 NVIDIA 显卡芯片版本级别中最高的。用 GTX 为代号的显卡芯片性能比其他级别好,但是价格也更高。

9. DirectX

DirectX(Direct Extension)是微软设计的一种多媒体编程接口,也可以认为是计算机计算图形的一种规则。它能够使以 Windows 为平台的游戏或多媒体程序获得更高的执行效率,这也意味着 DirectX 具有强大的灵活性和多态性。目前 DirectX 的版本为 DirectX 11,是 Windows 7 的 3D 图形接口。

5.1.5　显卡的选购

显卡一般需要用户根据自己的需求来进行选择,然后多比较几款不同品牌同类型的显卡,通过观察显卡的做工来选择显卡,还有重要的一点是显存的容量一定要看清楚。

1. 根据用户需求选择

不同的用户对显卡的需求不一样,从事图形图像设计、办公、普通用户和游戏玩家对显卡的需求都是不同的,需要根据自己的经济实力和使用情况来选择合适的显卡。

1) 图形设计类用户

图形设计类的用户对显卡的要求非常高,特别是专业级模具设计制作及 3D 动画设计、建筑工程及影视后期合成等制作人员,这类用户一般选择市场上顶级的显卡,特别需要显卡对 3D Max 及 Maya 等三维设计软件有很高的配合度,如 Geforce 6800 Ultra 或 X800 以上档次的显卡,NVIDIA 公司的 Quadro 系列(NVIDIA Quadro VX200)和 ATI 公司的 FireGL 系列(ATI FireGL V7300)等。如图 5-11 所示为 NVIDIA Quadro VX200 显卡。

2) 办公应用类用户

这类用户不需要显卡具有强劲的图像处理能力,只需要显卡能处理简单的文本和图像即可。这样一般的显卡都能胜任,如集成显卡、NVIDIA GeForce 9600GT 和 ATI Radeon HD 4670 档次的显卡等。图 5-12 所示为 ATI Radeon HD 4670 显卡。

3) 普通用户

这类用户平时娱乐多为上网、看电影、玩一些小游戏,对显卡有一定的要求,并且也不愿在显卡上面多投入资金,这类用户可以购买 NVIDIA GeForce GT240 或者与 Radeon HD 5570 相同档次的显卡就可以了,这类显卡价格在 300~500 元,投入不多,但是完全可以满足需求。图 5-13 所示为 NVIDIA GeForce GT240 显卡。

图 5-11 NVIDIA Quadro VX200 显卡

图 5-12 ATI Radeon HD 4670 显卡

4）游戏玩家类用户

这类用户对显卡的要求较高，需要显卡具有较强的 3D 处理能力和游戏性能，都会考虑市场上性能强劲的显卡，一般显存必须要 1GB 或更大，显存位宽最好要有 256b，如 NVIDIA GeForce 9800 GT 和 ATI Radeon HD 5750 以上档次的显卡，否则会影响游戏的运行速度。图 5-14 所示为 NVIDIA GeForce 9800 GT 显卡。

图 5-13 NVIDIA GeForce GT240 显卡

图 5-14 NVIDIA GeForce 9800 GT 显卡

2．显卡的做工

市面上各种品牌的显卡多如牛毛，质量也良莠不齐。名牌显卡做工精良，用料扎实，看上去大气。而劣质显卡做工粗糙，用料伪劣，在实际使用中也容易出现各种各样的问题。显卡的做工是否精细，体现在以下 3 个方面。

1）设计方面

显卡板面设计非常重要，好的显卡一般板面会设计得比较大，这样方便布线，布线合理的显卡如图 5-15 所示。布线合理了，对显卡的散热和性能都有好处，现在的显卡一般都采用 4 层或 6 层板来设计。

2）用料

制作显卡的元器件选择非常重要，元器件的好坏最容易反映在显卡的做工上，也能体现显卡的价值。显卡如果大量使用贴片元件、钽质电容和金属

图 5-15 布线合理的显卡

贴片电阻,那么显卡的外观肯定非常整洁、漂亮,质量也会有保证,如图 5-16 所示。

3)制造工艺

制造工艺是评价显卡做工的标准,主要表现在显卡 PCB 板上的元器件排列是否整齐、合理,焊点是否精致、光滑、均匀,固态电容引脚是否插牢,是不是东倒西歪的,金手指的厚度是否达到要求,显卡的边缘是否光滑等,工艺精良的显卡如图 5-17 所示。

图 5-16　采用了大量贴片元件的显卡

图 5-17　制造工艺精良的显卡

3. 显存的选择

显存是最容易被忽视的地方,很多用户购买显卡时只注意显卡的价格和使用的显卡芯片,却没有注意对显卡性能起决定影响的显存。有的厂家使用 256MB 的显存来吸引顾客,但是显存的位宽只有 64b,这样的显卡性能非常低,性能只有 128MB 显存的 60% 左右,购买这种显存的显卡是非常不划算的。

显存的位宽可以通过观察显存的封装方式来计算,一般来说,BGA 封装和 QFP 封装的显存颗粒是 32b/颗的,而 TSOP 封装的显存颗粒是 16b/颗的。

4. 辨别显卡真伪

辨别显卡是否正品有两个方法。一是通过拨打电话或登录官方网站查询,正品显卡上都贴有防伪标签,用户可以通过拨打防伪标签上的电话或登录官方网站进行查询,如图 5-18 所示。二是查看附件,正品显卡的附件一般包括产品说明书和驱动程序光盘,说明书描述详细,印刷清晰,光盘中的驱动程序与显卡型号一致,软件安装方便,如图 5-19 所示。

图 5-18　蓝宝石显卡的防伪标签

图 5-19　七彩虹显卡附件

5.2　声卡

声卡也叫"音频卡",是多媒体技术中最基本的组成部分,用于实现声波与数字信号的相互转换。目前,个人计算机的应用需求已经越来越多的转向了休闲娱乐方面,用计算机看电影,打游戏似乎已经成为了许多人的时尚。声音是多媒体表现中极为重要的一环,因此声卡也成为计算机必备的零部件。随着 DVD 应用的日渐普及,要想达到多声道的剧院级音场效果,声卡的表现以及是否支持多声道输出是相当重要的。

5.2.1　声卡的结构

声卡一般有声音控制芯片、PCI 总线接口、音频输入/输出接口、MIDI 游戏杆接口和跳线等主要结构组件,如图 5-20 所示。

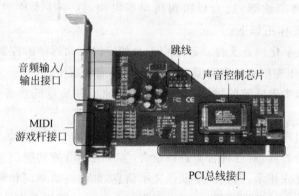

图 5-20　声卡的结构

1. 声音控制芯片

声音控制芯片是把从输入设备中获取的声音模拟信号,通过模-数转换器转换成一串数字信号,再存储到计算机中,播放时,这些数字信号再被传送到一个数-模转换器还原为模拟波形,放大后送到扬声器发声。目前主要声卡控制芯片有 CMI 系列、EMU 系列、AD 系列、FM 系列、YMF 系列等。

2. PCI 总线接口

将声卡插入到计算机主板的 PCI 插槽上的那一端称为 PCI 总线接口,它作为声卡与计算机互相交换信息的"桥梁"。

3. 音频输入/输出接口

声卡都具备录音和放音功能,就有放音和录音设备相连接的端口。一般在声卡上有 3～4 个插孔,其中 Speaker Out 是连接音箱插孔,Line Out 是数字音频输出插孔,Line In 是数字音频输入插孔,Mic In 是连接麦克风(话筒)插孔。

4．MIDI 游戏杆接口

MIDI 游戏杆接口是一个 15 针的 D 形连接器，它可以配接游戏摇杆，模拟方向盘，也可以接电子乐器上的 MIDI 接口，实现 MIDI 音乐信号的直接传输。

5．跳线

跳线位于声卡的上部，通常是 4 针的小插座，用于连接 CD-ROM，与 CD-ROM 的相应端口连接实现 CD 音频信号的直接插放。现在大部分的声卡已经把各跳线给省略掉了。

5.2.2　声卡的工作原理

声卡从话筒中获取声音模拟信号，通过模-数转换器（ADC），将声波振幅信号采样转换成一串数字信号，存储到计算机中。重放时，这些数字信号送到数-模转换器（DAC），以同样的采样速度还原为模拟波形，放大后送到扬声器发声，这一技术称为脉冲编码调制技术（PCM）。声卡的主要作用如下：

（1）它可录制数字化声音文件。通过声卡及相应的驱动程序的控制，采集来自话筒、收录机等音源的信号，压缩后存放在计算机系统的内存或硬盘中。

（2）将硬盘或激光盘压缩的数字化声音文件还原成高质量的声音信号，放大后通过扬声器放出。

（3）对数字化的声音文件进行加工，以达到某一特定的音频效果。

（4）控制音源的音量，对各种音源进行组合，实现混响器的功能。

（5）利用语言合成技术，通过声卡朗读文本信息，如读英语单词和句子、奏音乐等。

（6）具有初步的音频识别功能，让操作者用口令指挥计算机工作。

（7）提供 MIDI 功能，使计算机可以控制多台具有 MIDI 接口的电子乐器。另外，在驱动程序的作用下，声卡可以将 MIDI 格式存放的文件输出到相应的电子乐器中，发出相应的声音，使电子乐器受声卡的指挥。

5.2.3　声卡类型

声卡发展至今，主要分为板卡式、集成式和外置式 3 种接口类型，以适用不同用户的需求，这 3 种类型的产品各有优缺点。

1．板卡式

板卡式产品是现今市场上的中坚力量，产品涵盖低、中、高各档次，售价从几十元至上千元不等。早期的板卡式产品多为 ISA 接口，由于此接口总线带宽较低、功能单一、占用系统资源过多，目前已被淘汰，PCI 取代了 ISA 接口成为目前的主流，它拥有更好的性能及兼容性，支持即插即用，安装使用都很方便，如图 5-21 所示。

2．集成式

声卡只会影响到计算机的音质，对 PC 用户较敏感的系统性能并没有什么关系。因此，大多用户对声卡的要求都满足于能用就行，更愿将资金投入到能增强系统性能的部分。虽然板卡式产品的兼容性、易用性及性能都能满足市场需求，但为了追求更为廉价与简便，部分用户更愿意选择集成式声卡，如图 5-22 所示。

图 5-21　独立声卡

图 5-22　集成声卡

集成声卡是指芯片组支持整合的声卡类型，比较常见的是 AC'97 和 HD Audio，使用集成声卡的芯片组的主板就可以在比较低的成本上实现声卡的完整功能。且集成声卡集成在主板上，具有不占用 PCI 接口、成本更为低廉、兼容性更好等优势，能够满足普通用户的绝大多数音频需求，而且集成声卡的技术也在不断进步，PCI 声卡具有的多声道、低 CPU 占有率等优势也相继出现在集成声卡上，它也由此占据了主导地位，占据了声卡市场的大半壁江山。

3．外置式声卡

外置式声卡是创新公司独家推出的一个新兴事物，如图 5-23 所示，它通过 USB 接口与 PC 连接，具有使用方便、便于移动等优势。但这类产品主要应用于特殊环境，如连接笔记本实现更好的音质等。目前市场上的外置声卡并不多，常见的有创新的 Extigy 和 Digital Music 两款，以及 MAYA EX 和 MAYA 5.1 USB 等。

这 3 种类型的声卡中，集成式产品价格低廉，技术日趋成熟，占据了较大的市场份额。随着技术进步，这类产品在中、低端市场还拥有非常大的前景。PCI 声卡将继续成为中、高端声卡领域的中坚力量，毕竟独立板卡在设计布线等方面具有优势，更适于音质的发挥。

图 5-23　外置式声卡

而外置式声卡的优势与成本对于家用 PC 来说并不明显，仍是一个填补空缺的边缘产品。

5.2.4　声卡的性能指标

声卡是处理声音信息资料的设备，其性能指标均与声音有关，主要有以下几种。

1．采样频率

采样频率是指声卡在进行模-数转换时每秒内对声音信号的采样次数，采样频率越高，声音的还原就越真实。据组装计算机配置网了解,目前主流声卡的采样频率一般有44.1kHz 和 48kHz 两种。

2．采样位数

采样位数是声卡在一定的采样频率下存储全部采样样本所需的存储器位数。采样频率越高,每秒内采样的样本值就越多,所需存储器的位数就越多。目前主流声卡大部分都是16 位声卡。

3．信噪比

信噪比是指音频线路中某一个参考点信号的功率与噪声的功率之比,单位为分贝(dB)。信噪比越大,表示音频输出时噪声越小。根据 AC'97 标准,信噪比至少应在 85dB以上。

4．声道数

声卡的声道数有双声道、4 声道、5.1 声道、6.1 声道和 7.1 声道。其中".1"是指低音炮声道。

5.2.5　声卡的选购

声音表现是一种非常主观、个人化的感受,某些人认为非常好的声卡在另外一些人看来未必突出,这是因为每个人不同的听觉构造以及不同的聆听习性和感受造成的。因此,要挑选一款合适的声卡就是要尽量试听。能够在现场或是提供演示的场合试听,才能确定声卡的音质是否符合自己的聆听习性。但对于一般的装机厂商来说,是不可能让用户试听的,而且对于耳朵不是很挑的用户而言,主要还是根据声卡所使用的音效芯片功能及所采用的音效处理技术来判断该款声卡的功能是否符合需求。

现在一般的主流声卡都是采用 PCI 界面。声卡的信噪比、取样频率都决定着声卡的效能。通常,信噪比(S/N)至少要在 93dB 以上(声卡的信噪比普遍都是 96dB),取样频率为44.1kHz 即达到 CD 的音质,而 48kHz 即是 DVD 的音质。

好的声卡和差的声卡一般价格都相差很大,从 50 元到 1000 多元都有,如果只需要普通的音效处理功能,那一块声卡的价格其实非常便宜。但如果需要强大的 3D 音效处理功能和完整的扩充性,一块声卡价格并不比高档显示卡便宜。

对于不挑剔音质也不需太多 3D 音效处理功能的玩家而言,声卡的价格非常便宜。200元以下就有许多选择。若要追求最低价格,150 元左右的声卡其实非常经济实惠,配备YAMAHA 的 724/744 音效芯片、Crystral CS4614A、ESS 的 Solo-1,或是创新声霸卡,其价格均在 100 元至 300 之间,甚至可以低于 100 元。

对于电脑游戏玩家而言,若需要强大的 3D 音效处理功能,所需的声卡价格可能就会稍贵一些。不过,大多中档声卡的价格在 500 元以下。

至于 500 元以上的高档声卡种类就比较少,包括扩充性极高的创新 Sound BlasterLive!、Live! 白金版、帝盟(Diamond)的 MonsterSound MX300/MX400 以及 Aureal 的AU8830 系列声卡。

高档声卡强调通过音效芯片的运算能力,以模拟出接近真实生活环境的音场效果。最著名的当属创新和 Aureal 公司开发出的 EAX 及 A3D 两套系统。

创新提出的是环境音效延伸 EAX(Environment Audio Extension)标准,足以与 3D 音效另一强大阵营 Aureal 的 A3D 标准匹敌。除提供 3D 定位音效外,还可通过改变不同的空间、物体材质及形状等声音因素,获得不同的音场效果。

Aureal 公司推出的则是 A3D 标准。最新宣布的是 A3D 3.0,但目前仍以 A3D 2.0 较为普遍。A3D 标准可以表现出上、下、左、右、前、后等不同方向声音的反射。A3D 2.0 增加 WaveTracing 功能,是目前计算机游戏支持度最广的音效规格。

此外,还有 Sensaura 及 Qsound 两个阵营。Sensaura 提出兼容于 EAX 的 Environment FX 技术以及针对每个人的耳朵构造不同,而随意调整出最佳音场的 Digital Ear 技术。目前,大多数音效标准都兼容微软公司的 DirectX。因此运行游戏软件时不会出现兼容性的问题,只是可能部分音效处理功能无法表现出来。

音效技术自然需要游戏软件来支持。A3D 的优势是目前支持的游戏软件较多。而 EAX 为微软的下一版 DirectX 所采用,后势亦相当看好。

此外,为了制造更逼近真实的音场效果,支持多声道已成为很多声卡的必备功能。如果要使用多件式音响,就得先确定声卡是否支持。如果要用于观赏 DVD 影片,则必须挑选支持 5.1 声道输出的声卡。大多数音响厂商推出 6 件套计算机音响时,都以配套声卡方式推出,使消费者不必费心挑选。

最后,如果用户想建构家庭影院级的 DVD 5.1 声道系统,还必须注意声卡是否支持输出 AC-3 信号,因为声卡必须支持输出 AC-3 信号,再通过 AC-3 解码器输出到音响,才能够获得真实的 5.1 声道效果。

5.3 实训

5.3.1 查看并认识显卡和声卡

1. 实验设备

(1) 每组一块显卡、一块声卡。

(2) 条件允许的话,可以多提供几种型号的显卡与声卡。

2. 实验目的

区别声卡和显卡,了解声卡和显卡的结构、性能和技术参数。

3. 实验指导

(1) 观察声卡和显卡,指明哪块是显卡,哪块是声卡。

(2) 分别指出声卡和显卡的各种芯片及各类接口。

(3) 讨论并说明这两块板卡分别使用了多少层 PCB 板。

（4）讨论并说明这两块板卡支持哪种 CPU、内存等。

（5）每位学生都要写出实验报告。

5.3.2　通过测试软件查看显卡型号和参数

1. 实验设备

运行 Windows 操作系统的多媒体计算机一台，并安装了 EVEREST 测试软件。

2. 实验目的

（1）掌握 EVEREST 测试软件的使用方法。

（2）应用 EVEREST 软件，练习检测显卡型号和参数，对显卡有一个更深入的认识。

3. 实验指导

（1）进入 EVEREST 软件界面，在软件窗口左侧的"菜单"选项卡中，单击"显示设备"→
"Windows 视频"节点。通过该选项可以查看本机显卡芯片类型、显存容量、DAC 类型等信
息，如图 5-24 所示。

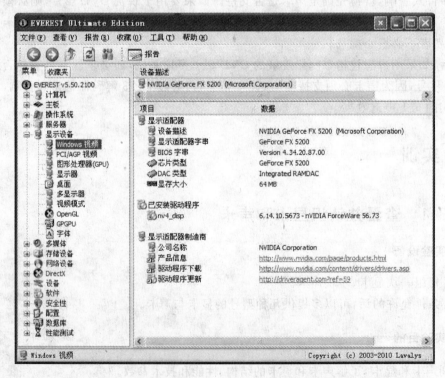

图 5-24　显卡的 Windows 视频选项

（2）回到软件界面左侧的"菜单"选项卡，在展开的"显示设备"节点下单击"图形处理器
（GPU）"选项，可以查看显卡晶体管数量、工艺技术、总线类型、核心频率等信息，如图 5-25
所示。

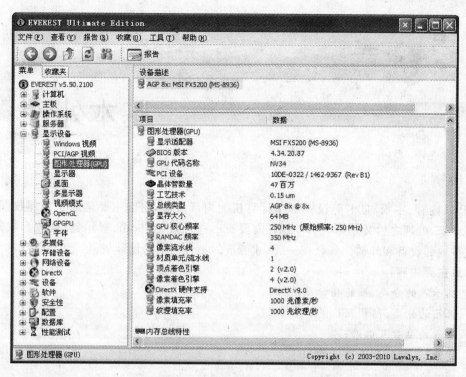

图 5-25　显卡图形处理器（GPU）选项

本章小结

本章主要介绍了显卡与声卡的结构、功能、分类、性能指标和显卡与声卡的选购方法，并且通过实训提高学生的动手能力，加深了对显卡和声卡的认识和理解。

练习5

1. 填空题

（1）_____是显卡的核心部分，它决定了显卡的档次和功能。

（2）显示适配器简称为_____，它的总线接口可分为_____和_____。

（3）一般独立声卡的结构有_____、_____、_____和_____。

（4）声卡类型可分为_____、_____和_____。

2. 简答题

（1）简述显卡的选购方法。

（2）简述显卡的分类。

（3）简述声卡的工作原理。

（4）简述声卡的选购方法。

第6章

基本外设

CPU、内存、主板、显卡等设备都是计算机的内部设备，它们主要是用来处理数据。数据从何而来，处理之后又如何展示？这还需要有一些外设，如机箱、显示器、键盘和鼠标等，所有这些内部设备和外部设备合在一起，才能成为一台完整的计算机。

本章主要内容：
- 显示器的分类、性能指标及选购；
- 机箱的分类、结构及选购；
- 电源的参数及选购；
- 键盘、鼠标的分类及选购。

6.1 机箱

机箱是计算机的主板、各种板载卡、电源等部件安放的地方，还可以起到保护部件的作用。

6.1.1 机箱的结构

从机箱的外形来看，可分为立式机箱和卧式机箱两种，如图6-1所示。立式机箱内部空间较大，其散热效果好，它也一直是市场上比较流行的产品。卧式机箱因为体积小，机箱内部空间也比较狭窄，所以在散热性和扩展性方面都不如立式机箱。

机箱由前面板、内部结构和后面板3部分组成。前面板是正对用户的一面，在机箱的前面板上会有多个光驱的位置、前置USB接口、前置音频插孔、开机按键（Power SW）、重启键（Reset SW）、电源指示灯（Power LED）和硬盘工作指示灯（HDD LED）等，如图6-2所示。

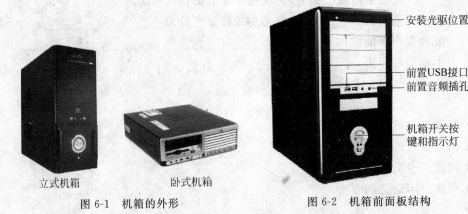

立式机箱   卧式机箱

图6-1 机箱的外形   图6-2 机箱前面板结构

机箱内部由多个支架组成,整个机箱内部空间被划分出一个安装主板的位置、一个安装电源的位置、多个安装光驱的支架位置和多个安装硬盘的支架位置,如图 6-3 所示。

机箱的后面板上预留了主板外部接口位置、风扇位置和多个安装扩展卡位置,如图 6-4 所示。

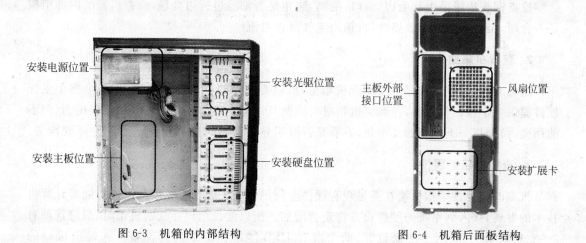

安装电源位置　　　　安装光驱位置　　　主板外部接口位置　　风扇位置

安装主板位置　　　　安装硬盘位置　　　　　　　　　　　安装扩展卡

图 6-3　机箱的内部结构　　　　　　　　图 6-4　机箱后面板结构

6.1.2　机箱的材质

机箱的材质是选择机箱的重要标准,用户可以通过观察机箱钢材的厚度,掂量机箱的重量来辨别机箱质量的好坏。目前市场上有 3 种材质的机箱,分别是镀锌钢板、喷漆钢板和镁铝合金。

1. 镀锌钢板

目前大部分机箱都是使用镀锌钢板制作的,其优点是抗腐蚀能力好。钢铁在潮湿的空气中容易生锈,而镀锌钢板中的金属锌可以在空气中形成致密氧化物保护层来保护内部的钢结构,所以这种材质的机箱比较实用。

2. 喷漆钢板

喷漆钢板是涂了防锈漆甚至普通漆的钢板。这种机箱在使用一段时间后,钢板容易脱漆甚至生锈,这样的机箱即使廉价,也不要购买。

3. 镁铝合金

镁铝合金是指机箱的表面有致密的氧化层保护,该材质不用考虑受腐蚀的问题,但由于这种材料的价格较高,所以一般只有高端机箱才会采用。

6.1.3　机箱的选购

用户选购机箱时,首先要根据主板的大小来选择,至于是选择立式机箱还是卧式箱可以根据用户的喜好。其次是机箱的品牌,可以选择的品牌机箱有富士康、金河田

（GoldenField）、动力火车、大水牛、技展和多彩（DELUX）等。另外在选购时还有一些选购技巧。

1．查看机箱的做工

检查钢板边缘是否有毛边、锐口、毛刺，边角是否都经过折边处理，检查机箱的内部结构是否合理，是否有良好的散热性，机箱内空气是否对流。

2．查看机箱结构

随着 CPU 散热器和显卡安装到机箱里，机箱要承受的重量不断增加，为了给整个系统硬件提供一个稳定的平台，在购买机箱时要检测其结构。最简单的方法就用手稍用力（但不能用蛮力）推挤一下机箱的几个角，看看是否有明显的变形，如有变形则建议用户不要购买。

3．查看机箱扩展性

机箱的扩展性是指机箱在满足现有硬件空间的基础上能否有扩展的可能。随着计算机技术的发展，接入到系统的硬件设备肯定会增加。所以建议用户在选购机箱时，最好选择有 2～3 个光驱位置、两个硬盘位置、两个前置 USB 接口和 1 个前置音频输入输出接口的机箱。

4．观察机箱钢板厚度

机箱的钢板不但能够起到加固机箱的作用，还可以有效吸收机箱内的电磁辐射。机箱钢板越厚，吸收辐射和防静电的能力越强，就越能保护用户的健康。判断机箱钢板厚度的简单方法是用手掂量机箱（不带电源的情况下），手感比较沉的都是钢板比较厚的产品，如果手感很轻的机箱，建议用户不要购买。

专家点拨 目前市场上大多数机箱钢板厚度都在 0.5mm 左右，只有少数优质机箱的钢板厚度可以达到 0.8mm。

6.2 电源

电源是计算机能量的来源，它为 CPU、主板、内存、硬盘、板载卡等部件提供电能，电源质量的好坏直接影响计算机系统的稳定性和寿命。从电源的适用范围来看，电源可分为台式机电源和笔记本电源两种，如图 6-5 所示。

台式机电源　　　　　　　　笔记本电源

图 6-5　两种电源外形

6.2.1 电源导线

台式机电源接口有许多类型,现在使用的有 20 针接口、24 针接口、4 针 D 型接口、SATA 接口、4 针正方形接口和 6 针孔接口,如图 6-6 所示。

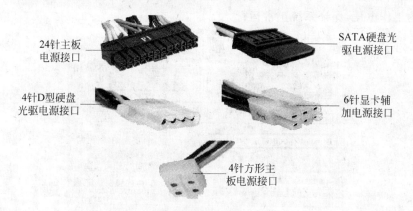

24针主板
电源接口

SATA硬盘光
驱电源接口

4针D型硬盘
光驱电源接口

6针显卡辅
加电源接口

4针方形主
板电源接口

图 6-6 台式机电源各种接口

台式机电源的导线还有许多种颜色,分别是红色、橙色、黄色、蓝色、紫色、灰色、绿色和黑色,每种颜色的导线提供的工作电压不同,电源各种颜色导线输出电压如图 6-7 所示。

HOPELY	长城电源
型号: BTX-500SD	CCC 中国强制认证 B190010
输入: AC220V 4A 50Hz	
直流输出:	生产许可证: XK09-004 6002
+5V 20A 红 +12Vcpu 16A黄	符合INTEL ATX12V 2.2标准
+3.3V 22A 橙 +12Vio 14A黄	
-12V 0.3A 蓝 P.G. 灰	⚠ ⚠ ⊗
+5VSB 3A 紫 PS-ON 绿	注意: 危险!
最大功率500W 额定功率450W	非专业维修人员请勿自行开启此盖
中国长城计算机深圳股份有限公司制造	PN:1112444

图 6-7 电源各种颜色导线输出电压

电源不同颜色的导线连接的设备也不同,分别如下。

(1) +5V(红色):主要为主板、硬盘、光驱等硬件的控制芯片提供工作电压。

(2) +3.3V(橙色):主要为内存、PCI-E 等芯片提供工作电压。

(3) +12V(黄色):主要为硬盘、光驱电机和散热风扇等硬件提供工作电压。

(4) -12V(蓝色):主要为串口电路提供工作电压。

(5) +5VSB(紫色):是系统关闭后保留的一个 +5V 的等待电压,用于系统唤醒。+5VSB 是一个单独的电源电路,只要有输入电压,+5VSB 就存在。

(6) PG(灰色):是电源状态信息线,主要用于自动监测主板和电源故障。

(7) PS-ON(绿色):是主板电源开关信号线。

(8) 黑色线:是电源电路的地线。

6.2.2　电源的主要参数

电源的一个非常重要的参数是电源功率,电源功率又可分为额定功率、最大输出功率和峰值功率 3 种,如图 6-8 所示。其中电源的输出功率决定了计算机的各个硬件设备是否能获得足够的工作电压,保证系统正常运行。

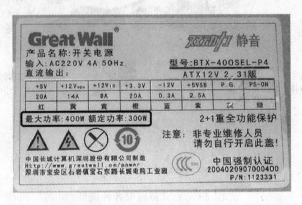

图 6-8　电源功率标识

1. 额定功率

额定功率是指电源稳定工作时的功率,如一个额定功率为 300W 的电源,其含义是计算机在正常工作时输出功率能力不能超过 300W,否则就会烧坏电源。

2. 最大输出功率

最大输出功率是指电源稳定工作时能够输出的最大功率,如一个额定功率为 300W 的电源,实际工作输出功率一般高于 300W。额定功率与实际使用时的功率是有一定区别的,一般电源的最大输出功率是额定功率的 1.3 倍。

3. 峰值功率

峰值功率是指电源短时间内能达到的最大功率,通常情况下,峰值功率能维持 30 秒左右的时间,功率值可以超过最大输出功率 50% 左右。

专家点拨　用户选购电源时,理论上是选择功率越大越好。但功率越大的电源,发热量也越大。因此,在实际挑选电源时还是要以功率与部件供电需求匹配为原则。

6.2.3　电源的选购

用户选购电源时,首先要初步估算一下整个主机需要的电源功率,然后将估算值稍放大一些,这样就确定了要购买的电源的功率。不要盲目选择大功率的电源,太大功率的电源发热量大,而且价格也贵。其次是选择电源的品牌,好的生产厂家的产品质量能够得到保证,现在比较好的品牌电源有长城(Great Wall)、航嘉(HuntKey)、先马(SAMA)等。

另外在选购电源时还要注意查看一下电源的外观,主要包括以下几个方面。

（1）查看电源的做工和用料。

好的电源外壳都使用优质钢材，内部的散热片大而且厚，散热片一般用铝或铜材料，如图 6-9 所示。另外还要看电源的导线，粗一些的导线能承载的功率也比较大，而且不容易损坏。

电源好坏的简单判断方法是掂一下电源的重量，越重的电源，说明电源的变压器使用铜线越多，质量也就好，太轻的电源不建议用户购买。

（2）查看电源风扇。

电源的散热主要是依靠电源风扇，如图 6-10 所示。电源风扇对电源是否能正常工作也起了重要作用，而且电源风扇还可以避免外部灰尘由电源进入机箱。目前市场上的电源大多采用的是 12cm 的大风扇叶子，噪音小，风量大，散热效果也比较好。

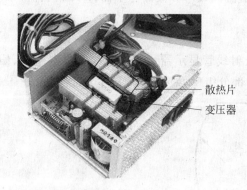

图 6-9　电源内部的变压器和散热片

图 6-10　电源风扇

（3）查看电源安全认证。

电源的安全认证标识是代表电源通过何种质量标准的，目前市场上的电源大多采用 3C 认证和节能认证两种标识，如图 6-11 所示。3C 认证是国家强制执行的电器设备认证标准，而节能认证则是对电器产品节能技术的认证标准。

用户选购电源时，可以通过电源上的 3C 认证号来判别电源的真伪。3C 认证号如图 6-12 黑框中所示。国家 3C 认证官方网址为：http://www.cnca.gov.cn/cnca/cxzq/rzcx/114453.shtml，如果网上查不到该电源的认证号信息，就说明该电源是没有通过认证的产品或是假冒伪劣产品。

(a) 电源3C认证标识

(b) 电源节能认证标识

图 6-11　电源安全认证标识

图 6-12　3C认证号

6.3 显示器

显示器是计算机的主要输出设备，也是实现人机交互的重要设备。通过显示器，用户可以很方便地对计算机的各种状态、程序运行结果、文字和图形等信息进行读取。随着计算机硬件技术的不断发展，显示器的显示颜色、显像管类型、显示器尺寸等都发生了巨大的变化。现在的显示器具有外形靓丽、超薄超轻，控制简便，对人体辐射小等优点。

6.3.1 显示器分类

目前，市场上的显示器主要有阴极射线管显示器（CRT）和液晶显示器（LCD）两种。

1. CRT 显示器

CRT（Cathode Ray Tube）显示器也称为阴极射线管显示器。阴极射线管由电子枪、偏转线圈、高压石墨电极、荧光粉涂层和玻璃外壳 5 部分组成，如图 6-13 所示。

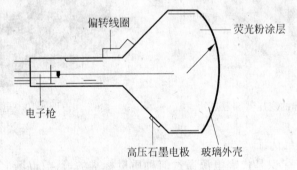

图 6-13 阴极射线管组成

CRT 纯平显示器是在老式 CRT 显示器的基础上改进的产品，这种显示器具有可视角度大、无坏点、色彩还原度高、色度均匀、可调节的多分辨率模式、响应时间极短等优点。虽然 CRT 纯平显示器目前有被 LCD 显示器取代的趋势，但是从图像显示效果上来看，还是 CRT 纯平显示器较好。

2. LCD 显示器

LCD（Liquid Crystal Display）显示器是一种采用了液晶控制透光度技术实现色彩的显示器。LCD 显示屏由玻璃基板、彩色滤光片、液晶材料、背光模块和光源灯管 5 个部分组成，其结构如图 6-14 所示。

LCD 显示器传输和显示图像使用的都是数字信号，所以 LCD 显示器在显示图像时不会有色彩偏差或损失，而且 LCD 显示器还具有无辐射的优点，用户长时间观看 LCD 显示器屏幕也不会对眼睛造成很大伤害。另外 LCD 显示器体积小，能耗低，目前在市场上比较流行。

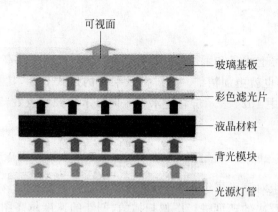

图 6-14 LCD 显示屏结构

6.3.2 显示器的性能指标

显示器的性能指标中诸如尺寸、点距、刷新率、分辨率等一类的字眼常常弄得初学者一头雾水，要想在众多品牌的显示器中选择一款性能优良、价格实惠的产品就必须对显示器的性能指标有所了解。

1. 屏幕尺寸

显示器的屏幕尺寸是指显示屏对角线的长度，如图 6-15 所示，常以英寸为单位。目前市场上显示器屏幕有 19 英寸、22 英寸、24 英寸和 26 英寸几种规格，显示器尺寸越大，提供的工作空间就越大。虽然从数字上看 15 寸比 14 寸只大了 1 寸，但实际使用面积却大了 20%～40%，17 寸比 15 寸的使用面积则大了 50% 以上。同时，尺寸越大，整台显示器各方面的设计档次和技术指标就会更高。另外需要特别提醒的是，不同品牌、相同尺寸的显示器，实际工作面积会有所不同，且显示器的价格是根据显示器屏幕尺寸的大小变化的。

2. 点距

点距(Dot Pitch)是指显示屏上两个光点之间的最短距离，如图 6-16 所示，以毫米(mm)为单位。点距越小意味着显示区内能够显示的像素点越多，显示出来的图像也就越清晰，细节分析力也越强。一般显示器的点距有 0.24mm 和 0.28mm 两种。

图 6-15 显示器的尺寸

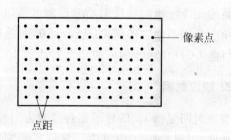

图 6-16 显示屏的点距

3．分辨率

分辨率是指显示屏上水平和垂直扫描像素点的总和，分辨率越高，屏幕上能显示的像素也就越多，显示的图像也就更加精细。分辨率以乘积的形式表示，比如说，一个显示器的分辨率为 1024×768，其中 1024 表示屏幕上水平方向显示的像素点数，768 则表示垂直方向显示的像素点数。

4．刷新率

刷新率是指电子束对显示屏上图像重复扫描的次数，以赫兹（Hz）为单位。显示器是以每秒钟数十次甚至上百次的速度进行图像扫描的，刷新的速度越高图像的稳定性就会越好，刷新的速度越慢图像的闪烁感就会越强。如果长期面对刷新率过慢的显示器工作，很快就会感到疲劳，严重时甚至会导致头痛、眼痛、流泪等症状。

按照 VESA 标准，85Hz 以上为推荐刷新频率。按照人眼的特性，屏幕每秒刷新 85 次，人不会感觉明显的闪烁，频率越高，对视觉和人体的健康影响就越小，但因为刷新率与分辨率两者是相互制约的，所以只有能在高分辨率下达到高刷新率的显示器才是性能优秀的显示器。一般将 CRT 显示器的刷新率调至 75Hz 以上，LCD 显示器的刷新率调至 60Hz 以上，就不会让人眼感觉到屏幕的闪烁。

5．亮度

亮度是指显示屏上画面的明亮程度，以 cd/m² 为单位。一般 CRT 显示器最大全屏亮度为 130cd/m²，最大窗口亮度为 300cd/m²。LCD 显示器的亮度为 300cd/m²，健康亮度在 120cd/m² 到 150cd/m² 之间。

6．对比度

对比度是指显示图像中最亮的白和最暗的黑之间比值，一般来说，白色与黑色的反差越大，对比度就越高。目前，市场上 CRT 显示器对比度最高为 700：1，LCD 显示器对比度可以有 500：1、600：1 和 700：1 或更高。

7．可视角度

可视角度是衡量 LCD 显示器可视范围大小的参数，如图 6-17 所示，CRT 显示器则没有这个参数。LCD 显示器的可视角度包括水平可视角度和垂直可视角度两个指标。LCD 显示器的光源经折射和反射后输出到屏幕时会有一个角度，在观看显示器画面时如果超出这个角度范围画面就不清晰，显示器的颜色也会变暗。所以说，显示器的可视角度越大越好。目前 LCD 显示器的可视角度可达到 160°。

8．响应时间

响应时间是指 LCD 显示器各像素点对输入信号反应的速度，即屏幕由暗转亮或由亮转暗的速度，以毫秒（ms）为单位。显示器的响应时间越短，用户在观看运动画面时越不会有尾影拖曳的感觉。目前，LCD 显示器的响应时间可达到 2ms。

9. LED 背光灯

LED(Light Emitting Diode)也就是通常所说的发光二极管。LED 背光指的是采用 LED 为背光模组的液晶面板,该背光模组可以直接将电转化为光,如图 6-18 所示。LED 背光系统可以在 12～24V(直流电压)或更低的电压下正常工作,有低功耗、高亮度和使用寿命长的优点。

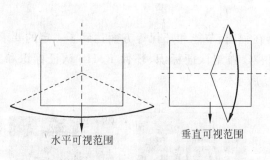

图 6-17　LCD 显示器可视角度

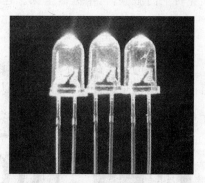

图 6-18　LED 背光模组

10. 色饱和度

色饱和度(Color gamut)是指 LCD 显示器显示色彩的鲜艳程度,即表示播放的光的彩色深浅度或鲜艳度,也就是在一个像素点上彩色的充满程度,这取决于彩色中白色光的含量,白光含量越高,彩色光含量就越低,色彩饱和度也越低。由于显示器颜色是由红绿蓝 3 种颜色光组合而成,如果 RGB 三原色越鲜艳,则显示器可以表示的颜色范围就越广。

6.3.3　显示器的选购

显示器是重要的输出设备之一,一台出色的显示器可以说是表现一台计算机整体水平的最佳媒介,无论拥有什么先进的配置,开机以后,用户的眼睛只停留在显示器上,通过显示器所表现出的绚丽色彩和动感画面才能让用户体会到一台机器是什么样的配置。一台劣质显示器,不但会让计算机很没有"面子",更会影响用户的健康,导致用户的视力急剧下降,因此,显示器是计算机中最不应该省钱的设备之一。

用户在选购显示器时,主要考虑以下几个因素。

1. 根据用户需求选择

CRT 显示器和 LCD 显示器各有各的优势,不能绝对地说哪个更好,用户要根据自己的需要进行选择,一般来说图像设计用户最好选择 CRT 显示器,因为 CRT 显示器的色彩更逼真,而一般则用户可以考虑选择 LCD 显示器。

2. 选择品牌

目前市场上显示器品牌非常多,有三星(Samsung)、LG、飞利浦(Philips)、冠捷(AOC)、明基(BenQ)、优派(ViewSonic)等。用户在购买时可以从显示器的做工、性能、厂家的信誉、售后服务等多个方面来考虑。

3．售后服务

显示器售后服务很重要，大品牌显示器一般都有"三包服务"。三包是指一个月包换，二年免费上门服务，三年免费全保。建议用户在选购时，要选择售后服务好的产品。

4．显示器安全认证标识

显示器的安全认证标识是表示该显示器在辐射、节能和环保等方面达到了一定的要求。目前常用的安全认证标识有 TCO 认证标识、3C 强制认证标识、环保 RoHS 认证标识和其他认证标识。各种显示器认证标识如图 6-19 所示。

(a) TCO安全认证标志　　(b) 3C安全认证标志　　(c) RoHS安全认证标志　　(d) 其他认证标志

图 6-19　各种显示器认证标识

5．选购时的简单测试

在选购显示器时，用户可以通过下面的方法对显示器的色彩效果和亮点等进行测试。

1) 测试显示器的色彩效果

显示器色彩效果的测试工具很多，比如使用 DisplayX 软件可以全面检查屏幕有没有明显的色斑。将桌面背景设为纯白时，观察屏幕上像素点是否呈现纯白。

2) LCD 显示器的亮点测试

所谓亮点是指在黑屏情况下 LCD 显示器上出现的 R、G、B(红、绿、蓝)颜色点，又称为坏点。随着 LCD 显示器技术的发展，正规厂家生产的 LCD 显示器一般不会出现亮点。

LCD 显示器亮点的简单测试方法如下：

(1) 在桌面空白处右击，在打开的快捷菜单中选择"属性"选项，打开"显示属性"对话框。

(2) 选择"桌面"选项卡，在"背景"列表框中选择"无"。

(3) 在"颜色"下拉列表项中选择"黑色"或"白色"。

(4) 单击"确定"按钮，在白屏或黑屏下观察是否其他颜色亮点。

黑屏下测试亮点如图 6-20 所示，也可以使用 DisplayX 软件检查。

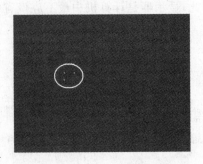

图 6-20　黑屏下测试亮点

6.4 键盘和鼠标

键盘和鼠标是计算机系统中主要的输入设备,也是用户与计算机系统交互的手段。键盘和鼠标设计得是否合理甚至会影响到使用者的健康。

6.4.1 键盘

键盘是最常用的输入设备之一,用户通过键盘输入英文字母、数字、标点符号等信息来达到与计算机系统交互的目的,如果没有键盘,用户的需求和命令将无法传递给计算机系统。键盘一般分为 5 个区,分别是功能键区、标准键区、逻辑键区、数字键区和指示灯区,如图 6-21 所示。

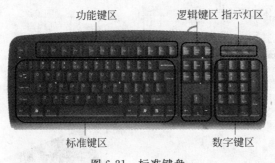

功能键区　　逻辑键区　指示灯区

标准键区　　　　　数字键区

图 6-21　标准键盘

1. 键盘接口

键盘接口一般有 PS/2 接口和 USB 接口两种,如图 6-22 所示。其中 PS/2 接口通常为紫色。

2. 键盘功能

按键盘功能的不同可分为多媒体键盘、人体工程学键盘和无线键盘 3 种。其中多媒体键盘除了有标准的 104 个按键以外,还增加了播放、快进、后退、重启和关机等功能键,如图 6-23 所示。

多媒体功能键位

PS/2接口　　　　　USB接口

图 6-22　键盘接口　　　　　　　　　图 6-23　多媒体键盘

人体工程学键盘是严格参照人体结构学中人手部水平放置时的最佳角度设计的。对肩、臂和手腕的放置也进行了设计,使用户在敲击键盘时,能够消除长时间工作产生的疲劳感,如图 6-24 所示。

　　无线键盘是指键盘与计算机之间不通过直接的物理线连接,而是通过红外线或无线电波将输入信息传送给特制的接收器,再由接收器传送给计算机的键盘,其接收器使用的是USB 接口,如图 6-25 所示。一般无线键盘的信号有效传送距离为 5m 左右,在这个范围内,用户在任何位置操作键盘都可以被有效接收。

图 6-24　人体工程学键盘

图 6-25　无线键盘

3. 键盘的适用范围

　　按键盘的适用范围可分为台式机键盘和笔记本键盘两种。台式机键盘的体积大一些,功能多一些。而笔记本键盘的体积稍小一些,功能也少一些,如图 6-26 所示。

台式机键盘　　　　　　笔记本键盘

图 6-26　不同机型的键盘

6.4.2　鼠标

　　鼠标是比键盘更简便的输入工具,通过鼠标配合设置好的菜单就可以对计算机程序实现控制,随着鼠标技术的不断发展,鼠标的种类越来越多,按不同的划分标准可以将鼠标分为许多不同的类型。

1. 鼠标内部构造

　　根据鼠标内部构造不同可分为机械式鼠标和光电式鼠标两种。机械式鼠标的底部有一个滚球,如图 6-27 所示,当鼠标移动时,滚球会触动旁边的两个小滚轮,通过这两个滚轮使鼠标在屏幕上移动。

　　光电鼠标是通过鼠标底部的发光二极管的光学感应来产生移动信号的,其工作原理是将发光二极管发出的光照射到桌面或鼠标垫上,反射回来的光再经光学透镜传输到光学感应器中成像,记录鼠标移动的位置,定位鼠标指针。光电式鼠标现在比较流行,其外形如图 6-28 所示。

图 6-27　机械式鼠标

图 6-28　光电式鼠标

2．鼠标接口

根据鼠标接口不同可分为 PS/2 接口鼠标、USB 接口鼠标和无线鼠标 3 种，如图 6-29 所示。PS/2 的鼠标接口为 6 针，颜色通常为绿色，与计算机连接时要注意不能与键盘接口接反。USB 鼠标是通过 USB 接口与计算机连接的，这种类型的鼠标应用得最广泛。无线鼠标是通过红外或无线电波将信息传送给特定的接收器，再由接收器传送给计算机。

(a) PS/2接口鼠标

(b) USB接口鼠标

(c) 无线鼠标

图 6-29　3 种不同接口的鼠标

3．鼠标适用范围

根据鼠标适用范围可分为人体工程学鼠标和笔记本鼠标两种，如图 6-30 所示。人体工程学鼠标与一般鼠标的区别在鼠标体的尾部，在这里有一个与鼠标尾部相连的软垫，软垫后部翘起。这样的结构可以让使用者的手腕与桌面隔开，避免手腕与桌面摩擦，防止使用者长时间使用鼠标后造成的手腕疼痛等不适。而笔记本鼠标的特点是体积小，鼠标引线可以伸缩，携带非常方便。

(a) 人体工程学鼠标

(b) 笔记本鼠标

图 6-30　人体工程学鼠标和笔记本鼠标

6.4.3　键盘和鼠标的选购

一套好键盘和鼠标能让用户在使用计算机时更加舒适和便捷。下面介绍键盘和鼠标的选购方法。

1．键盘的选购

目前市场上的键盘种类很多，价格也从几十元到数百元不等。要选买一个质量好、手感好和价格适合的键盘,只要注意以下几个方面就能实现。

1）注意做工

选购任何产品,产品的做工都是首先要关注的方面,主要是从质感、边缘是否粗糙不平、颜色是否均匀、按键是否整齐、键帽印刷是否清晰等方面考虑。

2）注意手感

键盘按键的弹性和手感,直接影响用户使用键盘操作的效率。弹性和手感好的键盘不仅可以提高打字的速度,还可以减少手指的疲劳。优质的键盘在操作时手感非常好,按键弹性适中、无晃动、弹起速度快、灵敏度高。用户选购时,一定要试一下按键的弹性。

3）注意舒适度

目前市场上的键盘有带手托的,也有不带手托的,分别如图 6-31 所示。还有人体工程学键盘。带手托的键盘可以缓解腕部的疲劳,特别适合需要经常打字的用户,如打字员等。人体工程学键盘是将标准键区根据左/右手分成两个部分,并呈一定角度展开,也比较适合需要长时间使用键盘的用户。

带手托的键盘　　　　　　　　　不带手托的键盘

图 6-31　带手托的键盘和不带手托的键盘

2. 鼠标的选购

鼠标的选购与键盘一样,也需要注意接口类型、使用手感、做工等几个方面。

1）鼠标的接口类型

PS/2 接口的鼠标现在已经逐渐被 USB 接口鼠标和无线鼠标取代。USB 接口的鼠标支持热插拔,使用方便。而无线鼠标由于不受连线长度的影响,比较适合喜欢看电影或使用笔记本电脑的用户。

2）鼠标的手感

手感好的鼠标不但能提高工作效率,而且对人体的健康也有好处。要选择购买设计符合人体工程学、手握时感觉轻松且能与手掌贴合、按键有弹性、滑动流畅、屏幕指标定位精确的鼠标。

3）鼠标的分辨率

鼠标的分辨率是指鼠标光标在显示器屏幕上移动定位的精确度,以 dpi 为单位。在选购时要注意选择分辨率在 300～400dpi 范围的鼠标。

4）鼠标的造型和耐用

好的鼠标不仅耐用,造型也非常美观。漂亮的鼠标与计算机搭配在一起,也能让使用者的心情舒畅。

　　另外用户选购键盘鼠标时,喜欢选购套装的键盘鼠标,价格也便宜,从外观上来看,套装的键盘和鼠标设计风格统一,颜色线条搭配也非常和谐,整体比较美观。套装键盘和鼠标如图 6-32所示。

图 6-32　套装键盘和鼠标

6.5　实训

6.5.1　查看显示器的型号和参数

1. 实验设备

运行 Windows 操作系统的多媒体计算机一台,并安装了 EVEREST 测试软件。

2. 实验目的

(1) 掌握 EVEREST 测试软件的使用方法。

(2) 应用 EVEREST 软件,练习检测显示器的型号和参数,对显示器有一个更深入的认识。

3. 实验指导

(1) 进入 EVEREST 软件界面,在软件窗口左侧的"菜单"选项卡中,单击"显示设备"→"显示器"节点。

(2) 通过该选项查看本机显示器名称、显示器类型、最大分辨率等信息,如图 6-33 所示。

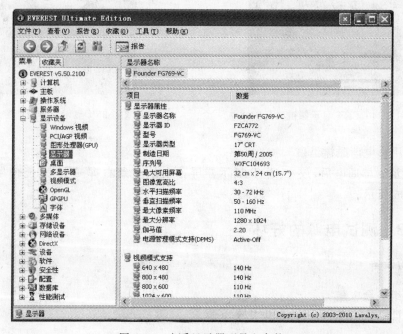

图 6-33　查看显示器型号和参数

6.5.2　CRT 显示器的消磁方法

1．实验设备

（1）一台计算机。
（2）一个彩电消磁棒。

2．实验目的

（1）学习如何使用消磁棒。
（2）掌握给显示器消磁的方法。

3．实验指导

CRT 显示器屏幕被磁化后，屏幕上被磁化的区域会出现花花绿绿的色斑。CRT 显示器被磁化区域如图 6-34 所示。

给显示器消磁的操作如下：

（1）使用显示器自带消磁功能。

按下显示器上的 MENU 键，在 MENU 菜单上，通过显示器上的选择键，将光标移动到"消磁"选项，如图 6-35 所示，再次按下 MENU 键，显示器即可消磁。

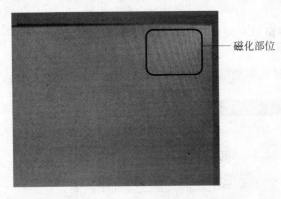

图 6-34　CRT 显示器被磁化区域

图 6-35　显示器自带消磁菜单界面

（2）使用彩电消磁棒消磁

将彩电消磁棒通电后，放在 CRT 显示器屏幕上从左到右挥一下，就能使磁化区域消磁，如图 6-36 所示。

6.5.3　测试电源的好坏

1．实验设备

（1）每组一台电脑。
（2）条件允许的话，可以多提供几个电源。

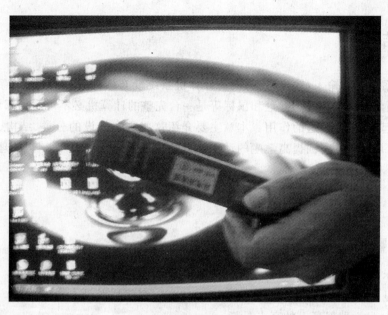

图 6-36 使用消磁棒消磁

2. 实验目的

（1）认识电源的构造。

（2）掌握测试电源好坏的方法。

3. 实验指导

（1）观察电源的结构。

（2）将与电源连接设备断开，再将 20 针或 24 针中的绿色线和黑色线端口用金属导线短接，如图 6-37 所示。

（3）短接后如果电源风扇能转动，说明电源能正常通电，否则电源损坏。

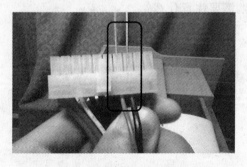

图 6-37 电源绿色线和黑色线短接

专家点拨 一般情况下，上述方法都能测试出电源的好坏。但有少数情况，在测试时电源风扇能转，连接后发现仍有主机供电不正常的现象。如果是这种情况，就需要考虑是否是电源功率不足或电源老化等情况。

本章小结

　　计算机系统没有输入/输出设备,就如计算机系统没有软件一样,是毫无意义的。本章所介绍的显示器、机箱、电源、键盘和鼠标等是一台完整的计算机必不可少外部设备,它们对数据和信息起着传输、转送的作用。本章主要介绍这些基本外设的分类、结构、技术参数和选购方法等,并且通过实训提高学生的动手能力,加深学生关于这方面知识的理解。

练习 6

1. 填空题

（1）显示适配器简称为_____,它的总线接口可分为_____和_____。

（2）常见的显示器有_____显示器和_____显示器两种。

（3）LED 显示器屏幕上的亮点是指_____。

（4）_____机箱空间大,散热效果好。_____机箱空间小,携带方便。

（5）电源的额定功率是指_____。

（6）键盘按接口划分,可分为_____和_____两种。

（7）_____和_____是常用的输入设备。

（8）人体工程学鼠标是指_____。

2. 简答题

（1）LED 显示器的性能参数有哪些?

（2）机箱的材质有哪几种?

（3）简述电源的选购方法。

（4）键盘、鼠标的选购需要注意什么?

第7章

计算机辅助设备

显示器、键盘、鼠标等是计算机的主要外部设备,但为了更好地运用计算机的功能,经常会给计算机连接一些辅助的外围设置,如办公常用的打印机、扫描仪、移动硬盘等,数码设备中的摄像头、MP3/MP4/MP5 播放器等以及网络设备中的网卡、集线器、路由器等。

本章主要内容:

- 常见办公设备;
- 常见数码设备;
- 常见网络设备。

7.1 办公设备

办公设备,泛指与办公室相关的设备,随着计算机在各行各业的广泛应用和普及,越来越多的企业和单位需要使用相关的办公设备辅助工作,常见的有打印机、扫描仪、传真机、考勤机等。

7.1.1 打印机

打印机是常见的计算机外围设备之一,也是计算机系统中除显示器之外的另一种重要的输出设备,其主要功能是接收主机传送来的信息,并根据主机的要求将各种文字、图形、信息等处理结果打印在相关介质上,如今打印机已成为办公自动化不可缺少的工具,目前正向轻、薄、短、小、低功耗、高速度和智能化方向发展。

目前主流的打印机品牌有 HP(惠普)、EPSON(爱普生)、Canon(佳能)、Lenovo(联想)、SAMSUNG(三星)等。

1. 打印机的分类

打印机的种类很多,从不同的角度可以对打印机作出不同的分类,最常见的分类方法是根据打印原理分类,可分为针式、喷墨和激光打印机,个人用户多数使用喷墨打印机,针式和激光打印机多作为办公和商业用途,还有热升华打印机和条码打印机,这两种打印机个人和普通办公中很少用到,本书不作介绍。

1)针式打印机

针式打印机也称撞击式打印机,如图 7-1 所示,其基本工作原理类似于用复写纸复写资料一样。针式打印机中的打印头是由多支金属撞针组成,撞针排列成一直行,当指定的撞针到达某个位置时,便会弹射出来,在色带上打击一下,让色素印在纸上做成其中一个色点,配合多个撞针的排列样式,便能在纸上打印出文字或图形。针式打印机的打印成本最低,但是它的打印分辨率也是最低的。

2)喷墨打印机

喷墨打印机使用大量的喷嘴,将墨点喷射到纸张上,如图 7-2 所示。由于喷嘴的数量较多,且墨点细小,能够做出比针式打印机更细致、混合更多种色彩的效果。喷墨打印机的价格居中,打印品质也较好,所以被广大用户所接受。

图 7-1　针式打印机

图 7-2　喷墨打印机

3)激光打印机

激光打印机是利用碳粉附着在纸上而成像的一种打印机,如图 7-3 所示。其工作原理主要是利用激光打印机内的一个控制激光束的磁鼓,借着控制激光束的开启和关闭,当纸张在磁鼓间卷动时,上下起伏的激光束会在磁鼓产生带电核的图像区,此时打印机内部的碳粉会受到电荷的吸引而附着在纸上,形成文字或图形。由于碳粉属于固体,而激光束有不受环境影响的特性,所以激光打印机可以长年保持印刷效果清晰细致,打印在任何纸张上都可得到好的效果。激光打印机一直以黑色打印为主,价位以及打印成本较高。

图 7-3　激光打印机

2. 打印机性能指标

衡量打印机好坏的指标主要有以下几项。

(1)打印分辨率:也称为输出分辨率,是指在打印输出时横向和纵向两个方向上每英寸最多能够打印的点数,单位是 dpi,它是衡量打印机精度的主要参数之一,该值越大表明打印机的打印精度越高。

(2)打印速度:打印速度是指打印机每分钟可打印的页数,单位是 ppm,打印速度越快,效率越高。

(3)噪声:打印时产生的噪声也是衡量打印机好坏的标准之一,针式打印机的噪声最大,喷墨打印机的噪声次之,激光打印机的噪声最小。

(4) 打印幅面:打印幅面决定打印面积的大小,普通办公和个人用户使用 A4 幅面的打印机足以满足日常需求。

3. 打印机的选购

用户可以根据不同的需要选购不同的打印机,而不同的打印机则有不同的选购标准。

(1) 若需要打印复写纸或是账务单据,打印工作量较小,可用针式打印机。在选购针式打印机时,注意支持纸张的类型,检查打印机的针头是否有断针,可以实际打印测试,若打印出的文字出现不连续的断点,则说明打印机的针头可能有断针。

(2) 需要黑白和彩色打印的可以选择喷墨打印机,从市面上喷墨打印机的生产厂家来看,基本上是 HP、Canon 和 EPSON。该打印机的价格低廉,其主要消耗是打印所需的墨水和纸张,也就是说,打印机的原装墨水价格通常很贵,又因为打印机工作时消耗墨水的量很大,所以打印机的耗材价格决定了用户的最终使用成本。因此,在选购前需要先了解相关墨水的价格。

(3) 若要进行大量的文本打印最好选择激光打印机。激光打印机的价格通常要高于喷墨打印机,其主要的耗材是纸张和墨粉,所以应该注意墨粉的价格。

7.1.2 扫描仪

扫描仪属于计算机辅助设计(CAD)中的输入系统,是通过捕获图像并将之转换成计算机可以显示、编辑、存储和输出的数字化输入设备,它是提取和将原始的线条、图形、文字、照片、平面实物转换成可以编辑及加入文件中的装置。照片、文本页面、图纸、美术图画、照相底片、菲林软片,甚至纺织品、标牌面板、印制板样品等三维对象都可作为扫描对象。它适用于办公自动化(OA),广泛应用在标牌面板、印制板、印刷行业等。

目前主流的打印机品牌有佳能(Canon)、方正(FOUNDER)、明基(BenQ)、联想(Lenovo)、惠普(HP)、富士通、宏基(Acer)等。

1. 扫描仪的分类

扫描仪的种类繁多,常见的扫描仪有两种,即平板式扫描仪和滚筒式扫描仪,近几年又出现了笔式扫描仪、便携式扫描仪、胶片扫描仪、底片扫描仪、名片扫描仪等。

1) 平板式扫描仪

平板式扫描仪是目前最流行、使用最广泛的扫描仪,其外观大多是矩形方块,如图 7-4 所示,它能方便地扫描 8.5×17in 的纸张。

平板式扫描仪在扫描纸张时,通过移动感光头扫过整个纸张,由于扫描时文件不需移动,因此平板式扫描仪的精确度是最高的。一般情况下,平板式扫描仪需要手动送纸,也可以用一台能自动将纸送入到扫描仪面板的文件送纸器,实现平板式扫描仪的自动送纸。

2) 滚筒式扫描仪

滚筒式扫描仪一般是使用光电倍增管 PMT(Photo Multiplier Tube)来工作的,如图 7-5 所示。因此它的密度范围较大,而且能够分辨出图像更细微的层次变化。

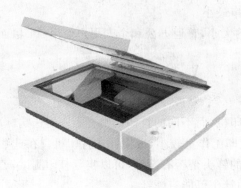

图 7-4　平板扫描仪

图 7-5　滚筒扫描仪

3）笔式扫描仪

笔式扫描仪出现于 2000 年左右,如图 7-6 所示,扫描宽度大约只有四号汉字大小,使用时,贴在纸上一行一行地扫描,主要用于文字识别。最初只能扫描黑白页面,但近几年随着科技的发展,大家熟悉的普兰诺出现了,现在的笔式扫描仪可以扫描 A4 大小的纸张,不但可以扫描彩色还可以扫描照片、名片等,最高可达 400dpi。RC800 是目前该系列的一种较新的产品,不但提升了内存而且支持扩展,最大可扩展到 2G。

4）便携式扫描仪

便携式扫描仪主要是出于轻薄的考虑,如图 7-7 所示,这些主流的便携式扫描仪都使用了 CIS 元件。便携式扫描仪不管是在扫描速度还是易操作性方面,都要比一般的平板式扫描仪强出很多,独特的高效能双面扫描让用户可以更加快捷地进行文档整理,在工作时还无须预热,开机即可扫描,在大大提高了工作效率的同时,也符合了国家所提倡的能源节约理念,且携带特别方便,外出扫描不用愁了。

图 7-6　笔式扫描仪

图 7-7　便携式扫描仪

2. 扫描仪的性能指标

扫描仪多种多样,但不论哪一种扫描仪,它的性能指标都表示了扫描仪的性能,主要包括表示扫描仪精度的指标——分辨率,表示扫描图像灰度层次范围的指标——灰度级,表示扫描图像彩色范围的指标——色彩数以及扫描速度和扫描幅面等。

1）分辨率

分辨率显示扫描仪对图像细节上的表现能力,是扫描仪最主要的技术指标,决定了扫描仪所记录图像的细致度,其单位为 dpi(Dots Per Inch),即每英寸含像素点的个数。dpi 数值越大,则扫描的分辨率越高,扫描图像的品质就越好。但注意当分辨率大于某一特定值时,会使图像文件增大而不易处理,并不能显著改善图像质量,多数扫描仪的分辨率在 300～2400dpi 之间。

扫描分辨率一般有两种,即光学分辨率和插值分辨率。光学分辨率就是扫描仪的实际分辨率,它是决定图像清晰度和锐利度的关键性能指标。而插值分辨率则是通过软件运算的方式来提高分辨率的数值,即用插值的方法将采样点周围遗失的信息填充进去,因此也称作软件增强的分辨率。尽管插值分辨率不如真实分辨率,但它却能大大降低扫描仪的价格,且对一些特定的工作如扫描黑白图像或放大原稿十分有用。

2）灰度级

灰度级表示图像的亮度层次范围,级数越多扫描仪图像亮度范围越大、层次越丰富,目前多数扫描仪的灰度为256级。

3）色彩数

色彩数表示彩色扫描仪所能产生颜色的范围,通常用比特位(bit)表示,b是计算机最小的存贮单位,以0或1来表示比特位的值,越多的比特位数可以表现越复杂的图像信息。

4）扫描速度

因为扫描速度与分辨率、内存容量、硬盘存取速度、显示时间及图像大小相关,因此扫描速度有多种表示方法,通常用指定的分辨率和图像尺寸下的扫描时间来表示。

5）扫描幅面

扫描幅面是指可以扫描的图稿尺寸的大小,常见的有A4、A3、A0幅面等。

3．扫描仪的选购

目前市场上扫描仪无论是品牌还是型号都非常多,并且在价格和各种主要的技术指标上都相差不大,因此如果仅仅依靠技术指标来进行选购的话,许多用户都会有难以做出选择的感觉。

当然,技术指标是选购扫描仪首先需要考虑的因素,但是如果多款产品在技术指标、价格上都是半斤八两的话,则可通过以下几个方面的对照和比较,以帮助用户做出正确的判断。

1）外观

对于现代的商品来说,除了内在的性能和质量以外,外观已经成为了影响用户做出选购决断至关重要的因素,因为在各类商品已经极大的丰富,用户有充分的选择的情况下,谁也不会去选择一款不漂亮的产品。同时对于时尚现代的家庭来说,IT产品除了工作的效用之外,还有很重要的一点就是能够起到一定的装点作用,更新潮、更时尚应该成为用户在购买产品时的一个重要的考虑因素。当然对于一件商品外观好坏的判断每一个人的审美观是不同的,完全可以根据自己的喜好来做出选择。

2）噪声的大小

无论是在家庭中,还是在办公室中,噪声都会令人感到心烦意乱,然而由于机械转动的原因,扫描仪在工作时又不可避免地会产生一些声音,虽说目前绝大多数的产品的声音还没有到让人难以忍受的地步,但是在相同的性能、差不多的价格条件下,选购一款安静的产品,何乐而不为呢？因此用户在选购扫描仪时,不妨注意一下扫描仪工作时产生的声音情况,根据自己的实际感受做出判断。

3）配套软件

和打印机不同,扫描仪的配套软件对于扫描仪的性能起着至关重要的作用。功能强大的软件不但可以大幅度地提高文字的识别率、图像的品质,而且还可以让扫描仪具有更加丰富的功能,因此用户在选购扫描仪时,一定要关心扫描仪附带的软件,并且可以实地操作一下,看看实际的效果。要知道,没有软件的配合,扫描仪硬件的技术指标再高也是无济于事的。

4) 快捷功能键

目前扫描仪通过软件的配合,功能上已经是越来越丰富了,在和打印机及网络的配合下,还可以实现复印、传真等功能。同时 IT 产品也正在积极地向着操作简便化的方向发展,扫描仪也不例外,因此快捷功能键的设置情况,也就成为了选购扫描仪时一个考虑的因素。用户可以通过快捷按钮的方式进行一些最常用的操作,省时省力。

5) 技术支持和售后的服务

对于 IT 类的产品,技术支持和售后的服务也是非常的重要,IT 类的产品经常会因为误操作而产生一些软故障,在这种情况下如果有良好的技术支持和售后服务的话,往往只需要在电话中,在关键之处做一个小小的点拨就能够解决问题,当然如果真的出现了故障,良好的售后服务就显得更为重要了。不同的厂商提供的技术支持和售后服务是不同的,如全国免费电话支持、保修期上门服务、指定的维修网点分布广泛等,用户应该细细比较,让自己的产品使用能够高枕无忧。

7.1.3 移动硬盘

移动硬盘,顾名思义就是以硬盘为存储介质,在计算机之间交换大容量数据,强调便携性的存储产品,如图 7-8 所示。市场上绝大多数的移动硬盘都是以标准硬盘(2.5 英寸硬盘)为基础的,只有很少部分的是微型硬盘(1.8 英寸硬盘),但价格因素决定着主流移动硬盘还是以标准笔记本硬盘为基础。因为采用硬盘为存储介质,因此移动硬盘在数据的读写模式与标准 IDE 硬盘是相同的。移动硬盘多采用 USB、IEEE1394 等传输速度较快的接口,可以较高的速度与系统进行数据传输。

图 7-8 移动硬盘

1. 移动硬盘的特点

移动硬盘的尺寸分为 2.5 英寸和 3.5 英寸两种,其中 2.5 英寸的移动硬盘可以作为笔记本电脑硬盘,它体积小、重量轻,便于携带,一般没有外置电源。3.5 英寸的硬盘是台式机硬盘,体积较大,便携性相对较差,其硬盘盒内一般都自带外置电源和散热风扇。无论是哪种尺寸的移动硬盘,都有如下一些共同的特点。

1) 容量大

移动硬盘可以提供相当大的存储容量,是性价比较高的移动存储产品,移动硬盘能在用户可以接受的价格范围内,提供给用户较大的存储容量和不错的便携性。目前市场中的移动硬盘能提供 160GB、320GB、500GB 等,最高可达 4TB 的容量,一定程度上满足了用户的需求。随着技术的发展,移动硬盘将容量越来越大,体积越来越小。

2）传输速度快

移动硬盘大多采用 USB、IEEE1394 接口，能提供较高的数据传输速度，USB2.0 接口传输速率是 60MB/s，IEEE1394 接口传输速率是 50～100MB/s，在与主机交换数据时，读一个 GB 数量级的大型文件只需几分钟，特别适合视频与音频数据的存储和交换。

3）使用方便

现在主流的 PC 基本都配备了 USB 功能，主板通常可以提供 2～8 个 USB 口，一些显示器也会提供了 USB 转接器，USB 接口已成为个人计算机中的必备接口，而 USB 设备在大多数版本的 Windows 操作系统中，都可以不需要安装驱动程序，具有真正的即插即用特性，使用起来灵活方便。

4）可靠性提升

数据安全一直是移动存储用户最为关心的问题，也是人们衡量该类产品性能好坏的一个重要标准。移动硬盘以高速、大容量、轻巧便捷等优点赢得许多用户的青睐，而更大的优点还在于其存储数据的安全可靠性。这类硬盘与笔记本电脑硬盘的结构类似，多采用硅氧盘片，这是一种比铝、磁更为坚固耐用的盘片材质，并且具有更大的存储量和更好的可靠性，提高了数据的完整性。采用以硅氧为材料的磁盘驱动器，以更加平滑的盘面为特征，有效地防止了盘片可能影响数据可靠性和完整性，更高的盘面硬度使 USB 硬盘具有很高的可靠性。

另外，移动硬盘还具有防震功能，在剧烈震动时盘片自动停转并将磁头复位到安全区，防止盘片损坏。

2．移动硬盘的选购

在选购移动硬盘时，主要考虑以下几个方面：

1）速度

高速的读写数据是至关重要的，特别是当使用笔记本电脑连接移动硬盘时，如果传输速度太慢，还会加快缩短笔记本电脑电池的使用时间。

主流 2.5 英寸品牌移动硬盘的读取速度约为 15～25MB/s，写入速度约为 8～15MB/s。如果以 10MB/s 的写入速度复制一部 4GB 的 DVD 电影到移动硬盘的话，需耗费时间约为 6min40s。如果以 20MB/s 的读取速度从移动硬盘中拷贝一部 4GB 的 DVD 电影到电脑主机硬盘的话，需要时间约为 3min20s。

相对于笔记本硬盘本身而言，读写控制芯片和 USB 端口类型往往决定了品牌移动硬盘的最高读写速度。如同样是 USB 2.0 接口的移动硬盘产品，就算是采用同样型号的 2.5 英寸日立 5400 转硬盘，一个可以提供 28MB/s 的读取速度，而另一个则只能提供 15MB/s 的读取速度，这就是因为二者所采用的主控芯片等部件上的差异所造成的。但是作为消费者，很难弄清楚某一款移动硬盘采用的是什么类型的读写控制芯片，从外表来看也很难区分是否为真正的 USB 2.0 高速端口。因此，如果想要搞清楚某一款品牌移动硬盘的读写速度究竟有多快时，应该去专业 IT 网站查看该产品的评测数据，或者在购买时带上笔记本电脑实地试用一下。

专家点拨 要搞清楚某一款品牌移动硬盘的读写速度，最好的方式就是去专业 IT 网站查看该款产品的评测，或者带上笔记本电脑现场试用。

2）供电

有不少劣质台式机主板的机箱前置 USB 端口容易出现供电不足情况,这样就会造成移动硬盘无法被 Windows 系统正常发现的故障。在供电不足的情况下就需要给移动硬盘进行独立供电,因此大部分移动硬盘都设计了 DC-IN 直流电插口以解决这个问题。

对于笔记本电脑来说,2.5 英寸 USB 移动硬盘工作时,硬盘和数据接口由 USB 接口供电。USB 接口可提供 0.5A 电流,而笔记本电脑硬盘的工作电流为 0.7～1A,一般的数据复制不会出现问题。但如果硬盘容量较大或移动文件较大时很容易出现供电不足,而且若 USB 接口同时给多个 USB 设备供电时也容易出现供电不足的现象,造成数据丢失甚至硬盘损坏。为加强供电,2.5 英寸 USB 移动硬盘一般会提供从 PS/2 接口或者 USB 接口取电的电源线,所以在移动较大文件等时候就需要接上 PS/2 取电电源线。

3.5 寸的移动硬盘一般都自带外置电源,所以供电基本不存在问题。IEEE 1394 接口最大可提供 1.5A 电流,所以也无须外接电源。

3）品质

市面上有不少所谓的品牌移动硬盘其实是由经销商自己组装的,也就是说,厂商提供给经销商的只是移动硬盘盒,经销商拿到盒子后再把硬盘装进去。这种品牌移动硬盘的品质是无法得到保证的,水货硬盘甚至返修硬盘很有可能就被奸商装进移动硬盘盒里卖给了不知情的消费者。

移动硬盘渠道复杂,水货、拆机货在市场中并不少见,而由于厂商们对正品的识别方法也没有太多的宣传,消费者在购买的过程中很容易受骗,所以购买移动硬盘最好是选购有一定市场知名度、口碑好的产品。

此外,PCB 电路板的做工也对移动硬盘的品质有很大影响。但作为普通消费者,是无法拆开机器仔细检查 PCB 电路板的,此时最好的方法就是去网上搜索,看看能否找到权威媒体的拆机评测报告和网友试用后的评价。

4）是否越薄越好

说到移动硬盘,主流的移动硬盘售价越来越便宜,外形也越来越薄。但一味追求低成本和漂亮外观,使得很多产品都不具备防震措施,有些甚至连最基本的防震填充物都没有(其实就是一个笔记本硬盘加上一个薄薄的塑料或者金属盒子),其存储数据的可靠性也就可想而知了。

一般来说,机身外壳越薄的移动硬盘其抗震能力(意外摔落)越差。为了防止意外摔落对移动硬盘的损坏,有一些厂商推出了超强抗震移动硬盘。其中不少厂商宣称自己是 2m 防摔落,其实高度根本就不是应该关注的重点,因为很多移动硬盘产品从 5m 甚至 10m 高度摔落时仍然可能完好无损,可惜只是一两次的运气好而已。应该关注这个产品是否通过了专业实验室不同角度数百次以上的摔落测试,通常移动硬盘意外摔落的高度为 1m 左右(即办公桌的高度,也是普通人的腰高),在选购产品时,可以软磨硬泡让经销商给现场演示一下。

7.2　数码设备

数码设备是指可以通过数字和编码进行操作并且可以与计算机连接的机器,随着科技的发展,计算机的出现与发展带动了一批以数字为记载标识的设备,取代了传统的胶片、录影带、录音带等,这种产品统称为数码设备,如摄像头、MP3、U 盘,数码照相/摄像机等,如今科技发展日新月异,数码设备也层出不穷,本节讲解几种最常见的数码产品。

7.2.1 摄像头

摄像头又称为电脑相机、电脑眼等,如图 7-9 所示,是一种视频输入设备,被广泛运用于视频会议、远程医疗及实时监控等方面,也可以通过摄像头在网络进行有影像、有声音的交谈和沟通。另外,人们还可以将其用于当前各种流行的数码影像、影音处理。目前主流摄像头品牌有罗技、现代、台电、良田、清华紫光等。

图 7-9　摄像头

1. 摄像头的工作原理

摄像头的工作原理并不复杂,景物通过镜头生成的光学图像投射到图像传感器表面上,然后转为电信号,再经过模数转换(A/D)转换为数字图像信号,送往数字信号处理芯片中进行加工处理,再通过 USB 接口传输到计算机中,最后通过显示器就可以看到图像了。

2. 摄像头的分类

摄像头分为数字摄像头和模拟摄像头两大类。模拟摄像头捕捉到的视频信号必须经过特定的视频捕捉卡将模拟信号转换成数字模式,并加以压缩后才可以转换到计算机上运用。而数字摄像头可直接捕捉影像,然后通过串、并口或者 USB 接口传到计算机内,由于个人计算机的迅速普及,模拟摄像头的整体成本较高及 USB 接口的传输速度远远高于串口、并口的速度等原因,现在市场热点主要是 USB 接口的数字摄像头。

3. 摄像头的选购

决定一个摄像头的品质从硬件上来说主要是镜头、主控芯片与感光芯片。

摄像头的核心就是镜头,现在市面上分别有两种感光元器件的镜头,一种是 CCD (Charge Coupled Device,电荷耦合器),一般是用于摄影摄像方面的高端技术元件,应用技术成熟,成像效果较好,但是价格相对较贵。另外一种是比较新型的感光器件 CMOS (Complementary Metal Oxide Semiconductor,互补金属氧化物半导体),它相对于 CCD 价格低,功耗小。

较早期的 CMOS 对光源的要求比较高,现在用 CMOS 为感光元器件的产品中,通过采用影像光源自动增益补强技术,自动亮度、白平衡控制技术,色饱和度、对比度、边缘增强以及伽马矫正等先进的影像控制技术,可以接近 CCD 摄像头的效果。现在的高端摄像头,如 Logitech、Creative 的产品基本都采用的是 CCD 感光元器件,主流产品则基本是 CCD 和 CMOS 平分秋色,总的来说还是 CCD 的效果好一点,目前 CCD 元件的尺寸多为 $\frac{1}{3}$ in 或者 $\frac{1}{4}$ in,在相同的分辨率下,宜选择元件尺寸较大的为好,用户可以根据自己的喜好来选购。

除此之外,视频捕获能力也是用户最为关心的功能之一,很多厂家都声称最大 30 帧/s

的视频捕获能力,但实际使用时并不尽如人意。目前摄像头的视频捕获都是通过软件来实现的,因而对计算机的要求非常高,即 CPU 的处理能力要足够快,其次,对画面要求的不同,捕获能力也不尽相同。现在摄像头捕获画面的最大分辨率为 640×480,在这种分辨率下没有任何数字摄像头能达到 30 帧/s 的捕获效果,因而画面会产生跳动现象。比较现实的是在 320×240 分辨率下依靠硬件与软件的结合有可能达到标准速率的捕获指标,所以对于完全的视频捕获速度,只是一种理论指标。用户应根据自己的切实需要,选择合适的产品以达到预期的效果。

最后,用户购买时还可以考虑的因素包括附带软件,摄像头外形,镜头的灵敏性,是否内置麦克风等,另外,比如 Logitech 和网站合作,可以使用户设置网上摄像机或进行网络实况转播。这些售后的服务也可以在考虑范围之内。

7.2.2 U 盘

U 盘,又称优盘,中文全称为"通用串行总线(USB)接口的闪存盘",如图 7-10 所示,它是一种 USB 接口且无须物理驱动器的微型高容量移动存储产品,可通过 USB 接口与计算机连接,实现即插即用。

U 盘最大的优点是存储容量大、价格便宜、性能可靠,重量极轻,适合随身携带,一般的 U 盘容量有 1GB、2GB、4GB、8GB、16GB、32GB 等,以最常见的 4GB 为例,70 元左右就能买到。U 盘中无任何机械式装置,抗震性能极强。另外,它还具有防潮防磁、耐高低温等特性,安全可靠性很好。

图 7-10 U 盘

目前主流的 U 盘品牌有纽曼(Newsmy),台电(Teclast),朗科(Netac),爱国者(aigo),金士顿(Kingston)等。

U 盘的数据传送速度一般与数据接口和 U 盘质量有关,因为 U 盘用的是 FLASH 闪存,不像硬盘的存储存在硬盘的转速,它只跟 USB 的接口类型有关,以前用于区分速度的 USB 1.1 和 USB 2.0 标准现在已经统一改成 USB 2.0。

由于目前闪存做工比较简单,所以有很多水货产品或假冒产品,购买时最好用真实机器测试复制跟它本身容量相同的文件或者运行 V3 软件,如果 U 盘可以运行软件就证明是真的。

随着 U 盘的普及,尤其是年轻人,开始越来越重视 U 盘的外观,而在众多 U 盘厂商进驻市场,U 盘种类越来越多的同时,U 盘的性能和性价比,渐渐被人们忽略了,取而代之的是 U 盘的外观。往往一款创意 U 盘能够比许多名牌 U 盘更好卖。在这里,也要提示大家,在看重外表的同时,也不要忽略 U 盘的性能和性价比。

专家点拨 目前有些 U 盘的技术很到位了,有的 U 盘直接插拔也可以的。但无论是多好的 U 盘,有一个时候是绝对不能直接插拔的,那就是仔细看你 U 盘的那个小灯,小灯在不停闪烁的时候表示正在不停地读写数据,这时候千万不能拔,否则轻则损坏数据,重则 U 盘报废。

7.2.3 MP3 播放器

MP3 播放器是 MPEG Audio Layer 3 的简称,是采用国际标准 MPEG 中的第三层音频压缩模式,即对声音信号进行压缩的一种格式,中文也称"电脑网络音乐",如图 7-11 所示。MPEG 中的第三层音频压缩模式比第一层和第二层编码要复杂,但音质要比第一层和第二层高,甚至可与 CD 音质相比。

图 7-11 MP3 播放器

1. MP3 的工作原理

MP3 播放器是利用数字信号处理器 DSP（Digital Sign Processer）来完成处理传输和解码 MP3 文件的任务的。DSP 掌管随身听的数据传输,设备接口控制,文件解码回放等活动,它能够在非常短的时间里完成多种处理任务,而且此过程所消耗的能量极少,这也是它适合于便携式播放器的一个显著特点。

MP3 的工作过程为:首先将 MP3 歌曲文件从内存中取出并读取存储器上的信号到解码芯片对信号进行解码,然后通过数-模转换器将解出来的数字信号转换成模拟信号,再把转换后的模拟音频放大,通过低通滤波后到耳机输出口,输出后就是听到的音乐了。

2. 选购 MP3 的注意事项

市场的快速更新使人们能够更快地享受到科技为人类带来的便捷,但同时也使选购变得困难起来,究竟选什么样的 MP3 好,这里就涉及了一个定位问题,只要明确自己的购买目的,才能准确地选择到优秀的产品。

1）造型

出色的造型设计,不仅仅是要表现 MP3 的与众不同,也是凭借它来确定质量优劣的最重要标志之一,虽然生活中不能以貌取人,但对于 MP3 这类人为的商品,"以貌取物"准确度却是八九不离十。

材料选取上,金属最佳,橡胶次之,工程塑料最差,当然,这并非说金属造的 MP3 就是好货,而是金属相对来说会抗击力强一些,而且看起来比较漂亮,更有质感和档次。而做工主要是看产品的细微之处与各部分之间的连接位置,如果外壳拼接紧（特别是电池盖位置）,按键柔软舒适,没有毛刺和机体不平整的问题,基本上算是过关了。

2）显示屏

以色彩效果来说,自然是颜色数目越高越好,屏幕材料则是 LTPS（Low Temperature Polysilicon,低温多硅显示器）好于 TFT,TFT（Thin Film Transistor,薄膜晶体管）好于 STN（Super Twisted Nematic,超扭曲向列）,至于 OLED（Organic Light-Emitting Diode,有机电激发光显示器）彩屏,则是在黑暗中较有优势,但无法如 TFT 和 STN 般显示复杂的图片。

由于 MP3 体积小,屏幕尺寸会大受限制,而且屏幕并非越大越好,而是要看显示内容的多少,相同尺寸下,显示内容越多证明屏幕分辨越高,看图片时会越显得细腻,也利于加入人性化图形菜单,使操作方式贴近日常的 Windows 视窗习惯。

3）耳机

耳机包括两部分,一个是 MP3 本身的输出功率,输出功率大（两个耳机加起来 20mW 以上）可以推动一些阻抗比较高的高档耳机,令音质上的表现更加完美;二是耳机本身的质量,以貌取机是必然之路,优秀的耳机外观肯定不会差到哪里去。市面上大多数 MP3 的附带耳机都不怎么样,即使是中高级产品,仍然令人失望,只有那些真正的高端产品,才会有较容易被人接受的耳机。如果用户真的很注重 MP3 附送耳机的质量,只有从每个品牌最高端的几种型号中选取。

4)功能

MP3 的功能越来越多,它与 PDA、手机一样,都向多功能方面发展,尽可能吸收其他产品的功能,以便增加产品卖点,购买时要按需入手,别盲目性地追求多功能,功能越多价格越贵,而且买回来之后,经常会发现有许多是根本用不上的。

5)容量

容量当然是越大越好,值得注意的是,目前大部分 MP3 都采用 Flash 芯片作为存储介质,而 Flash 芯片的价格已不是大容量普及的最大障碍。

6)附件

附件质量是看厂商是否肯花心思的最直接方法,通常 MP3 都有产品说明书、耳塞、USB 联机线、保修卡、驱动光盘,较高端的产品还会附送扣在身上的臂带、布袋、皮袋、音频转接线、音乐直录线、挂在脖子上的挂绳、耳塞保护膜、电池、充电器等。简而言之,附件的数量越多,造工越精致,证明随身听本身的质量也不会差到哪里去。

7)所支持的格式

MP3 格式是最为常用的,它支持采样率为 44.1kHz,可以使用的比特率一般是 8～256kbps。不同的 MP3 产品对采样率和比特率的支持范围也不尽相同,当然支持的范围越广越好。WMA 是微软推广的一种格式,压缩率一般在 5～192kbps,在相同音质下,WMA 可以比 MP3 格式文件的体积更小,所以拥有此功能的 MP3 播放器等于变相增大了其内存容量,对于其他的格式,如 ASF、WAV 等,都没有 MP3 和 WMA 格式好用,从实用的角度来看,是可有可无的。

MP3 不仅压缩率高,而且压缩后音乐的保真度也高,因此很受 Internet 用户的欢迎。另一方面,MP3 也带来了版权保护方面的问题,为此不少公司都在研究可以有效保护版权的新的音乐压缩格式,MP4 就是由 GlobalMusicOutlet 公司设计的一种格式,虽然 MPEG4 也常被简称为 MP4,但两者之间没有任何关系。

3. MP4 播放器

MP4 可以随身看,可以说是 MP3 的下一代,是所有的 PMP、PMC、PVP、PVR 等诸多播放器的总称,如图 7-12 所示。

MP4 能够直接播放高品质视频、音频,也可以浏览图片以及作为移动硬盘、数字银行使用,更有产品还具备一些十分新颖、实用的功能。如爱可视 AV420 能够录制视频,它可以将来自 DVD、电视等设备的信号以 MPEG4 格式保存在硬盘中;中基超威力推出的 MP4 播放器支持 PIM 管理以及无线网络功能,可以在无线环境普及后发挥出更多作用。

现在所见到的 MP4 播放器,大多数都带有视频转

图 7-12　MP4 播放器

制等专业的视频功能,并具备非常齐全的视频输入/输出端口,因此它们携带的视频文件能够在很多场合中播放,尽管这对一些仅在旅行途中使用播放器的用户没有更多的实际意义,但对于一些经常做视频演示的用户则十分有用,因为 MP4 播放器能够方便地接驳投影机以及电视等输出设备。从个人使用的角度来看,MP4 播放器的最大优势在于体积小巧,携带方便,能够随时、随身播放视频,但是能够满足这些条件的产品则不止专用播放器一种,掌上电脑便是一个竞争对手,虽然无法在功能上直接将两者进行对比,但是仅就本机的视频播放功能上来看两者没有本质差别。

与 MP3 相比,MP4 的压缩率和保真度都更高,MP4 文件是可执行文件,内部嵌入了播放器,并且保存有原始版权拥有者的 Web 地址和版权声明。除此之外,MP4 还使用了一种特殊的数字水印技术,即使通过 FM/AM 广播播放 MP4 音乐,也能够检测出音乐的来源。MP4 在版权保护方面作出了很多新的尝试,估计会受到出版商的欢迎,但肯定无法像 MP3 那样受到广大 Internet 用户的欢迎。

4. MP5 播放器

MP5 播放器是娱乐领域一个全新的概念,此类播放器可以支持绝大部分网络视频格式,同时具备开放式的扩展功能,如图 7-13 所示。它能够支持更多的视频,特别是网络视频资源,可以更加方便直接地将这些网络视频娱乐转移到手持终端上,增添了 GPS、WIFI、蓝牙、DVB-T 等扩展功能,这种开放式的设计理念,实际上为用户提供了一个基于娱乐终端而构建的随身数字处理及应用的平台。

图 7-13　MP5 播放器

MP5 播放器采用了软硬协同多媒体处理技术,能够用相对较低的功耗、技术难度、费用,使产品具有很高的协同性和扩展性,还第一个将 ARM 11 平台应用于手持多媒体终端,其主频最高可达 1GHz,并且能够播放更多的视频格式,如 avi、asf、dat 等,以及网络资源最丰富的 rm、rmvb。听歌听得好,就给消费者以及行业的发展带来了实在的好处,也使得行业发展的瓶颈得到了解决。

另外,MP5 播放器的出现,从很大的方面解决了 MP4 遇到的问题,它在 DRM 数字版权保护方面,能够进行同步传输,对于版权保护的正版事业是一个大的福音,迎合了国内外正版事业的大潮。

7.3　网络设备

随着计算机的普及,信息时代已经来临,网络已进入千家万户,网络设备及部件是连接到网络中的物理实体。网络设备的种类繁多,且与日俱增。基本的网络设备有网卡、集线器、交换机、路由器、网关、无线接入点(WAP),本节讲解常用的几种基础网络设备。

7.3.1　网卡

网卡又称网络接口卡(Network Interface Card,NIC),是计算机或其他网络设备所附带的适配器。

　　网卡工作在物理层,是局域网中连接计算机和传输介质的接口,不仅能实现与局域网传输介质之间的物理连接和电信号匹配,还涉及帧的发送与接收、帧的封装与拆封、介质访问控制、数据的编码与解码以及数据缓存功能等。

　　网卡主要有集成网卡和独立网卡两大类。集成网卡(Integrated LAN),是指把网卡芯片集成到主板上,成为主板中的一部分,如图 7-14 所示。独立网卡则是单独自成一体的板卡,如图 7-15 所示。

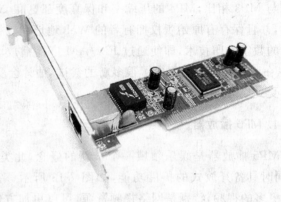

图 7-14　集成网卡　　　　　　　　图 7-15　独立网卡

　　在组装时是否能正确选用、连接和设置网卡,往往是能否正确连通网络的前提和必要条件。一般来说,在选购网卡时要考虑以下因素:

1. 网络类型

　　现在比较流行的有以太网、令牌环网、FDDI 网等,选择时应根据网络的类型来选择相对应的网卡。

2. 传输速率

　　应根据服务器或工作站的带宽需求并结合物理传输介质所能提供的最大传输速率来选择网卡的传输速率。以以太网为例,可选择的速率就有 10Mbps、10/100Mbps、1000Mbps,甚至 10Gbps 等多种,但不是速率越高就越合适。例如,为连接在只具备 100Mbps 传输速度的双绞线上的计算机配置 1000Mbps 的网卡就是一种浪费,因为至多也只能实现100Mbps 的传输速率。

3. 总线类型

　　计算机中常见的总线插槽类型有 ISA、EISA、VESA、PCI 和 PCMCIA 等。在服务器上通常使用 PCI 或 EISA 总线的智能型网卡,工作站则可用 PCI 或 ISA 总线的普通网卡,在笔记本电脑则用 PCMCIA 总线的网卡或采用并行接口的便携式网卡。目前 PC 基本上已不再支持 ISA 连接,所以当为自己的 PC 购买网卡时,千万不要选购已经过时的 ISA 网卡,而应当选购 PCI 网卡。

4. 网卡支持的电缆接口

网卡最终是要与网络进行连接,所以必须有一个接口使网线通过它与其他计算机网络设备连接起来。不同的网络接口适用于不同的网络类型,目前常见的接口主要有以太网的RJ-45 接口、细同轴电缆的 BNC 接口和粗同轴电缆 AUI 接口、FDDI 接口、ATM 接口等。而且有的网卡为了适用于更广泛的应用环境,提供了两种或多种类型的接口,如有的网卡会同时提供 RJ-45、BNC 接口或 AUI 接口。

7.3.2 集线器

集线器的英文称为 Hub,Hub 是"中心"的意思,所以集线器的主要功能是将几台计算机连接在一起形成局域网,并对接收到的信号进行再生、整形放大,以扩大网络的传输距离,其外形如图 7-16 所示。集线器属于数据通信系统中的基础设备,它和双绞线等传输介质一样,是不需任何软件支持或只需很少管理软件管理的硬件设备。

集线器主要用于共享网络的组建,是解决从服务器直接到桌面最经济的方案。在交换式网络中,集线器直接与交换机相连,将交换机端口的数据送到桌面。使用集线器组网灵活,它处于网络的一个星型结点,对结点相连的工作站进行集中管理,不让出问题的工作站影响整个网络的正常运行,并且用户的加入和退出也很自由,其配置示意图如图 7-17 所示。

图 7-16 Hub 集线器

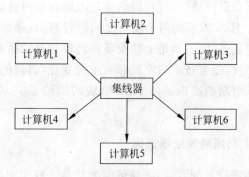

图 7-17 集线器配置示意图

1. 集线器的分类

集线器有很多种类型,从局域网角度来区分,集线器可分为以下 5 种不同类型:

(1) 单中继网段集线器:这是最简单的集线器,是一类用于最简单的中继式 LAN 网段的集线器,与堆叠式以太网集线器或令牌环网多站访问部件(MAU)等类似。

(2) 多网段集线器:这是从单中继网段集线器发展而来的,采用集线器背板,这种集线器带有多个中继网段。其主要优点是可以将用户分布于多个中继网段上,以减少每个网段的信息流量负载。

(3) 端口交换式集线器:该集线器是在多网段集线器基础上,将用户端口和多个背板网段之间的连接过程自动化,并通过增加端口交换矩阵(PSM)来实现的集线器,共主要优点是可实现移动、增加和修改的自动化特点。

（4）网络互联集线器：端口交换式集线器注重端口交换，而网络互联集线器在背板的多个网段之间可提供一些类型的集成连接，该功能通过一台综合网桥、路由器或 LAN 交换机来完成。目前，这类集线器通常都采用机箱形式。

（5）交换式集线器：交换式集线器有一个核心交换式背板，采用一个纯粹的交换系统代替传统的共享介质中继网段。目前集线器和交换机之间的界限已变得模糊，这类集线器和交换机的特性几乎已没有区别。.

2．集线器的工作特点

依据 IEEE 802.3 协议，集线器功能是随机选出某一端口的设备，并让它独占全部带宽，与集线器的上联设备（交换机、路由器或服务器等）进行通信。由此可以看出，集线器在工作时具有以下两个特点：

首先，Hub 只是一个多端口的信号放大设备，工作中当一个端口接收到数据信号时，由于信号在从源端口到 Hub 的传输过程中已有了衰减，所以 Hub 便将该信号进行整形放大，使被衰减的信号再生（恢复）到发送时的状态，紧接着转发到其他所有处于工作状态的端口上。从 Hub 的工作方式可以看出，它在网络中只起到信号放大和重发作用，其目的是扩大网络的传输范围，而不具备信号的定向传送能力，是一个标准的共享式设备。因此有人称集线器为"傻 Hub"或"哑 Hub"。

其次，Hub 只与它的上联设备（如上层 Hub、交换机或服务器）进行通信，同层的各端口之间不会直接进行通信，而是通过上联设备再将信息广播到所有端口上。由此可见，即使是在同一 Hub 的不同两个端口之间进行通信，都必须要经过两步操作：第一步是将信息上传到上联设备，第二步是上联设备再将该信息广播到所有端口上。

不过，随着技术的发展和需求的变化，目前的许多 Hub 在功能上进行了拓宽，不再受这种工作机制的影响。由 Hub 组成的网络是共享式网络，同时 Hub 也只能够在半双工下工作。

3．局域网集线器选择

随着技术的发展，在局域网尤其是一些大中型局域网中，集线器已逐渐退出应用，而被交换机代替。目前，集线器主要应用于一些中小型网络或大中型网络的边缘部分。下面以中小型局域网的应用为特点，介绍其选择方法。

1）以速度为标准

集线器速度的选择，主要决定于以下 3 个因素：

（1）上联设备带宽：如果上联设备允许 100Mbps，自然可购买 100Mbps 集线器，否则 10Mbps 集线器应是理想选择，对于网络连接设备数较少，而且通信流量不是很大的网络，10Mbps 集线器就可以满足应用需要。

（2）提供的连接端口数：由于连接在集线器上的所有站点均争用同一个上行总线，所以连接的端口数目越多，就越容易造成冲突。同时，发往集线器任一端口的数据将被发送至与集线器相连的所有端口上，端口数过多将降低设备有效利用率。依据实践经验，一个 10Mbps 集线器所管理的计算机数不宜超过 15 个，100Mbps 的不宜超过 25 个，如果超过这些数目,应使用交换机来代替集线器。

(3) 应用需求:传输的内容不涉及语音、图像,传输量相对较小时,选择 10Mbps 即可。如果传输量较大,且有可能涉及多媒体应用(注意,集线器不适于用来传输时间敏感性信号,如语音信号)时,应当选择 100Mbps 或 10/100Mbps 自适应集线器。

2) 以能否满足拓展为标准

当一个集线器提供的端口不够时,一般有以下两种拓展用户数目的方法:

(1) 堆叠:堆叠是解决单个集线器端口不足时的一种方法,但是因为堆叠在一起的多个集线器还是工作在同一个环境下,所以堆叠的层数也不能太多。然而,市面上许多集线器以其堆叠层数比其他品牌的多而作为卖点,如果遇到这种情况,要区别对待:一方面可堆叠层数越多,一般说明集线器的稳定性越高;另一方面可堆叠层数越多,每个用户实际可享有的带宽则越小。

(2) 级连:级连是在网络中增加用户数的另一种方法,但是此项功能的使用一般是有条件的,即 Hub 必须提供可级连的端口,此端口上常标为 Uplink 或 MDI 的字样,用此端口与其他的 Hub 进行级连。如果没有提供专门的端口而必须要进行级连时,连接两个集线器的双绞线在制作时必须要进行错线。

3) 以是否提供网管功能为标准

早期的 Hub 属于一种低端的产品,且不可管理。近年来,随着技术的发展,部分集线器在技术上引进了交换机的功能,可通过增加网管模块实现对集线器的简单管理(SNMP),以方便使用。但需要指出的是,尽管同是对 SNMP 提供支持,不同厂商的模块是不能混用的,同时同一厂商的不同产品的模块也不同。目前提供 SNMP 功能的 Hub 其售价较高,如 D-Link 公司的 DEl824 非智能型 24 口的 10Base-T 的售价比加装网管模块后的 DEl8241 要便宜 1000 元左右。

4) 以外形尺寸为参考

如果网络系统比较简单,没有楼宇之间的综合布线,而且网络内的用户比较少,如一个家庭、一个或几个相邻的办公室,则没有必要再考虑 Hub 的外形尺寸。但是有的时候情况并非如此,例如为了便于对多个 Hub 进行集中管理,在购买 Hub 之前已经购置了机柜,这时在选购 Hub 时必须要考虑它的外形尺寸,否则 Hub 无法安装在机架上。现在市面上的机柜在设计时一般都遵循 19 英寸的工业规范,它可安装大部分的 5 口、8 口、16 口和 24 口的 Hub。不过,为了防止意外,在选购时一定注意它是否符合 19 英寸工作规范,以便在机柜中安全、集中地进行管理。

5) 适当考虑品牌和价格

像网卡一样,目前市面上的 Hub 基本由美国品牌和中国台湾品牌占据,近来大陆几家公司也相继推出了集线器产品。其中高档 Hub 主要还是由美国品牌占领,如 3COM、Intel、Bay 等,它们在设计上比较独特,一般几个甚至是每个端口配置一个处理器,当然,价格也较高。我国台湾地区的 D-Link 和 Accton 占有了中低端 Hub 的主要份额,大陆的联想、实达、TPLINK 等公司分别以雄厚的实力向市场上推出了自己的产品。这些中低档产品均采用单处理器技术,其外围电路的设计思想大同小异,实现这些思想的焊接工艺手段也基本相同,价格相差不多,大陆产品相对略便宜些,正日益占据更大的市场份额。近来,随交换机产品价格的日益下降,集线器市场日益萎缩,不过,在特定的场合,集线器以其低延迟的特点可以用更低的投入带来更高的效率。交换机不可能完全代替集线器。

7.3.3　交换机

交换机(Switch,意为"开关")是一种用于电信号转发的网络设备,如图 7-18 所示。它按照通信两端传输信息的需要,用人工或设备自动完成的方法,把要传输的信息送到符合要求的相应路由上,可以为接入交换机的任意两个网络节点提供独享的电信号通路。最常见的交换机是以太网交换机。其他常见的还有电话语音交换机、光纤交换机等。目前主流的交换机品牌有 D-Link、思科、H3C、TPLINK、腾达等。

图 7-18　交换机

1. 交换机的分类

从广义上来看,网络交换机分为两种,即广域网交换机和局域网交换机。广域网交换机主要应用于电信领域,提供通信用的基础平台。而局域网交换机则应用于局域网络,用于连接终端设备,如 PC 及网络打印机等。从传输介质和传输速度上可分为以太网交换机、快速以太网交换机、千兆以太网交换机、FDDI 交换机、ATM 交换机和令牌环交换机等。从规模应用上又可分为企业级交换机、部门级交换机和工作组交换机等。

各厂商划分的尺度并不是完全一致的,一般来讲,企业级交换机都是机架式,部门级交换机可以是机架式(插槽数较少),也可以是固定配置式,而工作组级交换机为固定配置式(功能较为简单)。另一方面,从应用的规模来看,作为骨干交换机时,支持 500 个信息点以上大型企业应用的交换机为企业级交换机,支持 300 个信息点以下中型企业应用的交换机为部门级交换机,而支持 100 个信息点以内的交换机为工作组级交换机。

2. 交换机的功能

交换机的主要功能包括物理编址、网络拓扑结构、错误校验、帧序列以及流控。目前交换机还具备有一些新功能,如对 VLAN(虚拟局域网)的支持、对链路汇聚的支持,甚至具有防火墙的功能。

交换机除了能够连接同种类型的网络之外,还可以在不同类型的网络(如以太网和快速以太网)之间起到互连作用。如今许多交换机都能够提供支持快速以太网或 FDDI 等的高速连接端口,用于连接网络中的其他交换机或者为带宽占用量大的关键服务器提供附加带宽。

一般来说,交换机的每个端口都用来连接一个独立的网段,但是有时为了提供更快的接入速度,用户可以把一些重要的网络计算机直接连接到交换机的端口上,这样,网络的关键服务器和重要用户就拥有更快的接入速度,支持更大的信息流量。

3. 交换机的交换方式

交换机主要通过以下 3 种方式进行交换:

1) 直通式

直通方式的以太网交换机可以理解为在各端口间是纵横交叉的线路矩阵电话交换机。

它在输入端口检测到一个数据包时,检查该包的包头,获取包的目的地址,启动内部的动态查找表转换成相应的输出端口,在输入与输出交叉处接通,把数据包直通到相应的端口,实现交换功能。由于不需要存储,延迟非常小、交换非常快,这是它的优点。它的缺点是,因为数据包内容并没有被以太网交换机保存下来,所以无法检查所传送的数据包是否有误,不能提供错误检测能力。由于没有缓存,不能将具有不同速率的输入/输出端口直接接通,而且容易丢包。

2) 存储转发

存储转发方式是计算机网络领域应用最为广泛的方式。它把输入端口的数据包先存储起来,然后进行 CRC(循环冗余码校验)检查,在对错误包处理后才取出数据包的目的地址,通过查找表转换成输出端口送出包。正因如此,存储转发方式在数据处理时延时大,这是它的不足,但是它可以对进入交换机的数据包进行错误检测,有效地改善网络性能。尤其重要的是它可以支持不同速度的端口间的转换,保持高速端口与低速端口间的协同工作。

3) 碎片隔离

这是介于前两者之间的一种解决方案。它检查数据包的长度是否够 64B,如果小于 64B,说明是假包,则丢弃该包,如果大于 64B,则发送该包。这种方式也不提供数据校验。它的数据处理速度比存储转发方式快,但比直通式慢。

4. 交换机的选购标准

交换机把握着一个网络的命脉,在选购交换机时交换机的优劣无疑十分的重要,而交换机的优劣要从总体构架、性能和功能 3 方面入手。

交换机选购时,性能方面除了要满足 RFC2544 建议的基本标准,即吞吐量、时延、丢包率外,随着用户业务的增加和应用的深入,还要满足一些额外的指标,如 MAC 地址数、路由表容量(三层交换机)、ACL 数目、LSP 容量、支持 VPN 数量等。

1) 交换机功能是最直接指标

一般的接入层交换机,简单的 QoS 保证、安全机制、支持网管策略、生成树协议和VLAN 都是必不可少的功能,经过仔细分析,在某些功能进行进一步的细分,而这些细分功能正是导致产品差异的主要原因,也是体现产品附加值的重要途径。

2) 交换机的应用级 QoS 保证

交换机的 QoS 策略支持多级别的数据包优先级设置,即可分别针对 MAC 地址、VLAN、IP 地址、端口进行优先级设置,给网吧业主在实际应用中为用户提供更大的灵活性。同时,如果换机具有良好的拥塞控制和流量限制的能力,支持 Diffserv 区分服务,能够根据源/目的 MAC/IP 智能地区分不同的应用流,从而满足实时网吧网络的多媒体应用的需求。应注意的是,目前市场上的某些交换机号称具有 QoS 保证,实际上只支持单级别的优先级设置,为实际应用带来很多不便,所以网吧业主在选购的时候需要注意。

3) 交换机应有 VLAN 支持

VLAN 即虚拟局域网,通过将局域网划分为虚拟网络 VLAN 网段,可以强化网络管理和网络安全,控制不必要的数据广播,网络中工作组可以突破共享网络中的地理位置限制,而根据管理功能来划分子网。不同厂商的交换机对 VLAN 的支持能力不同,支持 VLAN 的数量也不同。

4）交换机应有网管功能

网吧交换机的网管功能可以使用管理软件来管理、配置交换机，如可通过 Web 浏览器、Telnet、SNMP、RMON 等管理。通常，交换机厂商都提供管理软件或第三方管理软件远程管理交换机。一般的交换机满足 SNMPMIBI/MIBII 统计管理功能，并且支持配置管理、服务质量的管理、告警管理等策略，而复杂一些的千兆交换机会通过增加内置 RMON 组（mini-RMON）来支持 RMON 主动监视功能。

5）交换机应支持链路聚合

链路聚合可以让交换机之间和交换机与服务器之间的链路带宽有非常好的伸缩性，如可以把 2 个、3 个、4 个千兆的链路绑定在一起，使链路的带宽成倍增长。链路聚合技术可以实现不同端口的负载均衡，同时也能够互为备份，保证链路的冗余性。在一些千兆以太网交换机中，最多可以支持 4 组链路聚合，每组中最大 4 个端口。生成树协议和链路聚合都可以保证一个网络的冗余性，在一个网络中设置冗余链路，并用生成树协议让备份链路阻塞，在逻辑上不形成环路，而一旦出现故障，启用备份链路。

6）交换机要支持 VRRP 协议

VRRP（虚拟路由冗余协议）是一种保证网络可靠性的解决方案。在该协议中，对共享多存取访问介质上终端 IP 设备的默认网关（DefaultGateway）进行冗余备份，从而在其中一台三层交换机设备宕机时，备份的设备会及时接管转发工作，向用户提供透明的切换，提高了网络服务质量。VRRP 协议与 Cisco 公司的 HSRP 协议有异曲同工之妙，只不过 HSRP 是 Cisco 公司私有的。目前，主流交换机厂商均已在其产品中支持了 VRRP 协议，但广泛应用还尚需时日。

7.3.4　路由器

路由器是连接因特网中各局域网、广域网的设备，英文名为 Router，是互联网络的枢纽、"交通警察"，如图 7-19 所示。它是会根据信道的情况自动选择和设定路由，以最佳路径，按前后顺序发送信号的设备。目前路由器已经广泛应用于各行各业，各种不同档次的产品已经成为实现各种骨干网内部连接、骨干网间互联和骨干网与互联网互联互通业务的主力军。

目前主流路由器品牌有 TPLINK、DLink、腾达等。

图 7-19　路由器

1. 路由器的使用级别分类

互联网各种级别的网络中随处都可见到路由器，其接入网络使得家庭和小型企业可以连接到某个互联网服务提供商；企业网中的路由器连接一个校园或企业内成千上万的计算机；骨干网上的路由器终端系统通常是不能直接访问的，它们连接长距离骨干网上的 ISP 和企业网络。

1）接入路由器

接入路由器用于连接家庭或 ISP 内的小型企业客户，如今，接入路由器已经开始不只是提供 SLIP 或 PPP 连接，还支持诸如 PPTP 和 IPSec 等虚拟私有网络协议，这些协议要能在每个端口上运行,诸如 ADSL 等技术将很快提高各家庭的可用带宽,这将进一步增加接入路由器的负担,由于这些趋势,接入路由器将来会支持许多异构和高速端口,并在各个端口能够运行多种协议,同时还要避开电话交换网。

2) 企业级路由器

企业或校园级路由器连接许多终端系统,其主要目标是以尽量便宜的方法实现尽可能多的端点互连,并且进一步要求支持不同的服务质量。许多现有的企业网络都是由 Hub 或网桥连接起来的以太网段,尽管这些设备价格便宜、易于安装、无须配置,但是它们不支持服务等级。相反,有路由器参与的网络能够将机器分成多个碰撞域,并因此能够控制一个网络的大小。此外,路由器还支持一定的服务等级,至少允许分成多个优先级别,但路由器的端口造价要贵一些,并且在能够使用之前要进行大量的配置工作,因此,企业路由器的成败就在于是否提供大量端口且端口的造价很低,是否容易配置,是否支持 QoS。

3) 骨干级路由器

骨干级路由器用于实现企业级网络的互联,对它的要求是速度和可靠性,而代价则处于次要地位,其主要性能的瓶颈是在转发表中查找某个路由所耗的时间。当收到一个包时,输入端口在转发表中查找该包的目的地址以确定其目的端口,包越短或者包要发往许多目的端口时,势必增加路由查找的代价。因此,将一些常访问的目的端口放到缓存中能够提高路由查找的效率。

互联网的快速发展无论是对骨干网、企业网还是接入网都带来了不同的挑战,骨干网要求路由器能对少数链路进行高速路由转发,企业级路由器不但要求端口数目多、价格低廉,而且要求配置起来简单方便,并提供 QoS。

2. 路由器的选购

路由器作为网络设备中的"黑匣子",工作在后台,用户选择路由器时,多从技术角度来考虑,如可延展性、路由协议互操作性、广域数据服务支持、内部 ATM 支持、SAN 集成能力等。另外,选择路由器还应遵循如下基本原则:标准化原则、技术简单性原则、环境适应性原则、可管理性原则和容错冗余性原则。对于高端路由器,更多的还应该考虑是否和如何适应骨干网对网络高可靠性、接口高扩展性以及路由查找和数据转发的高性能要求。高可靠性、高扩展性和高性能的"三高"特性是高端路由器区别于中、低端路由器的关键所在。

另外,选择路由器时还应注意安全性、控制软件、网络扩展能力、网管系统、带电插拔能力等方面,且外形与协议的选择也是重要的方面。

1) 安全性

由于路由器是网络中比较关键的设备,针对网络存在的各种安全隐患,路由器必须具有一定的安全特性,如可靠性与线路安全。可靠性要求是针对故障恢复和负载能力而提出来的,对于路由器来说,可靠性主要体现在接口故障和网络流量增大两种情况下,为此,备份是路由器不可或缺的手段之一。当主接口出现故障时,备份接口自动投入工作,保证网络的正常运行。当网络流量增大时,备份接口又可承当负载分担的任务。

2) 控制软件

路由器的控制软件是路由器发挥功能的一个关键环节,从软件的安装、参数自动设置,到软件版本的升级都是必不可少的。软件安装、参数设置及调试越方便,用户使用就越容易掌握，就能更好地应用。

3）网络扩展能力

随着计算机网络应用的逐渐增加，现有的网络规模可能不能满足实际需要，会产生扩大网络规模的要求，因此扩展能力是在设计和建设一个网络的过程中必须要考虑的，扩展能力的大小主要看路由器支持的扩展槽数目或者扩展端口数目。

4）网管系统

随着网络的建设，网络规模会越来越大，网络的维护和管理就越难进行，所以网络管理显得尤为重要。

5）带电插拔能力

在安装、调试、检修和维护或者扩展计算机网络的过程中，免不了要给网络中增减设备，也就是说可能会要插拔网络部件。那么路由器能否支持带电插拔，是路由器的一个重要的性能指标。

6）外形尺寸的选择

如果网络已完成楼宇级的综合布线，工程要求网络设备上机式集中管理，应选择 19in 宽的机架式路由器，如 Cisco 2509、华为 2501（配置同 Cisco 2501）。如果没有上述需求，桌面型的路由器，如 Intel 的 8100 和 Cisco 的 1600 系列，具有更高的性能价格比。

7）协议的选择

路由器网络协议即路由器支持的通信规则，常用的协议有 TCP/IP、DHCP、ICMP、NAT、PPPoE、SNTP 等。由于最初局域网并没先出标准后出产品，所以很多厂商如 Apple 和 IBM 都提出了自己的标准，产生了如 AppleTalk 和 IBM 协议，Novell 公司的网络操作系统运行 IPX/SPX 协议，在连接这些异构网络时需要路由器对这些协议提供支持，如 Intel 9100 系列和 9200 系列的路由器可提供免费支持，3Com 的系列路由产品也提供较广泛的协议支持。

通常，人们会把路由和交换进行对比，这主要是因为在普通用户看来两者所实现的功能是完全一样的。其实，路由和交换之间的主要区别就是交换发生在 OSI 参考模型的第二层（数据链路层），而路由发生在第三层，即网络层。这一区别决定了路由和交换在移动信息的过程中需要使用不同的控制信息，所以两者实现各自功能的方式是不同的。

7.3.5　无线网络设备

所谓无线网络，既包括允许用户建立远距离无线连接的全球语音和数据网络，也包括为近距离无线连接进行优化的红外线技术及射频技术，与有线网络的用途十分类似，最大的不同在于传输媒介的不同，利用无线电技术取代网线，可以和有线网络互为备份。常用的无线网络设备主要有无线 AP、无线路由器、无线网桥等。

1. 无线 AP

无线 AP（ACCESS POINT），即"无线访问点"或"无线接入点"，相当于无线集线器（Hub），如图 7-20 所示。它主要提供无线工作站对有线局域网和从有线局域网对无线工作站的访问，在

图 7-20　无线 AP

访问接入点覆盖范围内的无线工作站可以通过它进行相互通信,无线 AP 是无线网和有线网之间沟通的桥梁。由于无线 AP 的覆盖范围是一个向外扩散的圆形区域,因此,应当尽量把无线 AP 放置在无线网络的中心位置,各无线客户端与无线 AP 的直线距离最好不要超长,以避免因通信信号衰减过多而导致通信失败。

2. 无线路由器

无线路由器是单纯型 AP 与宽带路由器的一种结合,它借助路由器功能,可实现家庭无线网络中的 Internet 连接共享,实现 ADSL 和小区宽带的无线共享接入。另外,无线路由器可以把通过它进行无线和有线连接的终端都分配到一个子网,方便子网内的各种设备交换数据,如图 7-21 所示。

实际上,无线路由器就是 AP、路由功能和集线器的集合体,支持有线、无线组成同一子网。

3. 无线网桥

网桥(Bridge)又叫桥接器,是一种在链路层实现中继,用于连接两个或更多局域网的存储转发设备。它有在不同网段之间再生信号的功能,可以有效地连接两个 LAN(局域网),使本地通信限制在本网段内,并转发相应的信号至另一网段。网桥通常用于连接数量不多的、同一类型的网段。

无线网桥就是无线网络的桥接,它可在两个或多个网络之间搭起通信的桥梁(无线网桥亦是无线 AP 的一种分支),无线网桥除了具备上述有线网桥的基本特点之外,比有线网络设备更方便部署,如图 7-22 所示。

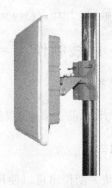

图 7-21　无线路由器　　　　　　　图 7-22　无线网桥

7.4　实训

7.4.1　数码设备选购

1. 实验设备

具有上网功能的计算机一台。

2. 实验目的

(1) 有目的地到电脑城走访和到 IT 网站上搜索相关资料,有效地解决平时在学校内的一些抽象的问题,提高观察能力和实物鉴别能力。

(2) 了解市场上主流的数码产品及价格。进一步了解新产品市场,掌握市场产品的动向情况。

3. 实验指导

利用课余时间到本地的电子市场或电脑市场,了解并索取当前主流数码产品的报价,根据收集的报价单,分析技术指标,选择高性价比的数码产品。

(1) 了解主流移动硬盘的信息。

(2) 了解主流 U 盘的信息。

(3) 了解主流打印机的品牌、性能、容量和价格等信息。

(4) 了解主流摄像头的品牌及性能信息。

(5) 比较不同品牌、规格网卡的技术指标和价格。

(6) 了解主流 MP4 和 MP5 的性能,并比较价格。

(7) 可以进入以下推荐网站进行信息查询:

小刀在线:http://www.ncdiy.com/

泡泡网:http://www.pcpop.com/

走进中关村:http://www.intozgc.com/

太平洋电脑网:http://www.pconline.com.cn/

7.4.2　网线制作

1. 实验设备

压线钳一个、水晶头多个、双绞线 1m、网线测试仪一个。

2. 实验目的

(1) 自己动手制作出可以使用的网线。

(2) 了解双绞线的线序。

3. 实验指导

基础知识:

网线分为两类,一类是交叉线,网线两端水晶头,一端采用 A 线序,一端采用 B 线序,一般用于 PC 和 PC、HUB 和 HUB 之间的连接;另一类是直通线,两端都采用 B 线序,一般用于 PC 和 HUB 之间的连接。

实验步骤:

(1) 利用压线钳将双绞线外绝缘皮剥掉一小段,露出里面 8 根彩线,如图 7-23 所示。观察分别是哪几种颜色。

（2）将对绞的4对铜线拆开、拉直，按照图7-24所示的A线序或B线序的颜色顺序，对金属线从左到右进行排列，并剪齐。

图7-23　双绞线内部

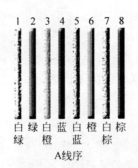

图7-24　双绞线线序

（3）将水晶头弹片朝下，金属针脚朝上，按从左到右的顺序将整理好的金属线插入水晶头中，保证每组线缆紧紧顶在水晶头末梢。

（4）将水晶头插入压线钳的8P槽内，用力握紧线钳压线，使水晶头凸在外面的针脚全部压入水晶头内，听到轻微的"啪"一声即可。

（5）利用网线测试仪进行测试，检查网线是否制作成功。

本章小结

本章介绍了计算机的辅助设备，通过本章的学习，读者应对常见的办公设备、流行的数码产品和常用的网络设备有初步的认识和了解。

练习7

1. 填空题

（1）衡量打印机好坏的指标有3项：_____，打印速度和噪声。

（2）扫描仪的种类繁多，常见的扫描仪有两种：平板式扫描仪和_____。

（3）移动硬盘大多采用_____或IEEE1394接口，移动硬盘的数据传输速度在一定程度上受到接口速度的限制。

（4）摄像头的感光器可分为两类，分别是_____和CMOS。

（5）根据U盘的活动性可分为旋转式U盘和_____等。

（6）网卡主要有集成网卡和_____两大类。

（7）目前市面上主流的集线器速率有10Mbps、100Mbps和_____等。

（8）路由器是最重要的网络互联设备之一，它工作在_____，用于互联不同类型的网络。

（9）网桥又叫桥接器，是一种在_____实现中继，用于连接两个或更多局域网的存储转发设备。

2. 简答题

(1) 简述移动硬盘的性能指标。

(2) 简述摄像头的工作原理。

(3) 简述无线路由的功能。

(4) 简述屏蔽双绞线和非屏蔽双绞线的不同之处。

第8章

计算机硬件组装

在 DIY 流行时代,自己组装计算机不但省钱而且使用时更放心,计算机出问题时也可以动手修理维护。计算机的各个组件都有固定的安装位置和对应的安装插槽,且安装插槽都有明确的方向性,能确保各个设备可以被正确地安装在一起,因此,组装计算机并不是件很难的事。本章主要讲解组装电脑需要做的准备工作、操作流程及装机过程。

本章主要内容:

- 装机前的准备工作;
- 装机的流程;
- 图解计算机组装过程。

8.1 装机前的准备工作

自己动手组装计算机,只要知道各种配件的作用和安装方式,再熟悉一下组装的流程,就能够得心应手。

8.1.1 准备工具

在组装计算机之前,首先要准备好工具和配件,装机前要准备好的工具有:螺丝刀、尖嘴钳、镊子、螺丝钉和导热硅脂等,如图 8-1 所示。

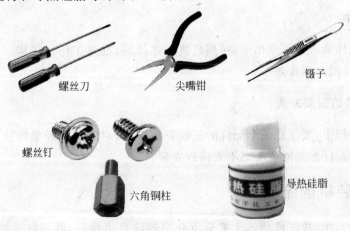

图 8-1　准备工具

（1）螺丝刀：要准备的螺丝刀有两种，一种是"一"字型，另一种是"十"字型。一般使用得较多的是十字型的螺丝刀，在选择十字螺丝刀时，刀口部分最好要带有磁性，能够吸住螺丝，方便螺丝的拆装。

（2）尖嘴钳：准备尖嘴钳主要是有时需要夹取一些细小的螺丝钉，在拆除机箱后挡板时也需要用到。

（3）镊子：镊子可以用来夹取螺丝钉、跳线帽和一些细小零碎的东西。

（4）螺丝钉：固定硬件设备的螺丝钉有两种，分别是螺丝钉和六角铜柱，螺丝钉用来固定主板、硬盘、光驱等，六角铜柱是用来固定机箱主板的。

（5）导热硅脂：导热硅脂是用在 CPU 与 CPU 散热风扇之间的导热材料，导热硅脂可以将 CPU 与散热风扇之间的空气排除掉，让散热更好。

8.1.2　注意事项

工具准备好后，还要注意以下一些装机事项：

1. 防止静电

由于气候或衣物摩擦等原因，人体很容易产生静电，而计算机的电子元器件很容易被静电损坏，因此，在装机前一定要将身上的静电通过用手触摸地板或洗手的方式释放掉，当然还可以在装机时戴上防静电手套。

2. 防止液体进入计算机内部

液体会产生电路短路而使元器件损坏，所以在装机时，要注意防止液体进入计算机内部，平常使用时也应该养成不将液体摆放在计算机附近的好习惯。

3. 不能带电操作

在装机过程中，一定要将电源断开，这是对电器操作的基本要求也是常识，因为带电操作不但会损坏硬件，人员的安全也会受到威胁。

4. 检查配件

把所有的配件从盒子里拿出来，按照装机顺序排好，准备工作做得越好，接下来的工作就会越轻松，可以提高工作效率。

5. 使用正确的安装方法

在装机的过程中，要注意每个配件的正确安装方法，对配件要轻拿轻放，对没有安装过或不熟悉的配件要仔细查阅说明书不要强行安装。

8.1.3　装机的流程

做好了准备工作，并注意到 8.1.2 节所介绍的注意事项后，就可以开始动手组装计算机，在组装之前，最好先制定一个装机流程，这样不但能提高装机的速度，也可以提高效率。

（1）安装 CPU 和 CPU 风扇；

（2）安装内存条；

（3）在机箱内安装主板；

（4）安装电源；

（5）连接机箱面板插针线和主板电源线；

（6）安装光驱和硬盘，连接光驱和硬盘的数据线、电源线；

（7）安装显卡和其他板载卡；

（8）连接键盘鼠标及其他外设；

（9）通电测试。

8.2　图解组装计算机的过程

以上是用文字叙述了计算机组装的过程。为了让过程更直观，本节将计算机组装的全过程用图片进行描述。

8.2.1　安装 CPU 和 CPU 风扇

在安装 CPU 等设备时，先要了解一下用来安装这些设备的主板布局，如图 8-2 所示。

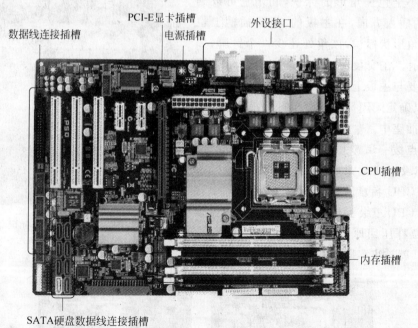

图 8-2　主板布局

一般情况下，在将主板装入机箱之前，要先将 CPU、CPU 风扇及内存条安装到主板上，这是因为主板装入机箱后，机箱内的空间狭窄，会影响 CPU 及内存条的安装。

CPU 插座是零插拔力插座，在安装时，只需把相应的设备插入到对应插槽中就可以了。目前主流的 CPU 有 Intel 公司的 LGA 775 和 AMD 公司的 Socket AM3 架构，这两种 CPU

的接口并不相同,但都有明显的方向性。

1. 安装 Intel LGA 775 架构 CPU 及 CPU 风扇

在安装 CPU 之前,要先将主板上的 CPU 插座打开。操作方法是:适当用力将 CPU 插座旁的拉杆向外侧拉起,并向上扳到垂直的位置,然后将插座上的金属保护盖打开,如图 8-3 所示。

(a)拉起插座旁的拉杆　　　　　(b)打开金属保护盖

图 8-3　将 CPU 插座打开

仔细观察 CPU 正面,可看到 CPU 正面一角有一个小金色三角形的标识,利用它可以确认 CPU 的插入方向,在主板的 CPU 插槽上也有一个三角形状标识,该角处还少一个针脚,如图 8-4 所示。在安装时,CPU 上印有三角标识的那个角要与主板上印有三角标识的那个角对齐,就可以确定 CPU 的摆放方向,然后将 CPU 轻轻放入插座中。

专家点拨　注意 CPU 安装时无须用力,只要针角对应,就可将 CPU 轻轻放入 CPU 插座。

确定 CPU 安装到位后,先将金属保护盖盖好,再将拉杆压回原处并扣上,如图 8-5 所示。这样 CPU 就被牢牢固定在 CPU 插座上了。

图 8-4　CPU 安装标识

(a)盖好金属保护盖　　　　　(b)将拉杆压回原处并扣上

图 8-5　完成 CPU 的安装

接下来要安装 CPU 风扇,在安装之前,要在 CPU 表面均匀地涂上一层导热硅脂,涂上导热硅脂以后 CPU 的散热效果会更好,但注意涂导热硅脂时不要涂太多,太多的硅脂会流到 CPU 插座里,使 CPU 与插座接触不良。

将风扇的中心位置对准 CPU 放置,然后将 CPU 风扇边上的 4 个螺丝对准主板上的孔位放好,拧上螺丝将风扇固定住,拧螺丝时要注意不能一次将螺丝拧紧,要按斜对角位置拧螺丝,拧时稍微用力向下压,再用十字螺丝刀拧紧,轮流拧到拧不动为止,如图 8-6 所示。

(a) 对准主板上4个孔位　　　　　　　(b) 拧紧上的螺丝

图 8-6　安装 CPU 风扇

CPU 风扇安装完成后,将 CPU 风扇上的电源插头插到主板上标识为 CPU FAN 字样的插针上,如图 8-7 所示。

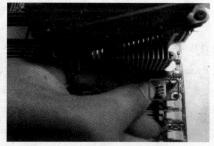

图 8-7　主板上 CPU FAN 插针

专家点拨　在安装 CPU 风扇电源时一定要看清楚,因为主板上还有一个机箱风扇插针,其标识为 SYS FAN,不要接错,接错了在计算机启动时系统会提示 CPU Fan Error 信息。

2. 安装 AMD Socket AM3 架构 CPU 和 CPU 风扇

安装 AMD Socket AM3 架构 CPU 的方法与安装 Intel LGA 775 架构 CPU 的方法类似。先将主板上的 CPU 插座边上的拉杆向上拉起,使其呈 90°角,如图 8-8 所示。

然后将 CPU 上一端印有三角形标识与 CPU 插槽上印有三角形标识对齐,再将 CPU 轻轻放入插座中,如图 8-9 所示。

确定 CPU 与插座安装到位后,将拉杆压回原处并扣上,如图 8-10 所示。当听到"咔"的一声轻声就表示 CPU 安装完毕。

图 8-8　拉杆向上拉起并呈 90°角

图 8-9　将 CPU 放入插座

专家点拨　将 CPU 放到插座上时，一定要看看 CPU 周边与插座是否有空隙，如果有空隙或翘边，表明 CPU 与插座不平行，CPU 安装不正确。这时不能将拉杆压回原处，更不能安装 CPU 风扇。

接着要在 CPU 风扇底部均匀地涂上一层导热硅脂，然后将 CPU 风扇轻放在 CPU 上方，这时一定要注意左右两边的扣具要与主板上的卡扣对好，方向正确才能将 CPU 风扇放在 CPU 上，如图 8-11 所示。

图 8-10　将拉杆压回原处并扣上　　　　图 8-11　将 CPU 风扇放在 CPU 上方

放好风扇后,将风扇没有扳手一端的扣具与 CPU 插座上的卡扣对齐并卡好,然后将另一端的扣具也扣在 CPU 插座的另一个卡扣上,如图 8-12 所示。

图 8-12 将 CPU 风扇上的扣具卡好

专家点拨 安装 CPU 风扇前,一定要把有扳手的扣具端的扳手松开,才能将扣具扣上。松开的方法是将扳手向反方向旋转 180°角。

注意一定要按正确的方法将扳手扳到位,才能把 CPU 风扇牢牢固定在 CPU 插座上,如图 8-13 所示。

图 8-13 将 CPU 风扇上的扳手扳到位

最后将 CPU 风扇的电源插头插到主板上标识为 CPU FAN 字样的插针上,如图 8-14 所示。这样 CPU 就安装好了。

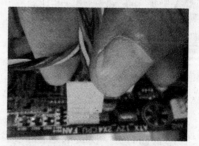

(a) 主板上标识CPU FAN字样的插针　　(b) 将CPU风扇电源插头连接到主板上

图 8-14 安装 CPU 风扇电源

8.2.2　安装内存条

在安装内存条之前必须确定一点，那就是内存条与主板上的内存插槽匹配。内存条有明显的方向性，其长度和缺口位置必须与内存插槽上的凸起位置对应，如图 8-15 所示。若装错方向，内存条根本放不进去。

在确定内存条方向无误后，就可以准备安装内存条了。详细的安装步骤如下：

（1）首先用双手大拇指将内存插槽两侧的扣具向外侧扳开，如图 8-16 所示，这样方便内存条插入。

图 8-15　内存条的缺口与内存插槽的凸起相对应

图 8-16　扳开内存插槽两侧的扣具

（2）将内存条的缺口与插槽的凸起对齐，如图 8-17 所示。

（3）用双手大拇指稍用力，垂直地将内存条压入插槽，如图 8-18 所示。当听到"咔"的一声轻声时，说明内存条已安装好了，同时内存插槽的扣具会自动扣住内存条两侧的缺口。

图 8-17　将内存条的缺口与插槽的凸起对齐

图 8-18　安装内存条

若要安装两根内存条，形成双通道，要注意安装的第二根内存条是否与第一根型号一致，安装方法相同，但注意在安装第二根内存条时，要选择与第一根内存条颜色相同的插槽，这样才能形成双通道，如图 8-19 所示。

专家点拨　安装时要均匀用力，垂直插到底即可。取下内存条时，只要用大拇指稍微用力向外侧扳开插槽两侧的卡具，内存条会自动脱离插槽。

图 8-19 安装两根内存条

8.2.3 安装机箱电源

机箱的样式很多,外壳与框架间的结合方式也有一些差异,通常机箱外壳的侧面板与框架间都有卡槽,安装时这些卡槽可以帮助固定。

首先用螺丝刀拧开机箱背部上的 4 个螺丝,再用力向背部推开机箱的挡板,如图 8-20所示。注意在打开机箱时,需要顺着卡槽的方向移动外壳,当外壳的卡销脱离卡槽位置时,再向外侧移开外壳。

(a) 拧开机箱背部边上的螺丝　　(b) 推开机箱两侧挡板

图 8-20 打开机箱两侧的挡板

将电源放入机箱的电源安装支架上,如图 8-21 所示。

然后将电源上的螺丝孔对准机箱支架上的螺丝孔,用螺丝将电源固定好,注意要将 4 个螺丝都要拧紧。用螺丝将电源固定如图 8-22 所示。

图 8-21 将电源放入机箱中　　　　　图 8-22 用螺丝将电源固定

8.2.4　安装主板

CPU 和内存条都是在主板上进行安装的,这些部件安装完成以后,就可以连同主板一起安装进机箱了。在机箱的侧面板上有不少孔,这便是用来固定主板的;主板要固定在机箱内部,固定时要注意上螺丝时不要太紧,以免造成部件变形而不能正常工作。

图 8-23　拆除机箱背部的主板
外设接口的挡板

安装主板的具体步骤如下:

(1) 用尖嘴钳拆除机箱背部的主板外设接口的挡板,更换主板自带的挡板,如图 8-23 所示。

(2) 将机箱提供的主板垫脚六角铜柱安装到机箱主板托架上,位置要与主板螺丝孔对应,如图 8-24 所示。

(3) 用双手将主板平行托住放入机箱内,如图 8-25 所示。

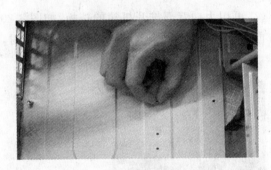

图 8-24　安装主板垫脚六角铜柱

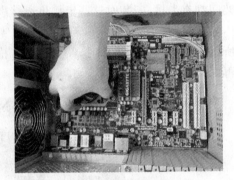

图 8-25　将主板放入机箱内

(4) 注意将主板的各外部接口对准机箱背部的挡板孔位,慢慢放入。如图 8-26 所示。

(5) 用螺丝刀将对角的螺丝拧入,将主板固定好。如图 8-27 所示。

图 8-26　将主板的各外部接口对准机箱
背部的挡板孔位

图 8-27　固定主板

8.2.5　连接机箱面板插针线及主板电源线

机箱面板插针线也是一个非常重要的部件,它将电源开关、重启开关、硬盘工作指示灯、电源工作指示灯、前置 USB 接口和前置音频接口等插针信号线集成在一起,这些插针线有集成在一起的,也有散着的,它们的功能就是为计算机的各部件供电,如图 8-28 所示。

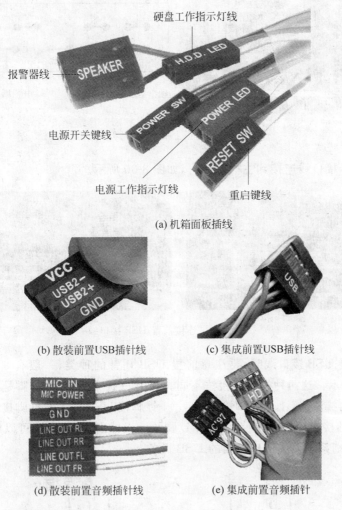

(a) 机箱面板插线

(b) 散装前置USB插针线   (c) 集成前置USB插针线

(d) 散装前置音频插针线   (e) 集成前置音频插针

图 8-28 插针线

1. 连接电源开关信号线

连接电源开关信号线之前要先看清楚主板说明书,再仔细观察主板上各插针脚的位置,如图 8-29 所示即为主板上面板插针脚的位置及电源开关等信号线接法,不同的主板其信号线接法会有所不同,用户在看明白说明书上的接法之后再动手将各插针线一一插入对应的针脚内。

在接线时,要注意电源工作指示灯、硬盘工作指示灯和报警器的正负极,若接反了则指示灯不亮,报警器不报警。如果没有说明书,那就接好后试一下,发现接反了就关机后重新连接即可。电源的开关键和重启键没有正负极之分,可随意插接。

2. 连接前置 USB 接口线

根据说明书查看主板,找出主板上的前置 USB 接口线的插针脚,一般标识为 USB 字

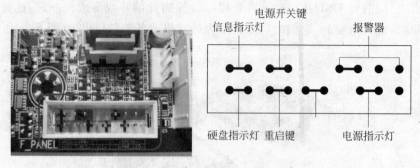

图 8-29 主板上面板插针脚的位置

样,将前置 USB 接口线连接到主板上即可,如图 8-30 所示。

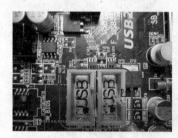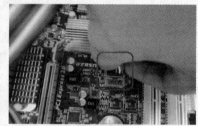

图 8-30 连接前置 USB 接口线

在连接前置 USB 接口线时,要注意前置 USB 插针的种类,一般有 9 针的和 8 针的两种,如图 8-31 所示。这两种类型的接法不同。其中,9 针中的第 10 针脚是标识针脚,可以不接。其他针脚的接法为:1、2 针脚接 VCC,3、4 针脚接 USB-,5、6 针脚接 USB+,7、8 针脚接 GND。8 针的接口线,一般只会将第 1 针脚的标识标出,其他引脚可以以此类推,还要注意不能接反,否则系统无法识别连接的 USB 设备。

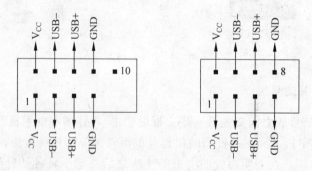

图 8-31 前置 USB 插针接法

3. 连接前置音频接口线

根据说明书查看主板,找出主板上前置音频接口线的插针脚位置,一般标有 AUDIO 字样,根据连接规则将线连好,如图 8-32 所示。

有些主板,可能不需要连接前置音频接口线,这时就要将主板上的 5、6 脚及 9、10 脚跳线帽短接,否则后置音频无法输出声音,如图 8-33 所示。

图 8-32　连接前置音频接口线

图 8-33　短接前置 USB 插针

4．连接主板电源线

根据说明书查看主板，找出主板上 24 针插座和 8 针插座，如图 8-34 所示。然后有方向地将线插入。

(a) 24针主板电源插座　　　　　　　　　(b) 8针主板电源插座

图 8-34　主板电源插座

8.2.6　安装光驱和硬盘

光驱和硬盘的接口有 IDE 和 SATA 两种类型，这两种接口类型的样式和数据线完全不同，安装方法也略有差异。

1．安装光驱

（1）先拆除机箱正面的光驱外置挡板，如图 8-35 所示。

专家点拨　并不是所有机箱都是这种安装方法，要根据机箱的结构而定。

（2）将光驱从外部缺口位置轻轻插入机箱内，如图 8-36 所示。

图 8-35　拆除机箱上光驱位　　　　　　图 8-36　将光驱插入机箱
　　　　　的外置挡板

（3）将光驱的 4 个螺丝孔与机箱内对应的螺丝孔对齐，拧紧螺丝。如图 8-37 所示。

图 8-37　用螺丝固定光驱

2．安装硬盘

将硬盘插入硬盘托架上，将螺丝孔对准后，拧上螺丝，如图 8-38 所示。

有的机箱硬盘支架可以取出，这时可以先将硬盘固定在支架上，然后再将支架固定到机箱内，如图 8-39 所示。

在安装硬盘时有两点需要注意，一是要将硬盘有标签的一面朝上，这样可以防止硬盘电路板损坏。二是有接口的一面朝着主板方向，方便连接数据线，如图 8-40 所示。

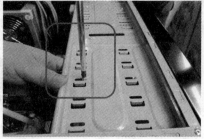

图 8-38 安装硬盘

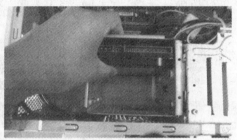

(a) 先将硬盘固定在托架上　　　　　　　　(b) 将硬盘托架固定在机箱上

图 8-39 取出支架安装硬盘

3. 连接数据线

(1) IDE 接口数据线。IDE 接口数据线如图 8-41 所示,在连接 IDE 接口数据线时要保证 IDE 数据线接口上的凸起位置与光驱、硬盘和主板上的接口位置吻合。

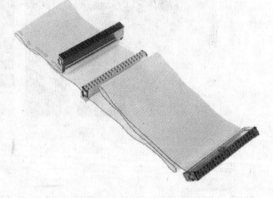

图 8-40 安装硬盘的方法　　　　　　　　图 8-41 IDE 接口数据线

在确定数据线插头的方向正确后再进行光驱、硬盘和主板数据线的连接。连接主板、硬盘和光驱的数据线如图 8-42 所示。

专家点拨 连接 IDE 数据线时,如果主板上有两个 IDE 接口,则将硬盘接在主板 IDE 1 接口,光驱连接到 IDE 2 接口上。若只有一个 IDE 接口,那么就要将光驱、硬盘设置主从,详细安装方法参考第 4 章中相关内容。

(a) 连接主板数据线　　　　(b) 连接硬盘数据线　　　　(c) 连接光驱的数据线

图 8-42　连接 IDE 数据线

（2）SATA 接口数据线。SATA 数据线接口、光驱硬盘和主板上的接口形状都是 7 字形的，如图 8-43 所示。

图 8-43　硬盘和主板数据线接口

在确定了数据线插头的方向后，再将光驱、硬盘和主板接口间的数据线接好，如图 8-44 所示。

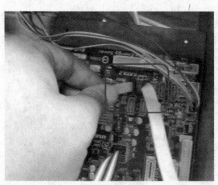 

图 8-44　连接 SATA 数据线

4. 连接电源线

IDE 接口的光驱和硬盘电源形状都是 D 形，如图 8-45 所示。

确定好 D 形电源线接口电源插头方向后，再将光驱、硬盘的电源线连接好即可，如图 8-46 所示。

SATA 接口的光驱和硬盘电源线插头的形状为 7 字形，如图 8-47 所示，确定了电源插头方向后，再将光驱和硬盘接口的电源线接好。

图 8-45　D 形电源线接口

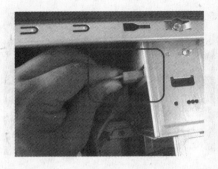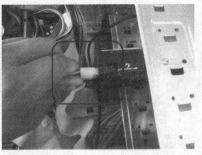

图 8-46　连接硬盘和光驱电源线

图 8-47　SATA 电源接口

8.2.7　安装显卡

安装显卡前要先仔细观察主板上显卡插槽的位置,然后再将机箱背部与插槽相对应位置的挡板卸下,如图 8-48 所示。

图 8-48　卸掉机箱背部挡板

当前主板的显卡具有独立的显卡接口,主流主板的显卡接口是 PCI-E 接口,安装时只需将其插入到对应的 PCI-E 插槽上,准备将显卡插入插槽时一定要保证金手指上的缺口与插槽的凸起位置对应,确定好方向后,两手稍用力垂直将其插入插槽,最后用螺丝将显卡固定在机箱上,如图 8-49 所示。

专家点拨　安装独立网卡和声卡的方法与安装独立显卡的一样,只是独立网卡和声卡使用的是 PCI 插槽。

将计算机主要部件安装并检查无误后,还要将机箱内的各种连线整理好,这既是为了美观,也是为了机箱中硬件设备的通风散热,最后将机箱两侧的挡板装好,就可以进行其他硬件设备的连接了。

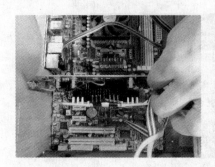
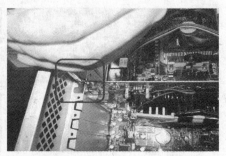

图 8-49　安装显卡

8.2.8　连接外设

从前面的章节中可知,外设主要包括键盘、鼠标、显示器、音箱和网线等,需要将它们同主机连接起来组成完整的计算机。

1. 连接键盘和鼠标

键盘和鼠标使用的都是 PS/2 接口,但是颜色有区别:键盘接口是紫色,鼠标接口是绿色。安装时要注意插孔的颜色和方向不要搞错就可以了。PS/2 接口在主机箱的背面,如图 8-50 所示。

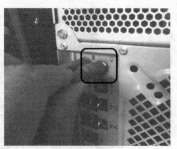

图 8-50　连接键盘和鼠标

2. 连接显示器信号线

将显示器信号线连接到主机箱后部显卡对应的插座上。注意显示器信号线上带有两个螺丝,信号线接入插座后还要将两边的螺丝拧紧,如图 8-51 所示。

图 8-51　连接显示器信号线

3. 连接电源

电源线插头插到主机箱后部的电源插座上，连接时要稍用力将插头往里按，保证电源线与插座完全接触，如图 8-52 所示。

图 8-52 连接电源线

4. 连接其他设备

最后还要将网线、音箱信号线、打印机电源和信号线等连接好，各设备都有固定的接口，用户仔细观察即可连接正确，在此就不详细叙述。在连接音箱或耳机时，要注意绿色接口是声音输出，红色接口是话筒输入，蓝色接口是音频信号输入。

8.2.9 通电测试

完成上述所有连接之后，一台完整的计算机即组装完毕，如图 8-53 所示。

图 8-53 完整的计算机

计算机组装好后，要再次检查所有部件是否都安装无误，主要包括以下一些项目：

（1）检查 CPU、CPU 风扇及电源线是否接好。

(2) 检查主板上是否有多余的金属物品附着,这是为了避免通电后短路导致部件烧毁。

(3) 检查内存条安装是否到位。

(4) 检查所有电源线、数据线等信号线是否接好。

(5) 检查各板卡是否插的稳固。

确定无误后,才可以接通电源。

开机启动后,如果各配件均正常,则电源灯点亮并伴有"嘟"的一声提示音,接着显示器屏幕上将显示自检画面,到这里就说明计算机能正常工作了。如果出现了灯不亮或其他非正常开机的情况,那首先检查机器是否通电,听系统是否有报警声,然后再检查硬件是否安装正确。

如果测试没有问题,计算机的硬件的安装就完成了,要使计算机运行,就要安装操作系统。这些内容将在后面章节详细地介绍。

8.3　实训

8.3.1　拆卸计算机

1. 实验设备

(1) 每组一台多媒体计算机。

(2) 每组两把十字形螺钉刀。

2. 实验目的

掌握拆卸计算机各部件的方法,增强动手能力。

3. 实验指导

在老师的指导下拆卸计算机。

(1) 断开计算机电源,拔下键盘鼠标、网线等外部设备信号线,卸下机箱侧边的挡板螺丝,打开机箱。

(2) 拔下主板电源线、光驱及硬盘数据线和电源线、机箱面板插针线等,拔线时要注意两点:一是拔出信号线时用力要均匀,避免损坏信号线接头;二是要记住各信号线插接位置和标识。

(3) 拆卸独立显卡、内存和其他板载卡:用螺丝刀将显卡与机箱固定处的螺丝卸下,再将显卡垂直向上拔出。大多数显卡插槽都有一个防止显卡松动的扣具,拔出显卡前要将扣具扳开。不同的显卡插槽,扣具也会不同,一定要仔细观察后再操作,不要用蛮力拆卸。

(4) 拆卸内存条:两手同时将内存插槽两侧的扣具扳开,这时内存条会自动弹出内存插槽。

(5) 拆卸 CPU 风扇:以 Intel 775 针脚的 CPU 风扇为例,先拔下风扇电源线,再用螺丝刀卸下风扇与主板固定处的 4 个螺丝,再将风扇提起即可。

(6) 拆卸 CPU:先扳起 CPU 插槽上的拉杆,打开金属保护盖,将 CPU 轻轻地向上取出即可。

(7) 拆卸光驱、硬盘和电源：用螺丝刀将这几个设备与机箱固定处的螺丝卸下，然后将光驱、硬盘和电源从机箱内取出即可。

(8) 取出主板：用螺丝刀将主板与机箱固定处的螺丝卸下，然后将主板从机箱内取出。到这一步，计算机全部拆卸完毕。

(9) 写出实验报告。

8.3.2 组装计算机

1．实验设备

(1) 每组一套计算机配件(CPU、CPU 风扇、主板、内存、显卡、硬盘、光驱、电源、机箱)。

(2) 每组一套键盘和鼠标，一台显示器，两根数据线和电源线。

(3) 每组一把十字螺丝刀和一把一字螺丝刀。

(4) 每组一把尖嘴钳，一小袋螺丝，一小瓶导热硅脂。

2．实验目的

(1) 掌握组装计算机各硬件的方法，提高实际动手能力。

(2) 通过对计算机进行通电测试，提高对计算机系统组装和检测知识的掌握程度。

3．实验指导

(1) 将学生分为若干组，以组为单位进行实验。

(2) 在老师的指导下按第 8.2 节的操作方法组装计算机。

(3) 给计算机通电测试是否组装正确。

(4) 写出实验报告。

本章小结

本章详细介绍了计算机硬件的组装方法。从装机前的准备工作、装机时的注意事项，到具体安装时各硬件的安装方法和操作步骤。将整个计算机的安装过程通过文字和图片详细描述出来。通过本章的学习，可以提高用户的计算机硬件组装知识和实际动手能力。

练习 8

1．填空题

(1) 组装计算机时需要准备的工具有_____、_____和_____。

(2) 安装内存条时，要将内存条的_____与内存插槽的_____相对应。

(3) 安装显卡时，要将显卡金手指上_____与插槽上的_____位置相对应。确定好方向后，稍用力将显卡_____插入插槽。

（4）键盘与鼠标的接口颜色是不同的,键盘接口为_____,鼠标接口为_____。

（5）最小系统测试是指_____。

2. 简答题

（1）简述计算机系统的组装流程。

（2）通电测试需要检查哪些方面?

（3）计算机组装应注意哪些事项?

（4）简述 CPU 的安装步骤。

第 9 章

BIOS基本设置

BIOS 可以说是计算机系统启动和正常运转的基石,对 BIOS 的设置是否合理在很大程度上决定着主板,甚至整台计算机的性能。在系统与外设不断推陈出新的情况下,BIOS 中所提供的设定项目日趋复杂,加上 BIOS 的供应商很多,设定的选项也不尽相同,本章将详细介绍有关 BIOS 的知识。

本章主要内容:

- 认识 BIOS 和 CMOS;
- BIOS 的基本设置;
- 升级 BIOS。

9.1 什么是 BIOS

BIOS 是英文 Basic Input Output System 的缩写,中文名称为"基本输入/输出系统",是计算机中最基础也最重要的程序,其主要工作是在计算机启动时,对系统中连接的各硬件进行测试和初始化,并负责控制系统全部硬件的运行,同时又为高层软件提供基层调用。

9.1.1 认识 BIOS

BIOS 之所以被称为"基本输入/输出系统"是因为它包含了计算机系统中最重要的输入/输出程序、系统设置信息、开机加电自检程序和系统启动自检程序,这些程序被固化在主板上的一个存储器(芯片)中,这块芯片是只读存储器,通常称为 BIOS 芯片,又称为 ROM-BIOS 芯片,如图 9-1 所示。

BIOS 芯片是主板上唯一贴有标签的芯片,586 机和以前的 BIOS 多为 EPROM 芯片,一次性写入,不能再修改,而 586 以后的 ROM-BIOS 多采用 Flash Memory 芯片,Flash Memory 芯片借用了可擦写编程只读程序(EPROM),结构简单,又吸收了电擦写可编程只读存储器(EEPROM)电擦除的特点,不但具备随机存储器(RAM)的高速性,而且还兼有只读存储器(ROM)的非挥发性。利用 Flash Memory 存储主板的 BIOS 程

图 9-1 BIOS 芯片

序,要直接通过跳线开关和系统配带的软件进行改写,因而给 BIOS 的升级带来了极大的方便。

计算机系统启动时,先由 BIOS 开始检查系统硬件,检查完成并进行了相关操作后,才真正启动操作系统程序。最早的 BIOS 是一些用来开机时检验硬件设备和程序和基本的 I/O 启动代码,它为计算机系统提供了对硬件设备最低级、最直接的控制,计算机系统的初始操作都是通过 BIOS 芯片中的程序和命令来完成的。后来又插入了各种各样的模块,如 PNP 模块、电源管理模块等,使得 BIOS 功能更加完善。

更准确地说,BIOS 是硬件与软件程序之间的一个"转换器"或者说是接口,它既负责解决硬件的即时需求,又按照软件对硬件的命令控制硬件。在使用计算机的过程中,用户经常会遇到有关 BIOS 的问题,合理地设置 BIOS 可以使操作系统顺畅运行,计算机硬件高效运作,甚至可以延长计算机的使用寿命。

9.1.2　认识 CMOS

随着存储芯片技术的发展,一种用 CMOS(互补金属氧化物半导体)材料制成的可读写芯片被计算机生产厂家用来保存系统的硬件配置和用户对某些参数的设置内容,它是制作大规模集成电路芯片的一种技术制造出来一块可读写的 RAM 芯片,被称为 CMOS RAM。这块芯片中保存着计算机系统的基本启动信息,如日期、时间、启动设置等。系统在加电引导计算机时,需读取 CMOS 中的信息,用来初始化计算机的各个部件。

CMOS RAM 的特点是功耗低、可随机读取或写入数据,它由主板上的一个纽扣电池供电,如图 9-2 所示。这个纽扣电池是系统的后备电池,在系统掉电时继续为 CMOS 供电,使得 CMOS 中的信息能够保存。若这个电池出现了问题,造成 CMOS 中的信息丢失,系统将无法启动。

图 9-2　为 CMOS 供电的纽扣电池

由于 CMOS RAM 芯片本身只是一个计算机系统硬件配置及设置的信息存储器,只具有保存数据的功能,所以对 CMOS 中各项参数的设定要通过专门的程序。早期的 CMOS 设置程序驻留在软盘上的(如 IBM 的 PC/AT 机型),使用很不方便。现在多数厂家将 CMOS 设置程序做到了 BIOS 芯片中,在开机时通过按下某个特定键就可进入 CMOS 设置程序而非常方便地对系统进行设置,因此这种 CMOS 设置又通常被叫做 BIOS 设置。

9.1.3　BIOS 和 CMOS 的区别

初学者经常弄不明白 BIOS 与 CMOS 的区别,实际上,BIOS 与 CMOS 是两个完全不同的概念,BIOS 是用来设置硬件的一组计算机程序,即中断指令系统,该程序保存在主板上的一块 EPROM 或 EEPROM 芯片中,里面装有系统的重要信息和设置系统参数的设置程序(BIOS Setup 程序),而 CMOS 则是主板上的一块可读写的 RAM 芯片,里面装的是关于系统配置的具体参数,用来保存当前系统的硬件配置及设置信息和用户对 BIOS 设置参数的设定,其内容可通过程序进行读写,且 CMOS RAM 芯片靠后备电池供电,即使系统掉电后信息也不会丢失。

BIOS 与 CMOS 既相关又不同,BIOS 中的系统设置程序是完成 CMOS 参数设置的手段;CMOS RAM 既是 BIOS 设定系统参数的存放场所,又是 BIOS 设定系统参数的结果。因此,完整的说法应该是"通过 BIOS 设置程序对 CMOS 参数进行设置"。由于 BIOS 和 CMOS 都跟系统设置密切相关,所以在实际使用过程中造成了 BIOS 设置和 CMOS 设置的说法,其实指的都是同一回事,但两者却是两个概念,不可混淆。

9.1.4　BIOS 的基本功能

从 BIOS 芯片的功能来看,可将 BIOS 的功能分为 3 部分,分别为系统硬件的自检及初始化、程序服务和处理硬件中断。

1. 自检及初始化

开机自检程序(POST)是 BIOS 在开机后最先启动的程序,启动后 BIOS 将对计算机的全部硬件设备进行检测,该过程一般包括对 CPU、系统主板、基本内存及扩展内存的测试,系统 ROM BIOS 测试、CMOS 存储器中系统配置的检验,初始化视频控制器,测试视频内存,检验视频信号和同步信号,对 CRT 接口进行测试,对键盘、软驱、硬盘及光驱子系统的检查,对并行口(打印机)和串行口(RS232)进行检查。

在开机自检过程中,如果发现问题,它会做出判断和处理。通常情况下,BIOS 对检测出来的错误分两种情况进行处理,一种是在发现严重故障时自动停机,并给出错误信息提示;另一种是在发现轻微故障时,以屏幕提示或声音报警等方式通知用户并等待用户处理。

BIOS 在完成 POST 自检后启动磁盘引导扇区自举程序,ROM BIOS 按照系统 CMOS 设置中设置的启动顺序信息,首先搜索软硬盘驱动器、CD-ROM、网络服务器等有效的启动驱动器,将操作系统盘的引导扇区记录读入内存,然后将系统控制权交给引导记录,并由引导程序装入操作系统的核心程序,以完成系统平台的启动过程。

经过这一过程后,操作系统平台也已经处于工作状态,用户就可以在计算机上工作了。

2. 程序服务

程序服务主要是为应用程序和操作系统等软件服务的。BIOS 直接与计算机的 I/O 设备打交道,通过特定的数据端口发出命令,传送或接收各种外部设备的数据。软件程序通过 BIOS 完成对硬件的操作,如将磁盘上的数据读取出来并将其传输到打印机或传真机上,或通过扫描仪将素材直接输入到计算机中。

3. 设置中断

中断也称硬件中断处理程序。BIOS 实质上是计算机系统中软件与硬件之间一个可编程接口,完成程序软件与计算机硬件之间的沟通,实现程序软件功能与计算机硬件实现的衔接。软件响应 BIOS 中断服务程序,处理取得的有关硬件的数据,进而通过 BIOS 使硬件执行软件的命令。因此可以说,中断是 CPU 与外设之间交换信息的一种方式。

在开机时,BIOS 就将各硬件设备的中断信息提交到 CPU,当用户发出使用某个设备的指令后,CPU 就会暂停当前的工作,并根据中断信号使用相应的软件完成中断的处理,然后返回原来的操作。操作系统对软盘、硬盘、光驱与键盘、显示器等外围设备的管理就建立在系统 BIOS 中断功能基础上

9.1.5　何时要对 BIOS 进行设置

随着计算机技术的进步和用户需求的不断提高,计算机的品牌越来越多,所使用的硬件设备由于用户的不同需求而在品牌、性能等方面都存在很大差异。同一主板可以配置不同的 CPU、不同的硬盘、不同的外部设备等,由于这些硬件设备本身也存在着很大的差异,因而与它们对应的参数配置也不同,因此,在使用计算机之前,一定要合理确定所使用的硬件配置和参数,并将它们存储到计算机中,以便计算机启动时能够正确的识别这些硬件,这项工作就需要通过 BIOS 设置来完成。特别在以下情况下,必须进行 BIOS 进行设置。

1. 新购微机

即使带 PNP 功能的系统也只能识别一部分微机外围设备,而对软硬盘参数、当前日期、时钟等基本资料等必须由操作人员进行设置,因此新购买的微机必须通过进行 CMOS 参数设置来告诉系统整个微机的基本配置情况。

2. 新增设备

由于系统不一定能认识新增的设备,所以必须通过 CMOS 设置来告诉它。另外,一旦新增设备与原有设备之间发生了 IRQ、DMA 冲突,也往往需要通过 BIOS 设置来进行排除。

3. CMOS 数据意外丢失

BIOS 还有另外一个重要功能,就是测试安装在主板上的部件能否正常工作,并为其提供驱动程序接口,设定系统相关配备的状态。因此,当系统配置与原 COMS 参数不符合,或是在系统后备电池失效、病毒破坏了 CMOS 数据程序、意外清除了 CMOS 参数等情况下,常常会造成 CMOS 数据意外丢失,此时就必须要进入 BIOS 设置程序,以重新配置正确的系统设置。

4. 系统优化

对于内存读写等待时间、硬盘数据传输模式、内/外 Cache 的使用、节能保护、电源管理、开机启动顺序等参数,BIOS 中预定的设置对系统而言并不一定就是最优的,此时往往需要经过多次试验才能找到系统优化的最佳组合。

9.1.6　BIOS 的分类

目前市场上常见的 BIOS 芯片生产厂商有华邦（Winbond）、英特尔（Intel）、ATMEL、Award、AMI、Phoenix 等，而现在比较流行的是 Award 和 AMI 公司的产品。

1. Award BIOS

Award BIOS 是由 Award Software 公司开发的 BIOS 产品，在目前的主板中使用最为广泛。Award 公司创立于 1983 年，总部位于美国加州，该公司在台湾设立的分公司名称是"维尔科技股份有限公司"。Award BIOS 功能较为齐全，支持许多新硬件，目前市场上的台式机主板上绝大多数集成的是该公司的 BIOS 芯片。其外形及程序界面如图 9-3 所示。

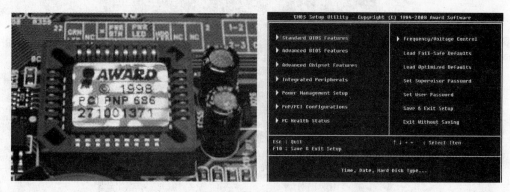

图 9-3　Award BIOS 芯片外形及程序界面

2. AMI BIOS

AMI BIOS 是 AMI 公司出品的 BIOS 系统软件，AMI 公司成立于 1985 年，该公司的 BIOS 芯片程序以简洁的界面、易学的操作方式受到了用户的喜爱。早期的 286、386 大多采用 AMI BIOS，它对各种软、硬件的适应性好，能保证系统性能的稳定，到 20 世纪 90 年代后，绿色节能计算机开始普及，AMI 却没能及时推出新版本来适应市场，使得 Award BIOS 占领了大半壁江山。当然现在的 AMI 也有非常不错的表现，新推出的版本依然功能强劲，目前市场上的笔记本电脑主板上大多集成了 AMI BIOS，其外形及程序界面如图 9-4 所示。

图 9-4　AMI BIOS 芯片外形及程序界面

9.2　BIOS 程序界面

在开机之后,BIOS 的开机自检程序(POST)立即工作,它将进行 CPU 内外部的检测,以及内存、各接口、驱动器等的检测,最后执行 BIOS 中的 19 号中断,引导硬盘主引导扇区启动,导入操作系统,使用户可以进行计算机操作,所有这些操作都会在开机时显示出来。

9.2.1　BIOS 自检界面

计算机系统启动后,首先显示的是 BIOS 自检界面,如图 9-5 所示。

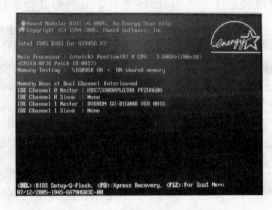

图 9-5　Award 公司 BIOS 自检界面

这个界面中显示的是 Award 公司 BIOS 自检界面,里面包含了计算机系统的主板、CPU、内存、硬盘、光驱、BIOS 类型等信息,屏幕前两行显示了主板 BIOS 相关信息;第 3 行显示了主板的相关信息;第 4、5 行显示了 CPU 的型号、主频、倍频等信息;第 6 行显示了内存的总容量;第 8 至第 10 行显示了硬盘和光驱的相关信息,倒数第 2 行显示了进入 BIOS 设置的按键。

9.2.2　进入 BIOS 界面的方法

BIOS 系统设置程序的进入和操作方法非常简单,进入 BIOS 设置程序通常有 3 种方法。

1. 热键进入法

一般说来,进入 BIOS 设置程序通常是在开机启动时按下主板厂商预设的热键就可以进入,而这个热键一般会在启动画面的最底部显示出来,如图 9-5 中倒数第二行的 DEL,而笔记本电脑是按 F2 或 F10 键。

不同的机器 BIOS 设置程序进入的热键也不相同,而且,一些品牌机如联想、康柏的某些机型,可能厂商设置的热键比较特殊,这在屏幕上通常都会给出提示,用户需仔细观察画面或者查阅主板说明书。

2. 用系统提供的软件

现在很多主板都提供了在 DOS 下进入 BIOS 设置程序而进行设置的程序,在 Windows

的控制面板和注册表中已经包含了部分 BIOS 设置项。

3. 用一些可读写 CMOS 的应用软件

部分应用程序，如 QAPLUS 提供了对 CMOS 的读、写、修改功能，通过它们也可以对一些基本系统配置进行修改。

9.2.3 BIOS 的常用控制键

进入 BIOS 设置程序后，就可以设置和修改 BIOS 的各个设置项，其操作都采用简单的键盘操作来完成，不同的 BIOS 程序，使用控制键完成的操作大致相同，通常会在程序界面底部显示，如图 9-6 所示。

图 9-6 BIOS 程序界面的控制键

BIOS 常用控制键功能如下：

（1）方向键：利用键盘的上、下、左、右方向键，完成各菜单或选项之间的移动。

（2）Enter 键：用于选择某选项或值。

（3）Esc 键：用于返回上层菜单或返回主菜单。

（4）Page Down 键：用于增加数值或改变选项参数。

（5）Page Up 键：用于减少数值或改变选项参数。

（6）F1 键：用于获得帮助信息，但仅对显示菜单或选择设定菜单有效。

（7）F7 键：用于加载默认的 BIOS 参数。

（8）F10 键：用于保存被修改的参数并退出 BIOS 设置程序。

9.3 Award BIOS 基本设置

BIOS 主界面中各菜单项完成的功能都不同，对 BIOS 进行合理的设置，可以使系统功能得以充分发挥，使系统硬件可能发生的故障减少到最少。如果用户希望根据自己的需求对 BIOS 程序进行设置，就必须了解每个菜单项的作用。

9.3.1　BIOS 的设置原则

众所周知,计算机技术的发展日新月异,主板及 BIOS 设置程序的更新换代也非常迅速,其功能和版本不断地推陈出新,故经常需要对 BIOS 进行升级以修改设置。也正是因为版本繁多,本书不可能将所有版本的 BIOS 设置一一罗列,这里仅给出一些 BIOS 设置的基本方法和原则,读者掌握这些基本的方法和原则后,在遇到新的功能或更强大的版本时也能举一反三,即使有较难的设置项也能进行准确的设置。

BIOS 的设置程序都采用英文界面,其专业性极强,对于初学者来讲设置 BIOS 一定要谨慎,否则会造成严重的后果,所以在条件允许的情况下,最好按照中文说明书来操作。

9.3.2　Award BIOS 的主界面

Award BIOS 采用嵌入系统设置程序的方式,它允许用户修改基本的系统配置和硬件参数,开机后,按 Del 键进入系统设置程序,可以看到系统设置程序的界面,界面采用简洁易懂的菜单方式,如图 9-7 所示。

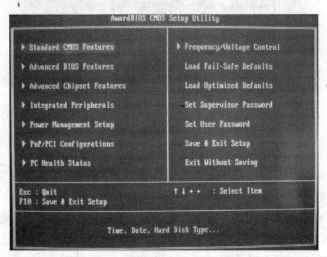

图 9-7　Award BIOS 主界面

各菜单功能如下:

(1) Standard CMOS Features(标准 CMOS 特性):用于设定系统日期、时间、硬件等。

(2) Advanced BIOS Features(高级 BIOS 特性):用于设置系统 BIOS 提供的高级功能,例如设置开机引导磁盘的优先顺序和密码检查方式等。

(3) Advanced Chipset Features(高级芯片组特性):用于修改芯片组寄存器的值,优化系统性能。例如设置内存条的延迟等。

(4) Integrated Peripherals(集成外设设置):用于设置 IDE/SATA 通道、板载设备、串口/并口等。例如设置 AC'97 声卡、USB 接口是否打开等。

(5) Power Management Setup(电源管理设置):用于设定硬件设备的节能方式及软开关机方式。

（6）PNP/PCI Configurations（PNP/PCI 配置）：用于系统支持 PNP/PCI 时才有效。

（7）PC Health Status（PC 当前状态）：用于显示 PC 的当前状态。

（8）Frequency/voltage Control（频率/电压控制）：用于设置频率和电压。

（9）Load fail-safe Defaults（载入最安全设置）：用于载入出厂默认值，使系统稳定工作。

（10）Load Optimized Defaults（载入最优化设置）：用于载入最优设置，但系统的稳定性可能受影响。

（11）Set supervisor Password（设置管理员密码）：用于设置系统管理员密码。

（12）Set User Password（设置用户密码）：用于设置用户密码。

（13）Save & Exit Setup（保存后退出）：用于保存用户对系统参数的修改，并退出 BIOS 程序。也可按 F10 键操作。

（14）Exit Without Saving（不保存退出）：用于放弃用户对系统参数的修改，并退出 BIOS 程序。

使用键盘上的方向键，可以移动光标选中需要修改的设置项，当光标移动到某个设置项时，在屏幕的底部会出现相关的帮助信息，使用户能更好地理解该设置项的功能。选择设置项后，按下"回车"键即可打开该设置项的菜单，并进行相应的参数设置，在每个操作界面中，都会给出相关的操作提示及快捷键的说明。

9.3.3　Award BIOS 标准设置

在计算机启动后，进入开机自检程序时按下 Del 键，进入 Award BIOS 主界面，再通过方向键将光标移动到 Standard CMOS Features 选项，按下 Enter 键，即可打开 Award BIOS 的标准菜单界面，如图 9-8 所示，该界面包括修改系统的日期和时间、软硬盘的类型、显示器的类型、内存容量相关参数等。

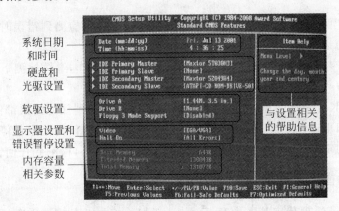

图 9-8　Award BIOS 标准菜单设置

1．系统日期和时间设置

系统日期的顺序为：星期、月、日、年，时间顺序为：时、分、秒。要修改系统的日期和时间可将光标移动到 Date 或是 Time 选项，按下 Page Down/Page Up 键或直接在方括号中输入数字，就完成了对系统日期及时间的设置。

2．硬盘信息设置

主板上有两组 IDE 插槽，每组有两个接口，因此主板上最多可连接 4 个硬盘，它们的设置分别为：

- IDE Primary Master：第一组 IDE 接口的主硬盘。
- IDE Primary Slave：第一组 IDE 接口上的从硬盘。
- IDE Secondary Master：第二组 IDE 接口的主硬盘。
- IDE Secondary Slave：第二组 IDE 接口上的从硬盘。

这 4 个选项的右边中括号中的字符和数字，分别代表了硬盘和光驱的编号，结合前面章节中硬盘和光驱编号的知识，可以了解硬盘和光驱的型号、容量和接口等信息。如设置为 None，则不使用该选项对应的接口。如设置为 Manual，则允许用户手动设置硬盘参数。

另外，注意 CD-ROM 也是 IDE 设备，需要占用一个 IDE 接口，通常将 IDE Primary Slave 或是 IDE Secondary Slave 留给 CD-ROM 用。

3．软驱设置

在标准的 BIOS 设置菜单中有两个设置项，即 Drive A 和 Drive B 就是用来设置软驱的，一般计算机使用的都是 1.44MB 的高密度软盘。

如今，软驱已渐渐退出市场，若没有配置软驱，只将其设为 None 即可。

4．显示器设置

Video 选项用于设置显示器的类型，目前计算机的显示器都是 VGA 规格的，故此项设置为 EGA/VGA。

5．错误暂停设置

Halt On 选项的功能是用于设置计算机开机自检过程中检测到错误时所采取的处理方式，其设置的值有以下几个：

- No Errors：检测到任何错误都不要停止 BIOS 的工作，继续检测下去。
- All Errors：检测到任何错误都立即停止工作。
- All，But Keyboard：除了检测到键盘错误以外，检测到任何错误都停止工作。
- All，But Diskette：除了检测到软驱错误以外，检测到任何错误都停止工作。
- All，But Disk/Key：除了检测到硬盘和键盘错误以外，检测到任何错误都停止工作。

6．查看内存信息

Base Memory 选项代表基本内存，Extended Memory 代表扩展内存，Total Memory 选项代表内存总容量，每项右边的数字就是对应的存储容量。通过这 3 个选项，用户可以查看内存的信息，但是这些选项不能进行修改。

9.3.4　Award BIOS 高级设置

在图 9-7 中的 Advanced BIOS Features 选项即为 Award BIOS 的高级设置，将光标定

位在该选项上,按下"回车"键即可进入次级菜单,如图 9-9 所示,在该菜单中,可进行高速缓冲存储器设置、系统引导顺序的设置、密码检测方式设置等。

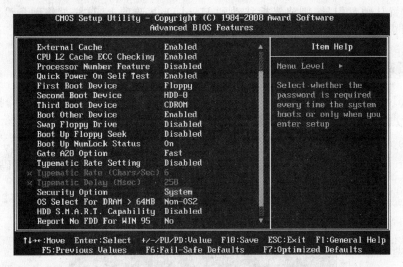

图 9-9　Advanced BIOS Features 菜单选项

1. 设置系统引导顺序

在图 9-9 中的菜单项里有 4 个启动设备,分别如下:

- First Boot Device:设置第一启动设备,用于最先引导系统启动。
- Second Boot Device 设置第二启动设备,只在第一设备启动失败后才起作用。
- Third Boot Device:设置第三启动设备,只有当第二设备启动失败才使用该设备。
- Boot Other Device 使用其他设备引导,该项几乎不用。

以上各项都可以设置的值为:Floppy(软驱)、LS120(高容量软驱)、Hard Disk(硬盘)、SCSI(SCSI 设备)、CDROM(光驱)、USB-FDD(USB 接口的软驱)、USB-CDROM(USB 接口的光驱)、LAN(网卡)、Disabled(禁用)和 Enabled(开启)等,如图 9-10 所示。

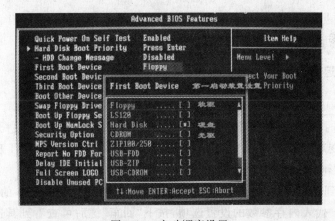

图 9-10　启动顺序设置

一般情况下操作系统默认从硬盘启动的,但是在安装操作系统或进行系统维护时,则需要从光驱来引导系统安装光盘,将光标移动到 First Boot Device 选项中,按下"回车"键,此时在出现的对话框中选择 CDROM 选项或通过 Page Down/Page Up 键将光驱设置为第一个启动的设备。

若要设置从硬盘引导,则将光标移动到 Hard Disk 选项上,这样就将硬盘设置为第一个启动的设备。

2．设置密码检测方式

进入 Advanced BIOS Features 菜单,将光标移动到 Security Option 选项,按下"回车"键,此时可以看到有两项参数,分别是 Setup 和 System,如图 9-11 所示。

- Setup 选项:设置在用户进入 BIOS 程序时要求输入密码。
- System 选项:设置在开机启动和进入 BIOS 程序时都要求用户输入密码。

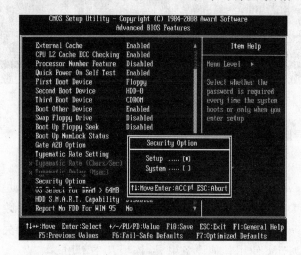

图 9-11　设置密码检测方式

9.3.5　Award BIOS 其他常用设置

Award BIOS 的设置内容较多,本书不能一一详细讲解,这里仅介绍一些常用的设置,其他设置读者可参考相关资料。

1．内存的延迟时间设置

通过对 BIOS 中内存参数的设定,可以使内存和系统的整体性能提高。

在图 9-7 中选择 Advanced Chipset Features 菜单项,按下"回车"键进入该级菜单界面,此项主要用来改变芯片组寄存器的值,这些寄存器控制了计算机中 CPU 及内存的选项,因此也是对计算机影响最大的设置项目。

将光标移动到 DRAM Timing Selectable 选项,这是动态记忆体的时序选择,其中 Timing Selectable 代表内存参数的设置选项,按下"回车"键后可查看到其选项值,分别为:

- By SPD:BIOS 会自动读取内存上 SPD 芯片中的预设信息,这是厂商为普通计算机用户提供的选项,里面的 By SPD 是通过读取内存上 SPD 芯片中的厂商默认值来进行设定,这样一般能保证内存稳定运行。

- Manuel：可以自行设置内存的一些相关信息。
- Turbo：这是性能优先选项，通常如果内存质量够好，可通过把 By SPD 修改为 Turbo 来提高系统性能。
- Normal：是比较保守的内存设定值。

这里将其值设置为 Manuel 项，然后再将光标移动到 DRAM CAS Latency Time 选项，按下"回车"键后在界面中选择 3，如图 9-12 所示。这个项目可控制 DRAM 读取指令与数据成为真正可用的时间之间的延迟时间。由于较低的 CAS 周期能减少内存的潜伏周期以提高内存的工作效率，因此只要能够稳定运行操作系统，就应当尽量把 CAS 参数调低，从而提高内存的运行速度。反过来，如果内存运行不稳定，可以将此参数设大，以提高内存稳定性。

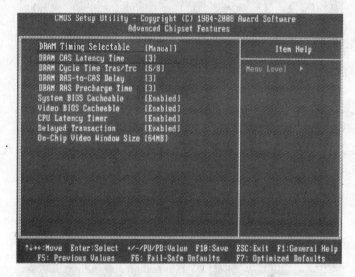

图 9-12　在 Award BIOS 中设置内存的延迟时间

专家点拨　如果系统中的内存条是混插的，那么这两个内存条的频率是相同的，但是它们的延迟时间不同，这时就需要通过上述方法将它们的延迟时间设置成一致，使它们兼容。

2. 关闭光驱和 USB 接口的设置

一般在公共场所使用的计算机系统，考虑到系统的稳定性和安全性，会将光驱和 USB 接口关闭。如保存有公司机密等的计算机，是不允许使用光盘和 U 盘的。要将系统的光驱和 USB 接口关闭，须先在图 9-7 中选择 Integrated Peripherals 菜单项进入，这是管理计算机的主板集成设备和端口的选项，具体项目因为主板不同，所以其中的设置会有所不同，这里就不详细解释，各个用户在有必要的时候请按照主板说明书进行设置。

1）关闭光驱接口

如果光驱是接在 Secondary IDE 接口上，则将光标移动到 On-Chip Secondary PCI IDE 选项，按下"回车"键，再选择 Disabled 项就将光驱接口关闭了，如图 9-13 所示。

专家点拨　关闭硬盘接口的方法和关闭光驱接口的方法一致。只需将 On-Chip Primary PCI IDE 的值设置为关闭即可。

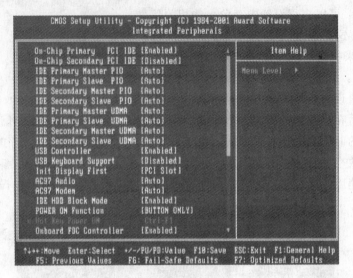

图 9-13　关闭光驱接口

2）关闭 USB 接口

将光标移动到 USB Controller 选项,按下"回车"键,再选择 Disabled 就关闭 USB 接口了,如图 9-14 所示。

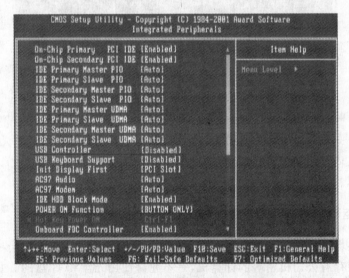

图 9-14　关闭 USB 接口

专家点拨　设置关闭了系统 USB 接口后,系统中所有 USB 接口设备都将无法识别。

3. 设置超频

在图 9-7 中选择 Frequency/voltage Control 菜单项进入,在该菜单项中用户可以调整 CPU 的电压、外频、倍频,完成 CPU 超频,CPU 性能得到更大提升。

将光标移动到 CPU Clock 选项,按下"回车"键,此时在界面上可以看到 CPU 超频的范围,输入一个适当的数值并保存后就完成了对 CPU 超频的设置,如图 9-15 所示。

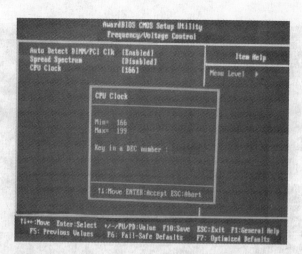

图 9-15　Award BIOS 中设置超频

4. 设置访问密码

为了保证系统的安全性,经常需要对访问系统的用户设置访问权限,要访问系统的用户只有输入正确的密码才能获得相应的权限来访问系统。访问密码的设置是在 BIOS 中完成的,密码设好后,用户每次进入 BIOS 主界面或进入系统时,都要输入密码。

1) 设置管理员密码和用户密码

首先在 Advanced BIOS Features 菜单项中设置好密码的检测方式,接着在图 9-7 的界面中将光标移动到 Set supervisor Password 菜单项,按下“回车”键,在弹出的对话框中输入一串字符或数字,系统会要求用户输入两次,如果两次输入的密码一致,当用户再次按下 Enter 键后就完成了系统管理员密码的设置,如图 9-16 所示。

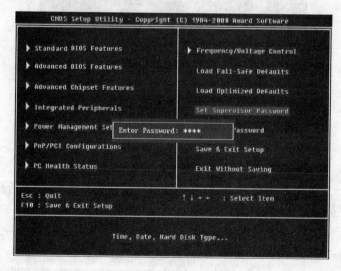

图 9-16　设置管理员密码

再次将光标移动到 Set User Password 选项,按下“回车”键,在弹出的对话框中输入一串字符或数字,并连续输入两次,如两次输入的密码一致,当用户再次按下“回车”键后就完成了用户密码的设置,如图 9-17 所示。

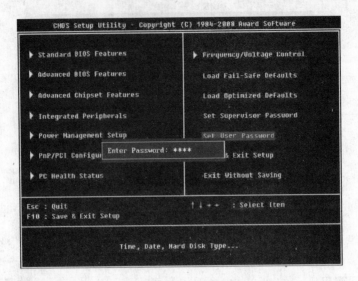

图 9-17　设置用户密码

2）重启计算机

将两个密码都设置好后，重新启动计算机。此时，用户在进入系统是会被要求输入用户密码，如图 9-18 所示。

图 9-18　设置密码后的进入界面

在进入 BIOS 设置主界面时也会被要求输入管理员密码，如图 9-19 所示。

3）清除管理员密码和用户密码

将光标移动到 Set supervisor Password 或 Set User Password 选项，连续按下 3 次"回车"键，就可以清除管理员或用户密码，如图 9-20 所示。

5. 载入最安全值和最优化值

当用户对 BIOS 中参数进行了许多修改后又发现可能存在错误时，有一个简便的方法来解决这个问题，那就是直接恢复 BIOS 的默认设置值。BIOS 程序中提供了两个菜单项，载入出厂值菜单项和载入优化值菜单项。

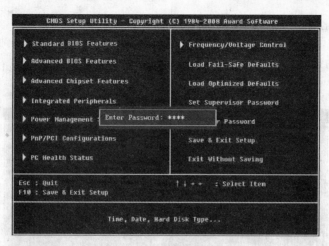

图 9-19 设置密码后进入 BIOS 界面

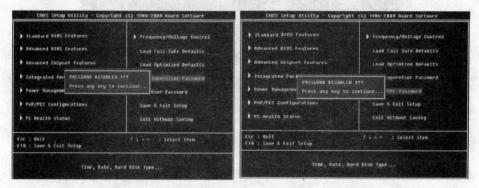

图 9-20 清除管理员和用户密码

1) 载入最安全值

进入 BIOS 设置主界面,将光标移动到 Load Fail-Safe Defaults 选项,按下"回车"键,在弹出的对话框中按下 Y 键,再按下 Enter 键就完成了载入 BIOS 默认最安全值的设置,如图 9-21 所示。

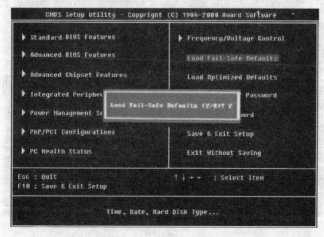

图 9-21 载入 Award BIOS 中最安全值

2）载入最优化值

进入 BIOS 设置主界面，将光标移动到 Load Optimized Defaults 选项，按下"回车"键，在弹出的对话框中按下 Y 键，再按下"回车"键后就完成了载入默认最优化值的设置，如图 9-22 所示。

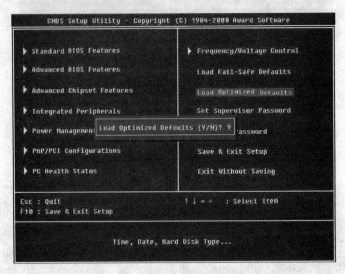

图 9-22　载入 Award BIOS 中最优化值

6. 退出 BIOS

对 BIOS 设置完毕后，需要退出 BIOS 程序。一般 BIOS 程序的退出方式有两种，即保存设置并退出和不保存设置退出。

1）保存并退出设置

返回 BIOS 设置主界面，将光标移动到 Save & Exit Setup 选项，按下"回车"键。在弹出的退出确认对话框中按下 Y 键或直接按下 F10 键完成保存并退出操作，如图 9-23 所示。

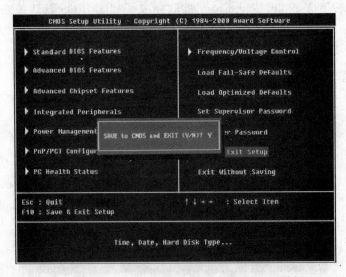

图 9-23　保存设置并退出 Award BIOS

2）不保存设置退出

返回 BIOS 设置主界面，将光标移动到 Exit Without Saving 选项，按下"回车"键，在弹出的退出确认对话框中按下 Y 键确认即可，如图 9-24 所示。

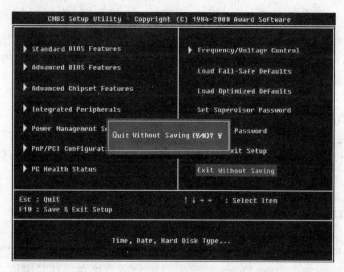

图 9-24　不保存设置退出 Award BIOS

9.4　AMI BIOS 基本设置

Award BIOS 是 Award Software 公司开发的 BIOS 产品，目前十分流行，许多 586 主板机都采用 Award BIOS，功能比较齐全，对各种操作系统提供良好的支持，因对各种软、硬件的适应性好，硬件工作可靠，系统性能较佳，操作直观方便的优点受到用户的欢迎。

9.4.1　AMI BIOS 主界面

在开机后按 Del 键，即可进入 AMI BIOS 设置程序，并修改系统的基本配置，其主界面如图 9-25 所示。

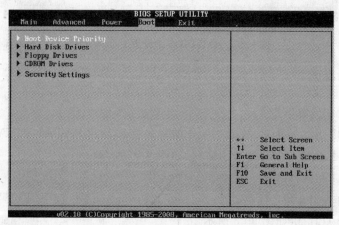

图 9-25　AMI BIOS 主界面

该界面中各菜单功能如下：

(1) Main(主设置菜单)：用于设置系统信息、日期和时间等。

(2) Advanced(高级设置菜单)：用于对主板、I/O 设备和即插即用设备的设置。

(3) Power(电源管理菜单)：用于电源节能、挂起控制、恢复时间和硬件检测等的设置。

(4) Boot(启动程序菜单)：用于对设备启动选项、用户和管理员密码的设置。

(5) Exit(退出菜单)：用于保存退出设置、载入出厂值或高级优化值。

9.4.2　AMI BIOS 的常用设置

AMI BIOS 设置程序允许用户修改系统的基本配置，其操作方法简单易行，本节将介绍一些常用的设置项。

1. 系统日期和时间的设置

在 AMI BIOS 主界面中选择 Main 菜单项，并通过方向键选择 System Time 或是 System Date 选项，再按下 Page Down 或 Page Up 键或直接在中括号中输入数字，即完成对系统时间的设置，如图 9-26 所示。

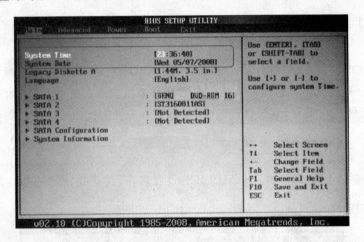

图 9-26　AMI BIOS 中设置时间和日期

2. 查看硬件信息

1) 查看硬盘和光驱信息

进入 AMI BIOS 主界面的 Main 中，分别将光标移动到 SATA1 和 SATA2 选项，即可以在选项的右边查看到光驱和硬盘的信息，如图 9-27 所示。

2) 查看 CPU 和内存信息

在 Main 菜单项中，将光标移动到 System Information 项，按下"回车"键，即可查看到 CPU 和内存的相关信息，如图 9-28 所示。

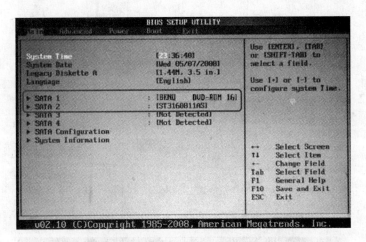

图 9-27　AMI BIOS 中光驱和硬盘的信息

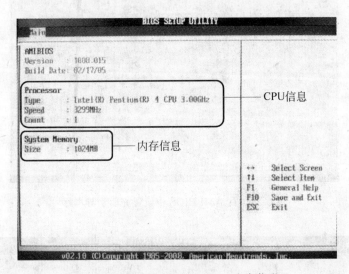

图 9-28　AMI BIOS 中 CPU 和内存信息

3. 设置系统启动引导顺序

1) 设置光驱引导

在主界面中打开 Boot 菜单项,将光标移动到 Boot Device Priority 选项上,按下"回车"键,可以看到 1st Boot Device(第一启动设备)和 2nd Boot Device(第二启动设备)两行信息。

将光标移动到 1st Boot Device 项,按下"回车"键,此时在出现的对话框中选择 CDROM 项即完成设置,如图 9-29 所示。

2) 在 AMI BIOS 中设置硬盘引导

将光标移动到 1st Boot Device 选项,按下"回车"键,在出现的菜单中选择 Hard Drive 项,如图 9-30 所示。

4. 设置内存的延迟时间

在主界面中将光标移动到 Advanced 菜单项,选择 DRAM Timing Configuration 选项,

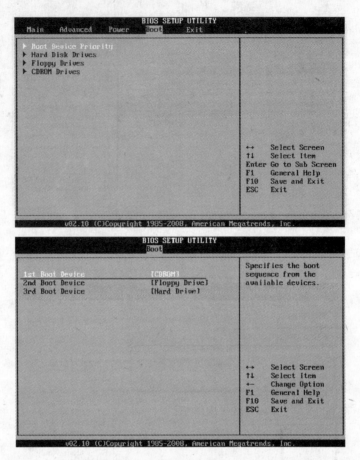

图 9-29　在 AMI BIOS 中设置光驱引导顺序

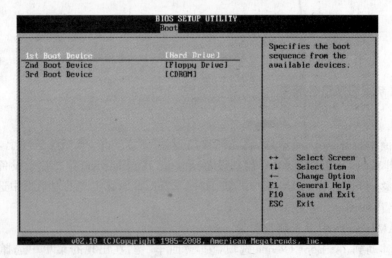

图 9-30　在 AMI BIOS 中设置硬盘引导

按下"回车"键,在打开的界面中选择 DRAM tCL 选项,再按下"回车"键,在可选项中选择 5,即完成内存延迟时间的设置,如图 9-31 所示。

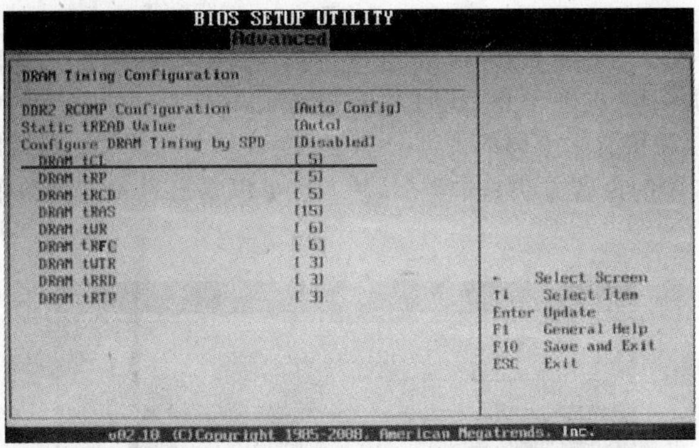

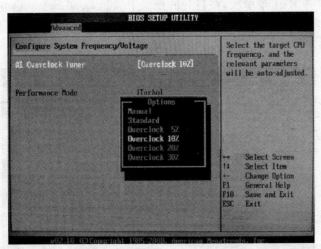

图 9-31 在 AMI BIOS 中设置内存的延迟时间

5. 设置超频

在主界面中将光标移动到 Advanced 菜单项,选择 Configure System Frequency/Voltage 选项,按下"回车"键,在打开的界面中选择 AI Overclock Tuner 项,再按下"回车"键,如图 9-32 所示。可以看到频率范围为 Overclock 5%- Overclock 30%,但实际上能够达到 Overclock 30% 的 CPU 并不多,所以不要盲目设置过高的外频。一般设定的范围约为 Overclock 5%-Overclock 20%,用户在设定时要有耐心地一点点提高,最好以 Overclock 5% 为步进值,以防一次性将值提得太高而导致系统不能正常运行甚至损坏 CPU。

图 9-32 AMI BIOS 中的超频范围

专家点拨 用户在设置超频时要考虑 4 个因素:一是 CPU 风扇的散热效果是否良好;二是内存是否能够支持;三是硬盘运行的速度是否能达到要求;四是电源功率是否能达到要求。以上任何一个因素达不到要求都会因为超频而出现故障。例如死机或频繁自动重启等。

6. 密码设置

在主界面中打开 Boot 菜单项,在打开的界面中选择 Security Settings 选项,按下"回车"键,就可看到设置和清除密码的两部分功能项,如图 9-33 所示,其操作步骤与前面介绍的在 Award BIOS 中的设置方法基本类似,读者也可以自己思考具体操作过程,这里就不再赘述。

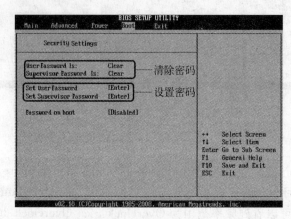

图 9-33　AMI BIOS 中设置和清除密码

7. 载入 BIOS 默认最安全值的设置

在主界面中打开 Exit 菜单项,在打开的界面中选择 Load Setup Defaults 选项,按下"回车"键,在打开的对话框中选择 Yes 项后按"回车"键,即完成了载入 BIOS 默认最安全值的设置,如图 9-34 所示。

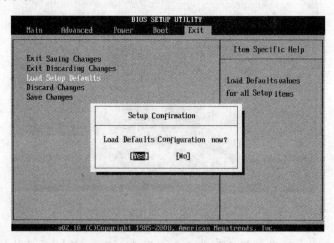

图 9-34　载入 AMI BIOS 中最安全值

专家点拨　由于 AMI BIOS 芯片的版本很多,不同的版本对最优化值选项和最安全值选项的设置不同。在操作之前要先了解 BIOS 芯片的版本。

8. 退出 AMI BIOS 的设置

1）保存并退出设置

在主界面中打开 Exit 菜单项，在打开的界面中选择 Exit Saving Changes 选项，按下"回车"键，在弹出的退出确认对话框中选择 Yes 并按"回车"键或直接按下 F10 键即完成操作，如图 9-35 所示。

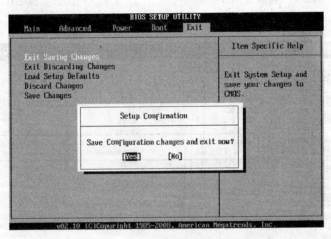

图 9-35　保存设置并退出 AMI BIOS

2）不保存设置并退出 BIOS

在主界面中打开 Exit 菜单项，在打开的界面中选择 Exit Discarding Changes 选项，按下"回车"键，将自动重启计算机，如图 9-36 所示。

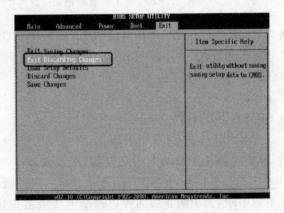

图 9-36　不保存设置并退出 AMI BIOS

9.5　BIOS 升级

BIOS 的升级是指用新版本的 BIOS 程序替换原有的 BIOS 程序，由于某些老主板会对新硬件不支持或出现硬件之间发生冲突的现象，这多数都是因为主板的 BIOS 不兼容造成的，出现这种情况只需要将 BIOS 进行升级就可解决，而且还可以获得一些新的功能。但升级 BIOS 是一件危险的事情,一不小心就会损坏主板,所以除非十分必要,否则最好不要对 BIOS 进行升级操作。

9.5.1　BIOS 升级前的准备工作

在升级 BIOS 程序之前,必须做好以下准备工作:

(1) 使用 EVEREST 测试工具,查看主板生产厂家和型号及主板 BIOS 的类型和版本,如图 9-37 所示。

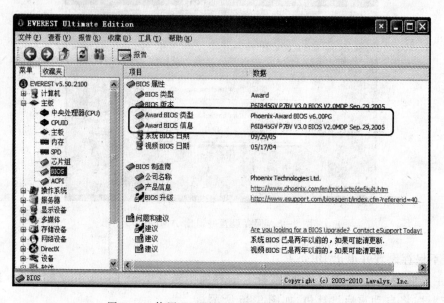

图 9-37　使用 EVEREST 工具查看相关信息

(2) 针对 BIOS 的类型,从网上下载与之相对应的 BIOS 升级刷新工具。刷新工具的作用是将 BIOS 程序写入 BIOS 芯片,因为不同的 BIOS 类型,使用的升级刷新工具也不同,而且不能混用,所以要特别谨慎。目前常用的 3 种 BIOS 升级工具是:

- Winflash:Award BIOS 在 Windows 下的专用升级工具。
- WinSFI:AMI BIOS 专用的在 Windows 下升级工具。
- Phlash:Phoenix 专用 BIOS 在 DOS 下升级工具。

(3) 确定主板型号,从官方网上下载与之相对应 BIOS 最新程序。要注意同一品牌但芯片组型号不同的主板 BIOS 也是不同的,不能弄错,否则升级后会主板无法使用。

(4) 升级 BIOS 时不能中断,为了防止因为停电或断电造成主板损坏。如有条件,最好使用 UPS 等不间断电源。

(5) 升级 BIOS 前,一定要做好原来 BIOS 文件备份,万一升级失败还可以还原到原来的程序。

9.5.2　BIOS 的备份和升级

下面使用 Winflash 升级工具,介绍在 Windows 下进行主板 BIOS 升级的方法。需要再次提醒的是,在刷新过程中千万不能重启计算机,也不能运行任何程序,包括病毒防火墙。

1. 备份 BIOS 程序

具体操作步骤如下：

（1）从网上下载 WinFlash 升级工具并安装。

（2）双击 WinFlash 软件图标，打开 WinFlash 程序主界面，启动升级程序，如图 9-38 所示。

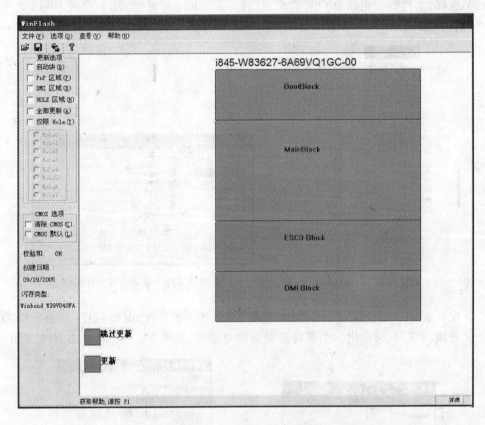

图 9-38　WinFlash 程序主界面

　　（3）备份现有的 BIOS 程序。选择"文件"→"保存旧的 BIOS"菜单，在打开的保存对话框中单击"保存"按钮，如图 9-39 所示。

　　（4）在打开的保存 BIOS 的对话框中，单击"备份"按钮，开始备份旧的 BIOS 程序，如图 9-40 所示。备份完毕后，对话框会自动关闭。

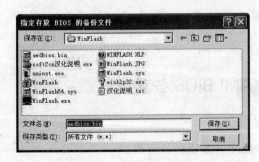

图 9-39　打开保存对话框

图 9-40　开始备份旧的 BIOS 程序

2. 升级 BIOS 程序

具体操作步骤如下：

(1) 通过 Winflash 程序主界面左边的选项设置好升级参数，选中"清除 CMOS"复选框，这样在升级 BIOS 后会将 CMOS 清空，防止一些意想不到的问题，如图 9-41 所示。

(2) 选择"文件"→"更新 BIOS"菜单，打开更新 BIOS 对话框，选中升级 BIOS 文件，然后单击"打开"按钮，如图 9-42 所示。

图 9-41　设置清除 CMOS 选项　　　　　图 9-42　打开更新 BIOS 对话框

(3) 在更新 BIOS 的对话框中，单击"更新"按钮就开始升级 BIOS 程序，如图 9-43 所示。

(4) 升级完成后，会弹出一个系统需要重启对话框，如图 9-44 所示，单击 Yes 按钮。

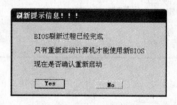

图 9-43　开始升级 BIOS 程序　　　　　图 9-44　升级完成对话框

(5) 系统重新启动后，BIOS 刷新完成。

专家点拨　如果在刷新过程中出现错误，千万不要重启计算机。此时必须将原来备份的旧的 BIOS 文件刷回去。

9.6　实训

9.6.1　认识并设置 Award 及 AMI BIOS 各菜单功能

1. 实验设备

(1) 每组各有一台 Award 和 AMI BIOS 程序的多媒体计算机。

(2) 每组一张带引导的光盘。

2．实验目的

(1) 认识 Award 和 AMI BIOS 各个菜单的功能。

(2) 掌握 Award 和 AMI BIOS 常用设置。

3．实验指导

(1) 将学生分为若干组，以组为单位进行实验。

(2) 每位学生要认识 Award 和 AMI BIOS 各个菜单的功能。

(3) 在老师指导下设置 Award 和 AMI BIOS。

(4) 每位学生熟悉 Award 和 AMI BIOS 常用设置的方法，并写出实验报告。

9.6.2　破解 BIOS 密码

1．实验设备

(1) 每组一台多媒体计算机。

(2) 每组一张带有 DOS 命令的光盘。

2．实验目的

掌握破解 BIOS 密码的方法。

3．实验指导

1) 利用 Debug 破解密码

这种方法适用于进入操作系统或使用光驱引导启动系统的情况，操作步骤如下：

(1) 使用光驱引导系统，切换到 DOS 环境下，如图 9-45 所示。

(2) 在 DOS 提示符下，输入“A：\＞debug”后按“回车”键。

(3) 输入-o 70 10 按“回车”键。

(4) 输入-o 70 ff 按“回车”键。

(5) 输入-q 按“回车”键，输入结果如图 9-46 所示。

图 9-45　将计算机切换到 DOS 提示符

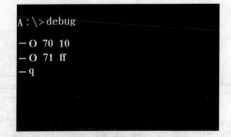

图 9-46　在 DOS 提示符下输入 Debug 命令

(6) 按 Ctrl＋Alt＋Del 组合键，退出 DOS 并重启计算机。

(7) 按 Del 键进入 BIOS，此时将不再出现要求输入密码的提示。

专家点拨 使用以上方法特别需要提醒注意的是：一、因为 BIOS 的版本不同，以上输入数字 7 后的数字和字母也会不同。如果无法破解，一定要改变 7 后面的数字和字母；二、采用这种方法只能在 DOS 系统下进行，并且只能破解 BIOS 管理员密码。

2）通过对 CMOS 放电破解密码

通过对 CMOS 放电可以破解 BIOS 管理员密码和开机密码。具体操作步骤如下：

（1）找到主板上 CMOS 电池旁边的放电跳线。该放电跳线一般为 3 针，在主板默认状态下，跳线帽连接在标识为 1 和 2 的针脚上。在系统正常使用的状态下放电的方法是：先用镊子将跳线帽从 1 和 2 的针脚间拔出，然后连接到 2 和 3 的针脚上，如图 9-47 所示。

（2）此时状态将显示为 Clear CMOS，即清除 CMOS，只需要进行短暂的接触，就可以破解 BIOS 管理员密码和开机密码，将主板恢复到出厂时的设置。

图 9-47 通过跳线放电

专家点拨 对 CMOS 跳线放电后，需要再将跳线帽恢复到原来 1 和 2 的针脚上。需要提醒注意的是，如果没有将跳线帽恢复到 Normal 状态下，计算机将无法启动。

3）可以将 CMOS 供电电池取出，达到放电的目的。操作方法如下：

（1）先将 CMOS 电池取出，然后用螺丝刀或金属物体短接电池插座中的两个弹片，如图 9-48 所示。

（2）经过短时间的短接后，BIOS 管理员密码和开机密码就可以被破解，主板恢复到出厂时的设置。

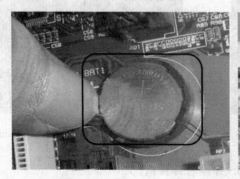

图 9-48 对 CMOS 电池放电

专家点拨 对 CMOS 电池放电后,经过短暂短接可能无法完全放掉电流,这是因为 CMOS 供电电路中一般存在电容器,它存储的电能可以维持相当长的一段时间。所以放电时注意尽量放长点时间。

本章小结

本章主要介绍了 BIOS 的常用设置和升级方法,让用户了解 BIOS 软件选项中的功能。并且介绍了在设置了 BIOS 后,出现计算机系统运行不稳定时,如何将 BIOS 恢复到默认设置。最后介绍了升级 BIOS 时需要注意的事项,如升级工具与 BIOS 程序文件是否对应、BIOS 类型和主板型号是否对应等,如果不符合条件,就不能升级,否则将损坏主板。通常本章的学习读者可对 BIOS 的设置有个较详细的认识。

练习9

1. 填空题

(1) BIOS 是基本输入/输出系统,它包含了计算机中最重要的_____、_____和_____。

(2) BIOS 的功能有_____、_____和_____。

(3) 通常台式机按_____键进入 BIOS;笔记本电脑按_____或_____键进入 BIOS。

(4) 常见 3 种 BIOS 升级工具分别为_____、_____和_____。

2. 简答题

(1) 如何设置使用光驱引导系统?

(2) 如何恢复 BIOS 的出厂设置?

(3) 升级 BIOS 前需要做哪些准备工作?

第10章

硬盘分区与格式化

硬盘必须经过低级格式化、分区和高级格式化(文中均简称为格式化)3个处理步骤后,计算机才能利用它们存储数据。其中磁盘的低级格式化通常由生产厂家完成,目的是划定磁盘可供使用的扇区和磁道并标记有问题的扇区,而用户则需要使用操作系统所提供的磁盘工具进行硬盘分区和格式化。本章主要介绍硬盘分区与格式化的方法。

本章主要内容:

- 硬盘分区的认识;
- 硬盘分区的合理规划;
- 使用软件为硬盘分区及格式化。

10.1 硬盘分区

一块全新的硬盘必须经过分区才能使用,所谓分区实际上就是将一个大的存储空间划分成若干个小的存储空间来使用。对硬盘进行合理地分区,不但有利于操作系统对文件进行管理,从用户查找和存储信息的角度来说也是更方便快捷的。

10.1.1 认识硬盘分区

硬盘的分区是指将硬盘的物理存储空间划分成多个相对独立的逻辑区域(如 C 盘、D 盘、E 盘、F 盘等),这些区域可以相互独立地保存不同的信息。操作系统、应用软件和用户文件等可以在不同的逻辑分区中存储,这样可以更有效地利用和管理硬盘空间。

1. 硬盘分区的类型

硬盘的分区可以根据功能分为主分区、扩展分区、逻辑分区和活动分区 4 种类型,如图 10-1 所示,不同类型的分区其作用也不同。

图 10-1 硬盘分区示意图

（1）主分区：主分区是一个比较单纯的分区，通常位于硬盘的最前面一块区域中，构成逻辑 C 磁盘。其中的主引导程序（MBR）是它的一部分，此段程序主要用于检测硬盘分区的正确性，并确定活动分区，负责把引导权移交给活动分区的 DOS 或其他操作系统。此段程序损坏将无法从硬盘引导，但从软驱或光驱引导之后可对硬盘进行读写。

（2）扩展分区：扩展分区是主分区划分后剩余的硬盘空间，这部分空间又必须再划分成若干个逻辑分区的方式才可以被使用。

（3）逻辑分区：逻辑分区需要建立在扩展分区上，这种分区主要用于存储数据和用户文件，通常看到的 D、E、F 等盘就是逻辑分区。

（4）活动分区：用于加载操作系统启动信息的硬盘分区，只有主分区才能被设置为活动分区，引导启动操作系统。

专家点拨 主分区是硬盘上必须有的一个分区类型，一般情况下一块硬盘建立一个主分区，最多可以有 4 个，在电脑中，不论什么样的操作系统，能直接使用文件系统格式的只有主分区和逻辑分区。

2. 硬盘的文件系统

文件系统是操作系统中负责管理和存储文件信息的软件机构。硬盘的文件系统由 3 部分组成，即文件管理软件、被管理的文件及文件管理所需的数据结构。不同的操作系统所使用的文件系统也不同，如 Windows 操作系统支持的文件系统有 FAT16、FAT32 和 NTFS 及 Linux 操作系统支持 Ext2、Ext3 和 Swap 等。

1) FAT16

该格式有 16b 的文件分配表，能支持最大容量为 2GB 的硬盘，是现今被最多操作系统支持的文件系统格式，微软公司早期的 DOS 系统和 Windows 操作系统所采用即为 FAT16 文件系统。该文件系统虽然被大多数操作系统所支持，但其本身存在很多缺陷，如会使硬盘的实际空间利用率降低，因此除了特殊应用场合外，一般情况下，不再使用该文件系统了。

2) FAT32

这是微软公司在开发 Windows 98 操作系统时，针对 FAT16 文件系统的缺陷推出的一种文件系统，它采用了 32b 文件分配表，支持单个分区最大容量为 2TB（2048GB），单个 FAT32 分区容量小于 8GB。这是目前应用最广泛的分区格式，能支持 DOS 系统、Windows 98\Me\2000\XP\2003\Vista 和 Windows 7 等系统。

3) NTFS

NTFS 是 New Technology File System 的缩写，即 NT 文件系统。NTFS 格式即是微软为 Windows NT 操作系统专门设计的一种分区格式，具有允许对文件访问权限设置，网络资源安全性高，可对单个文件或文件夹进行压缩和硬盘空间利用率高等优点，可支持 Windows 2000\XP\2003\Vista 和 Windows 7 等系统。

4) Ext2/Ext3

这是 Linux 操作系统中采用的文件系统，具有极好的文件存取能力，特别是在存取中、小型数据文件时的速度快，支持单一分区最大容量为 2TB 的硬盘。

10.1.2 合理规划分区

对于一个硬盘如何规划分区结构及如何划分才是比较合理的,为了减少由于硬盘划分不合理而造成的风险及不必要的麻烦,有必要叙述如何对一个硬盘的分区结构进行合理规划。

1. 硬盘种类

硬盘的种类主要是 SCSI、IDE 以及现在流行的 SATA 等,任何一种硬盘的生产都要一定的标准。随着相应的标准的升级,硬盘生产技术也在升级,如 SCSI 标准已经经历了 SCSI-1、SCSI-2、SCSI-3,IDE 遵循的是 ATA 标准,而目前流行的 SATA,是 ATA 标准的升级版本,IDE 是并口设备,而 SATA 是串口,SATA 的发展目的是替换 IDE。

2. 硬盘容量及分区大小的算法

硬盘的物理结构是由盘、磁盘表面、柱面、扇区组成,一块硬盘内部是由几张碟片叠加在一起,这样形成一个柱体面,每个碟片都有上下表面,磁头和磁盘表面接触从而能读取数据。整个硬盘体积换算公式应该是:

磁面个数×扇区个数×每个扇区的大小 512×柱面个数＝硬盘体积(单位 byte)

如对一个硬盘通过 fdsik -l 可以看到如图 10-2 所示的信息。

```
Disk /dev/hda: 80.0 GB, 80026361856 bytes
255 heads, 63 sectors/track, 9729 cylinders
Units = cylinders of 16065 * 512 = 8225280 bytes

  Device Boot    Start      End     Blocks    Id  System
/dev/hda1  *        1      765    6144831     7  HPFS/NTFS
/dev/hda2         766     2805   16386300     c  W95 FAT32 (LBA)
/dev/hda3        2806     9729   55617030     5  Extended
/dev/hda5        2806     3825    8193118+   83  Linux
/dev/hda6        3826     5100   10241406    83  Linux
/dev/hda7        5101     5198     787153+   82  Linux swap / Solaris
/dev/hda8        5199     6657   11719386    83  Linux
/dev/hda9        6658     7751    8787523+   83  Linux
/dev/hda10       7752     9729   15888253+   83  Linux
```

图 10-2 硬盘信息

其中 heads 是磁盘面,sectors 是扇区,cylinders 是柱面,每个扇区大小是 512byte,也就是 0.5K,通过上面的例子,可发现此硬盘有 255 个磁盘面,有 63 个扇区,有 9729 个柱面。该硬盘的大小应该计算为:255×63×512×9729＝80023749120byte。

需要注意的是,由于硬盘生产商和操作系统换算不太一样,硬盘厂家以 10 进制来换算,而操作系统是以 2 进制来换算,所以在换算成 M 或者 G 时,不同的算法结果不一样,因此硬盘有时标出的是 80G,在操作系统下看却少几 M。图 10-2 中,硬盘厂家算法和操作系统算数比较如下。

硬盘厂家:

80023749120byte＝80023749.120K＝80023.749120M(向大单位换算,每次除以 1000)

操作系统:

80023749120byte＝78148192.5K＝76316.594238281M(向大单位换算,每次除以 1024)

在查看分区大小的时候,可以用生产厂家提供的算法来简单推算分区的大小,把小数点向前移动 6 位就是以 G 表示的大小,如 hda1 的大小约为 6.144831G。

3．硬盘分区划分标准

硬盘的分区由主分区、扩展分区和逻辑分区组成,所以在对硬盘分区时要遵循这个标准。主分区(包括扩展分区)的最大个数是 4 个,主分区(包含扩展分区)的个数硬盘的主引导记录 MBR(Master Boot Recorder)决定的,MBR 存放启动管理程序(GRUB、LILO、NTLOARDER 等)和分区表记录。其中扩展分区也算一个主分区,扩展分区下可以包含更多的逻辑分区,所以主分区(包括扩展分区)范围是从 1~4,逻辑分区是从 5 开始的。

4．合理的规划分区

在进行硬盘分区之前,需要对硬盘空间进行整体规划,确定将硬盘划分出几个分区,每个分区容量多少以及采用何种文件系统等。一个磁盘应该有 4 个主分区,其中扩展分区也算一个主分区,存在以下情况:

1) 4 个主分区,没有扩展分区

[主|分区 1][主|分区 2][主|分区 3][主|分区 4]

这种情况,如果想在一个磁盘上划分 5 个以上分区是行不通的。

2) 3 个主分区,一个扩展分区

[主|分区 1][主|分区 2][主|分区 3][扩展分区]|[逻辑|分区 5][逻辑|分区 6][逻辑|分区 7][逻辑|分区 8]……

这种情况行得通,而且分区的自由度比较大,分区也不受约束,能分超过 5 个分区。

3) 最合理的分区结构

应该为主分区在前,扩展分区在后,然后在扩展分区中划分逻辑分区。主分区的个数加上扩展分区个数要控制在 4 个之内,例如下面的几种分区方式都是比较好的。

- [主|分区 1][主|分区 2][主|分区 3][扩展分区]|[逻辑|分区 5][逻辑|分区 6][逻辑|分区 7][逻辑|分区 8]……
- [主|分区 1][主|分区 2][扩展分区]|[逻辑|分区 5][逻辑|分区 6][逻辑|分区 7][逻辑|分区 8]……
- [主|分区 1][扩展分区]|[逻辑|分区 5][逻辑|分区 6][逻辑|分区 7][逻辑|分区 8]……

4) 最不合理的分区结构

主分区包围扩展分区,例如:

[主|分区 1][主|分区 2][扩展分区][主|分区 4][空白未分区空间]|[逻辑|分区 5][逻辑|分区 6][逻辑|分区 7][逻辑|分区 8]……

这样 [主|分区 2] 和 [主|分区 4] 之间的 [扩展分区] 是有自由度,但[主|分区 4]后的 [空白未分区空间]怎么办?除非把主分区 4 完全利用扩展分区后的空间,否则您想在主分区 4 后再划一个分区是不可能的,划分逻辑分区更不可能,虽然类似此种办法也符合一个磁盘 4 个主分区的标准,但这样主分区包围扩展分区的分区方法实在不可取。

5. 分区方案举例

下面分别以 320GB 和 500GB 这两种常见的硬盘为例,介绍分区方案。

1) 安装单操作系统的分区方案

普通用户的计算机只需要安装一个操作系统,这样可节省大量的硬盘空间。该方案中只需划分出一个主分区(C 盘),用于安装操作系统。剩下的空间可划分出 4 个逻辑分区(D、E、F、G 盘),每个逻辑分区可以存放不同的数据。例如,可以将应用软件安装在 D 盘下,游戏软件放在 E 盘下,个人文件资料放在 F 盘,电影和音乐放在 G 盘下等,这样既方便查找也方便管理硬盘中的数据文件。那么,每个分区的容量一般应该是多大,这里给出两种常用的容量划分方案。

(1) 安装 Windows XP 操作系统。

如果准备安装 Windows XP 操作系统,那么可以参考以下分区方案方来划分硬盘,如表 10-1 所示。

表 10-1　安装 Windows XP 的硬盘分区方案

盘符	容量(GB)	分区格式	分区内容
C	10	FAT32 或者 NTFS	Windows XP 系统
D	60	FAT32 或者 NTFS	应用软件
E	80	FAT32 或者 NTFS	游戏软件
F	80	FAT32 或者 NTFS	个人文件资料
G	剩余	FAT32 或者 NTFS	电影音乐

(2) 安装 Windows 7 操作系统。

如果准备安装 Windows 7 操作系统,那么可以参考以下分区方案方来划分硬盘,如表 10-2 所示。

表 10-2　安装 Windows 7 的硬盘分区方案

盘符	容量(GB)	分区格式	分区内容
C	30	NTFS	Windows 7 系统
D	40	NTFS	应用软件
E	80	FAT32	游戏软件
F	80	NTFS	个人文件资料
G	剩余	FAT32	电影音乐

2) 安装多个操作系统的分区方案

如果需要在一个硬盘上安装多个操作系统,则在分区时要多做一些工作,因为要安装不同的操作系统,硬盘的分区数目、类型和容量大小都有不同。通常情况下,硬盘将划分出两个或两个以上的主分区,分别用来安装 Windows XP、Windows 7 或 Linux 操作系统,剩余空间的划分方式和安装单操作系统的方式有一些差异。

若要安装的双系统是 Windows XP 和 Windows 7,那么首先要划分出两个主分区(可以是 C 盘和 D 盘),C 盘可以安装 Windows XP,D 盘则安装 Windows 7。分区类型和容量可参考表 10-3 所示。

表 10-3　安装双操作系统的硬盘分区方案

盘符	容量（GB）	分区格式	分区内容
C	10	FAT32 或者 NTFS	Windows XP 系统
D	30	NTFS	Windows 7 系统
E	40	NTFS	应用软件
F	70	FAT32	游戏软件
G	70	NTFS	个人文件资料
H	剩余	FAT32	电影音乐

10.2　使用软件为硬盘分区

给硬盘分区好比在一张白纸上打上格子，是计算机能够读写硬盘的基础，也是菜鸟步入高手的重要标志。学会分区操作很重要，但选择一款最适合自己的优秀分区工具更重要，这里为大家引荐 Windows 下分区软件两大巨头。

10.2.1　DM 分区工具

DM 软件是由 ONTRACK 公司开发的一款硬盘分区工具，它主要用于硬盘的初始化，比如硬盘的低级格式化、分区、高级格式化和系统安装等。由于该款软件功能强大、使用简单而受到广大用户的喜爱。本节介绍使用 DM 软件对硬盘分区的方法，具体操作步骤如下。

（1）在 BIOS 设置中将光驱设置为第一引导启动设备。

（2）将带有 DM 分区工具的光盘放入光驱并重启计算机。

（3）待进入光盘启动界面后选择"DM 9.56 经典分区工具"选项，如图 10-3 所示。

（4）按下 Enter 键，将出现 DM 分区工具的提示信息界面，如图 10-4 所示。

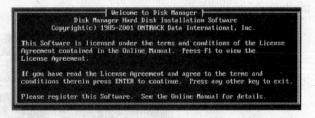

图 10-3　选择 DM 9.56 经典分区工具　　　　图 10-4　DM 分区工具提示信息界面

（5）在 DM 分区工具提示信息界面中，按任意键进入主菜单画面，如图 10-5 所示。

（6）选择"（A）dvanced Options"选项，按下 Enter 键，进入二级菜单。

（7）再选择"（A）dvanced Disk Installation"选项，如图 10-6 所示，准备对硬盘进行分区。

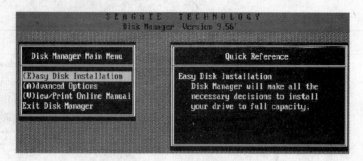

图 10-5 主菜单画面

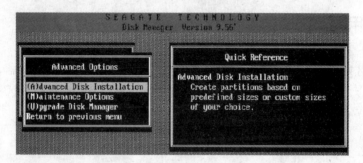

图 10-6 高级方式安装硬盘选项

(8) 按下 Enter 键,将显示硬盘列表,如图 10-7 所示。

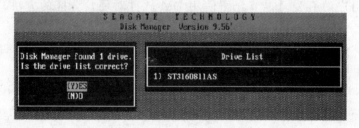

图 10-7 显示硬盘列表

(9) 选中上图中的“(Y)ES”选项,按下 Enter 键,对分区格式进行选择,一般选择 FAT32 格式,如图 10-8 所示。

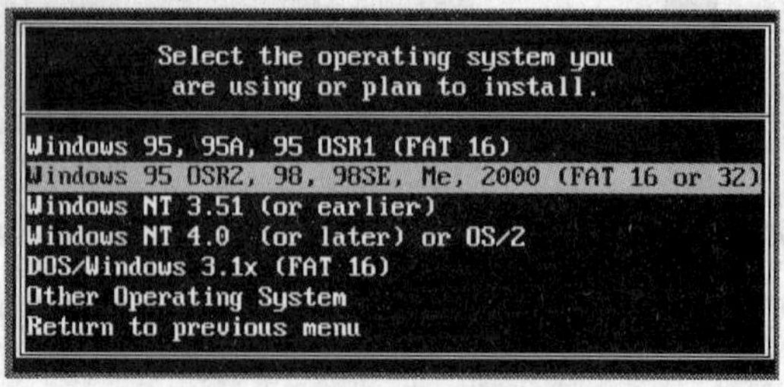

```
          Select the operating system you
          are using or plan to install.

Windows 95, 95A, 95 OSR1 (FAT 16)
Windows 95 OSR2, 98, 98SE, Me, 2000 (FAT 16 or 32)
Windows NT 3.51 (or earlier)
Windows NT 4.0  (or later) or OS/2
DOS/Windows 3.1x (FAT 16)
Other Operating System
Return to previous menu
```

图 10-8 选择 FAT32 格式选项

(10) 按下 Enter 键,并在接下来的确认窗口中选择“(Y)ES”并再次按 Enter 键确认,如图 10-9 所示。

(11) 确定了分区格式,接下来要选择分区大小。在列表中选择"OPTION（C）Define your own"选项,如图 10-10 所示。

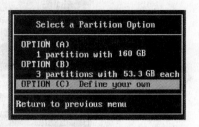

图 10-9　确认使用 FAT32 格式窗口　　　　　　　图 10-10　选择分区大小选项

(12) 在出现的窗口中输入分区大小值,如图 10-11 所示。第一个设定的是主分区的大小,输入完成后按下 Enter 键,完成主分区的设置。

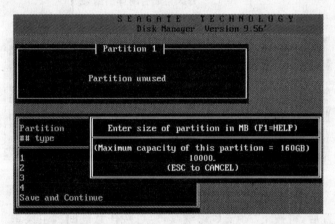

图 10-11　输入分区大小

(13) 接下来用同样的方法将其他分区一一设定好,直到硬盘所有的容量都被划分完。如图 10-12 所示。

图 10-12　输入其他分区大小

(14) 所有分区的大小设定好后,会显示最后的分区详细结果,如图 10-13 所示。此时如果想调整分区大小,可以通过窗口下方的提示按键进行。例如,使用 Delete 键可以删除分区,使用 N 键可以建立新的分区等。

(15) 如果不需要修改,则选择"Save and Continue"选项,会出现提示确认窗口,如图 10-14 所示,按下两次"回车"键保存设置。

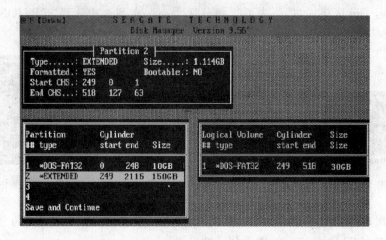

图 10-13 分区完成后的详细结果

图 10-14 提示确认窗口

（16）确定设置后，可按下 Alt+C 键继续，也可按任意键回到主菜单。

（17）按下 Alt+C 键继续，接下来出现的是快速格式化提示窗口，如图 10-15 所示。除非硬盘有问题，否则建议选择"(Y)ES"选项并按 Enter 键确定。

（18）选择"(Y)ES"选项后出现询问是否按默认的簇进行分区的提示，如图 10-16 所示，选择"(Y)ES"选项并按 Enter 键确定。

图 10-15 提示快速格式化窗口 　　　　　图 10-16 提示按照默认的簇窗口

（19）按 Enter 键确定后出现最终确认窗口，如图 10-17 所示。选择"(Y)ES"选项并按下 Enter 键后，分区工作正式开始。

（20）DM 分区的速度非常快，如图 10-18 所示。此时要注意的是，在分区的过程中系统不能断电。

（21）分区完成后，会出现一个提示窗口，如图 10-19 所示。按任意键可继续，此时会出现系统重启提示。

图 10-17 提示开始分区窗口

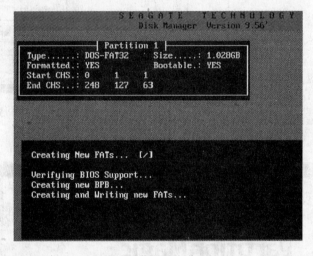

图 10-18 正在分区

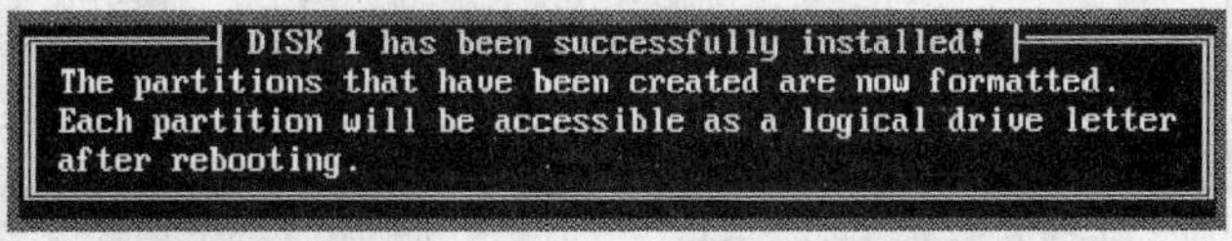

图 10-19 提示分区完成窗口

（22）按下 Ctrl＋Alt＋Del 组合键，系统重启后将出现硬盘分区生效提示窗口，如图 10-20 所示。

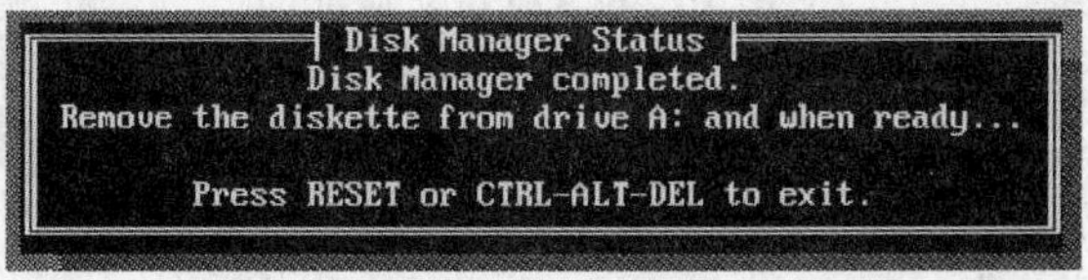

图 10-20 提示硬盘分区生效窗口

专家点拨 有些硬盘会在中毒后，出现无法分区和格式化的现象，此时就可以用 DM 软件来解决这种问题。

10.2.2 使用 PQ 软件为硬盘分区

Power Quest Partition Magic 是一款优秀的硬盘分区管理工具，简称 PQ。该软件可以在不损失硬盘已有数据的前提下，对硬盘重新分区、删除分区、格式化分区、调整分区大小、从任意分区引导系统或转换分区格式等。正是因为该款软件的强大功能，目前对硬盘分区大多使用该软件。

1. 创建分区

使用 PQ 软件对硬盘创建分区的操作步骤如下。

（1）在 BIOS 设置中将光驱设置为第一引导启动设备。

（2）将带有 PQ 分区工具的光盘放入光驱并重启计算机。

（3）待进入光盘启动界面后选择"PQ 8.05 图形分区工具"选项，如图 10-21 所示。

（4）按下 Enter 键，将出现 PQ 分区工具启动界面，如图 10-22 所示。

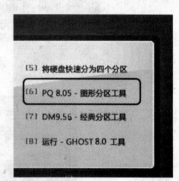

图 10-21　选择 PQ 8.05 图形分区工具

图 10-22　PQ 启动画面

专家点拨 如果是对新硬盘分区或对旧硬盘重新分区，建议按主分区、逻辑分区的顺序创建。

（5）软件启动后，进入软件主界面，如图 10-23 所示。该界面的操作窗口中可以看到一个"未分配"选项，这表示该硬盘还未创建分区。

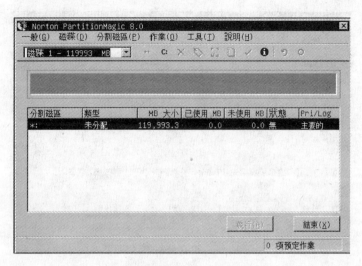

图 10-23　PQ 主界面

（6）选择"作业"→"建立"命令，出现"建立分割磁区"窗口，如图 10-24 所示，在该窗口中可以创建主分区、逻辑分区或设定新分区的有关参数。

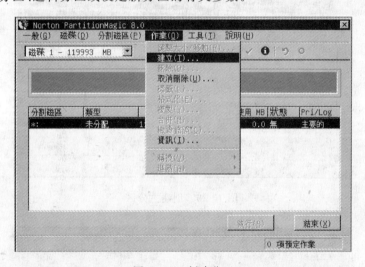

图 10-24　创建分区

（7）在"建立分割磁区"窗口中有 3 个下拉列表框，如图 10-25 所示，在"建立为"选项中选择"主要分割磁区"，在"分割磁区类型"选项中，一般选择 FAT32 或者 NTFS，在"大小"选项中可根据需要输入数值，单位为 MB。这里输入的数值是 30000（约 30GB），前面两项在没有特殊需求时可以保持默认值。

（8）设定好后，单击"确定"按钮，此时主分区创建完成，如图 10-26 所示。

（9）接下来要创建逻辑分区，在 PQ 软件中，创建逻辑分区前不需要先创建扩展分区。回到"建立分割磁区"窗口，在"建立为"选项中选择"逻辑分割磁区"项；在"分割磁区类型"选项中选择 NTFS 类型；在"大小"选项中输入 50000（约 50GB）；如果没有其他特殊要求，其余选项可使用默认值，如图 10-27 所示。

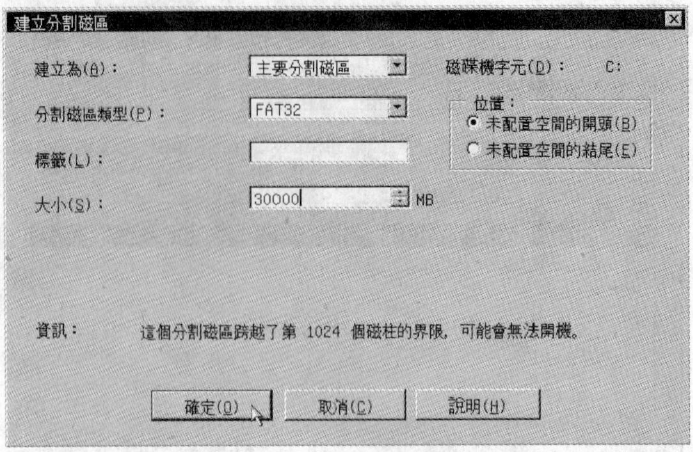

图 10-25 建立分割磁区窗口

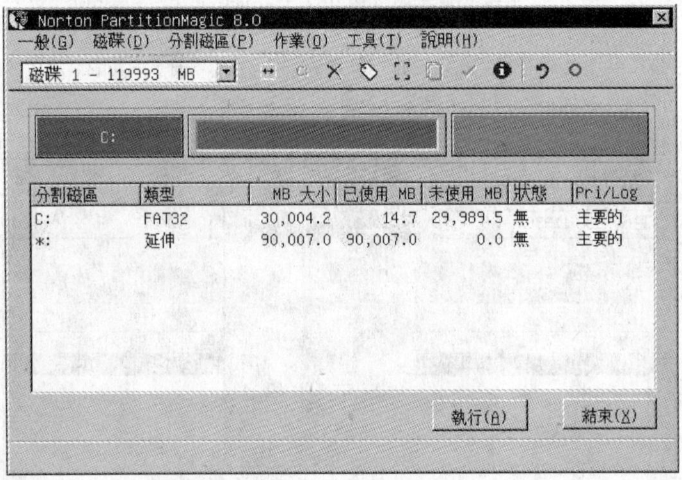

图 10-26 创建主分区

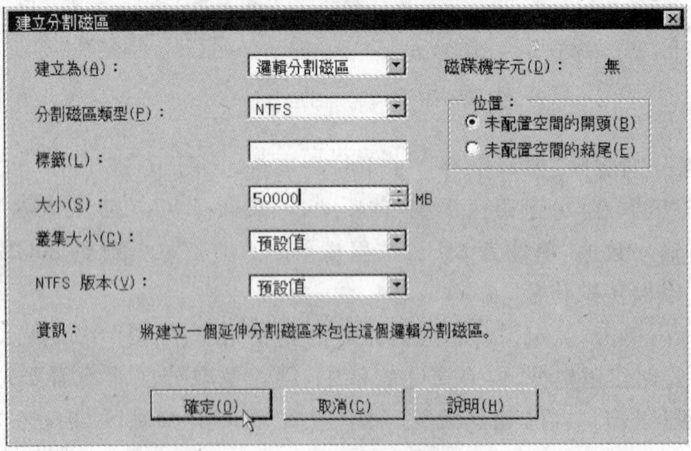

图 10-27 创建逻辑分区

（10）单击"确定"按钮，逻辑分区创建完成，打开如图 10-28 所示界面。

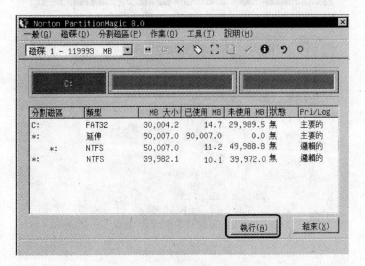

图 10-28　分区设定完成

（11）单击"执行"按钮，出现提示确认窗口，如图 10-29 所示。

（12）单击"是"按钮，将出现正在执行分区窗口，如图 10-30 所示。

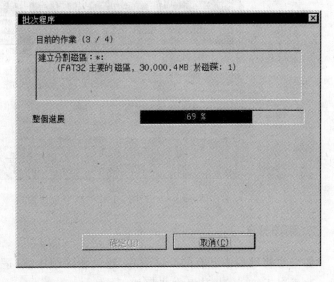

图 10-29　提示确认窗口　　　　　　　　图 10-30　正在执行分区窗口

（13）分区执行完成后，会打开完成操作界面，如图 10-31 所示，单击"确定（O）"按钮，完成分区。

专家点拨　在对硬盘分区过程中，计算机不能断电。否则会丢失磁盘空间或数据，甚至会出现更严重的情况。

（14）此时需要重新启动计算机使分区生效，单击主界面下方的"结束"按钮，系统会自动重启，如图 10-32 所示。

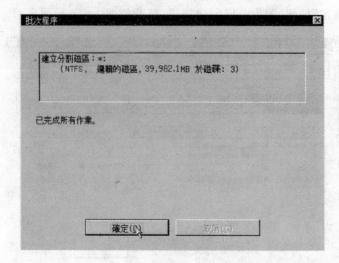

图 10-31　分区完成

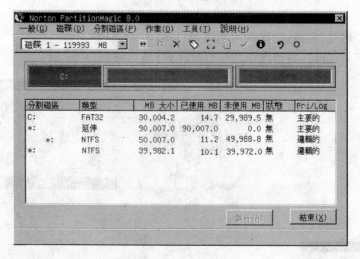

图 10-32　结束分区窗口

2. 删除分区

如果要将硬盘中已有的分区删除,建议删除顺序按"逻辑分区→扩展分区→主分区"进行。这里以 E 盘为例,其操作步骤如下:

(1) 在分区列表中,用鼠标选中 E 盘。然后选择"作业"→"删除"命令,如图 10-33所示。

(2) 在打开的"删除分割磁区"对话框中,输入"OK",如图 10-34 所示。

(3) 单击"确定"按钮,回到主界面后单击"执行"按钮,将自动重启计算机使删除分区操作生效。

3. 格式化

计算机经常会遇到因为感染计算机病毒而需要重装系统或格式化硬盘的情况,且有些

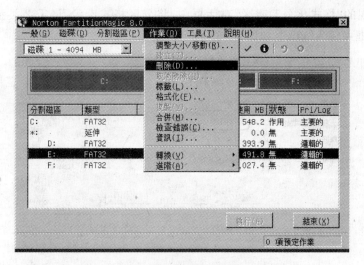

图 10-33　删除分区操作

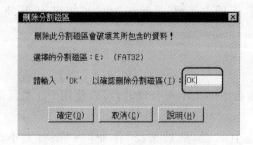

图 10-34　删除分割磁区对话框

病毒会使硬盘无法格式化,这时就需要使用 PQ 工具来完成对硬盘的操作。这里以 E 盘为例,操作步骤如下:

(1) 在分区列表中,用鼠标选中 E 盘,然后选择"作业"→"格式化"命令。如图 10-35 所示。

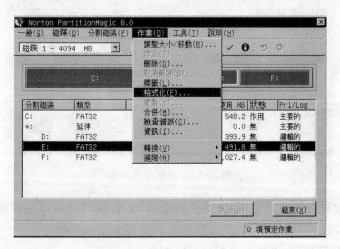

图 10-35　格式化操作

（2）在出现的"格式化分割磁区"对话框中，将分区格式设为 FAT32 类型，在确认分割磁区格式输入框中输入"OK"，如图 10-36 所示。

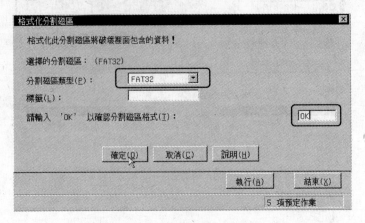

图 10-36　格式化分割磁区对话框

（3）单击"确定"按钮，返回主界面，再单击"执行"按钮，系统将自动重启计算机使格式化生效。

4．调整分区大小

当发现某个分区的磁盘空间大小不合理时，可以使用 PQ 工具调整该分区大小，其操作步骤如下：

（1）在分区列表中选中 E 盘，然后选择"作业"→"调整大小/移动"命令，如图 10-37 所示。

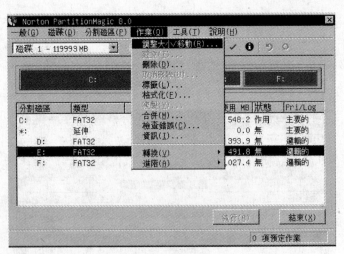

图 10-37　调整分区大小

（2）打开"调整分割磁区大小/移动分割磁区"对话框，在"释放之前的空间"输入框中输入需要的数值，如图 10-38 所示，剩余空间自动会划分出一个磁区。

（3）单击"确定"按钮，出现未分配分区。如图 10-39 所示。

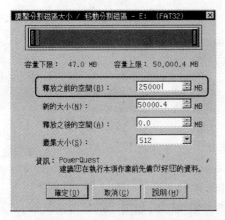

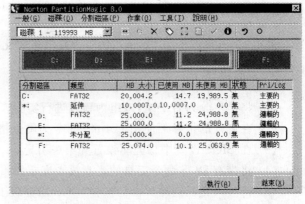

图 10-38 设置释放空间的值　　　　　　图 10-39 完成分区大小调整

（4）接着为未分配磁区建立分区，单击"执行"按钮，计算机自动重启后即完成磁盘分区空间的调整。

专家点拨　在调整分区大小时，一定要为划分出的剩余磁盘空间建立一个新磁盘，否则会损坏该存储在分区中的原有数据。

10.3　实训

10.3.1　使用 DM 和 PQ 工具为硬盘分区

1. 实验设备

（1）每组一台多媒体计算机。
（2）每组一张带有 DM 和 PQ 硬盘分区工具的光盘。

2. 实验目的

通过实验，掌握使用 DM 和 PQ 硬盘分区工具为硬盘分区的方法。

3. 实验指导

（1）将学生分为若干组，以组为单位进行实验。
（2）在老师的指导下使用 DM 和 PQ 工具为硬盘分区。
（3）每位同学都要动手操作使用 DM 和 PQ 工具为硬盘分区的步骤，并按要求完成实验报告。

10.3.2　使用 Format 命令为硬盘格式化

1. 实验设备

（1）每组一台多媒体计算机。
（2）每组一张带有 DOS 命令工具的光盘。

2. 实验目的

通过实验,掌握使用 Format 命令为硬盘格式化的方法。

3. 实验指导

(1) 将学生分为若干组,以组为单位进行实验。

(2) 在老师的指导下使用 Format 命令为硬盘格式化。

(3) 在 BIOS 设置中将光驱设置为第一引导启动设备。

(4) 将带有 DOS 命令工具的光盘放入光驱并重启计算机。

(5) 待进入光盘启动界面后选择"DOS 增强版工具合集"选项,如图 10-40 所示。

(6) 按下 Enter 键,将出现 DOS 提示符界面,出现盘符 A:\>后输入:"Format C:/S",如图 10-41 所示。

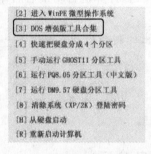

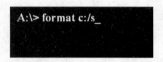

图 10-40　选择 DOS 增强版工具合集　　　　图 10-41　输入 format 命令

(7) 按下 Enter 键,进行格式化,如果有提示信息,就按 Y 键即可,如图 10-42 所示,系统会自己完成硬盘格式化。

```
A:\>format C:/s
The type of the file system is NTFS.

WARNING, ALL DATA ON NON-REMOVABLE DISK
DRIVE D: WILL BE LOST!
Proceed with Format (Y/N)? y
QuickFormatting 102414M
Volume label (32 characters, ENTER for none)?
Creating file system structures.
Format complete.
 104872288 KB total disk space.
 104803348 KB are available.
```

图 10-42　完成格式化

本章小结

计算机系统是有硬件系统和软件系统两部分组成的,前面章节中讲解了如何组装计算机硬件系统,本章主要介绍了硬盘分区的认识及使用 DM 和 PQ 软件为硬盘分区的方法。通过本章学习读者应该掌握如何合理的规划硬盘分区及对硬盘分区和格式化的方法。

练习 10

1. 填空题

（1）硬盘分区根据功能可分为_____、_____、_____和_____ 4 种类型。

（2）FAT32 是针对 FAT16 文件系统的缺陷推出的一种文件系统，它采用了_____文件分配表，支持单个分区最大容量为 2TB。

（3）目前常用的 Windows 操作系统支持的分区格式主要有_____和_____。

2. 简答题

（1）简述最合理的分区方案。

（2）简述如何使用 PQ 创建主分区。

（3）简述 DM 分区的步骤。

第11章

操作系统的安装

操作系统是用于控制计算机的程序,负责管理、调度和指挥计算机的软硬件资源协调工作,没有操作系统,任何计算机都无法正常运行,其他的应用软件都是建立在操作系统基础上的。本章主要介绍操作系统的选择与安装以及系统的备份与恢复。

本章主要内容:

- 操作系统的安装;
- 驱动程序的安装;
- 系统的备份与恢复。

11.1 操作系统的选择

在计算机的发展过程中,出现过许多操作系统,如 DOS、Mac OS、Windows、Linux、UNIX/Xenix、OS/2 等,不同时期的硬件和操作系统都是紧密相关的,计算机操作系统都是按同时期的计算机硬件特性开发的,因此在选择操作系统前,应该对自己的计算机硬件情况有所了解,再根据实际情况选择操作系统。

11.1.1 如何选择操作系统

对于个人用户而言,首选 Windows 操作系统,当前个人计算机中的 Windows 操作系统主要有 Windows XP、Windows Vista 等。

Windows XP 是一款 32 位的操作系统,主要针对 32 位的计算机应用,对于购买或正在使用 32 位计算机的用户来说,首选操作系统系统即是 Windows XP,这样才能真正发挥计算机的性能。

Windows 7 是针对当前主流的 64 位计算机开发的操作系统,对于当前购买和使用64 位的计算机用户来说这个操作系统是首选。

Windows 2000 是一个由微软公司发行于 2000 年的 32 位图形商业性质的操作系统,它有 4 个版本,即 Professional、Server、Advanced Server 和 Datacenter Server。其中 Professional 是桌面操作系统,适合移动家庭用户使用。Windows 2000 Server 是服务器版本,即可面向一些中小型的企业内部网络服务器,但它同样可以应付大型网络中的各种应用程序的需要。Advanced Server 是 Server 的企业版,与 Server 版不同的是,Advanced Server 具有更为强大的特性和功能。支持的数目可以达到 4 路。Datacenter Server 是目前为止最强大的服务器系统,可以支持 32 路 SMP 系统和 64GB 的物理内存。该系统可用于大型数据库、经济分析、科学计算以及工程模拟等方面,另外还可用于联机交易处理。

所有版本的 Windows 2000 都有共同的一些新特征,即允许对磁盘上的所有文件进行加密,增强对硬件的支持。如果是家用,还是选择 Professional 比较好。如果用于企业内部的服务器就应该选择 Server,但如果是用于 Web 服务器,那么 Advanced Server 是最合适的。Datacenter Server 对于一般用户来说是用不着,因为它的定位是大型的数据处理。

Linux 也是一个广泛应用的操作系统,通常用来建立个人或企业的中小型网站服务器。因为 Linux 具有免费、安全和稳定等特点,可以不用付出太多的成本,使得个人和中小型企业用户具有了独立搭建一个服务器的能力。

11.1.2　系统安装前的准备工作

根据硬件要求选择好合适的操作系统后就可以开始安装了,但在安装操作系统之前,仍然有一些准备工作要做,包括以下方面。

(1) 准备好操作系统的安装光盘。

(2) 用纸张记录安装文件的产品密钥(安装序列号),安装序列号一般在光盘包装盒上或系统光盘的 SN 文件里。

(3) 准备好需要的驱动程序。

(4) 如果是重装系统,必须先将准备安装系统的磁盘数据备份到其他分区或存储设备。

(5) 如果要重装系统,要将 ADSL 网络连接账号和密码记录下来。

(6) 特别注意,在安装系统时一定要先断开网络连接,防止感染病毒。

11.2　操作系统的安装

目前比较流行的操作系统是 Windows XP 和 Windows 7,本节将介绍这两款操作系统的安装方法。

11.2.1　安装 Windows XP 系统

虽然 Windows XP 的安装过程基本不需要人工干预,但是有些地方,如输入序列号、设置时间、网络、管理员密码等项目还是需要用户来关注的。具体安装步骤如下。

1. 启动安装程序

(1) 进入 BIOS 将光驱设置为第一启动设备(可参考第 8 章内容)。

(2) 将 Windows XP 系统安装盘放入光驱中,重新启动计算机。

(3) 系统启动时屏幕会出现 Press any key to boot from CD or DVD.. 提示,如图 11-1 所示,此时需在 5 秒之内按下键盘上的任意键,如果超过 5 秒没有按键,则计算机会从硬盘启动。

(4) 在系统正式安装前会进行硬件检测,完成后,将出现"欢迎使用安装程序"界面,如图 11-2 所示。根据提示信息,选择"要现在安装 Windows XP,请按 ENTER 键"项。

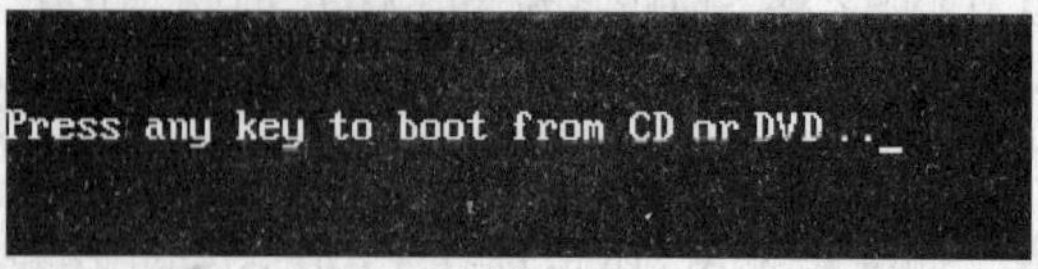

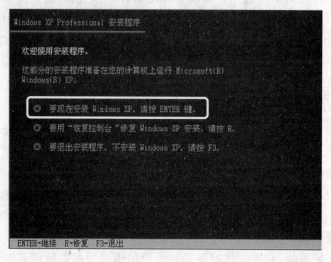

图 11-1　提示信息

图 11-2　欢迎使用安装程序界面

（5）按下 Enter 键，出现许可协议界面，再按下 F8 键同意该协议，进入安装硬盘分区界面，如图 11-3 所示。

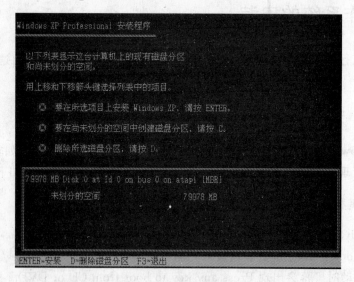

图 11-3　硬盘分区界面

专家点拨　如果硬盘事先已经通过 DM 或 PQ 工具完成了分区操作，可以跳过硬盘分区和格式化，直接安装操作系统。

2. 硬盘分区和格式化

（1）通过键盘上的方向键选中列表中的"未划分的空间"选项，按下 C 键，打开设置分区大小界面，输入分区大小，安装 Windows XP 操作系统的分区一般需要 10000MB，如图 11-4 所示。

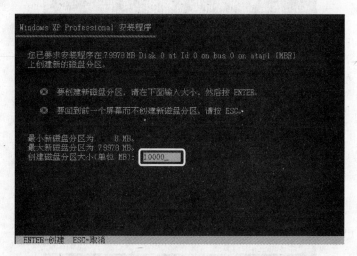

图 11-4　输入分区的大小

（2）按下 Enter 键，回到硬盘分区界面，这时在界面上就可以看到已经划分好的 C 盘，如图 11-5 所示。

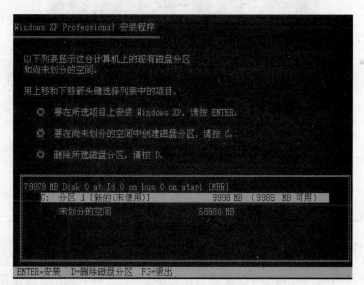

图 11-5　分好的 C 盘

专家点拨　继续分区工作，按上述步骤进行，也可以安装完操作系统后，在系统中的磁盘管理工具中进行分区。如果要删除已有分区，只要将要删除的分区选中，按 D 键后回车即可。

(3) 选中"C盘"并按下 Enter 键,将进入磁盘分区格式化界面。可选 FAT32 或 NTFS 格式,这里选择 FAT32 格式,使用方向键将光标移动到"用 FAT 文件系统格式化硬盘分区(快)"选项,如图 11-6 所示。

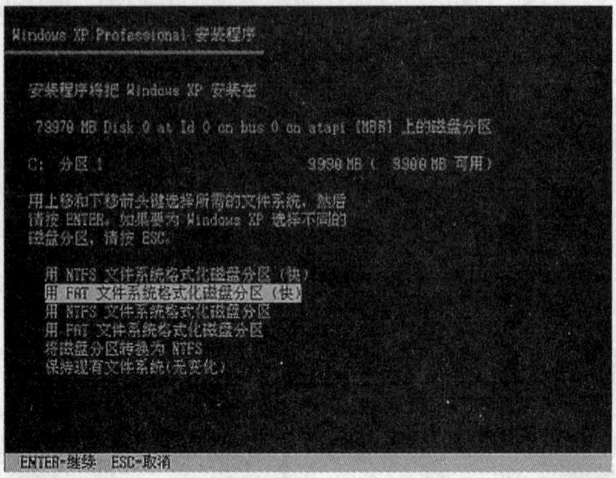

图 11-6　选择格式化类型

(4) 按下 Enter 键,C盘开始格式化,如图 11-7 所示。

图 11-7　格式化 C 盘

专家点拨　重装操作系统时,必须先将 C 盘删除,再重新创建 C 盘并格式化。这样可以避免新的系统被原系统中的病毒文件感染,保证安装的新系统是安全的。

3. 复制文件

(1) 磁盘分区格式化完成后,系统将自动检查 C 盘空间,然后进入复制文件界面,如图 11-8 所示。

(2) 文件复制完成后,计算机将自动重启,如图 11-9 所示。

专家点拨　在复制文件过程中,可能出现某文件无法复制的情况。这时要特别注意,如果不能复制的文件超过了 3 个,就要取消系统安装。因为这种情况下安装的系统安全系数很低、漏洞极多,非常容易崩溃或无法启动。

图 11-8 复制文件

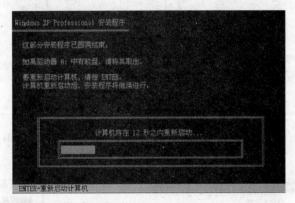

图 11-9 重启计算机提示

4. 设置系统配置

(1) 文件复制成功,系统重启后将进入系统自动安装界面,如图 11-10 所示。

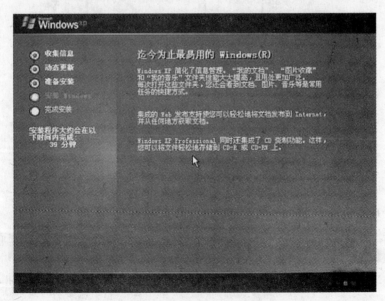

图 11-10 系统自动安装界面

安装系统之前,还需要对一些系统和用户信息进行设置。

(2) 首先进入设置区域和语言界面,此时可以直接使用默认项,然后单击"下一步"按钮,如图 11-11 所示。

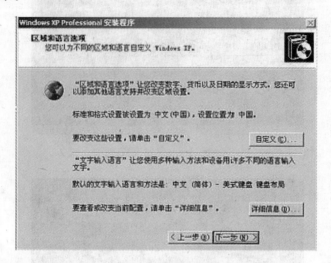

图 11-11 设置区域和语言

(3) 接着进入输入姓名和单位名称界面,输入用户姓名和单位后单击"下一步"按钮,如图 11-12 所示。

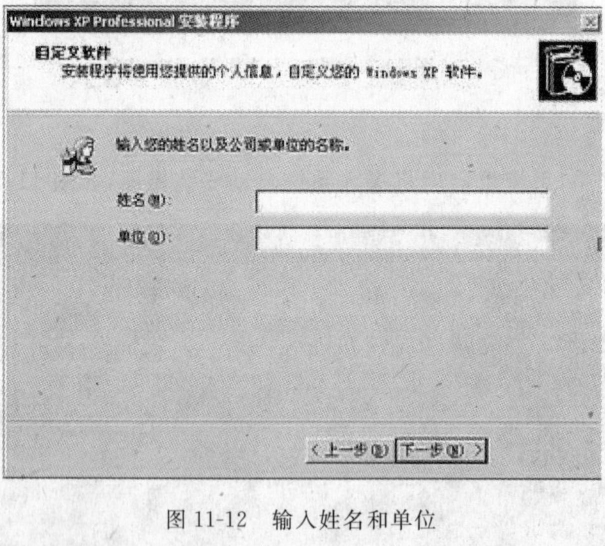

图 11-12 输入姓名和单位

(4) 接下来进入输入 Windows XP 安装序列号界面,将事先记下的安装序列号输入后单击"下一步"按钮,如图 11-13 所示。

(5) 下一步是输入计算机名和管理员密码界面。将计算机名和管理员密码输入,单击"下一步"按钮,如图 11-14 所示。

(6) 接下来是设置时间和日期界面,输入好后继续单击"下一步"按钮,如图 11-15 所示。

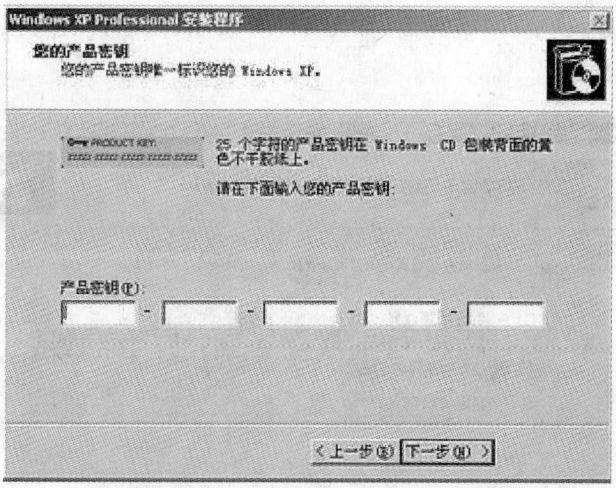

图 11-13 输入安装序列号

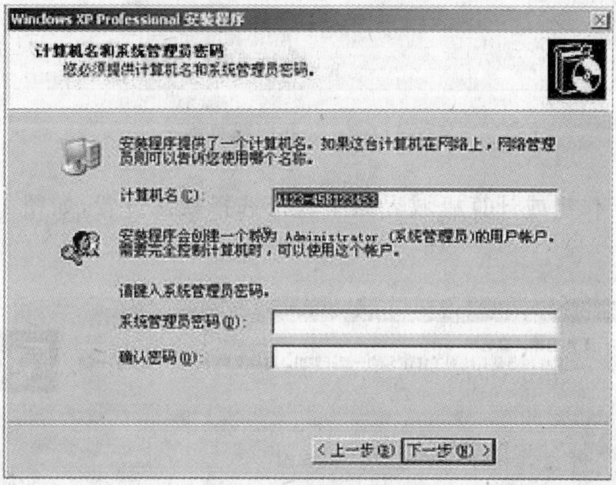

图 11-14 输入计算机名和管理员密码

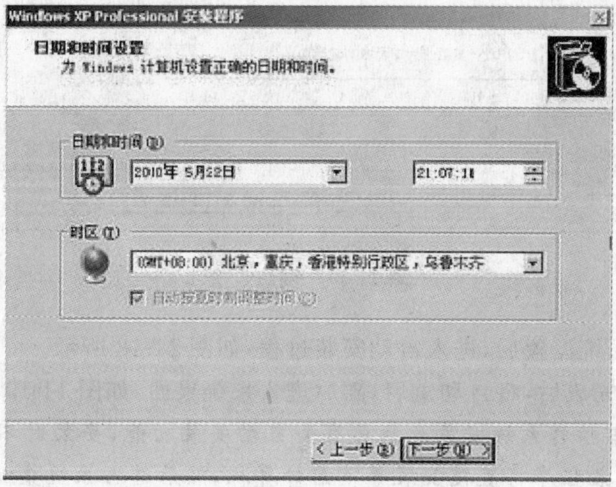

图 11-15 设置时间和日期

（7）稍等片刻，进入安装网络界面，如图 11-16 所示，网络设置可以选择"典型设置"单选项，单击"下一步"按钮。

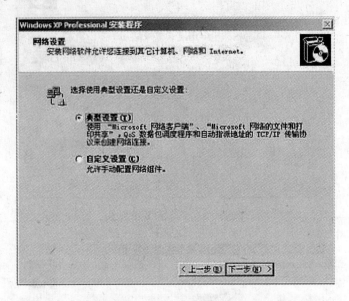

图 11-16　安装网络界面

（8）在打开的工作组或计算机域界面中直接选择默认设置，如图 11-17 所示，单击"下一步"按钮。

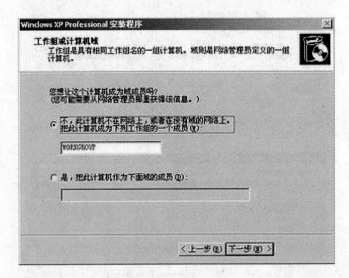

图 11-17　网络设置

（9）完成以上系统设置后，进入自动安装过程，如图 11-18 所示。

（10）系统安装完成后，将自动重启，随后进入系统桌面，如图 11-19 所示。

专家点拨　有些操作系统安装光盘具有全自动安装功能，安装时不需要对系统进行设置，自动安装程序将直接安装并重启计算机，然后进入系统桌面。

图 11-18 自动安装界面

图 11-19 计算机重启并进入系统桌面

11.2.2　安装 Windows 7 操作系统

Windows 7 操作系统是微软公司最新推出的操作系统,该系统从界面及功能上都做了很大的改进。它华丽的外观、强大的娱乐功能及全面的事务处理能力是原有 Windows 操作系统无法比拟的。

在安装 Windows 7 系统之前,必须确定计算机硬件配置能满足以下要求:

- 处理器:主频不低于 1GHz(推荐 1.8GHz 以上,最好双核的处理器)。
- 内存:至少 1GB(推荐 2GB)。
- 硬盘:至少 15GB(推荐 20GB 以上)。
- 显卡:必须支持 DirectX 9.0c,显存容量 128MB 或以上(推荐支持 DirectX 10,512MB 显存)。
- 光驱:DVD-ROM 或 DVD 刻录机。

Windows 7 操作系统的安装过程如下。

1. 启动安装程序

(1) 通过 BIOS 将光驱设置为第一启动设备。将 Windows 7 系统安装盘放入光驱中,然后重启计算机。

(2) 当屏幕上出现 Press any key to boot from CD or DVD.. 提示时,按下键盘上任意键,将进入文件加载界面,如图 11-20 所示。

图 11-20　加载文件

(3) 文件加载完毕后,将自动启动程序界面,如图 11-21 所示。

(4) 在出现的“安装 Windows”对话框中,将安装语言、时间、货币格式及键盘和输入方法等设置好,如图 11-22 所示。

图 11-21 启动程序界面

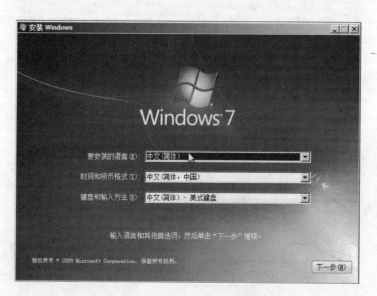

图 11-22 安装 Windows 界面

（5）单击"下一步"按钮，进入 Windows 7 系统安装界面，如图 11-23 所示。

2. 收集安装信息

（1）单击"现在安装"按钮，进入输入产品密钥进行激活对话框，输入正确的产品密钥（序列号），如图 11-24 所示。

（2）单击"下一步"按钮，进入"选择要安装操作系统"对话框，选中 Windows 7 系统版本项，如图 11-25 所示。

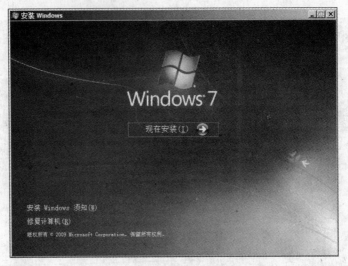

图 11-23　安装 Windows 7 系统界面

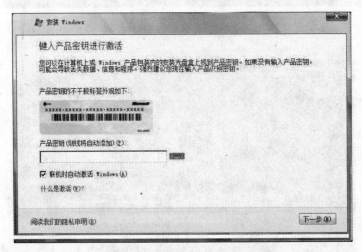

图 11-24　输入产品密钥

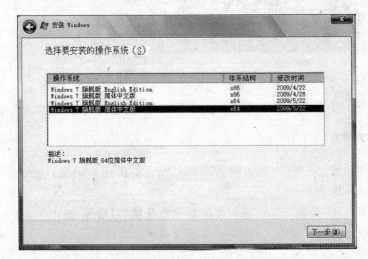

图 11-25　选择系统版本

（3）单击"下一步"按钮，进入"阅读许可协议"对话框，勾选"我接受许可协议"复选框，单击"下一步"按钮，如图11-26所示。

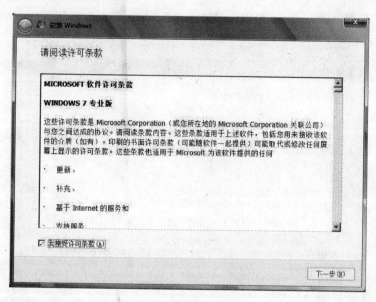

图 11-26　接受许可协议

（4）接受了许可条款后，进入选择安装系统类型对话框，如图11-27所示，在该对话框中单击"自定义（高级）"选项。

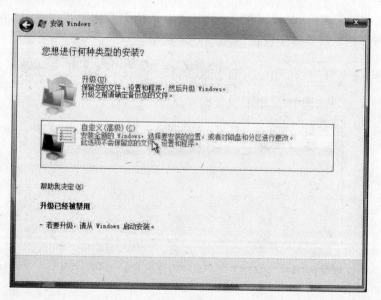

图 11-27　选择安装类型

专家点拨　选择安装类型界面中除了自定义选项以外还有升级安装选项。升级安装项是在从低版本系统升级到高版本系统的情况下才选择的，如果采用的是光盘引导安装，那么这里的升级安装选项不可用。

3. 硬盘分区和格式化

（1）进入"您想将 Windows 安装在何处？"界面，在列表中选择"磁盘 0 未分配空间"项，如图 11-28 所示。

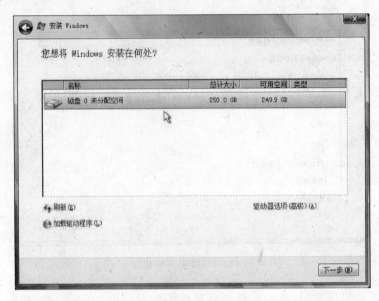

图 11-28　选择驱动器选项

（2）单击"驱动器选项（高级）"按钮，此时在对话框下方将出现刷新、删除、格式化、新建、加载驱动程序及扩展等多个按钮，如图 11-29 所示。

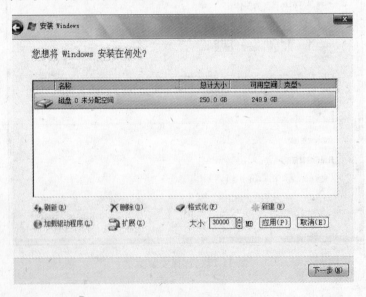

图 11-29　创建分区操作

（3）单击"新建"按钮，在"大小"输入框中输入系统分区的大小（这里输入 30GB），然后单击"应用"按钮，创建一个磁盘分区。

（4）此时的对话框中，分区列表中已经显示了新创建的系统分区，如图 11-30 所示。

（5）单击"下一步"按钮，继续进行系统安装。

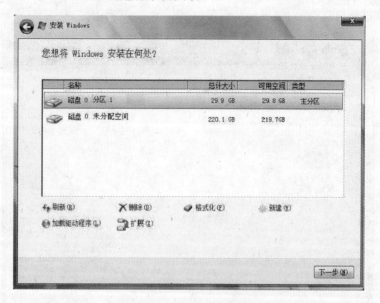

图 11-30 创建好主分区

专家点拨 在 Windows 7 安装程序中，硬盘只能创建主分区，而且最多只能创建 3 个分区。如果要创建更多分区，就需要借助硬盘分区工具实现。

4. 复制文件

（1）主分区创建成功后，将进行复制文件操作，文件复制操作是由安装程序自动完成的，如图 11-31 所示。

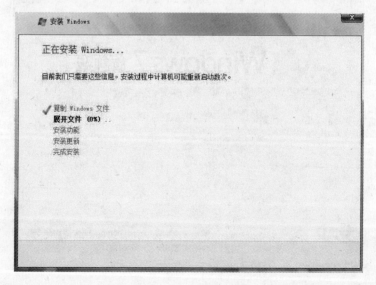

图 11-31 复制文件

（2）安装程序自动复制系统文件并，还可以自动进行系统更新操作。更新安装完成后，安装程序会自动重启计算机。

（3）计算机重启后，进入完成安装界面，如图 11-32 所示。

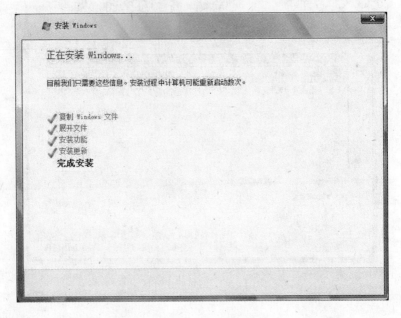

图 11-32　完成安装

5. 设置系统配置

（1）系统安装的最后一步是进行系统设置，先输入用户名，如图 11-33 所示。

图 11-33　设置用户名

（2）完成输入后单击"下一步"按钮，进入设置密码界面，如图 11-34 所示。

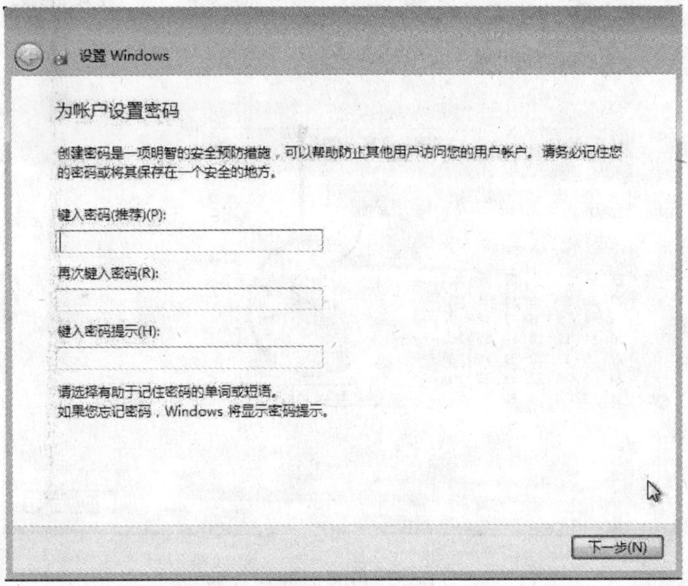

图 11-34 设置密码

（3）单击"下一步"按钮，设置自动保护 Windows，这里可选择"使用推荐设置"选项，如图 11-35 所示。

图 11-35 帮助自动保护 Windows 界面

（4）接下来开始设置系统时间和日期，如图 11-36 所示，如果计算机的时间和日期是准确的，可直接单击"下一步"按钮。

（5）以上设置完毕后，计算机将再次重启，然后自动进入系统桌面，如图 11-37 所示。

图 11-36　设置时间和日期

图 11-37　系统桌面

11.3　安装驱动程序

计算机操作系统安装完成后,还要对少数硬件设备安装驱动程序,特别是在某个硬件设备接入系统但无法被识别时,就需要将硬件设备自带的驱动程序安装到系统中。

11.3.1　认识驱动程序

驱动程序是连接操作系统和硬件的接口,操作系统需要通过它与硬件设备进行通信。没有安装或安装的驱动程序有误,都会使硬件无法正常工作。如没有安装声卡驱动程序,计算机将无法播放声音。通常情况下,需要安装驱动程序的硬件有主板、声卡、网卡、显卡和一些常见的外设,如打印机和扫描仪等。

1. 查看未安装驱动的设备

在计算机系统正常运行的情况下,可以通过操作系统中的设备管理器窗口来查看计算机硬件的驱动程序是否安装。具体操作步骤如下:

(1) 在 Windows XP 系统中,右击桌面上"我的电脑"图标。

(2) 在弹出的快捷菜单中选择"管理"命令,打开"计算机管理"窗口。

(3) 在左边的"计算机管理(本地)"栏中展开"系统工具"节点,单击"设备管理器"选项,这时可在窗口右边看到许多硬件标志,在标志前带有黄色问号和感叹号的就是未安装驱动的设备,如图 11-38 所示。

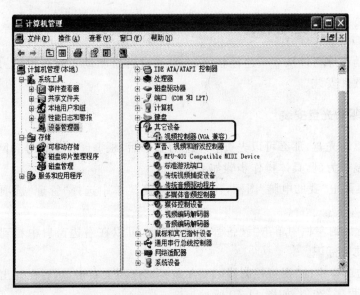

图 11-38　查看 Windows XP 系统中未安装驱动的设备

2. 认识驱动光盘中的文件名

通常在购买主板时会有一张附带的驱动光盘,这张光盘中带有常用的驱动程序,每个设备的驱动保存在一个文件夹里,文件夹用不同的名字命名。如主板芯片组驱动(Chip)、声卡(Sound 或者 Audio)、显卡(VGA 或 Video)、网卡(Net 或者 Lan)等,如图 11-39 所示。

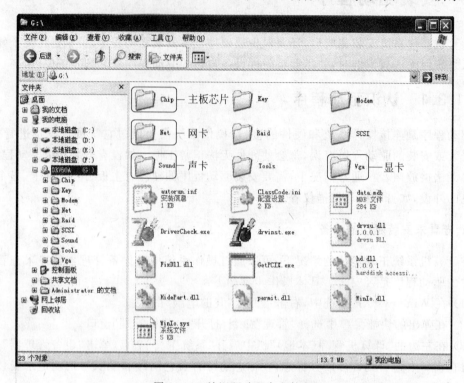

图 11-39　认识驱动程序文件名

11.3.2　安装驱动程序

设备的驱动程序可以从 3 个途径获得,一是通过自带驱动光盘获得,二是从网上下载,三是使用驱动软件安装。

1. 用自带驱动光盘安装

如果没有驱动光盘,那么可以先查看硬件的型号后,根据硬件的型号到网上下载相应的驱动程序。以显卡为例,具体操作步骤如下:

(1)右击桌面上"我的电脑"图标,在弹出的快捷菜单中选择"管理"选项,打开"计算机管理"窗口。

(2)在该窗口的左栏中单击"设备管理器"选项,可以在右边窗口中看到带有黄色问号或黄色图标的硬件标识。

(3)在右边窗口中的"视频控制器(VGA 兼容)"选项上右击,然后在弹出的快捷菜单中选择"更新驱动程序"选项,如图 11-40 所示。

(4)进入硬件更新向导界面,选择"自动安装软件(推荐)"单选项,如图 11-41 所示。

(5)单击"下一步"按钮,向导将自动搜索需要的驱动程序,如图 11-42 所示。

(6)当搜索到新的硬件驱动程序时,向导会自动安装,安装完成后,会提示重新启动计算机,如图 11-43 所示,此时只要单击"完成"按钮,系统重启后硬件驱动便更新完成。

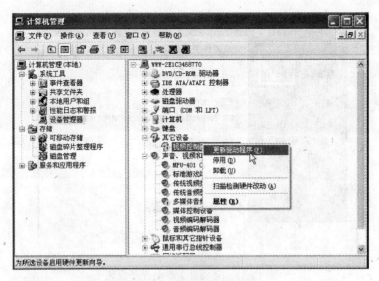

图 11-40　打开设备管理窗口

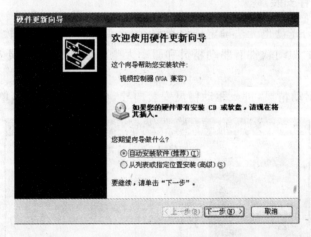

图 11-41　硬件更新向导界面

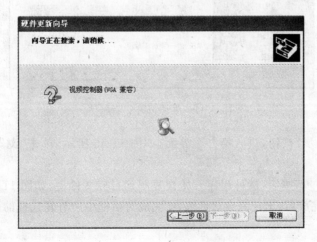

图 11-42　硬件更新向导界面

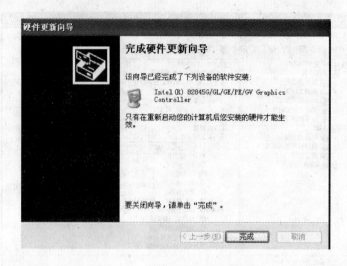

图 11-43　完成显卡驱动程序安装

2. 使用驱动软件安装

如果既没有驱动光盘也无法确定硬件类型,那么就只能使用驱动软件来完成驱动的安装。目前比较流行的驱动软件有驱动精灵和驱动人生两款,以驱动精灵安装驱动为例,具体操作步骤如下:

(1) 先要安装驱动精灵,进入驱动精灵安装向导,如图 11-44 所示,单击"下一步"按钮。

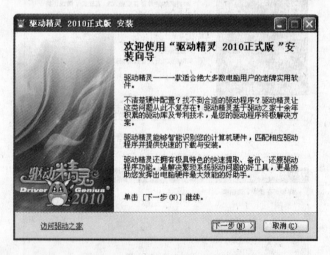

图 11-44　驱动精灵安装向导

(2) 单击"下一步"按钮,进入第二个界面,如图 11-45 所示,单击"浏览"按钮,确定安装驱动精灵的文件夹。

(3) 单击"下一步"按钮,软件程序开始被复制到目标文件夹,如图 11-46 所示。

(4) 文件复制完成后,出现完成对话框,将完成对话框中所有复选框的勾去掉,如图 11-47 所示。

(5) 单击"完成"按钮,驱动精灵安装完成。

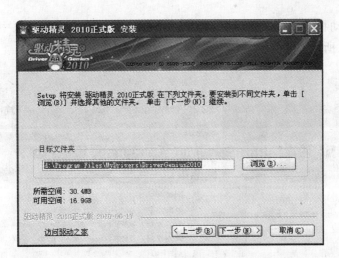

图 11-45 确定安装驱动精灵的文件夹

图 11-46 复制到目标文件夹

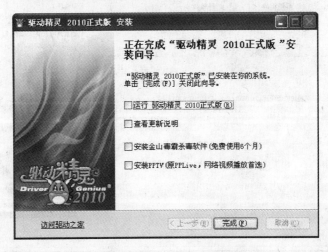

图 11-47 完成对话框

（6）启动驱动精灵，单击"驱动更新"下拉列表框，在打开的下拉选项中选择"标准模式"选项，如图 11-48 所示。

图 11-48　启动驱动精灵

（7）选择网络适配器并单击"下载"按钮，驱动精灵将自动从网上下载本机网卡驱动程序，如图 11-49 所示。

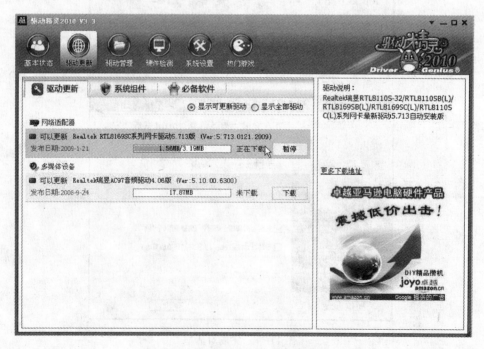

图 11-49　通过驱动精灵下载驱动程序

（8）网卡驱动程序下载完成后，界面上的"安装"按钮变为可用状态，如图 11-50 所示。

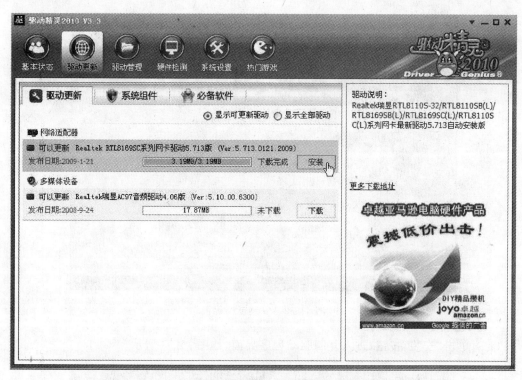

图 11-50　网卡驱动程序下载完成

（9）单击"安装"按钮，将进入网卡驱动程序安装向导，如图 11-51 所示。

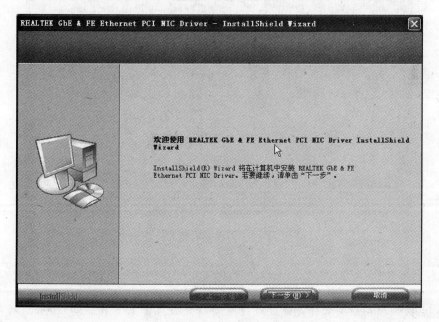

图 11-51　安装网卡驱动程序

(10) 单击"下一步"按钮,进入安装就绪界面,如图 11-52 所示。

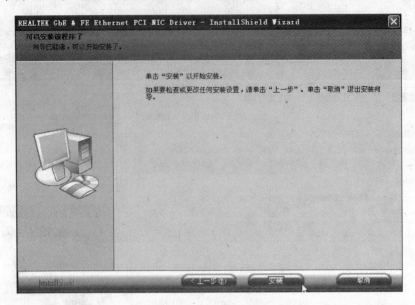

图 11-52　安装就绪界面

(11) 单击"安装"按钮,进入复制驱动程序界面,如图 11-53 所示。

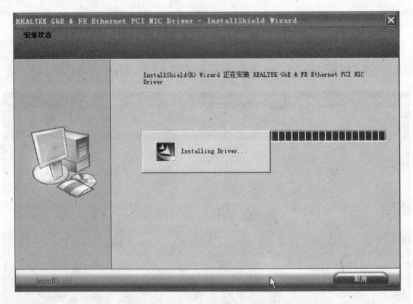

图 11-53　正式安装网卡驱动

(12) 文件复制完成,驱动程序就安装完毕,如图 11-54 所示,此时单击"完成"按钮即可。

专家点拨　驱动精灵软件是通过连接驱动精灵服务器来下载驱动程序的,所以使用该软件时必须能够上网,否则这种方法不可用。

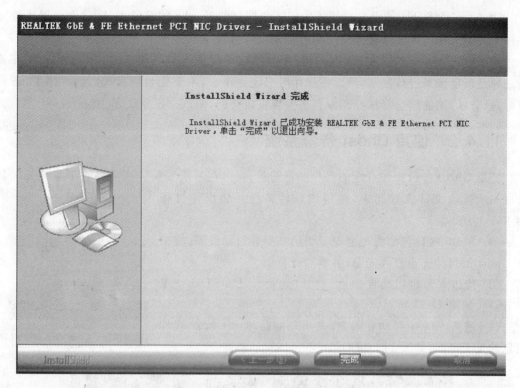

图 11-54 完成安装

11.4 使用 Ghost 备份和恢复系统

刚安装好的操作系统,安全性和可靠性都是最好的,通常会在此时对整个系统进行备份,如果使用一段时间后系统出现了问题,就可以使用备份对系统进行还原。有了系统备份就不需要对系统进行重装,既节省了时间又提高了效率。

11.4.1 Ghost 软件介绍

Ghost(幽灵)软件是美国赛门铁克公司推出的一款出色的硬盘备份还原工具,可以实现 FAT16、FAT32、NTFS、OS2 等多种硬盘分区格式的分区及硬盘的备份还原,俗称克隆软件。它能将硬盘分区或整块硬盘数据制作成镜像文件备份下来,在需要的时候又可以整批地将数据还原到硬盘上。它还支持硬盘对拷、分区对拷等操作,能快速地将一块硬盘(或分区)上的数据拷贝到另一个硬盘(或分区)上,将重装系统所需的 2~3 小时缩短成 5~10 分钟。

既然称之为克隆软件,说明其 Ghost 的备份还原是以硬盘的扇区为单位进行的,也就是说可以将一个硬盘上的物理信息完整复制,而不仅仅是数据的简单复制。克隆人只能克隆躯体,但这个 Ghost 却能克隆系统中所有的内容,包括声音动画图像,甚至连磁盘碎片都可以复制。

Ghost 支持将分区或硬盘直接备份到一个扩展名为 .gho 的文件里(赛门铁克把这种文件称为镜像文件),也支持直接备份到另一个分区或硬盘里。

至今为止,Ghost 只支持 DOS 的运行环境,这不能说不是一种遗憾。由于 Ghost 在备份还原是按扇区来进行复制,所以在操作时一定要小心,不要把目标盘(分区)弄错了,若将目标盘(分区)的数据全部抹掉是没有多少恢复机会的,所以一定要认真、细心。

11.4.2 使用 Ghost 备份系统

使用 Ghost 备份操作系统的操作非常简单,只需在系统安装完成后将整个系统分区制作成一个镜像文件保存起来,使用该软件备份系统操作过程如下:

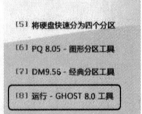

(1) 在 BIOS 设置中将光驱设置为第一引导启动设备,将带有 Ghost 工具的光盘放入光驱,并重启计算机。

(2) 待进入光盘启动界面后,选择"运行- GHOST 8.0 工具"选项,如图 11-55 所示。

(3) 进入 Ghost 启动界面,首先出现的是显示 Ghost 软件信息的关于界面,如图 11-56 所示。

图 11-55　启动 Ghost 工具

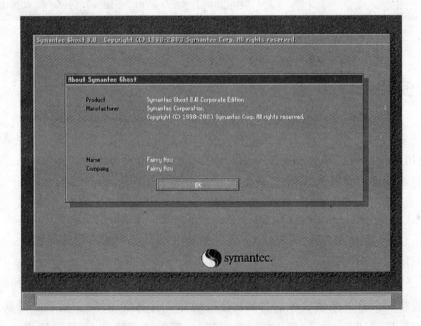

图 11-56　Ghost 软件信息

(4) 单击 OK 按钮,进入 Ghost 主界面,出现 Ghost 菜单,如图 11-57 所示。

(5) 用方向键依次选择"Local"→"Partition"→"To Image"选项,弹出选择备份硬盘对话框,如图 11-58 所示。如果系统中有多个硬盘,则会将所有硬盘均列出供选择。

(6) 选择操作系统所在硬盘,单击 OK 按钮进入选中硬盘的分区列表,如图 11-59 所示,操作系统一般被安装在 C 盘下,故此处选择分区列表中的 Primary 选项。

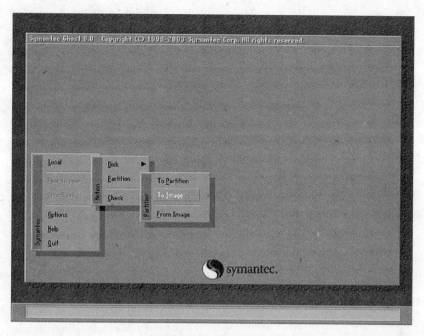

图 11-57 选择备份选项

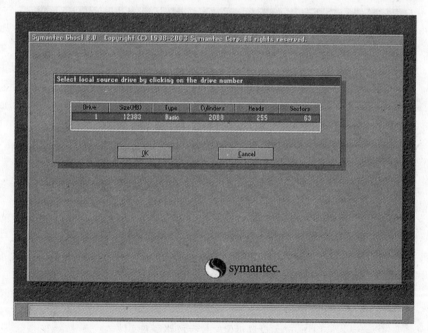

图 11-58 选择硬盘

（7）单击 OK 按钮，弹出存放备份窗口，如图 11-60 所示，在 Look in 下拉分区列表中选择镜像文件的保存分区路径（除 C 盘外的逻辑盘），这里假设选择了第 4 分区（D 盘）存放镜像文件，并在 File name 编辑框中输入镜像文件名为"XP.GHO"，单击 Save 按钮保存设置。

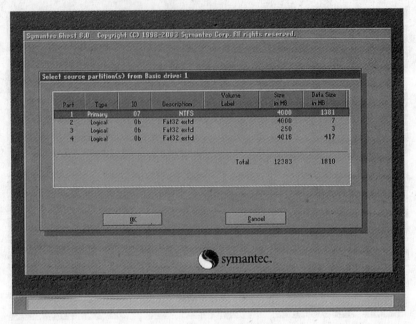

图 11-59　选择要备份的分区

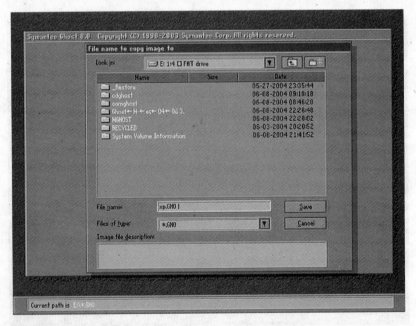

图 11-60　设置镜像文件存放路径和文件名

（8）保存设置后会弹出选择压缩方式的提示框，如图 11-61 所示，这里单击 Fast 按钮。

专家点拨　压缩方式有许多种，其中 No 表示基本压缩；Fast 表示快速压缩，这种方式的制作和恢复时间都较短，但是镜像文件占用的磁盘空间较大。High 表示高度压缩，这种方式的制作和恢复时间较长，但镜像文件占用磁盘空间较小。建议大家采用快速压缩方式，节省时间。

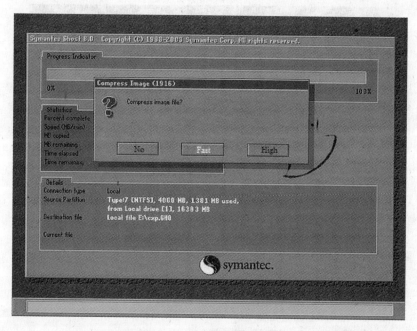

图 11-61 选择压缩方式

（9）接着就进入正在备份界面，开始对系统进行备份，如图 11-62 所示。

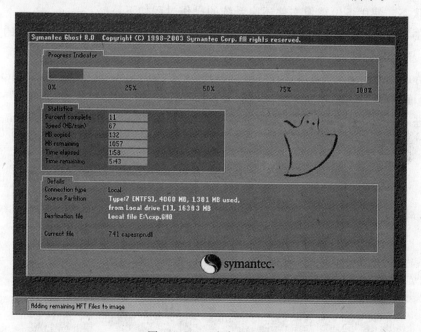

图 11-62 正在备份文件

（10）备份完成后，弹出备份成功的提示框，如图 11-63 所示，单击 Continue 按钮完成备份。

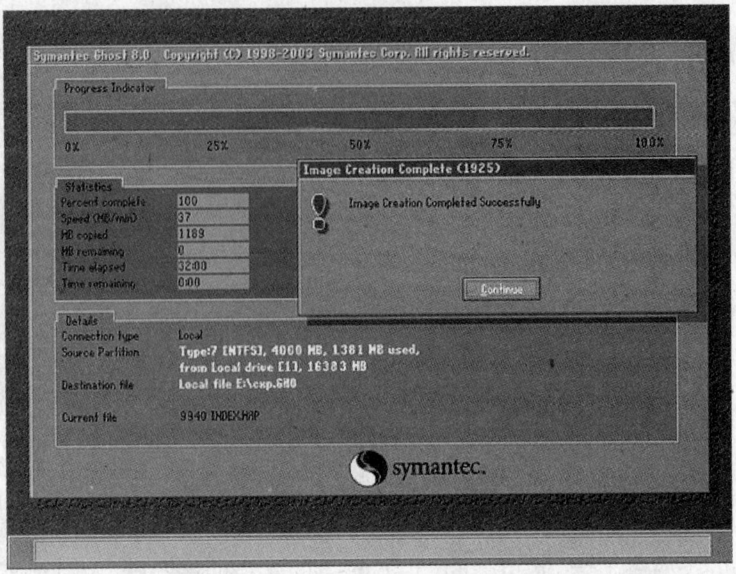

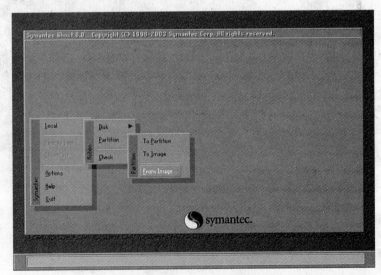

图 11-63　完成备份

11.4.3　使用 Ghost 还原系统

当操作系统在使用过程中出现问题时，可以用事先作好的备份镜像文件将系统还原到备份时的状态。使用备份镜像文件还原系统的操作过程如下：

（1）在 BIOS 设置中将光驱设置为第一引导启动设备，将带有 Ghost 工具的光盘放入到光驱，并重启计算机。

（2）待进入光盘启动界面后选择"运行- GHOST 8.0 工具"选项，将进入 Ghost 启动界面，在该界面中单击 OK 按钮。

（3）进入 Ghost 主界面后，用方向键依次选择"Local"→"Partition"→"Form Image"选项，如图 11-64 所示。

图 11-64　选择还原选项

（4）此时进入了还原系统过程。在打开的还原对话框的 Look in 下拉列表中选中存放镜像文件的分区，如图 11-65 所示。

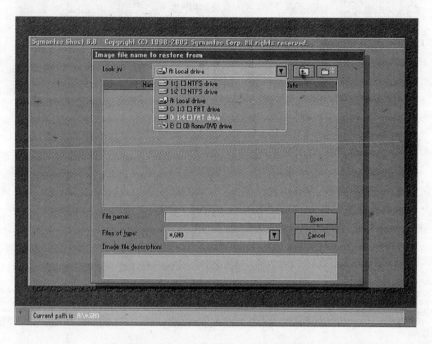

图 11-65　选中存放镜像文件的分区

（5）选择好分区盘后，下方即会显示出该分区中的镜像文件，如图 11-66 所示，选中 XP.GHO 备份镜像文件，单击 Open 按钮。

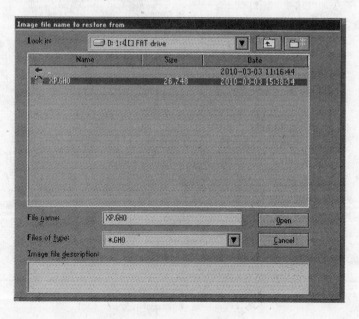

图 11-66　打开镜像文件

（6）打开源硬盘对话框，选中要还原分区所在硬盘，如图 11-67 所示，单击 OK 按钮。

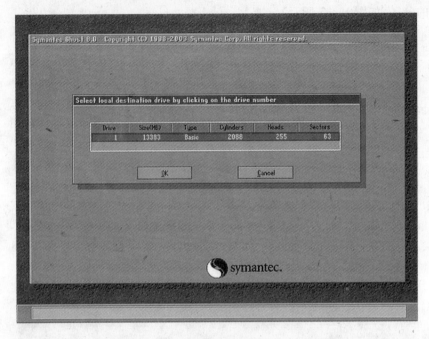

图 11-67　选择源硬盘

（7）在弹出的分区列表对话框中选择 Primary 选项（即 C 盘），如图 11-68 所示。

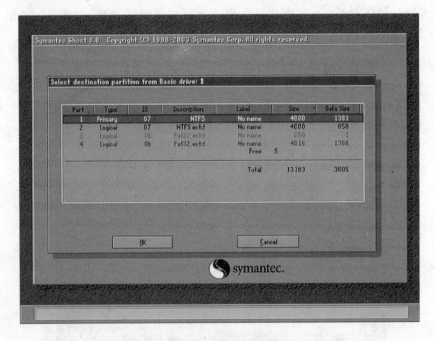

图 11-68　选择要还原的分区

（8）单击 OK 按钮，弹出确认覆盖 C 盘上的所有数据对话框，如图 11-69 所示，单击 Yes 按钮。

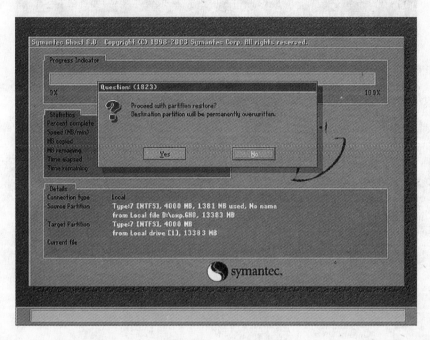

图 11-69　确认设置

（9）进入正在还原系统界面，如图 11-70 所示。

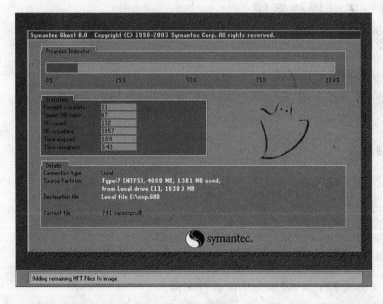

图 11-70　正在还原系统

（10）还原完成后，将弹出还原完成功的提示框，如图 11-71 所示。此时只需单击 Rest Computer 按钮，重启计算机即可。

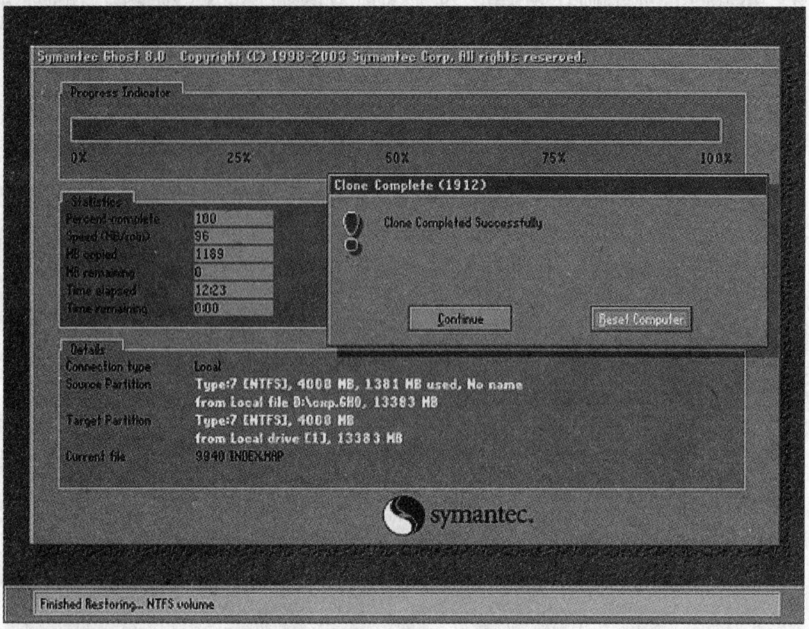

图 11-71　还原完成

11.5　实训

11.5.1　安装操作系统

1．实验设备

（1）每组一台多媒体计算机。

（2）每组一张 Windows XP 操作系统的光盘。

（3）每组一张 Windows 7 操作系统的光盘。

2．实验目的

（1）通过实践掌握 Windows XP 操作系统的安装方法。

（2）通过实践掌握 Windows 7 操作系统的安装方法。

（3）通过实践增强动手能力。

3．实验指导

（1）将学生分为若干组，以组为单位进行实验。

（2）在老师的指导下完成 Windows XP/Windows 7 操作系统的安装。

（3）每位同学都要动手操作 Windows XP/Windows 7 操作系统的安装步骤，并按要求完成实验报告。

11.5.2　安装驱动程序

1. 实验设备

（1）每组一台多媒体计算机。
（2）每组一张驱动安装光盘。

2. 实验目的

（1）通过实践掌握安装驱动程序的方法。
（2）通过实践增强动手能力。

3. 实验指导

（1）将学生分为若干组，以组为单位进行实验。
（2）在老师的指导下完成驱动程序的安装。
（3）每位同学都要动手操作驱动程序的安装，并按要求完成实验报告。
（4）利用课外时间练习在网上搜索并下载指定驱动程序，写出安装驱动程序的过程。
（5）利用课外时间练习在网上搜索并下载指定软件，并写出安装具体安装过程。

11.5.3　备份及还原操作系统

1. 实验设备

（1）每组一台多媒体计算机。
（2）每组一张带有 Ghost 软件的光盘。

2. 实验目的

通过实验让学生掌握使用 Ghost 软件对系统进行备份和还原的方法，增强学生的实际动手能力。

3. 实验指导

（1）将学生分为若干组，以组为单位进行实验。
（2）在老师的指导下使用 Ghost 软件对操作系统进行备份和还原。
（3）每位同学都要动手使用 Ghost 软件对系统进行备份和还原，并按要求完成实验报告。
（4）利用课外时间从网上下载一键还原软件，练习安装该软件，并写出操作步骤。

本章小结

本章以 Windows XP 和 Windows 7 为例介绍了操作系统及驱动程序的安装，并介绍了对操作系统进行备份与还原的方法，同时还有针对性地增加了实训内容，帮助学生对本章内容进一步理解和掌握,提高了学生的动手能力。

练习 11

1.填空题

(1)操作系统是用于控制计算机的程序,负责_____计算机的软硬件资源协调工作。

(2)Linux是一个广泛应用的操作系统,通常用来建立_____的中小型网站服务器。

(3)驱动程序是连接_____和_____之间的接口,操作系统需要通过它来与硬件进行_____。

(4)Ghost是一款主要用来_____和_____的工具软件。

(5)用Ghost备份系统只需在系统安装完成后将整个系统分区制作成一个_____保存起来。

2.简答题

(1)简述系统安装前的准备工作。

(2)简述用驱动精灵安装驱动程序的方法。

(3)如何使用Ghost备份操作系统?

第 12 章
计算机的日常维护

一台计算机如果维护得好，它就会一直处于比较好的工作状态，可以尽量地发挥它的作用。相反，一台维护得不好的机器，它可能会处于不好的工作状态，操作系统可能会三天两头地出错，预定的工作无法完成，更重要的是可能导致数据的丢失，造成无法挽回的损失。因此，做好计算机的日常维护是十分必要的。用户正确的保养和维护还能提高计算机的使用寿命，本章主要介绍计算机日常维护的一些方法。

本章主要内容：

- 硬件维护；
- 软件维护；
- 病毒防范。

12.1 硬件维护

硬件维护是指在硬件方面对计算机进行的维护，它包括计算机使用环境和各种器件的日常维护和工作时的注意事项等。

12.1.1 计算机工作环境要求

正确使用计算机并注意保养维护，可减少计算机的损坏率，提高计算机的使用寿命和办公效率，减少因计算机的损坏带来的不便。要使一台计算机工作在正常状态并延长使用寿命，必须使它处于一个适合的工作环境，应具备以下条件。

1. 温度条件

一般计算机应工作在 20℃～25℃ 环境下，现在的计算机虽然本身散热性能很好，但过高的温度仍然会使计算机工作时产生的热量散不出去，轻则缩短机器的使用寿命，重则烧毁计算机的芯片或其他配件，现在计算机硬件的发展非常的迅速，更新换代相当的快，计算机的散热已成为一个不可忽视的问题。温度过低则会使计算机的各配件之间产生接触不良的毛病，从而导致计算机不能正常工作，有条件的话，最好在安放计算机的房间安上空调，以保证计算机正常运行时所需的环境温度。

2．湿度条件

湿度不能过高，计算机在工作状态下应保持通风良好，否则计算机内的线路板很容易腐蚀，使板卡过早老化。

3．做好防尘

由于计算机各组成部件非常精密，如果计算机工作在较多灰尘的环境下，就有可能堵塞计算机的各种接口，使计算机不能正常工作，因此，不要将计算机安置于粉尘高的环境中，如确实需要安装，应做好防尘工作。另外，最好能一个月清理一下计算机机箱内部的灰尘，做好机器的清洁工作，以保证计算机的正常运行。

防尘注意事项：

（1）在清洁前一定先将主机断电，拔掉主机电源线。

（2）尽量不要打开电源清洁里面，因为里面的电压很高。

（3）清洁时不要打开显示器，因为里面的电压很高。

（4）清洁之前要先看天气，最好不要选在阴天下雨和空气湿度大的时候清洁，那样会造成连接线插头的氧化。

（5）在清洁中最好用软刷，刷毛过硬会增大器件的损坏几率。

4．电源要求

电压不稳容易对计算机电路和器件造成损害，由于市电供应存在高峰期和低谷期，在电压经常波动的环境下，最好能配备一个稳压器，以保证计算机正常工作所需的稳定的电源，虽然国家大力加强农村的电力供应，改进农村的供电线路，但离城镇比较远的边远农村的电压还是相当的不稳定，在这样的环境下使用计算机，一定要配备稳压器。另外，如果突然停电，则有可能会造成计算机内部数据的丢失，严重时还会造成计算机系统不能启动等故障，所以，要对计算机进行电源保护，应该配备一个小型的家用 UPS，保证计算机的正常使用。

5．做好防静电工作

计算机在工作时，机箱、显示器等设备都会释放出大量的静电，而人体内也带有大量的静电，如果与硬件接触，就可能造成硬件芯片内部被击穿而损坏。如果手比较湿润带有水分，千万不可接触硬件，这样损坏硬件的可能性会更大。接触硬件前，可触摸金属导体来释放身体的静电。另外在安放计算机时最好将机箱外壳用导线接地，这样可以起到很好的防静电效果。不要穿纤维布料的衣服进行维修工作，不要在有地毯的地方进行维修，维修地点最好洒上点水以增加湿度，这样做可有效地减少静电的产生，从而避免静电击穿元件的人为故障。

6．防止震动和噪音

震动和噪音会造成计算机中部件的损坏（如硬盘的损坏或数据的丢失等），因此计算机不能工作在震动和噪音很大的环境中，如确实需要将计算机放置在震动和噪音大的环境中应考虑安装防震和隔音设备。

7. 计算机的安放

计算机主机的安放应当平稳,保留必要的工作空间,用来放置磁盘、光盘等常备用品以方便工作。

调整好显示器的高度,位置应使显示器上边缘与视线保持基本平行,太高或太低都会使操作者容易疲劳。在不使用计算机时需盖上防尘罩,防止灰尘危害计算机,在计算机正常使用的情况下,必须将防尘罩拿下,保证计算机散热良好。

12.1.2 主机箱的维护

主机是放置主板及其他主要部件的容器,通常,主机自身已经是一台能够独立运行的计算机系统,要保持主机的正常工作最重要的是保持主机箱的清洁,因为机箱内部的灰尘会影响到机器的稳定工作或超频,定期清洁主机及附属设备是保证计算机系统正常、稳定运行的必要条件,同时可以延长计算机系统及其外设的使用寿命。

1. 清洁工具

在清洁电脑之前首先必须关闭电源,在打开电源的情况下清洁计算机是相当危险的,而且有可能导致硬件损坏。

在清洁计算机之前需要准备好一些清洁工具,主要包括:
(1)一块棉质软抹布;
(2)玻璃或电视清洁剂;
(3)酒精;
(4)棉花棒;
(5)螺丝起子;
(6)吹气皮囊。

说明一点,这里列出来的工具并不全面,只是清洁计算机时常采用的工具,如果读者没有上面这些工具,也可以找到作用类似的工具来代替。

2. 清洁机箱

清洁机箱内部最好是将各个部件大卸八块,各个板卡都拆下来分别清洁。对于板卡,主要是除尘,可使用软毛刷和吹气皮囊,这个过程很简单,要提醒用户注意的是,用毛刷除尘不要用力过猛,小心板卡上的元器件。

对于散热片内部等毛刷不可及的部位,要使用吹气皮囊清洁,如果散热片的结构较为简单,建议将风扇拆下来对金属散热片进行冲洗,注意散热片上的导热硅胶需要保留,如果硅胶已经硬化,则需除去并重新涂抹。

内存插槽等部位是最容易疏忽的地方,在清洁的时候一定要注意,这些部位直接关系到各个部件的接触。

对于各个板卡的金手指的清洁最好用橡皮,由于长时间的使用难免存有积尘和氧化,把板卡放到桌面上,用橡皮顺着金手指的方向轻轻擦拭,直至污垢去除,可以让金手指闪亮如新。

　　至于排线表面的灰尘可以用棉花蘸酒精清洗，也可以用湿抹布擦拭表面，在擦除污垢的同时要注意力度，以免内部导线受损。

　　对于电源、光驱和硬盘只需擦拭表面的灰尘即可，电源内部及电源风扇的灰尘也可以直接用吸尘器对准电源的散热口进行吸尘，清理较为简单。

　　专家点拨　要防止机箱内进入灰尘是不可能的，因为机箱需要对外散热，各个风扇对外交换空气，难免进入灰尘，做到保持室内清洁和定期清除灰尘就行。

12.1.3　显示器的维护

　　显示器长期放置在各种复杂的环境中，容易受到环境因素的影响，包括温度、湿度、清洁度、电磁干扰和电源等。因此，为了用好显示器，必须了解和掌握显示器的一般维护常识和保养方法。

1. 影响显示器正常工作的因素

1）湿度

　　湿度一般保持在 30%～80% 之间显示器都可以正常工作；但如果室内湿度高于 80%，会导致显示器内部出现结露现象。这时候内部的电源变压器和其他线圈很容易产生漏电，甚至有可能霉断连线，而显示器的高压部位也极易产生放电现象，另外，机内元器件容易生锈、腐蚀，严重的时候会使电路板短路。所以，显示器必须注意防潮，如果长时间不用显示器的话，最好定期通电工作一段时间，利用显示器工作时产生的热量将机内的潮气蒸发出去。而当室内湿度低于 30% 时，会使显示器机械摩擦部分产生静电干扰，内部元器件被静电破坏的可能性大大增加，从而影响显示器的正常工作。

2）光照

　　如果显示器受阳光或强光照射时间过长，容易加速显像管荧光粉的老化，降低发光效率。为此，不要把显示器摆放在日光照射较强的地方。若必须安置在光线必经的地方，最好挂块深色的布减轻光照强度。

3）灰尘

　　显示器内的高压高达 10～30kV，如此高的电压很容易吸引空气中的尘埃粒子，灰尘对计算机的威胁是很明显的。一般在灰尘大的环境中工作，由于印刷电路板会吸附灰尘，灰尘的沉积会影响电子元器件的热量散发，使得电路板等元器件的温度上升，从而产生漏电，最终烧坏元件。灰尘也可能吸收水分，腐蚀显示器内部的电子线路，会造成一些莫名其妙的问题。

　　在预防灰尘方面，首先应把显示器放置在干净清洁的环境中，但灰尘是无孔不入的，所以还应该给显示器购买一个专用的防尘罩，每次用完后应及时用防尘罩罩上。平时清除显示器屏幕上的灰尘时，切记应关闭显示器的电源，还必须拔下显示电源线和信号电缆线，然后用柔软的干布小心地从屏幕中心向外擦拭，千万不能用酒精之类的化学溶液擦拭，更不能用粗糙的布、纸之类的物品擦拭显示屏，也不要将液体直接喷到屏幕上，以免水汽侵入显示器内部。至于内部，由于显示器内部有高电压，所以如想清除其内部的灰尘，必须请专业人员操作，千万不要私自打开显示器后盖，以免产生严重后果。

4）磁场

电磁场干扰是指电路或环境中出现了不该出现的电压、电流。电磁干扰的来源有电源、元件、导线、接头、散热风扇、日光灯、雷电和静电放电等，电视机、电冰箱、电风扇等耗电量大的家用电器的周围或其他如非屏蔽的扬声器或电话离显示器太近，甚至传呼机上都存在着电磁场，这些器件产生的电磁干扰，时间久了，可以使显示器显示混乱。长期暴露在磁场中可能会磁化或损坏显示器，故应把显示器放在离其他电磁场较远的地方。平时如有条件的，可时常使用显示器上的消磁按钮，但注意不要反复地使用它，也不能用力过猛，否则也会损坏显示器。

5）温度

显像管作为显示器的一大热源，在过高的环境温度下工作性能和使用寿命会大打折扣，某些虚焊的焊点可能由于焊锡熔化脱落而造成开路，使显示器工作不稳定，同时元器件也会加速老化，轻则导致显示器"罢工"，重则可能击穿或烧毁其他元器件。

解决方法是，显示器摆放的周围留下足够的空间散热。在夏季，若条件允许，最好把显示器放置在有空调的房间中，或用电风扇吹。

2. 使用中应注意的事项

（1）不要在显示器上堆放杂物，一方面可能会影响显示器的正常散热，另一方面以免杂物下坠损伤机器。

（2）搬动显示器时，不要忘记将电源线和信号电缆线拔掉。插拔电源线和信号电缆时，应先关机，以免损坏接口电路的元器件。

（3）在调节显示器面板上的功能旋钮时，要缓慢稳妥，不可猛转硬转，以防损坏旋钮。

（4）插拔显示器电源线或信号电缆时应十分小心，大部分显示器问题都是因为接触不良或者受环境影响而造成的。如显示器接触不良会导致显示颜色减少或者不能同步。插头的某个引脚弯曲可能会导致显示器重则不能显示内容，轻则不能显示颜色或者偏向一种颜色，也有可能导致屏幕上下翻滚。这种问题非常麻烦，因为如果矫正弯曲的引脚可能使得引脚折断。

（5）显示器显示内容如果经常长时间不变，可在计算机上安装屏幕保护程序以防止荧光粉的老化。

（6）显示器如果线缆拉得过长，可能使显示器的亮度减小，且射线不能聚焦。

（7）如果屏幕图像晃动，最可能的原因是外界磁场的干扰，如变压器产生的磁场等。行频过低，电源电压过高，也可能会使屏幕突然无显示，这是因为显示器会发生高压保护。当发生高压保护后，必须立刻关机，等过几分钟电压稳定后再开机，重新工作。

（8）虽然显示器的工作电压适应范围比较大，但也可能由于受到瞬时高压冲击而造成元件损坏，所以还是应使用带保险丝的插座。若条件许可，最好配一个 UPS。

（9）使用中，可稍许降低显示亮度（适当），可以减缓显像管的灯丝和荧光粉老化的速度。

（10）可在荧光屏的正面安装一块辐射防护装置，最好能选含铅导体接地屏蔽技术的。质量好的产品，能防止 90% 以上的电磁场辐射，并能加强显示器的对比度、增强显示的清晰度,还能消除静电和眩光,吸收紫外光。这样,不仅能保护人体健康,对显示器也有好处。

12.1.4　键盘与鼠标的维护

计算机已经成为了数字化时代的基本工具,键盘不停地被人敲击,鼠标更是被牢牢地握于掌心之中。键盘和鼠标是用计算机时所接触最多的配件,也是寿命相对较短、更新换代比较频繁的配件。虽说相对于其他配件来看,键盘和鼠标的价格非常低廉,通常几十元就可以买一整套。但如果只为一点点小问题就要花掉预算之外的钱财,相信不少人更愿意选择维护和修理。只要动动手,完好如初的键盘、鼠标又回到手中。

1. 键盘与鼠标的清理

1) 键盘清理

键盘是最常用的计算机输入设备,如果出现按键不灵或按下不再反弹等现象,会对工作、学习或娱乐平添烦恼。在清理键盘之前,需要准备一些清洁工具,比如掏耳勺、绒布或者纸巾、毛笔、牙刷、牙膏等工具,如图 12-1 所示。

图 12-1　清洁工具

清洁前先把键盘倒置过来,轻轻抖动,这时会发现从键盘的缝隙之间掉出纸屑、头发、烟灰、食物残渣等细小杂物。首先用吸尘器把键盘表面的尘土清除掉,然后用抹布把键盘的塑料外壳擦干净,接着用绒布或者纸巾蘸一点点清洁剂将键帽表面轻轻擦拭一遍,让其恢复崭新的面貌。注意,不要蘸太多的清洁剂,更不能蘸水清洗,否则水进入键盘里面的电路板上,很可能会引起短路而让键盘无法使用。

如果这样还无法把键盘完全清理干净,那就需要把个别沾满顽垢的键帽拿出来逐一清理。普通键盘的键帽部分是可以拆卸下来的。拆的方法也非常简单,使用掏耳勺从键盘区的边角部分向中间逐个地把键帽撬起来即可,如图 12-2 所示。

撬起键帽以后,使用绒布或者纸巾对键帽和键盘座的缝隙进行除尘,键盘缝隙里的灰尘不容易清理,可以借助废旧的牙刷和毛笔来清理,对于清水擦拭不掉的污垢,可以使用牙刷蘸取一点牙膏擦拭,如图 12-3 所示,去污效果非常不错。

图 12-2　撬起键帽

图 12-3　用牙刷蘸取一点牙膏擦拭

2）鼠标清理

鼠标主要分为机械鼠标和光电鼠标两种，由于光电鼠标具备内部构造简单的特点，尤其对普通用户而言，它省却了传统机械鼠标难于清理的最大诟病，因此在短时间内便得以普及。虽然说光电鼠标基本杜绝了灰尘进入内部结构造成的难题，但一些设计和制作不够严谨的低价劣质光电鼠标里面还是会出现污垢的，这样就会严重影响激光反射强度，甚至能导致激光定位不准确的情况。

另外，现在普遍使用的都是 3D 滚轮鼠标，这些滑轮一般也会积累污垢，在清理鼠标内部前，首先要小心地将光电鼠标拆开，如图 12-4 所示，然后用清洁巾将里面的污垢清洁，这里主要清理的对象就是鼠标底部那个负责发射激光的感光头。它的清理方法也并不难，只要用吹气球吹净灰尘就可以了，清洁完后将鼠标外壳扣好即可。

机械鼠标清洁的主要部件是鼠标里面的滚珠。通常机械鼠标在长时间使用后，滚珠上都会沾染大量的灰尘，影响鼠标的正常工作，可打开机械鼠标的底盖将滚珠取出，用酒精擦拭，晾干，

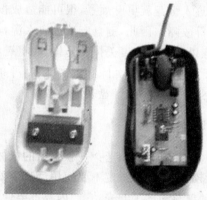

图 12-4　拆开的光电鼠标

再使用棉花棒蘸上酒精擦拭鼠标内部的滑轨，擦拭之后等酒精完全挥发，再将滚珠装入鼠标。

另外，鼠标的垫脚也需要清洁，多数鼠标的底部都有 4 个塑料垫脚，长时间使用后会沾染灰尘，用棉花棒和酒精可以很好地清洗垫脚，也可为鼠标贴上专用的脚贴，可以保护鼠标的垫脚，让鼠标使用起来更加顺畅。

2. 避免带电拔插

对于大部分用户来说，使用的仍然是 PS/2 接口的鼠标和键盘，PS/2 接口是不支持热拔插的，一定要在关机的时候拔插鼠标、键盘，否则可能造成鼠标、键盘损坏，更严重的可能导致主板 PS/2 接口烧毁。当然，对于 USB 接口的鼠标、键盘而言，就不存在这样的问题

了,虽然采用 USB 接口提供了更方便的安装、拆卸手段,但并不鼓励用户在开机的状态下进行拔插。

3. 不要鲁莽操作

理论上,键盘的按键可以经受数十万次的敲击,不过这是在正常的操作下使用的寿命,一般情况下,键盘的弹性都比较好,用户操作时只要轻轻敲击就可以输入字符,而且输入完成以后对应按键在弹性的作用下可自动恢复到正常状态。但如果使用较大的力气来敲打键盘,就可能会使按键上的弹簧发生形变,从而丧失弹性,时间长了,键盘上的按键就会受到损伤。对于鼠标,也存在同样的问题。无论在游戏还是平时的操作当中,都要尽量爱护键盘、鼠标,不要用力过猛。经常有这样的情况发生,由于经常用几个键控制游戏,造成键盘上局部按键磨损严重,一旦这几个键坏了,整个键盘就可能无法使用,给用户造成很大的损失。其实,这种状况完全可以避免,用户不要总用那几个键来控制游戏就是了。

4. 远离不良环境

虽然键盘、鼠标都是经过严格设计的,对外界环境有一定的适应能力,但还是要尽量为它们提供一个好的工作环境。现在很多厂家都推出了防水键盘,即使将水倒在键盘上,也可以照常使用,但即便如此,还是要尽量避免水进入到键盘里面,尤其是如咖啡、茶水、饮料等液体进入键盘就更麻烦了,很可能造成按键被粘住,还可能出现接触不良、腐蚀电路和内部短路等故障。因此,键盘应该远离水源,尽量让工作和休闲分开。一旦不小心让液体进入键盘,应以最快的速度关掉计算机,并将键盘按键朝下倒出液体,用干燥的布擦拭键盘表面,然后置于通风处风干。除了远离水源,平时在使用计算机的时候,还应该尽量保证双手的清洁,尽量保证鼠标、键盘表面的清洁。

5. 其他维护

对于鼠标而言,选择一款合适的鼠标垫也是十分有必要的。尤其是光电鼠标,对鼠标垫有比较高的要求,一定不要使用反光强烈的材料,那样会造成鼠标失控。另外,现在无线鼠标、键盘渐渐多了起来,它们内部都要使用电池,因此如果长时间不使用的话,应该把将电池取出,以免电池漏液对硬件造成伤害。

上面只是笼统地说明了一下,只能说提供了一个参考,其实每个使用计算机的人都有自己一套调教鼠标、键盘的方法,更多的经验还是要靠自己在实际使用过程中慢慢总结。

12.1.5　硬盘的维护

硬盘也是非常耐用的设备之一,保养好的话一般可以用上 6～7 年,现在的硬盘容量是越来越大,转速也越来越快,这使许多软件爱好者和游戏迷们欢呼雀跃,但如果硬盘一旦出现什么问题的话,那存储在硬盘上的各种宝贵数据就有可能付之东流了。因此做好硬盘的日常维护工作对于延长其使用寿命,提高使用效率,是使用计算机过程中的一个重要环节。

1. 保持计算机工作环境清洁

硬盘以带有超精过滤纸的呼吸孔与外界相通,它可以在普通无净化装置的室内环境中使用,若在灰尘严重的环境下,灰尘会被吸附到 PCBA 的表面、主轴电机的内部以及堵塞呼吸过滤器,因此必须防尘,另外,环境潮湿、电压不稳定都可能导致硬盘损坏。

2．养成正确关机的习惯

硬盘在工作时若突然关闭电源,可能会导致磁头与盘片猛烈摩擦而损坏硬盘,还会使磁头不能正确复位造成硬盘的划伤,关机时要注意面板上的硬盘指示灯是否在闪烁,只有硬盘指示灯停止闪烁,硬盘结束读写后方可关机。

3．正确移动硬盘,注意防震

在开机状态下硬盘高速转动,轻轻的震动都可能使碟片与读写头相互摩擦而产生磁片坏轨或读写头毁损,因此在开机的状态下,切勿移动硬盘或机箱,应在关机后等待十几秒,当硬盘完全停转后再移动主机或重新启动电源。硬盘在移动、运输时严禁磕碰,尽量减少震动。

4．用户不能自行拆开硬盘盖

硬盘的制造和装配过程是在绝对无尘的环境下进行,用户不可自行拆开硬盘盖,否则空气中的灰尘进入硬盘内,高速低飞的磁头组件旋转带动的灰尘或污物都可能使磁头或盘片损坏,导致数据丢失,硬盘寿命大大缩短。

5．注意防高温、防潮、防电磁干扰

硬盘的工作状况及使用寿命与温度有很大的关系,硬盘使用温度以 20℃～25℃为宜,温度过高或过低都会使晶体振荡器的时钟主频发生改变,造成硬盘电路元件失灵,磁介质也会因热胀效应造成记录错误;温度过低,空气中的水分会凝结在集成电路元件上,造成短路。

6．要定期整理硬盘

定期整理硬盘可提高访问速度,如果碎片积累过多可导致访问效率下降,损坏磁道;但经常整理硬盘,也会有损硬盘寿命。

7．注意预防病毒和特洛伊木马程序

硬盘是计算机病毒攻击的重点目标,应利用最新的杀毒软件对病毒进行防范,定期对硬盘进行杀毒,经常对重要的数据进行保护和备份,对于来历不明的应用程序和邮件附件,应先查杀病毒再使用。

8．正确拿硬盘的方法

因人手携带的静电会伤害硬盘上的电子元件,导致无法正常运行,因此拿硬盘时应尽量避免与其背面的电路板直接接触,切勿用手触摸硬盘背面的电路板,轻拿轻放,不要磕碰或者与其他坚硬物体相撞,另外,切勿带电插拔。

9. 切勿轻易低级格式化

切勿轻易进行硬盘的低级格式化操作,避免对盘片性能带来不必要的影响。

10. 硬盘出现坏道时

硬盘中若出现坏道,即使是一个簇都可能具有扩散的破坏性,在保修期内应尽快找商家和厂家更换或维修,如已过保修期则应尽量减少格式化硬盘的次数,减少坏簇的扩散。

11. 善用磁盘工具

善用各类磁盘工具,定时清理硬盘,可提高系统整体效能。

12.2　软件维护

软件在交付给用户使用后,由于应用需求、环境变化以及自身问题,对它进行维护不可避免,主要的工作是指根据需求变化或硬件环境的变化,对应用程序进行部分或全部的修改以保持计算机良好的运行状态,同时,Windows 自身也提供了多种系统工具,使用户能够根据自己的需要优化系统性能,使系统更加安全、稳定和高效地运行。

12.2.1　磁盘的管理和维护

软件在运行中会产生大量临时文件,不仅占用磁盘空间,同时也会使系统的运行速度变慢,因此需要定期地进行磁盘的管理和维护,以保证磁盘的最佳状态。

1. 磁盘清理

磁盘清理程序可以搜索到磁盘中的临时文件和缓存文件等各种不再有用的文件,用户不需要自己在磁盘中到处寻找,直接从系统提供的搜索结果列表中把它们删除,以便腾出更多的磁盘空间,用来存储有用的文件或安装有用的应用程序。使用磁盘清理整理程序还可以避免用户错删某些有用的文件,从而保护应用程序能够正常运行。

磁盘清理的具体操作步骤如下:

(1) 单击"开始"菜单,依次选择"所有程序"→"附件"→"系统工具"→"磁盘清理",弹出"选择驱动器"对话框,如图 12-5 所示,选定要清理的驱动器。

(2) 单击"确定"按钮,系统会开始计算能够释放的磁盘空间量,随后打开"磁盘清理"对话框,如图 12-6 所示。

(3) 在"磁盘清理"选项卡中查看"要删除的文件"列表的内容,选择要删除的文件。

(4) 单击"确定"按钮,完成对磁盘的清理。

图 12-5　"选择驱动器"对话框

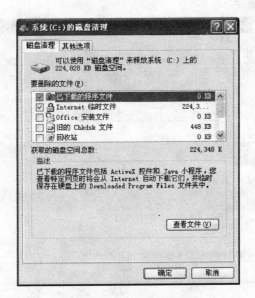

图 12-6 "磁盘清理"对话框

2. 磁盘碎片整理

　　计算机使用了一段时间后,用户可能会感觉磁盘的读取速度变慢了。这主要是因为用户在不断移动、复制和删除文件时,在磁盘中形成了很多文件碎片。文件碎片并不会使文件中的数据缺少或损坏,只是把一个文件分割成多个小部分放置在磁盘中不连续的位置,使系统需要花费较长的时间来搜集和读取文件的各个部分。另外,由于磁盘中空闲空间也是分散的,当用户建立新文件时。系统也需花费较长的时间把新建的文件存储在磁盘中的不同地方。因此,用户应定期对磁盘碎片进行整理。建议最少每月作一两次磁盘碎片整理,使硬盘的读写速度保持在最佳状态。而商业用户以及服务器建议半个月整理一次。

　　专家点拨　只有连续长时间频繁地读写硬盘才会对磁盘造成一定的伤害,但整理碎片并不算伤害硬盘,因为大多数人不会每天都整理一次,且每次整理的时间亦很短,并不会长时间地读写硬盘。关于整理碎片会损害硬盘的使用寿命,可不必太在意。

　　运行磁盘碎片整理时,系统会把同一个文件的所有文件碎片移动到磁盘中的同一个位置,使文件可以各自拥有一块连续的存储空间。这样,系统就能够快速地读取或新建文件,从而恢复高效的系统性能。

　　在进行磁盘碎片整理之前,用户可以使用磁盘碎片整理程序中的分析功能,在系统提交的分析报告中包括磁盘空间的使用情况和文件碎片的统计,用户可以根据分析报告决定是否需要整理磁盘碎片。具体操作步骤如下:

　　(1) 单击"开始"菜单,依次选择"所有程序"→"附件"→"系统工具"→"磁盘碎片整理程序",打开"磁盘碎片整理程序"对话框,如图 12-7 所示。

　　(2) 在"磁盘碎片整理程序"对话框中,选定要进行碎片整理的驱动器,单击"分析"按钮,分析完成后,弹出对话框,提示该驱动器是否应进行碎片整理,如图 12-8 所示。

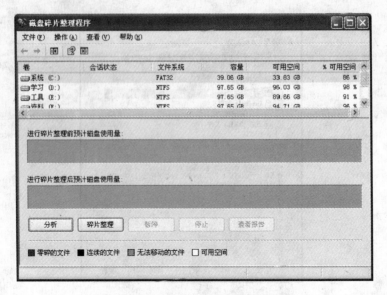

图 12-7 "磁盘碎片整理程序"对话框

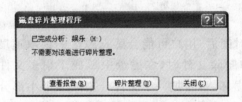

图 12-8 提示是否应进行碎片整理对话框

（3）单击"碎片整理"按钮即可对当前选定的驱动器进行操作，如图 12-9 所示。

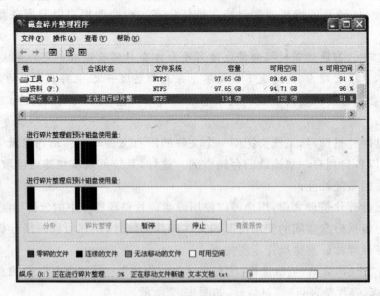

图 12-9 碎片整理状态

图 12-10 查看报告对话框

（4）碎片整理完成后会弹出显示完成的提示对话框，如图 12-10 所示。

（5）若要显示经过碎片整理的磁盘或分区的详细信息，单击"查看报告"按钮，弹出"碎片整理报告"对话框，如图 12-11 所示。

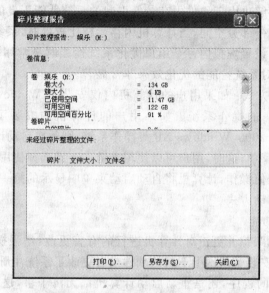

图 12-11 "碎片整理报告"对话框

3. 磁盘检查

磁盘检查程序可以扫描修复磁盘中的文件系统错误。用户应该经常对安装操作系统的驱动器进行检查，以保证系统能够正常运行并维持良好的性能。

12.2.2 设置系统属性

打开控制面板，单击"性能和维护"，再单击"系统"，即可打开"系统属性"对话框，如图 12-12 所示。该对话框共有 7 个选项卡，用户不仅可以查看和了解系统各个方面的默认设置，还可以在该对话框中找到多种系统工具，根据需要对系统属性进行设置。

1）常规属性

在"常规"选项卡中，用户可以了解操作系统与计算机的主要硬件设备的基本信息。

2）设置计算机名

在"计算机名"选项卡中用户可以查看计算机当前的名称和加入的工作组，也可以修改名称和加入其他工作组或某个域。

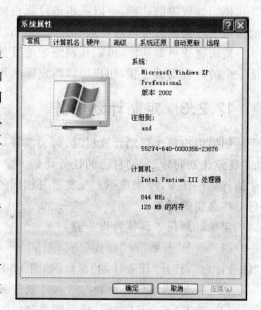

图 12-12 "系统属性"对话框

3）设置硬件属性

在硬件选项卡中用户可以查看与设置所有安装在计算机上的硬件设备。

4）设置高级属性

高级选项卡中包括虚拟内存和系统启动方式的设置两方面。

（1）设置虚拟内存：如果用户的计算机内存 RAM 比较小，又不想花钱更换新的内存，可以通过设置虚拟内存解决由于硬件内存较低引起的系统性能不良的问题。使用虚拟内存实质上是在硬盘上预留一部分空间，当计算机内存运行比较慢时，系统就会将硬盘中的这部分空间作为内存使用。设置虚拟内存是用户优化系统性能时最常用的方法之一，不仅能够节省额外的花费，而且对系统性能的优化效果非常显著。

（2）设置系统启动方式：如果用户的计算机内仅安装了 Windows XP 操作系统，计算机会自动启动这个唯一的操作系统。如果用户的计算机内安装了多个操作系统，例如 Windows 98、Windows 2000、Windows XP 等操作系统，则每次启动计算机时，会出现"请选择要启动的操作系统"菜单，这时，用户可以使用↑键和↓键选择使用某个操作系统，如果用户在设定时间内没有任何操作，计算机将自动启动菜单中显示的第一个操作系统，用户可以根据需要修改系统的启动方式。

5）使用系统还原功能

系统还原功能可以跟踪并更正对计算机进行的有害更改，增强操作系统的可靠性。如用户添加了新的硬件，安装了从网上下载的软件或者更改了系统注册表，使得系统无法正常运行，无论卸载新安装的程序，还是重新启动计算机都无济于事，这时就可以使用"系统还原"功能，将计算机的设置恢复到先前的状态。

6）使用自动更新功能

自动更新功能可以通过 Internet 连接下载最新的驱动程序、安全修复、帮助文件、Internet 产品等。

7）使用远程协助和远程桌面

使用远程协助功能，可以从本地计算机向网络中的其他计算机发送远程协助邀请，从而使网络中的其他人可以通过远程协助的方式解决用户的困难。

使用远程桌面功能，可以从网络中的其他位置使用本地计算机中的所有资源。为了保证安全的远程桌面连接，用户可以指定哪些用户账户拥有远程访问的权限。

12.2.3 定制计划任务

如果用户每次启动计算机时，每天或每周需要执行相同的应用程序，可以使用系统提供的"任务计划向导"定制自己的任务计划。定制了任务计划以后，系统就会在预定的时间自动执行某些任务，使用户不必反复重复相同的操作，也不会因为用户的疏忽而没能及时地执行那些必要的任务。

定制计划任务具体操作步骤如下：

（1）单击"开始"→"程序"→"附件"→"系统工具"→"任务计划"或选择"控制面板"→"任务计划"，打开"任务计划"窗口，如图 12-13 所示。

（2）单击"添加任务计划"，进入计划任务的向导，如图 12-14 所示。

（3）单击"下一步"按钮，然后跟着向导的指示进行相应的设置，最后完成即可。

图 12-13　"任务计划"窗口

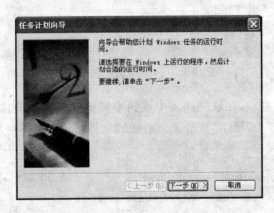

图 12-14　计划任务向导

12.2.4　禁止自动启动程序项

自动启动程序,一般指在开机系统启动时就自动运行的软件,已经启动的应用程序都要占用系统资源,所以启动那些并不使用的应用程序就是一种资源的浪费。特别是对于配置较低的计算机,节省系统资源能够提高整个系统的稳定性。为此,有必要对自动启动的应用程序进行控制。

禁止自动启动程序可以直接在系统中设置,方法如下:

在"开始"→"运行"中输入 Msconfig,单击"确定"按钮,出现系统配置实用程序,选"启动"标签,在不需要启动的项目前取消对钩。最好的方法是单击"全部禁用",这样系统运行速度将会快很多。

另外,还有很多软件也可以设置开机启动项的禁止与启动,以 360 安全卫士为例,具体操作步骤如下:

（1）打开"360 安全卫士"软件，选择"常用"→"高级工具"选项页面，单击"开机启动项管理"选项，如图 12-15 所示。

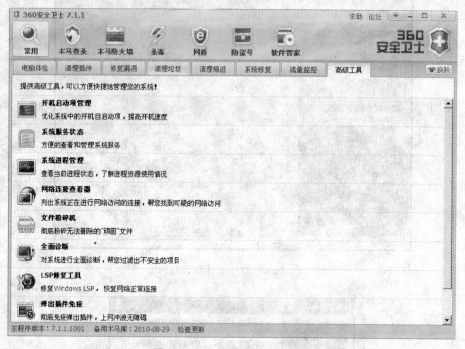

图 12-15　"360 高级工具"页面

（2）打开"启动项"列表，在软件列表中找到不需要开机启动的选项，单击后面的"禁止启动"按钮即可，如图 12-16 所示，被禁止自启动的软件名呈灰色不可用状态。

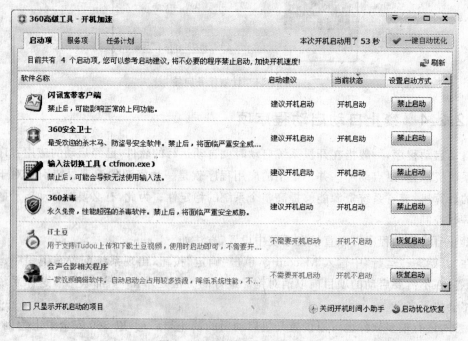

图 12-16　"启动项"列表页面

12.3 病毒防范

病毒是计算机技术和以计算机为核心的社会信息化进程发展到一定阶段的必然产物，它可以破坏用户的数据和文件，窃取账号密码等信息，危害用户的信息安全，为了保证计算机的运行安全和系统安全，必须要积极地防范病毒的入侵，避免造成不可挽回的损失。随着计算机在社会生活各个领域的广泛运用，计算机病毒攻击与防范技术也在不断拓展。

12.3.1 病毒的定义

计算机病毒是指编制或者在计算机程序中插入的破坏计算机功能或者毁坏数据，影响计算机使用并能自我复制的一组计算机指令或者程序代码，就像生物病毒一样，计算机病毒有独特的复制能力。计算机病毒可以很快地蔓延，又常常难以根除。它们能把自身附着在各种类型的文件上。当文件被复制或从一个用户传送到另一个用户时，它们就随同文件一起蔓延开来。

目前最为常见的计算机病毒及其表现形式（针对我们用得较多的 Windows 操作系统）如下：

（1）系统病毒：这些病毒一般可以感染 Windows 操作系统的 ∗.exe 和 ∗.dll 文件，并通过这些文件进行传播，如 Bi 病毒（Parasite.Bi）。

（2）蠕虫病毒：这种病毒通过网络或者系统漏洞进行传播，很大部分的蠕虫病毒都有向外发送带毒邮件，阻塞网络的特性，如冲击波（阻塞网络）等。

（3）木马病毒、黑客病毒：木马病毒的公有特性是通过网络或者系统漏洞进入用户的系统并隐藏，然后向外界泄露用户的信息，而黑客病毒则有一个可视的界面，能对用户的计算机进行远程控制。木马、黑客病毒往往是成对出现的，即木马病毒负责侵入用户的计算机，而黑客病毒则会通过该木马病毒来进行控制。现在这两种类型都越来越趋向于整合了。

（4）脚本病毒：脚本病毒的公有特性是使用脚本语言编写，通过网页进行传播的病毒，如红色代码（Script.Redlof）、欢乐时光（VBS.Happytime）、十四日（Js.Fortnight.c.s）等。

（5）宏病毒：其实宏病毒也是脚本病毒的一种，该类病毒的公有特性是能感染 Office 系列文档，然后通过 Office 通用模板进行传播，如著名的美丽莎（Macro.Melissa）。

（6）后门病毒：该类病毒的公有特性是通过网络传播，给系统开后门，给用户计算机带来安全隐患，如 IRC 后门 Backdoor.IRCBot。

（7）病毒种植程序病毒：这类病毒的公有特性是运行时会从体内释放出一个或几个新的病毒到系统目录下，由释放出来的新病毒产生破坏，如冰河播种者（Dropper.BingHe2.2C）、MSN 射手（Dropper.Worm.Smibag）等。

（8）破坏性程序病毒：这类病毒的公有特性是本身具有好看的图标来诱惑用户单击，当用户单击这类病毒时，病毒便会直接对用户计算机产生破坏。如格式化 C 盘（Harm.formatC.f）、杀手命令（Harm.Command.Killer）等。

（9）玩笑病毒：也称恶作剧病毒，这类病毒的公有特性是本身具有好看的图标来诱惑用户单击,当用户单击这类病毒时,病毒会做出各种破坏操作来吓唬用户,其实病毒并没有对用户计算机进行任何破坏,如女鬼病毒(Joke. Girlghost)。

(10) 捆绑机病毒:这类病毒的公有特性是病毒作者会使用特定的捆绑程序将病毒与一些应用程序,如 QQ、IE 捆绑起来,表面上看是一个正常的文件,当用户运行这些捆绑病毒时,会表面上运行这些应用程序,然后隐藏运行捆绑在一起的病毒,从而给用户造成危害,如捆绑 QQ(Binder. QQPass. QQBin)、系统杀手(Binder. killsys)等。

基于以上如此名目繁多的病毒,用户必须做好安全防范,以保证计算机及网络安全。

12.3.2　计算机病毒的防范

虽然计算机病毒可怕,但只要做好各项计算机病毒的防范及安全策略工作,还是完全可以避免传染上计算机病毒的,保证计算机及网络安全。防范病毒要从多方面考虑,主要有以下几个方面。

1. 计算机网络病毒的防治方法

计算机网络中最主要的软硬件实体就是服务器和工作站,所以防治计算机网络病毒应该首先考虑这两个部分,另外,加强综合治理也很重要。

1) 基于工作站的防治技术

工作站就像是计算机网络的大门,只有把好这道大门,才能有效防止病毒的侵入。工作站防治病毒的方法有 3 种:

(1) 软件防治,即定期不定期地用反病毒软件检测工作站的病毒感染情况。

(2) 在工作站上插防病毒卡。

(3) 在网络接口卡上安装防病毒芯片。

2) 基于服务器的防治技术

网络服务器是计算机网络的中心,是网络的支柱,网络瘫痪的一个重要标志就是网络服务器瘫痪。网络服务器一旦被击垮,造成的损失是灾难性的、难以挽回和无法估量的。目前基于服务器的防治病毒的方法大都采用防病毒可装载模块(NLM),以提供实时扫描病毒的能力,有时也结合利用在服务器上的插防毒卡等技术,目的在于保护服务器不受病毒的攻击,从而切断病毒进一步传播的途径。

2. 局域网病毒的防范

局域网中的计算机数量较多,使用者的防毒水平参差不齐,病毒防范成为局域网日常管理中的一项非常重要的内容。因此,防范计算机病毒要做好以下几方面的工作。

(1) 选择适用的防病毒软件,及时更新病毒库是非常重要的。

(2) 及时安装各种补丁程序。

(3) 规范电子信箱的使用。

(4) 做好各种应急准备工作和数据文件备份,对于计算机,最重要的应该是硬盘中存储的数据。

(5) 隔离被感染的计算机。

3. 个人用户的防范

（1）留心邮件的附件，对于邮件附件尽可能小心，安装一套杀毒软件，在你打开邮件之前对附件进行预扫描。

（2）注意文件扩展名，因为 Windows 允许用户在文件命名时使用多个扩展名，而许多电子邮件程序只显示第一个扩展名，有时会造成一些假象。

（3）不要轻易运行程序。

（4）不要盲目转发信件，收到自认为有趣的邮件时，不要盲目转发。

（5）堵住系统漏洞，现在很多网络病毒都是利用了微软的 IE 和 OutLook 的漏洞进行传播的。

（6）禁止 Windows Scripting Host，对于通过脚本"工作"的病毒，可以采用在浏览器中禁止 Java 或 ActiveX 运行的方法来阻止病毒的发作。

（7）不要随便接受文件，尽量不要从在线聊天系统的陌生人那里接受文件，比如 ICQ 或 QQ 中传来的东西。

（8）多做自动病毒检查，确保你的计算机对插入的软盘、光盘和其他的可插拔介质以及电子邮件和互联网文件都会做自动的病毒检查。

（9）定期更新杀毒软件，升级相关的病毒库。

12.4　实训

12.4.1　清洁主机箱内部

1. 实验设备

（1）每组两台多媒体计算机。

（2）每组两把十字螺丝刀。

（3）每组两把毛刷。

（4）每组两块橡皮擦。

（5）每组一个吹风机。

2. 实验目的

（1）掌握清洁主机箱内部的方法。

（2）掌握清洁 CPU 风扇、主板和显卡等部件的方法。

3. 实验指导

（1）将学生分为若干组，以组为单位进行实验。

（2）在老师的指导下清洁主机箱内部和各部件。

（3）每个学生练一下清洁主机箱内部和各部件的步骤，并都要写出实验报告。

（4）实验步骤：

① 打开机箱,用吹风机清理主机箱内部的灰尘,如图 12-17 所示。

② 接着,将 CPU 风扇取下,用毛刷清理灰尘,如图 12-18 所示。

图 12-17　用吹风机清理主机箱内部　　　　　图 12-18　用毛刷清理 CPU 风扇上的灰尘

③ 将内存条取下,用橡皮擦清理内存条上金手指的氧化物,如图 12-19 所示。

图 12-19　用橡皮擦清理内存条的氧化物

④ 将显卡取下,用毛刷清理灰尘,如图 12-20 所示。

⑤ 将主板取出,用毛刷清理灰尘,如图 12-21 所示。

图 12-20　用毛刷清理显卡上的灰尘　　　　　图 12-21　用毛刷清理主板上的灰尘

12.4.2　在安全模式下杀毒

1. 实验设备

每人配备安装有杀毒软件的计算机一台。

2. 实验目的

(1) 掌握进入系统安全模式的方法。

(2) 了解在安全模式下杀毒的步骤和优势。

3. 实验指导

(1) 开机通过自检后，按 F8 键，显示选项菜单后，选择"安全模式"，如图 12-22 所示。

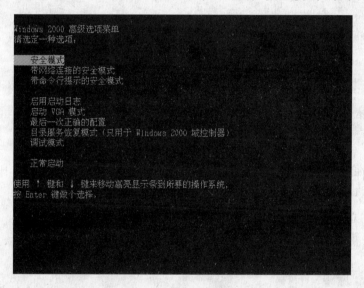

图 12-22　选择"安全模式"

(2) 在安全模式下，运行杀毒软件。

12.4.3　清理垃圾文件

1. 实验设备

每人配备安装有 Windows XP 系统的计算机一台。

2. 实验目的

掌握利用第三方软件清理垃圾文件的操作过程。

3. 实验指导

(1) 打开"360 安全卫士"软件，选择"常用"→"清理垃圾"选项页面，如图 12-23 所示。

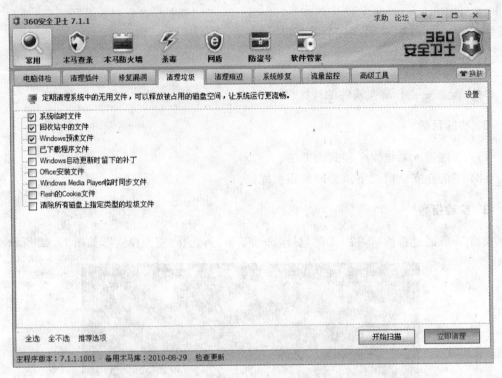

图 12-23 "360 清理垃圾"页面

（2）在文件列表中选中需要清理的垃圾文件，单击"开始扫描"按钮，可计算出垃圾文件数及占用空间。

（3）单击"立刻清理"即可删除选中的垃圾文件。

本章小结

本章介绍了计算机的日常维护方法，在使用计算机的过程中经常做一些维护工作，有利于保证计算机能长期正常工作，减少计算机出故障的几率。通过本章的学习，读者应当掌握软硬件的维护及病毒防范等方面的知识。

练习 12

1. 填空题

（1）一般计算机应工作在＿＿＿＿＿＿＿＿＿的温度环境下。

（2）各个板卡的金手指的清洁最好用＿＿＿＿＿＿＿来进行。

（3）如果室内湿度高于 80%，那么会导致显示器内部出现＿＿＿＿＿＿现象。

（4）＿＿＿＿＿＿＿＿可以搜索到磁盘中的临时文件和缓存文件等各种不再有用的文件。

（5）通过＿＿＿＿＿＿＿＿＿用户可以查看和了解系统各个方面的默认设置。

（6）宏病毒的公有特性是能感染＿＿＿＿＿＿＿文档。

2．简答题

（1）简述计算机的工作环境要求。

（2）简述硬盘维护的注意事项。

（3）简述个人用户应如何防范病毒。

第13章

计算机故障诊断和排除

从计算机诞生到现在,已经过了无数次的更新换代,随着各项技术的不断突破,计算机作为一个奢侈品的时代已一去不返,已经从商务应用过渡到了娱乐休闲,走入了寻常百姓家。但在计算机给人们带来方便的同时,也带来了不少烦恼。如死机、重启、黑屏等一些计算机故障,就经常困扰着不少用户。而实际上,许多故障往往很容易排除,不需要任何专业工具,自己动手也就是几分钟的事情,本章主要介绍对计算机硬件和软件故障判断和排除的方法。

本章主要内容:
- 计算机故障原因产生和处理;
- 计算机故障诊断方法;
- 软件故障排除;
- 硬件故障排除。

13.1 计算机故障的产生

在计算机使用过程中会遇到各种各样的问题,当出现问题时,要确认故障问题产生的原因并及时处理。一般计算机故障可分为硬件和软件两大类,不同的故障所产生的原因不同,针对计算机故障产生的原因,可采用正确的检修计算机故障原则。

13.1.1 计算机故障原因的产生

计算机故障是指造成计算机系统正常工作能力失常的硬件物理损坏和软件系统错误,因此,计算机故障的原因主要包括硬件故障和软件故障,当然也不排除人为引起的故障和环境的影响等。

1. 硬件故障

硬件故障是指计算机硬件系统使用不当或硬件物理损坏所造成的故障,如制造工艺或材料质量问题,板载卡和插件之间接触不良,板载卡焊点虚焊、脱焊,连接导线的断线,硬件老化现象等。

2. 软件故障

软件故障是指显示器提示错误信息,操作系统无法启动,或进入系统后无法运行应用软件等,可分为系统故障,应用软件故障和病毒感染 3 种类型。

（1）系统故障：主要包括由于 CMOS 设置不当,系统配置不当,系统文件丢失,某些动态链接库文件损坏,驱动程序冲突,系统资料耗尽等原因造成的故障。

（2）应用软件故障：这类故障一般是由系统和应用软件本身的缺陷而造成的,如软件版本不匹配、软件的安装,设置,调试,使用和维护不当等。

（3）病毒感染：病毒对操作系统有极大的危害,常造成数据丢失、系统不能启动或运行速度变慢、硬盘不能正常使用、网络不能畅通等。

3. 人为引起故障

由于用户不遵守操作规程而造成硬件和软件的损坏,如带电拆装或是拆卸板卡时使用蛮力而造成元器件损坏,没有使用正确的卸载软件的方法而造成新软件无法安装等。

4. 使用环境的影响

计算机在于运行过程中若受到外部环境的影响也会产生故障,如温度太高或太低会影响配件正常地运行；湿度太高或太低会影响配件的性能发挥；灰尘过多易引起电路短；工作电压不稳定对硬件影响或者损坏；电磁干扰很容易造成硬盘上数据的丢失或损坏硬件等。

13.1.2 计算机故障处理的原则

用户在检修计算机故障时一般坚持四大原则,即先软后硬、先外后内、先电源后部件、先一般后特殊。

1. 先软后硬

在计算机出了问题时,应先从操作系统和软件上来分析故障原因,如 CMOS 设置是否适当,操作系统启动是否正常或运行速度是否变慢,查看是否病毒破坏了主引导扇区或者系统文件等。在排除软件方面的原因后,再来检查硬件的故障。一定不要一开始就盲目地拆卸硬件,以免走弯路。

2. 先外后内

先外后内是指先检查外部设备的原因,再检测计算机主机内的硬件,用户需要根据系统报错信息进行逐步的检修。如先检查打印机、键盘、鼠标、扫描仪等外设是否连接好,查看外设的电源是否通电,在排除这些方面的原因后,再来检查主机内的跟故障有关的硬件。

3. 先电源后部件

电源是计算机是否正常工作的关键,先要检查电源部分,检查主机是否通电,主机的工作电压是否正常和稳定,主机电源的功率是否能负载各个部件的正常运行等,然后再检查各个部件是否通电,或者检查各个部件是否存自身的问题。

4. 先一般后特殊

在计算机出了故障时,应先分析常见的故障的原因,如计算机发出"嘀嘀"长鸣报警声后,先检查内存是否氧化、与内存插槽是否有接触不良,或内存损坏等常见故障,检修完后,如果故障仍然存在,那就要考查特殊的故障原因,如主板的自身问题造成计算机报警。

13.2　计算机故障诊断方法

在对计算机故障进行诊断之前,应了解故障的诊断方法来解决故障所在,其诊断故障的方法可分为常用的诊断方法、利用 BIOS 报警声诊断故障和利用屏幕提示信息诊断故障3 种。

13.2.1　常用的诊断方法

对于不同类型的故障,其使用诊断方法也不同,使用正确的故障判断方法能够更快速、更准确地诊断故障的原因,这里介绍一下常用的 6 种诊断方法。

1. 直接观察法

直接观察法是指用眼看、耳听、鼻闻、手摸来发现并诊断故障的方法。即用眼睛看电源线是否接好、元器件是否生锈或有损坏的明显痕迹、板载卡是否变形、芯片表面是否烧焦变色或者开裂、风扇转速是否变慢、屏幕上有什么提示信息等;用耳朵听风扇的声音是否正常、光驱读光盘的声音是否正常、硬盘读取数据的声音是否正常、显示器和电源内部是否有异常声、计算机报警声等;用鼻子闻主机、外围设备板卡中有无烧焦的气味;用手摸芯片表面的温度,检查芯片或元器件是否松动或接触不良。

2. 插拔法

插拔法是指将板载卡(如内存条、独立显卡和其他扩展卡)与主板相连接的地方先拔出再插入做测试的方法。这种方法适用于因板载卡松动、氧化或与插槽接触不良引起的故障。若插了两根内存条,可采用逐根拔出的方式,每拔一根都要观察机器运行情况,以此解决故障。

3. 清洁法

清洁法是指用吹风机、毛刷等工具清除主机内和主板的灰尘的一种方法。该方法可解决因散热不良或短路产生的故障,还可使用橡皮擦去除独立显卡、内存条或其他板载卡的金手指上的氧化物,以此解决板载卡接触不良或氧化产生的故障。

4. 替换法

替换法是把相同的插件或器件相互交换做测试,观察故障变化情况,帮助诊断、寻找故障原因的一种方法,以此解决某部件造成的故障。用此方法需要特别注意的是使用替换法时一定使用相同型号的部件或支持的插槽。

5．敲击法

敲击法是指机器运行时好时坏时，用手或螺丝刀敲击一下，使机器正常的一种方法。由于有些元器件因管脚没焊好，有时能接触上，有时接触不上，会造成机器时好时坏，通过敲击插件板后，使之彻底接触不良，再进行检查就容易发现问题所在。

6．最小系统法

最小系统法是指在计算机启动时只安装最基本的设备，包括主板、CPU、CPU 风扇、内存、显卡、电源、显示器和键盘，连接在一起，然后通电测试计算机是否能启动的一种方法。通电后若有提示信息或光标闪烁，就说明计算机工作正常状态。否则就说明计算机工作不正常，可逐步检查基本设备中哪个设备产生故障。

13.2.2　利用 BIOS 报警声诊断故障

当计算机无法开机时，计算机加电 BIOS 自检程序会用主板上的报警器发出一些报警声来指出计算机的故障原因，如图 13-1 所示即为报警器。故障报警声与主板采用的 BIOS 有关，不同的 BIOS 报警声也不同。

图 13-1　报警器

1．AMI BIOS 的故障报警声的含义

（1）1 短：内存刷新失败，应更换内存条。

（2）2 短：内存奇偶校验错误，应更换内存条。

（3）3 短：系统基本内存（第 1 个 64Kb）检查失败，应更换内存条。

（4）4 短：系统时钟出现错误，应维修或更换主板。

（5）5 短：中央处理器（CPU）出现错误，可能 CPU 安装不当、CPU 针脚断裂、CPU 插座接触不良造成的，更换一块 CPU 进行测试可知故障所在。

（6）6 短：键盘控制器出现错误，可能键盘未接好、键盘损坏、或者键盘控制芯片损坏造成的，最好更换好的键盘测试故障所在。

（7）7 短：系统实模式出现错误，不能切换到保护模式，这是主板的故障造成的，需要维修。

（8）8 短：显示内存出现错误，应更换显存或显卡。

（9）9 短：ROM BIOS 检验出现错误，应更换 BIOS。

（10）1 长 3 短：内存出现错误，应更换内存条。

（11）1 长 8 短：显示测试出现错误，可能显示器数据线未插好或显卡未插牢造成的，重新安装。

2．Award BIOS 的故障报警声的含义

（1）1 短：系统正常启动，说明计算机硬件没有问题。

（2）2短：出现常规错误，应进入 CMOS 程序界面中，重新设置不正确的选项。

（3）1长1短：内存或主板出现错误，应更换内存条或主板。

（4）1长2短：显示器或显卡出现错误，应更换显示器或显卡。

（5）1长3短：键盘控制器出现错误，需检修主板。

（6）1长9短：主板 BIOS 损坏，需更换主板 BIOS。

（7）不断地响（长鸣）：内存条未插好、氧化或损坏，重插内存条、去除氧化物或者更换内存条即可解决。

（8）不停地响：电源、显示器未和显示卡连接好，检查所有的插头。

（9）重复短响：电源问题，需更换电源。

（10）无声音无显示：显卡未接好或电源问题，重新插一下显卡或更换电源可解决。

3. 常见的报警声

通过日常检修机器时，总结常见的报警声可分为以下 5 大类：

（1）无声：无声有两种情况，一是正常，当计算机开机后，显示器会出现字符或光标在闪烁，说明主机能正常运行，CPU、内存、主板、显卡和电源五者处于正常工作状态；二是不正常，可分为 CPU 风扇不转和 CPU 风扇转两种现象，若 CPU 风扇不转，说明电源有问题或主板有问题，需更换电源或主板。若 CPU 风扇转，则有可能是内存条损坏或没插好、CPU 安装不到位、CMOS 设置不当、主板等问题。

（2）"嘀"一声：一般是属于正常状态。自检 CPU，内存和显卡通过后报警一声。

（3）"嘀嘀"两短声：独立显卡的金手指氧化，显示芯片损坏，显存损坏，电容失效，接触不良和插槽损坏或氧化造成的。去除氧化物、重新安装一下或更换硬件。

（4）长鸣：多是因为内存条的金手指氧化、接触不良、质量差、芯片损坏或烧坏、内存插槽损坏或氧化造成的。需去除氧化物、重新安装一下或更换硬件。

（5）重复短响：这也可能有两种情况，一是系统中毒；二是 CPU 未接好或 CPU 散热不佳。更新病毒库后进行杀毒或重新安装 CPU 改善散热效果即可解决该问题。

13.2.3　利用屏幕提示信息诊断故障

除了 BIOS 报警声判断故障外，在 BIOS 检测过程中，当硬件和软件出现问题时，自检就会停止，并在屏幕上显示错误信息提示，用户可以通过错误信息提示来判断故障原因。

1. 屏幕显示 CMOS battery failed

【错误含义】　CMOS 电池失效，这说明是 CMOS 电池的电力已经不足产生的，如图 13-2 所示。

【分析】

（1）CMOS 放电后，无法保存数据。

（2）CMOS 设置不当。

（3）CMOS 电池能量不足产生的或氧化（断路）。

【解决】

（1）恢复出厂值，在 BIOS 中选择 Load Setup Defaults 项，如图 13-3 所示。

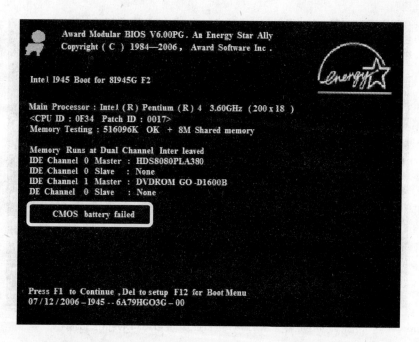

图 13-2 屏幕显示 CMOS battery failed

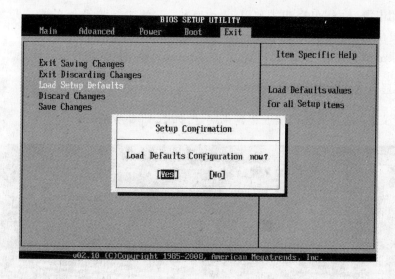

图 13-3 恢复出厂值

（2）更换 CMOS 电池。

2. 屏幕显示 CMOS check sum error-Defaults loaded

【错误含义】 CMOS 执行全部检查时发现错误，要载入出厂值，如图 13-4 所示。

【分析】

（1）CMOS 电池电力不足。

（2）BIOS 程序感染病毒能引起的。

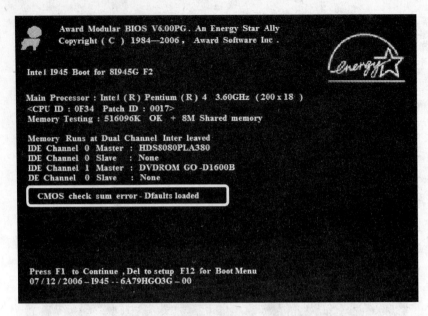

图 13-4　屏幕显示 CMOS check sum error-Defaults loaded

【解决】

（1）关闭电源，给 CMOS 电池放电，更换电池。

（2）恢复出厂值。

（3）如果故障仍然存在，需要刷新 BIOS 程序或更换 BIOS 芯片。

3. 屏幕显示 Keyboard error or no keyboard present

【错误含义】　键盘出现错误或键盘未接好，如图 13-5 所示。

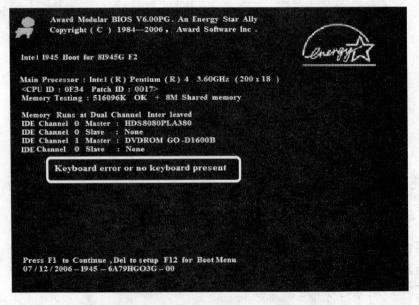

图 13-5　屏幕显示 Keyboard error or no keyboard present

【分析】

(1) 键盘未接好或损坏造成的。

(2) 主板键盘接口损坏。

【解决】

(1) 重新连接一下键盘。

(2) 更换好的键盘。

(3) 如果故障仍然存在,那是主板键盘接口,需要检修。

4. 屏幕显示 DISK BOOT FAILURE,INSERT SYSTEM DISK AND PRESS ENTER

【错误含义】　硬盘引导失败,请插入系统引导盘并按回车,如图 13-6 所示。

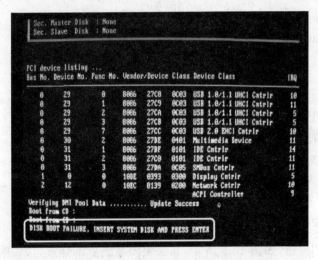

图 13-6　硬盘引导错误信息

【分析】

(1) 可能硬盘数据线未接好或未安装硬盘造成的。

(2) 可能未安装操作系统造成的。

(3) 硬盘引导损坏造成的。

【解决】

(1) 将硬盘连接好。

(2) 重装操作系统。

(3) 更换好的硬盘。

13.3　软件故障

软件是计算机的灵魂,没有软件的计算机就如同没有磁带的录音机和没有录像带的录像机一样,与废铁没什么差别,一般把软件分为两大类,即系统软件和应用软件。使用不同的计算机软件,计算机可以完成许多不同的工作,但若使用不当,也会产生故障。

13.3.1 系统软件故障

各种应用软件,虽然完成的工作各不相同,但它们都需要一些共同的基础操作,例如都要从输入设备取得数据,向输出设备送出数据等,这些基础工作也要由一系列指令来完成,人们把这些指令集中组织在一起,形成专门的软件,用来支持应用软件的运行,这种软件就称为系统软件。

系统软件在为应用软件提供上述基本功能的同时,也进行着对硬件的管理,使在一台计算机上同时或先后运行的不同应用软件有条不紊地合用硬件设备。系统软件一旦发生故障,对硬件及其他应用软件的使用都有很严重的影响,系统软件故障主要包括以下几种情况。

1. 关闭 Windows XP 后系统会自动重启

【现象】 关闭 Windows XP 系统后,系统又自动重启。

【分析与解决】

在 Windows XP 默认情况下,启动和故障恢复功能起了作用,当用户关闭计算机时出现错误,系统就会自重启,将该功能关闭可以解决该故障,操作方法如下:

(1) 在系统桌面上,右击"我的电脑"图标,在弹出的快捷菜单中选择"属性",打开"系统属性"对话框,切换到"高级"选项卡,如图 13-7 所示,在启动和故障恢复栏中,单击"设置"按钮。

(2) 打开"启动和故障恢复"对话框,在"系统失败"栏中,取消选中"自动重新启动"复选框,然后单击"确定"按钮,如图 13-8 所示,如果关闭系统后不会重启,说明这里设置不当。

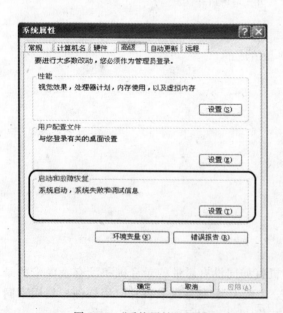

图 13-7 "系统属性"对话框

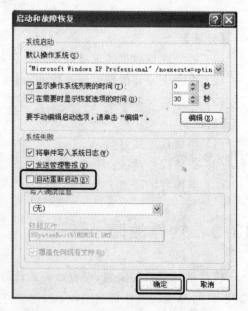

图 13-8 取消自动重新启动功能

如果故障仍然存在,则可能是系统中毒引起的,应先更新杀毒软件的病毒库,然后将系统进入安全模式下进行全面杀毒。若杀毒后故障仍然存在,只能重新安装操作系统。

2. Windows XP 系统不能正常关机

【现象】 在关闭计算机时,计算机没有响应,只能按住电源开关键才能关机。

【分析与解决】

造成这种情况的原因有如下几种:

(1) 因电源管理设置不当造成的,应将电源按钮设置为关机,具体操作方法如下所述。在系统桌面上右击,在弹出的快捷菜单中选择"属性",打开"显示属性"对话框,切换到"屏幕保护程序"选项卡,如图 13-9 所示,在监视器的电源栏中,单击"电源"按钮。

打开"电源选项属性"对话框,选择"高级"选项卡,如图 13-10 所示,在"电源按钮"栏的下拉列表框中选择"关机"选项,单击"确定"按钮即可。

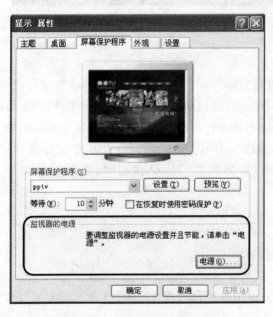

图 13-9 "显示 属性"对话框

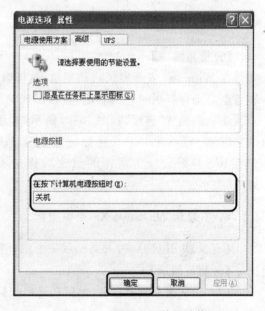

图 13-10 设置电源关机功能

(2) 因 CMOS 设置不当造成的,进入 CMOS 设置界面,可以直接恢复到出厂默认值。

(3) 因系统中毒造成的,进行全面杀毒。

(4) 在系统中,按 Ctrl+Alt+Del 键,打开任务管理器窗口,结束一些占用比较大的内存容量的进程,如图 13-11 所示。

如果故障仍然存在,可重新安装操作系统。

3. Windows XP 系统无法正常启动

【现象】 Windows XP 系统无法正常启动,滚动条走了一下就停止,进不了桌面,如图 13-12 所示。

图 13-11　结束进程

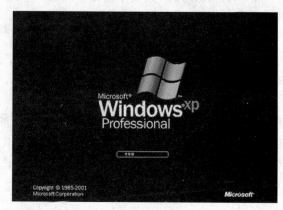

图 13-12　启动画面

【分析与解决】

在 Windows 安全模式启动菜单中,可以选择"最后一次正确的配置"项来恢复注册表,在重新启动计算机时,按 F8 键,直到出现 Windows 高级启动选项菜单,用方向键选择"最后一次正确的配置"选项,如图 13-13 所示,然后按下 Enter 键。

注意 Windows XP 只还原注册表项 HKLM\System\CurrentControlSet 中的信息,任何在其他注册表项中所作的更改均保持不变,如果故障仍然存在,只能重新安装操作系统。

4. 不显示 Windows XP 桌面图标

【现象】　开机时,进入桌面后一个图标都没有。

【分析与解决】

(1) 在系统桌面上右击,然后在弹出快捷菜单中选择"排列图标"→"显示桌面图标",如图 13-14 所示。

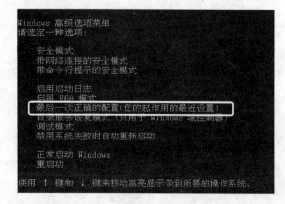

图 13-13　Windows 安全模式

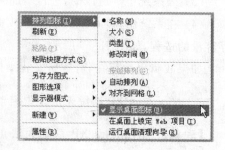

图 13-14　勾选显示桌面图标

(2) 单击"开始"→"运行"菜单,在运行对话框的文本框中输入"gpedit.msc",按下 Enter 键,打开"组策略"对话框,在左侧的用户配置中,选择"管理模板"→"桌面"节点,然后在右侧双击"隐藏和禁用桌面所有的项目",打开"隐藏和禁用桌面所有的项目属性"对话框,选择"未配置"单选钮,如图 13-15 所示,最后按"确定"按钮,重启计算机即可。

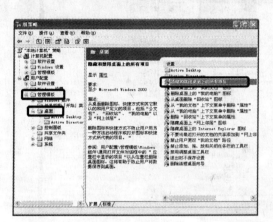

图 13-15　在组策略中设置桌面的操作

(3) 按下 Ctrl＋Alt＋Del 组合键,打开任务管理器,选择"文件"→"新建任务"菜单项,在创建新任务对话框中输入"explorer.exe",如图 13-16 所示,单击"确定"按钮,稍等片刻桌面上即可显示图标。

图 13-16　在任务管理器打开桌面图标

(4) 单击"开始"→"运行",在运行对话框的文本框中输入"regedit",打开注册表编辑器,定位到 HKEY_LOCAL_MACHINE \ SOFTWARE \ Microsoft \ Windows NT \ CurrentVersion\Winlogon,查看该分支下的 Shell 值是否为 Explorer.exe。若不是,请手动修改为"Explorer.exe",如图 13-17 所示。

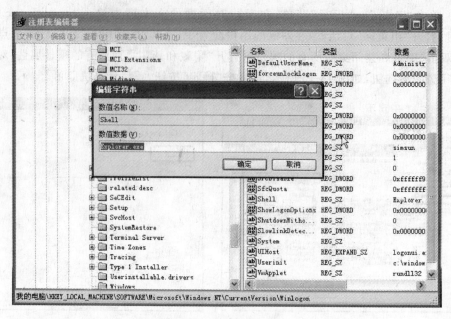

图 13-17　在注册表中修改 Shell 值为 Explorer.exe

（5）如果故障仍然存在，只能重装系统。

专家点拨　建议用户，安装好操作系统后，先打好系统补丁，然后使用一键还原软件做好系统备份，当系统出现故障可以快速还原系统，从而提高用户工作效率。

13.3.2　应用软件故障

应用软件是为满足用户不同领域、不同问题的应用需求而提供的，它可以拓宽计算机系统的应用领域，放大硬件的功能。应用软件具有无限丰富和美好的开发前景，但在使用过程中也可能会出现某些问题，本节介绍几种常见的应用软件故障及相应的排除方法。

1．应用软件无法安装

【现象】　双击应用软件的安装程序（.exe）图标，无法安装。

【分析与解决】

（1）因应用软件的安装程序文件损坏造成的，只能到官方网重新下载软件。

（2）因受到管理员权限限制造成的，将系统切换到管理员账户下进行安装软件。

（3）因受到杀毒软件，防火墙限制造成的，只需在杀毒软件的提示中确认允许安装即可，如图 13-18 所示。

（4）因安装没有足够空间造成的，找出空闲的磁盘安装软件。

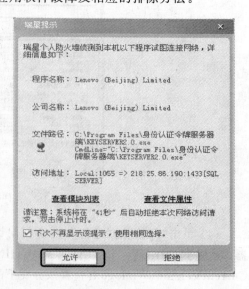

图 13-18　防火墙允许

（5）因软件本身与操作系统不兼容造成的，需要重新下载最新版本，又能支持该系统的软件。

（6）如果故障仍然存在，那么就是系统中毒引起的，使应用软件无法安装，先杀毒。如果还不能安装软件，只能重装系统。

2. 无法打开网页

【现象】　在系统中，可以上 QQ，就是不能打开网页，如图 13-19 所示。

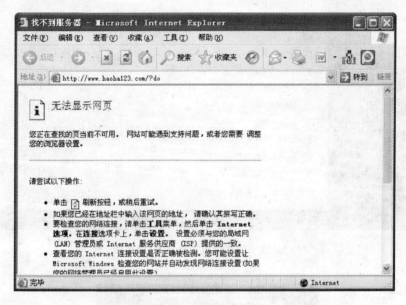

图 13-19　无法打开网页

【分析与解决】

（1）因网速慢造成的，咨询网络管理部门网速慢的原因并解决。

（2）因网络防火墙造成的，如果网络防火墙设置不当，就会打不开网页，遇到这种情况可降下防火墙安全等级或直接关闭防火墙，如图 13-20 所示。

（3）因 IE 浏览器损坏造成的，使用超级兔子中 IE 修复功能修复 IE 浏览器，如图 13-21 所示。如果无法修复，可以升级一下最新版本的 IE 浏览器。

（4）如果故障仍然存在，只能重装系统。

3. 安装程序启动安装引擎失败

【现象】　在安装某应用软件（如 Dreamweaver）时，提示"安装程序启动安装引擎失败：不支持此接口"，如图 13-22 所示。

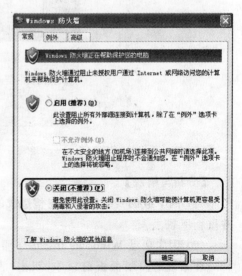

图 13-20　关闭防火墙

图 13-21　用超级兔子修复 IE 浏览器

图 13-22　安装程序启动安装引擎失败

【分析与解决】

（1）因下载的安装程序不完整造成的，检查下载安装程序大小是否与网站描述的一样，并重新下载。

（2）因未启动 Windows Installer 服务造成的，启动该服务即可。其操作方法为：

在系统的控制面板窗口中，双击"管理工具"功能图标，打开之后继续双击"服务（本地）"，打开服务窗口中，如图 13-23 所示，右击 Windows Installer 选项，在弹出的快捷菜单中选择"启动"即可。

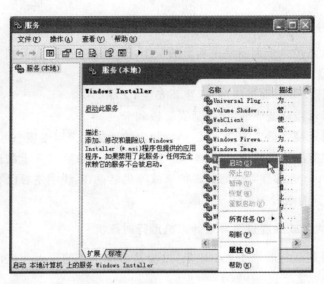

图 13-23 启动 Windows Installer 服务

（3）重装安装软件后，如果故障仍然存在，需要在微软件网站下载最新的 Windows Installer 并重新安装。

（4）如果故障仍然存在，只能重装系统来解决问题。

13.4 硬件故障排除

一般来说，硬件有故障的话，你是无法正常进入系统的，硬件故障的产生的原因多种多样，对于不同的硬件设备，引起的故障也不一样，本节将介绍一些常用的硬件故障及排除方法。

13.4.1 主板的故障

主板是整个计算机的关键部件，在计算机起着至关重要的作用。如果主板产生故障将会影响到整个 PC 机系统的工作。主板的常见故障主要包括如下方面。

1. 主板变形导致无法通电

【现象】 原来是好的主板，将把主板"从机箱拆出后再装入机箱内"这样一个过程之后，发现主板电源工作指示灯，CPU 风扇也不转，说明主板没有通电。

【分析与解决】

（1）因连接线未接好造成的，将重新把机箱内的连接线全部连接一下。

（2）因螺丝拧得过紧造成主板变形，将把主板从机箱取出来，用手轻轻矫正主板变形处，然后装上 CPU、内存、显卡和电源进行通电测试。能够正常启动后，将主板安装到机箱内。

专家点拨 在安装主板时，拧螺丝不能拧得太紧，否则容易产生变形。当用户碰到这种故障时，一定要将主板取出来，平放在桌面上采用最小系统化进行测试。

2．主板因清除灰尘导致无法开机

【现象】　因为灰尘太多而清除主板上的灰尘，但清除完成后，计算机无法开机。

【分析与解决】

（1）因 CPU 未安装好而造成的，应重新安装 CPU。

（2）因板载卡未插好造成的，应重新安装板载卡。

（3）因连接线未接好造成的，应重新把机箱内的连接线全部连接一下。

（4）如果以上方法不能解决，应把主板从机箱取出来，放在桌面上测试。如果主板能启动，就说明主板、CPU 等部件都是好的。如果故障仍然存在，说明主板已在清除灰尘时被损坏，碰到这种情况只能送去主板厂家检修。

3．主板灰尘太多或温度过高导致计算机运行时死机

【现象】　计算机运行时产生死机现象，以为是系统中毒的原因死机，重装系统后，故障仍然存在。

【分析与解决】

打开机箱，若主板上积满灰尘，如图 13-24 所示，应先清除主板上的灰尘，注意在给主板清除灰尘时，用户不能用力过大或动作过猛，否则会损坏主板上的元器件从而造成主板不能启动。计算机通电运行一段时间后，不会产生死机的现象。

图 13-24　主板上积满灰尘

专家点拨　当计算机长时间工作温度过高时，最好将机箱侧面挡板打开，保持机箱内通风，或者加风扇散热。

4．计算机开机后出现黑屏

【现象】　计算机开机后，电源工作指示灯亮，硬件指示灯也在闪，显示器就是黑屏。

【分析与解决】

（1）因显示器与显卡数据连接线未接好造成的，将重新连接一下。

（2）如果故障仍然存在，可使用替换法，检查一下显卡和显示器是否有故障。如果硬件没有故障，说明是由于计算机工作电压不稳造成的，用户可用万用表测量一下，如电压低于 170V，则可确定是电压过低引起故障。

专家点拨　计算机的开关电源工作电压范围一般为 170～240V，电压过高会烧毁硬件，电压过低计算机无法启动。

5. 主板上的电容损坏引起死机或蓝屏

【现象】　计算机开机后，运行几分钟就出现死机或蓝屏现象，重装多次系统后，故障仍然存在。

【分析与解决】

（1）更换容易产生死机的硬件，如 CPU 风扇、内存等硬件。

（2）仔细检查主板上的电容是否有冒泡、炸裂或漏液现象，如图 13-25 所示，若有这类现象，则可确定是由电容损坏引起的故障。如果用户有工具，可以购买相同型号的电容换上去，或者送去维修。

图 13-25　主板上的电容冒泡

6. 开机自检画面无法跳过

【现象】　计算机开机后，出现自检画面，然后就是停止在这个画面，无法跳过，如图 13-26 所示。

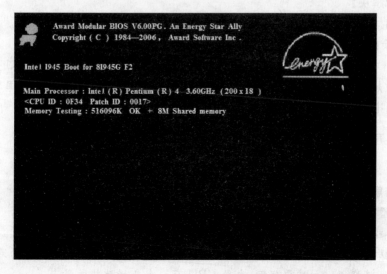

图 13-26　自检画面

【分析与解决】

这是由于 BIOS 程序设置混乱引起的,计算机不知道怎么执行命令,因此停留在自检画面。用户只需要关闭计算机后,给主板 CMOS 放电,重新开机,就可以进入系统。

专家点拨　当计算机遇到无法开机、开机后自检画面无法跳过时,用户第一步就是给主板上的 CMOS 放电,一般故障都能解决,否则是硬件有问题。

13.4.2　CPU 及 CPU 风扇的故障

CPU 是计算机中重要配件之一,是计算机的心脏。同时它也是集成度很高的配件,可靠性较高,正常使用时故障率并不高。但是若安装或使用不当则可能带来很多意想不到的故障。

1. CPU 安装不当导致机器无法启动

【现象】　计算机开机后,只看到显示器是黑屏,如图 13-27 所示,CPU 风扇是在转动,就是无法启动。

图 13-27　显示器是黑屏

【分析与解决】

(1) 给主板 CMOS 放电。

(2) 更换好的内存和显卡。

(3) 打开机箱,用手摸摸 CPU 散热器是否有温度,如果有温度,说明 CPU 是正常的,再看看 CPU 散热器是否冷冰冰的,若是的话可拆开 CPU 风扇,把 CPU 从槽里取出来,重新安装一下,通电后计算机可以启动。

2. 超频导致计算机死机或蓝屏

【现象】　计算机超频后,导致计算机工作不稳定,经常出现死机或蓝屏。

【分析与解决】

(1) 因超频后 CPU 风扇散热不佳而造成的,应更换 CPU 风扇。

(2) 如果故障仍然存在,就到 BIOS 中适当降频或恢复出厂值设置。

专家点拨　一般的用户最好不用超频,因为超频很容易加快减小硬件的寿命。严重时硬件将烧毁。如果要超频,也给 CPU 有一个良好散热效果。

3．计算机噪声特别大

【现象】 计算机使用一段时间后,噪声特别大。

【分析与解决】

（1）打开机箱后,发现 CPU 风扇上灰尘很多,如图 13-28 所示,导致噪声特别大。将 CPU 风扇拆下来,先用毛刷清除 CPU 风扇上的灰尘,然后在风扇的中轴加点润滑油后,即可排除故障。

（2）如果故障仍然存在,只有更换 CPU 风扇。

专家点拨 CPU 风扇上积压灰尘太多还会导致的风扇不转或散热效果不佳,进而导致 CPU 温度升高,引起计算机速度变慢、死机或重启等现象。

图 13-28 CPU 风扇上灰尘很多

4．开机后屏幕提示 CPU FAN Error

【现象】 计算机每次启动时,屏幕上提示 CPU FAN Error,如图 13-29 所示。

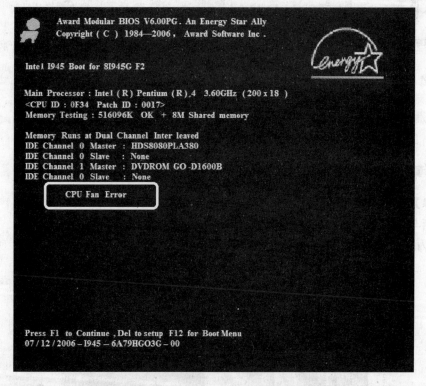

图 13-29 屏幕上提示 CPU FAN Error

【分析与解决】

因 CPU 风扇出现了故障,是 CPU 风扇的电源接口接在了机箱风扇（SYS FAN）的接口上。将 CPU 风扇电源接口正确安装到 CPU FAN 标识的接口上,如图 13-30 所示。

5. CPU针脚被风扇压弯了拨直方法

【现象】　CPU安装不当,针脚被CPU风扇压弯了。

【分析与解决】

先去文具店,购买一支自动铅笔,规格为0.5笔芯的,将用自动铅笔笔尖插到被弯了的CPU针脚上,轻轻地拨直,如图13-31所示,CPU针脚修复好,安装到主板测试一下即可。

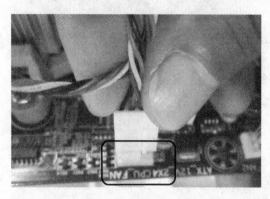

图13-30　CPU风扇电源线接到CPU FAN接口上　　　　图13-31　拨直弯了的针脚

专家点拨　修复弯CPU针脚的工具,还可以使用镊子和尖嘴钳拨直CPU针脚。

13.4.3　内存的故障

内存是计算机中比较容易产生故障的部件之一,常见的内存故障有安装不当、金手指氧化、接触不良、内存温度过高、电脑超频不支持、兼容性差以及自身的损坏等。

1. 计算机开机无显示故障

【现象】　计算机开机不能启动,屏幕无字符出现,发出报警声("嘀嘀"地长鸣声)。

【分析与解决】

(1) 内存的金手指有氧化物或污点,用白纸或橡皮擦去除氧化物,如图13-32所示。

(a) 用橡皮擦除氧化物　　　　　(b) 用白纸除氧化物

图13-32　去除氧化物

（2）内存损坏，如烧毁现象或内存上的某个芯片损坏，如图 13-33 所示，更换内存条。

（3）内存插槽有氧化物而导致接触不良，可用毛刷去除氧化物，如图 13-34 所示，然后再重新安装内存。

图 13-33　内存被烧毁

图 13-34　用毛刷除氧化物

（4）内存插槽损坏，送修。

（5）主板损坏，送修或更换主板。

专家点拨　在拔插内存条时，要拔掉电源线，否则易烧毁内存。在测试内存时，找到能支持该内存的主板进行验证。

2. 内存工作不稳定导致计算机无故重启或死机

【现象】　计算机正常使用一段时间后就会无故重启或死机。

【分析与解决】

（1）从软件方面着手，先进行系统查杀毒，如果不行，再进行操作系统的安装。

（2）从硬件方面着手，先用手摸机箱内部的温度是否很高，CPU 散热器温度是否很烫手，或内存颗粒表面温度是否很高。在这种情况下，要把机箱侧面挡板打开，保持好通风，加机箱风扇，内存加装铝制或者铜制的散热片，如图 13-35 所示。

（3）内存混插，不兼容产生的问题，选择相同型号的内存条。

（4）内存条上芯片颗粒老化或损坏产生的问题，此情况要通过系统运行后才能体现出来，需更换内存条。

图 13-35　内存加散热器

专家点拨　夏天天气热，最好要防止灰尘进入机箱，又不能有高温度出现，可以打开侧面挡板，用小电风扇对着吹，从而达到散热效果。

3. Windows 系统运行时会出现非法错误

【现象】　Windows 系统运行时，出现非法错误，如图 13-36 所示。

【分析与解决】

1）从软件方面着手

（1）查看某应用软件是否存在缺陷，如果是应用软件的问题，把相关的应用软件卸载或

图 13-36　应用软件存在缺陷

更新版本。

（2）查看系统是否中毒引起的，进行全磁盘查杀病毒。

2）从硬件方面着手

（1）内存上的金手指是否有氧化物，如果有，去除氧化物。

（2）如果是内存老化或某个芯片损坏引起的更换内存条。

专家点拨　碰到此现象时，用户必须要从软件和硬件综合考虑，一步一步排除。

4．安装操作系统时无法复制文件

【现象】　安装操作系统时，在复制文件阶段，总是报错，提示文件无法复制，总是要按 Esc 键跳过才能复制下一个文件，如图 13-37 所示。

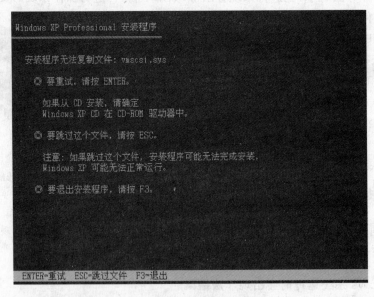

图 13-37　文件无法复制

【分析与解决】

（1）检查系统光盘是否划伤，更换系统光盘。

（2）检查光驱是否读取数据很慢，更换一个好的光驱进行测试。

（3）检查内存的金手指是否有氧化物，或某个芯片损坏，更换内存条。

专家点拨 要综合考虑故障的所在，有哪个部分会产生这种现象。先解决软故障后解决硬故障。

5. Windows 系统启动后会产生反复自动重新启动

【现象】 Windows 系统启动后，不到桌面就会产生反复自动重新启动。

【分析与解决】

（1）计算机系统中毒引起的，重装系统。

（2）CPU 表面温度过高，CPU 风扇转速慢产生的，更换 CPU 风扇。

（3）电源质量差，达不到该计算机功率，应更换好的电源。

（4）内存条质量不佳引起的，更换内存条。

专家点拨 碰到此现象，考虑先软后硬的原则进行排除。

6. 开机时显示屏上出现好多小方块的花屏

【现象】 集成显卡主机，开机时显示屏上出现好多小方块的花屏现象。

【分析与解决】

（1）检测一下内存上的金手指是否有氧化物引起的，去除氧化物。

（2）内存上的芯片质量不佳引起的，更换内存条。

专家点拨 碰到此现象，就从内存着手排除。

7. 计算机超频后产生死机

【现象】 计算机超频后，产生死机。

【分析与解决】

（1）除了 CPU 散热器、主板、电源和硬盘会超频后引起死机现象之外，内存也会引起此故障。

（2）内存质量不佳引起的，更换性能好内存条。

（3）如果故障仍然存在，就不能进行超频。

专家点拨 计算机超频时，要考虑 CPU 散热器、主板。内存、电源和硬盘等部件是否能够支持。如果不支持，就不能超频，否则就损坏硬件。

8. 玩游戏一段时间后引起自动启动或蓝屏

【现象】 玩游戏一段时间后引起自动启动或蓝屏，如图 13-38 所示，重新开机又正常了。

【分析与解决】

（1）从软件着手，由于运行文件太大，内存无法支持引起的。

（2）检查一下 CPU 散热器是否烫手，如果不行就要更换 CPU 散热器。

（3）内存上的金手指被氧化后，运行大型软件就会引起蓝屏，去除氧化物。

（4）内存质量不佳引起无法运行大型软件，更换性能好的内存。

专家点拨 玩游戏时，不能长时间工作，对硬件损耗很大。

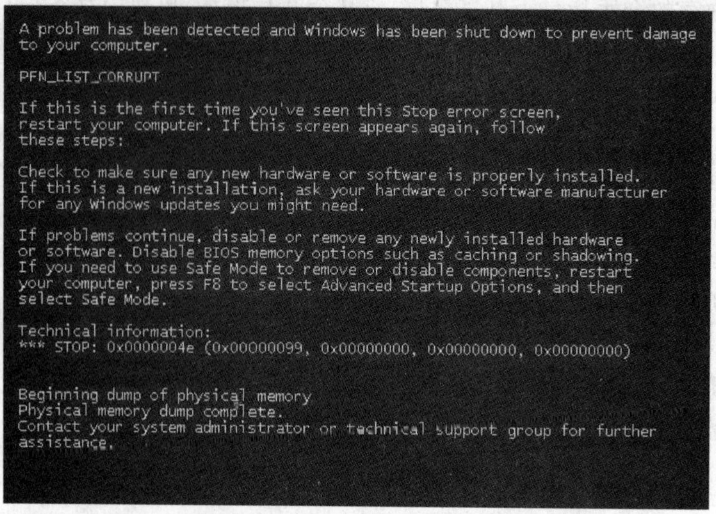

A problem has been detected and Windows has been shut down to prevent damage to your computer.
PFN_LIST_CORRUPT
If this is the first time you've seen this Stop error screen, restart your computer. If this screen appears again, follow these steps:
Check to make sure any new hardware or software is properly installed. If this is a new installation, ask your hardware or software manufacturer for any Windows updates you might need.
If problems continue, disable or remove any newly installed hardware or software. Disable BIOS memory options such as caching or shadowing. If you need to use Safe Mode to remove or disable components, restart your computer, press F8 to select Advanced Startup Options, and then select Safe Mode.
Technical information:
*** STOP: 0x0000004e (0x00000099, 0x00000000, 0x00000000, 0x00000000)
Beginning dump of physical memory
Physical memory dump complete.
Contact your system administrator or technical support group for further assistance.

图 13-38 蓝屏

13.4.4 硬盘的故障

硬盘是存储大量的数据的仓库，如果出现故障不能正常使用，就会导致系统无法启动和数据的丢失。常见的硬盘故障有系统找不到硬盘、硬盘主引导记录故障、硬盘坏道故障、硬盘电路板故障等。

1. 系统找不到硬盘

【现象】 开机后，屏幕上提示 Hard Disk Controller Failure、Invalid Drive Specification 或 No Hard Disk Installs 等错误信息，如图 13-39 所示。

Award Modular BIOS V6.00PG, An Energy Star Ally
Copyright (C) 1984—2006, Award Software Inc.
Intel I945 Boot for 8I945G F2
Main Processor : Intel (R) Pentium (R) 4 3.60GHz (200 x 18)
<CPU ID : 0F34 Patch ID : 0017>
Memory Testing : 516096K OK + 8M Shared memory
Memory Runs at Dual Channel Inter leaved
IDE Channel 0 Master : HDS8080PLA380
IDE Channel 0 Slave : None
IDE Channel 1 Master : DVDROM GO-D1600B
IDE Channel 0 Slave : None
Hard Disk Controller Failure
Press F1 to Continue , Del to setup F12 for Boot Menu
07/12/2006 - I945 - 6A79HGO3G - 00

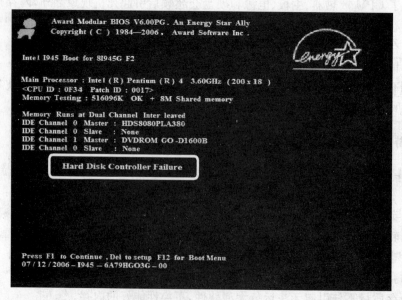

图 13-39 屏幕上提示 Hard Disk Controller Failure

【分析与解决】

（1）因 CMOS 设置不当造成的，恢复出厂值设置。

（2）因硬盘的电源线和数据线未连接好，或者数据线损坏造成的，在 BIOS 程序界面中，基本参数项中查看是否有硬盘信息，如图 13-40 所示，然后重新连接硬盘的电源线和数据线，或者更换数据线。

（3）因两个 IDE 接口硬盘主从盘设置不当造成的，重新设置两个硬盘主从盘。

（4）因硬盘自身的质量或老化造成的，碰到这种情况最好更换硬盘。

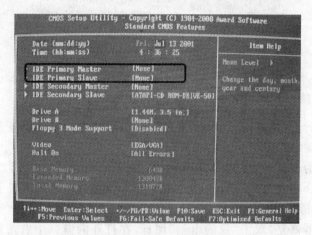

图 13-40　查看有无硬盘信息

2. 硬盘主引导记录故障

【现象】　计算机开机后，只看到屏幕上提示 Error Loading Operating System 错误信息，如图 13-41 所示。

【分析与解决】

（1）因病毒引发造成的，借助瑞星、金山等杀毒软件提供的引导光盘启动计算机，接着在 DOS 环境下对系统进行查杀病毒。如果发现引导区存在病毒，则程序自动进行查杀。清除病毒之后即可恢复计算机的正常使用。

（2）如果故障仍然存在，那么就使用 DOS 命令中的 fdisk/mbr 命令修复主引导记录，其操作方法：使用带 DOS 命令功能的光盘引导，在 DOS 提示符后直接输入"fdisk/mbr"命令即可修复主引导记录，如图 13-42 所示。

　　　　　　　　　　　　　　　　　　　　　　A:\> fdisk/mbr_

图 13-41　屏幕上提示装入 DOS 引导记录出错　　　　图 13-42　修复主引导记录

（3）还可以使用 Disk Genius 软件进行修复主引导记录，其操作方法：运行 Disk Genius 软件后，选择"工具"→"重写主引导记录"，即可修复主引导记录，如图 13-43 所示。

（4）如果故障仍然存在，就要重装系统才可以解决该故障。

专家点拨　fdisk/mbr 命令只适用于主引导记录被引导区型病毒破坏或主引导记录代码丢失，但硬盘主分表并未损坏的情况下使用。

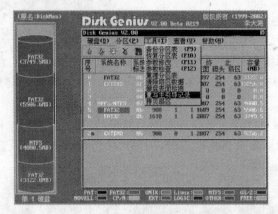

图 13-43　使用 Disk Genius 软件进行修复主引导记录

3. 硬盘坏道故障

【现象】　开机后，系统运行好慢，磁盘无法格式化，或发出摩擦的怪音等现象。

【分析与解决】

硬盘坏道可分为逻辑坏道和物理坏道两种，逻辑坏道是指软件安装或使用错误造成的，一般对硬盘本身不会造成太大的危害，而物理坏道是指硬盘的磁道出现了物理损伤。

1）修复逻辑坏道的操作方法

使用磁盘扫描器修复，双击"我的电脑"图标，在打开的窗口中右击需要修复的磁盘盘符，如 E 盘，在弹出的快捷菜单中选择"属性"命令。

打开"属性"对话框，切换到"工具"选项卡，在"查错"组中单击"开始检查"按钮，打开"检查磁盘"对话框，如图 13-44 所示，选中"自动修复文件系统错误"和"扫描并试图恢复坏扇区"复选框，然后单击"开始"按钮，系统开始扫描，在扫描过程中发现逻辑坏道，系统会自动修复。

2）修复物理坏道的操作方法

使用效率源硬盘坏磁道修复软件修复坏道，这是一款智能化修复硬盘坏道软件。用自带效率硬盘坏磁道修复软件的启动光盘，运行该软件，在程序主界面中选择"坏道智能修复"菜单，然后按 Enter 键即可开始对硬盘的坏道进行修复，如图 13-45 所示。

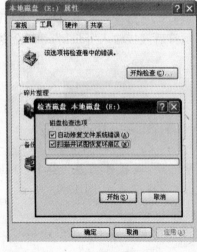

图 13-44　执行磁盘扫描

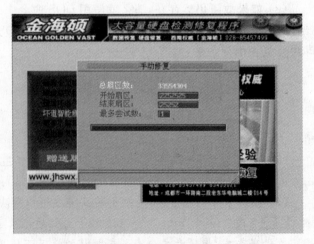

图 13-45　使用效率源硬盘软件修复坏道

使用 Disk Genius 屏蔽磁盘坏道,在 Disk Genius 软件主界面中,进行磁盘扫描操作,按下 Alt 键激活菜单,选择"工具"→"硬盘表面检测"命令,如图 13-46 所示。程序会提示"测试当前分区硬盘表面坏道区清单将保存到 BACDSECT. TXT 中",选择"扫描"后按下 Enter键。在出现的扫描方式选择窗口之后,将有 3 个扫描选项供用户选择,分别为按扇区扫描、按磁道扫描和按柱面扫描,这里单击"按扇区"扫描。

扫描时会显示"扫描进程"对话框,当扫描到坏道时,会发出"咯吱咯吱"的声响,完成后,会出现一个是否有坏扇区、共几个坏扇区的提示信息,并且把这些信息记录到 BACDSECT. txt文件中,如图 13-47 所示。

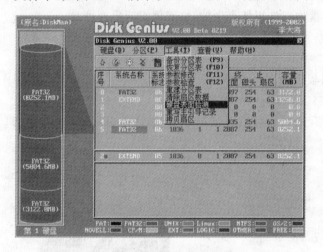

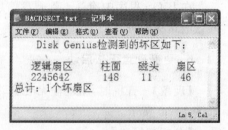

图 13-46　执行磁盘表面扫描　　　　　　　　图 13-47　BACDSECT 中记录的信息

有坏道时应把磁盘坏道分区出来并屏蔽操作:在 Disk Genius 软件主界面中,进行磁盘扫描操作,按 Alt 键激活菜单,选择"分区"→"删除分区"命令,将原来的分区全部删除,如图 13-48 所示。

回到主界面后选择"分区"→"新建分区(或扩展分区)"命令,根据 BACDSECT. txt 文件所记录下的坏扇区位置,把坏扇区前后 10~20MB 的空间单独划分一个区,如图 13-49所示。

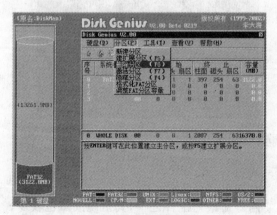

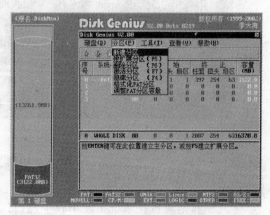

图 13-48　删除分区　　　　　　　　　　　　图 13-49　新建分区

通过按 Tab 键选中包含坏扇区的分区,然后再选择"分区"→"隐藏分区"命令,可以把包含坏道的分区隐藏起来,将所有分区划分好之后,保存设置并重新启动计算机,最后在 DOS 下用 Format 命令对所有分区时进行格式化操作。至此,屏蔽坏道的工作全部完成。

4. 硬盘发出"吱吱"声音

【现象】 开机后,硬盘发出"吱吱"声音,硬盘进行重新分区,安装操作系统,故障依旧。

【分析与解决】

(1) 因主机电源输出功率不足或电源接口连接不良造成的,更换电源。

(2) 如果故障仍然存在,那么是硬盘物理性损坏产生的,修复硬盘或更换硬盘。

5. 硬盘电路板损坏

【现象】 开机后,听到硬盘的电路板上会有打火声。

【分析与解决】

在 BIOS 程序中检测不到硬盘信息,说明硬盘电路被损坏了,送出检修,更换一块好的硬盘电路板即可。

6. 更新硬盘无法启动

【现象】 开机时,新硬盘无法启动,屏幕上提示 PRESS A KEY RESTART 错误信息,如图 13-50 所示。

【分析与解决】

这主要是因为分区后未设置活动分区而造成的,在 DOS 环境下,使用 Fdisk 命令设置活动分区,其操作方法为:用自带的 DOS 命令提示符启动光盘,运行 DOS,直接

图 13-50　屏幕上提示 PRESS A KEY RESTART

输入"Fdisk"命令,进入 DOS 分区主界面,选择"Set Active Partition(设置活动分区)"选项,按下 Enter 键,进入设置活动分区界面中,因 C 盘是主分区,所以选择 1,再按下 Enter 键,即可设置活动分区,如图 13-51 所示。

图 13-51　设置活动分区

13.4.5　光驱的故障

光驱和刻录机在系统中使用较少,但它是使用寿命最短配件之一,其出现故障也较少,最常见的故障有系统无法检测到光驱、光驱中激光头老化、光驱内部机械故障等。

1. 系统检测不到光驱

【现象】　开机时,进入"我的电脑"发现没有光驱盘符,如图 13-52 所示。

图 13-52　在系统中检测不到光驱

【分析与解决】

(1) 因光驱的数据线和电源未接好,或数据线损坏造成的,将光驱的数据线和电源线重新连接好,或者更换数据线。

(2) 如果是 IDE 接口的硬盘,因光驱主从盘跳线设置不当造成的,应重新设置主从盘跳线。

(3) 因系统中毒,光驱的驱动程序文件丢失造成的,重新安装主板芯片组驱动,如果故障依旧,那么只能重装系统。

(4) 如果故障仍然存在,说明光驱硬件有问题,送去专业检修或更换光驱。

2. 光驱不能读取光盘

【现象】　在系统中,将光盘进入光驱后,双击光驱,弹出"插入磁盘"提示对话框,如图 13-53 所示。

【分析与解决】

(1) 因光盘损坏造成的,更新好的光盘。

(2) 因数据线松脱或损坏造成的,重新连接好数据线,或更换数据线。

图 13-53　提示"插入磁盘"对话框

(3) 因激光头上有灰尘造成的,将光驱拆开,用棉签蘸少量无水酒精,清洗干净即可。

(4) 如果故障仍然存在,那么是光驱的激光头老化,或光驱自身的问题造成的。送去专业检修或更换光驱。

3. 按光驱开关按钮弹不出托盘

【现象】 将把光盘放入光驱时,按光驱前面板上的开关按钮,光驱托盘弹不出来。

【分析与解决】

（1）因光驱的开关按钮氧化损坏造成的,拆开光驱更换好的开关按钮。

（2）因托盘开盒电机的皮带松懈或老化造成的,更换皮带,如图 13-54 所示。

（3）因托盘传动机构出现阻塞,或托盘电机损坏故障造成的,可以加点润滑油解决故障。如果故障依旧,需送专业检修。

4. 光盘放入光驱中自动弹出

【现象】 在系统中,将光盘放入光驱中,过一会儿自动弹出光盘,再换其他的光盘后,故障依旧。

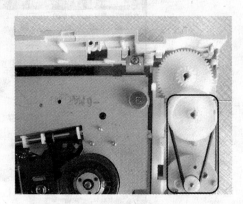

图 13-54　托盘电机和皮带

【分析与解决】

（1）因操作系统中毒造成的,将给系统进行全面杀毒。如果故障仍然存在,那么只能重装系统。

（2）因光驱内部机械有故障造成的,需送专业检修,或更换好的光驱。

5. 光盘打滑故障

【现象】 当把光盘放入光驱后,可以听到激光头的移动和搜索的摩擦声,光驱灯长亮不灭。

【分析与解决】

（1）因使用劣质的盗版光盘造成的,一般情况下,是最常见的故障原因。更换好的光盘。

（2）长期使用后,由于光驱的压盘机构没有产生足够的夹紧力,而导致盘片转动时打滑,更换压盘机构。

13.4.6　显卡的故障

显卡是计算机系统中主要配件之一,其发生故障率也较高。通常显卡的故障的原因有接触不良、散热不佳、驱动程序丢失、显卡自身的故障等。

1. 开机无显示

【现象】 开机后,计算机主机发出"嘀嘀"两短的报警声。

【分析与解决】

（1）因 AGP 或 PCI-E 接口与主板显卡插槽接触不良、显卡上的金手指氧化造成的,如图 13-55 所示,用橡皮擦清除金手指上的氧化物,然后重新安装显卡。

（2）因电源功率不足造成的,更换主机电源。

（3）因显卡插槽损坏造成的,送去专业检修。

（4）以上原因都排除,那就是显卡自身的故障造成的,更换显卡。

2．显示花屏或看不清字迹

【现象】　在系统桌面中,图标或字迹模糊,如图13-56所示。

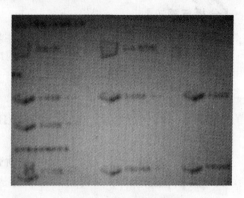

图 13-55　显卡上的金手指氧化　　　　　　　　图 13-56　画面模糊

【分析与解决】

（1）因内存条金手指氧化造成的,清除金手指氧化物。

（2）因驱动程序文件丢失造成,更新驱动程序。

（3）因显卡上的显示存储芯片损坏造成的,送去专业维修,需要更换显存。

（4）因显卡上的电容失效造成的,送去专业维修,需要更换电容。

（5）因显示器自身的故障,送去专业维修。

专家点拨　因驱动程序丢失,还会产生文字、画面显示不完整。

3．计算机运行时死机

【现象】　计算机运行一会儿,出现鼠标光标不动,死机现象。

【分析与解决】

（1）因主板与显卡接触不良造成的,重新安装好显卡。

（2）因主板与显卡的不兼容造成的,更换显卡,这种故障最常见。

（3）因显卡与其他扩展卡不兼容也会造成死机,更换其他扩展卡或拔除扩展卡。

（4）因散热不佳造成的,更换好的显卡风扇。

4．屏幕出现异常杂点或图案

【现象】　在系统桌面中,显示出异常杂点或图案。

【分析与解决】

（1）因显卡与主板接触不良造成的,重新安装好,这种故障也会产生驱动程序安装不上的现象。

（2）因显卡的金手指氧化造成的,清洁显卡金手指氧化物,这种故障也产生屏幕抖动现象。

（3）因显卡的显存出现问题，更换显存。

（4）因显卡自身的问题，更换好的显卡。

5. 计算机工作一段时间就黑屏（集成显卡）

【现象】 在系统桌面中，计算机工作一段时间就黑屏。

【分析与解决】

（1）因主板的北桥芯片散热不佳造成的，改善散热效果，加风扇。

（2）因内存条质量差造成的，更换好的内存条。

6. 显卡风扇噪声太大

【现象】 计算机运行中，发现主机箱内的噪声太大。

【分析与解决】

（1）因装机时螺丝未拧紧造成的，重新拧紧固定显卡的螺丝。

（2）因显卡上的风扇积满很多灰尘造成的，先给风扇除尘，然后给风扇加一点润滑油，提高转速。

（3）如果故障仍然存在，更换显卡风扇。

7. 显卡驱动未能正常安装

【现象】 安装显卡驱动程序时，经常会遇到提示安装失败的麻烦，而且采用不同版本的驱动也无法解决问题。

【分析与解决】

（1）计算机启动后，按 Del 键进入 BIOS 设置，找到 PNP/PCI Configurations 选项，将里面的 Assign IRQ For VGA 设置为 Enable，如图 13-57 所示，然后保存退出。

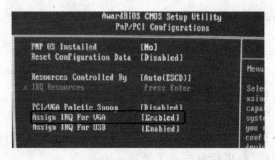

图 13-57　开启显卡中断信号

（2）在安装好操作系统以后，一定要安装主板芯片组补丁程序，特别是对于采用 VIA 芯片组的主板而言，一定要记住安装主板最新的补丁程序。

（3）更换显卡驱动程序版本。

13.4.7　显示器的故障

显示器是计算机的主要输出设备之一，显示器的故障的原因一般有人为故障、设置不当故障、显示器自身的故障等。

1．显示器先无显示后自动恢复正常

【现象】　计算机开机后,只见显示器屏幕上漆黑一片,要等上十几分钟后自动恢复正常。

【分析与解决】

因多发生在潮湿的天气,是显示器内部受潮造成的。解决此故障,可以使用食品包装中的防潮砂用棉线串起来,然后打开显示器的后盖,将防潮砂挂于显像管管颈尾部靠近管座附近。这样,即使是在潮湿的天气,也不会出现此故障。

2．CRT 显示器屏幕上有干扰杂波或线条

【现象】　显示器屏幕上有干扰杂波或线条,而且音箱中也有杂音。

【分析与解决】

(1) 因主机电源的抗干扰性差造成的,如果有修电源的能力,也可以试着更换电源内的滤波电容,解决此故障。如果更换电容后效果不太明显,也可以将更换电源的开关管。

(2) 如果故障仍然存在,那只能更换主机电源。

(3) 因显示器质量差造成的,如 LCD 显示器出现这种故障,应送去专业维修。

3．显示器黑屏

【现象】　计算机在运行,显示器出现黑屏。

【分析与解决】

(1) 因显卡分辨率设置过高,造成显示器无法支持,进入安全模式中启用 VGA 模式下将分辨率调低即可,如图 13-58 所示。

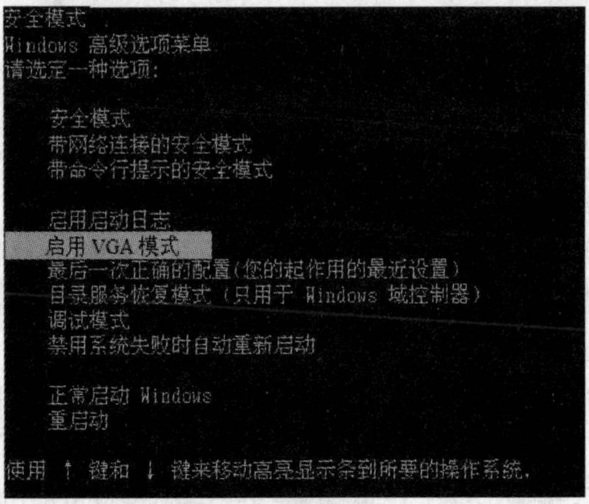

图 13-58　启用 VGA 模式

(2) 因显卡损坏造成的,更换显卡。

(3) 因显示器的 VGA 数据线损坏或老化造成的,更换 VGA 数据线。

(4) 显示器损坏或老化造成的,送去专业维修或更换显示器。

4. 显示器屏幕上出现抖动

【现象】 有时显示器会出现莫名其妙的抖动,使眼睛看得好疲劳。

【分析与解决】

(1) 因显示器刷新频率设置不正确造成的,在显示属性中,重新设置刷新率为 75Hz 即可。

(2) 因系统中毒会造成扰乱屏幕显示,对系统进行全面查杀毒或重装系统。

(3) 因使用劣质主机电源或电源老化造成的,更换主机电源。

(4) 因显卡接触不良造成的,重新安装好显卡。

(5) 因主板上电容损坏造成的,更换主板上的电容。

(6) 因音箱与显示器放得太近,音箱的磁场效应会干扰显示器的正常工作,将音箱放远一些。

(7) 因电源变压器离显示器和机箱太近,外设电源变压器(扫描仪、打印机等)工作时会造成较大的电磁干扰,造成屏幕抖动。把电源变压器放在远离机箱和显示器的地方,即可解决故障。

13.4.8 声卡和网卡的故障

声卡是负责计算机系统的音频输入和输出部件,如果声卡发生故障,计算机没有声音输出。一般声卡产生故障有病毒造成的、驱动程序版本不致造成的和声卡自身的故障造成的等故障原因。而网卡是主要用于上网的部件,如果网卡发生故障,计算机就不能上网。一般网卡发生故障有病毒造成、驱动程序造成的和网卡自身的问题等故障原因。下面将介绍声卡和网卡常见故障排除方法。

1. 声卡没有声音输出

【现象】 在系统中,计算机没有声音输出。

【分析与解决】

(1) 当系统的任务栏右下角有声音图标时,会产生的 5 种故障:一是系统中毒产生声卡驱动程序某文件丢失造成的,先全面进行杀毒,然后重装驱动程序。二是声卡驱动程序版本不匹配造成的;安装主板自带的声卡驱动程序。三是与音箱或者耳机不正确连接,重新连接好。四是音频连接线有损坏造成的,更换音频连接线。五是音箱或者耳机硬件故障造成的,更换音箱或者耳机设备。

(2) 在系统的任务栏右下角没有声音图标时,也会产生 3 种故障原因:一是未安装声卡驱动程序,用驱动程序光盘安装驱动程序。二是 Windows 音量控制中的各项声音通道被屏蔽,开启各项通道。三是因关闭 BIOS 中声卡功能,进入 BIOS 中的 Intergrated Peripherals,再选 AC97 Audio 将 Disable 改为 Auto 为保存即可,如图 13-59 所示。

(3) 声卡自身的故障,只能更换独立声卡,或者送去专业维修,更换集成芯片。

2. 声卡发出爆音或杂音

【现象】 在系统中,运行大型程序时声卡发出爆音或杂音。

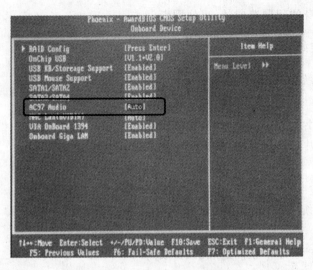

图 13-59　将声卡设置为自动

【分析与解决】

（1）因集成声卡数字音频处理依靠 CPU，如果计算机配置过低就可能出现这种问题。

（2）因主板芯片组驱动程序造成的，安装最新的主板补丁和声卡补丁，更换最新的驱动程序即可。

3．网络聊天时声音断断续续

【现象】　在进行网络聊天时，声音出现断断续续。

【分析与解决】

因受到网络流量的限制，网络带宽无法流畅地传递声音信号造成的，用户应尽量在网络聊天时不要打开大型程序，也不要下载等大流量的网络操作。如果能够更换网络接入方式，增加带宽也可解决此故障。

4．计算机无法上网

【现象】　在系统中，网络已连接，就是不能上网。

【分析与解决】

（1）因系统被病毒感染造成网络堵塞，进行全面查杀病毒，如果严重只能重装系统。

（2）因网络协议配置不正确造成的，如 TCP/IP 协议涉及的基本参数有 4 个，包括 IP 地址、子网掩码、DNS、网关，在 Internet 协议属性对话框中，进行设置网络协议配置，如图 13-60 所示。

（3）因外网不稳定造成的，打电话咨询网络管理部门网络故障。

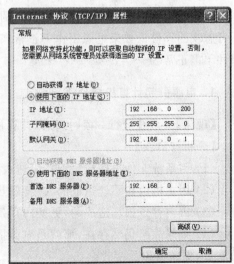

图 13-60　设置网络协议配置

（4）因网卡自身的问题造成的，更换网卡。

5. 网卡未安装好

【现象】　在系统中，设备管理器中检测不到网卡的存在。

【分析与解决】

（1）因独立网卡未固定好造成的，重新安装好网卡。

（2）因网卡芯片损坏造成的，更换独立网卡。

6. 网卡驱动程序无法安装

【现象】　在系统中，网卡硬件已经检测到，就是安装不上驱动程序。

【分析与解决】

（1）因网卡驱动程序不正确造成的，安装与网卡匹配的驱动程序。

（2）因主板驱动程序未安装造成的，先安装主板驱动程序完后，再安装网卡驱动程序即可。

（3）因网卡损坏造成驱动程序无法安装，更换网卡。

7. 独立网卡损坏造成计算机无法开机

【现象】　最近，计算机无法开机。

【分析与解决】

用最小系统法检测计算机基本硬件是否正常，经过这种方法发现一插上独立网卡计算机就无法开机。不接网卡时，计算机能正常开机，只有更换网卡或不安装网卡来解决此故障。

13.4.9　电源的故障

电源是为计算机各个部件提供稳定的电压，是计算机系统能够正常工作的保障，它也是不可忽视的部件。如果电源工作不正常，有可能造成烧坏主板或各个部件，也有可能造成各部件不能正常。

1. 电源引起计算机自动重启

【现象】　系统运行一段时间后，计算机自动重启。

【分析与解决】

（1）因系统文件损坏或病毒感染造成的，最好重装系统。

（2）因主机散热不佳造成的，改善散热效果，加散热风扇。

（3）因内存条损坏造成的，更换内存条。

（4）如果故障仍然存在，那就是电源损坏或老化造成的，使电源功率不足引起计算机自动重启，更换电源。

2. 计算机无法开机

【现象】 因天气潮湿,计算机无法开机。

【分析与解决】

(1) 因电源线未接好造成的,重新连接好电源线。

(2) 因受潮造成的,使用计算机自动保护,打开电源用吹风机吹干。

(3) 最小系统法检测计算机各部件是否正常的。如果故障仍然存在,更换新的部件。

(4) 如果故障仍然存在,电源损坏造成的,更换电源。

3. 电源引起按显示器电源开关系统自动启动

【现象】 计算机主机在运行,关闭显示器后,再次打开显示器,计算机会自动重启。

【分析与解决】

其他故障原因排除之外,电源老化或损坏造成的,最好更换好的电源。

专家点拨 因电源造成计算机故障,用户最好更换电源,否则烧毁或损坏计算机硬件。

13.4.10 键盘和鼠标的故障

键盘和鼠标是计算机的基本输入设备,如果它们出现故障,就不能操作计算机了。键盘和鼠标故障分析和维修比较简单,它们一般故障原因有人为故障、设置不当和设备自身的故障等。下面将介绍键盘和鼠标的常见故障的排除方法。

1. 键盘不能正常输入字符和数字

【现象】 计算机正常启动后,键盘没有任何反应。

【分析与解决】

(1) 进入操作系统中。按一下 Num Lock 键,看指示灯是否亮。如果亮,看键盘是否连接到主板的鼠标接口上造成的,或者键盘自身的故障造成的,重新连接好键盘或更换键盘。

(2) 如果指示灯不亮,看键盘与主板是否连接好,关闭计算机后,重新连接好键盘。用替换法来判断键盘是否损坏,或者主板键盘接口是否损坏。如果键盘损坏,就要更换好的键盘。如果主板上键盘接口损坏,送去专业维修,更换接口或负责键盘和鼠标的模块。

2. 键盘上的部分按键失效

【现象】 计算机正常启动后,部分按键不起作用,需操作数次才输入一个字符,或者按下去弹不起来。

【分析与解决】

(1) 因键帽下面的插柱位置偏移,使得键帽按下后与键体外壳卡位不能弹起来造成的,将在键帽与键体之间放一个垫片,该垫片可用稍硬一些的塑料做成,其大小与键体尺寸相同,在按杆通过的位置开一个可使按杆自由通过的方孔,然后将套在按杆上,插上键帽,垫片就会阻止键帽与键体卡住。

（2）因按键长久使用后，复位弹簧弹性变得很差，弹片与按杆摩擦力变大，不能使按键弹起来，打开键体，稍微拉伸复位弹簧使其恢复，取下弹片恢复键体，通过取下弹片，减少按杆弹起的阻力。

3．在系统中找不到鼠标

【现象】 计算机正常启动后，没有鼠标指针。

【分析与解决】

（1）因鼠标与主板接口（PS/2）接触不良造成的，关闭计算机后，重新连接好鼠标。

（2）因主板上的鼠标接口损坏造成的，用替换法来检测接口是否损坏，如果损坏，送去专业维修，更换接口或负责键盘和鼠标的模块。

（3）因鼠标数据线接触不良，或老化造成的，更换数据线。

（4）因鼠标自身的故障造成的，更换鼠标。

4．在系统中鼠标无法移动

【现象】 计算机正常启动后，鼠标移动反应迟钝，或无法移动。

【分析与解决】

（1）因鼠标设置不当造成的，可在控制面板中，双击"鼠标"图标，打开"鼠标属性"对话框，切换到"指针选项"选项卡，将移动项的速度调整为适中即可，如图 13-61 所示。

图 13-61　鼠标移动速度设置

（2）因光电鼠标与桌面上太光滑造成光定位不准确，最好垫上鼠标垫以解决此故障。

（3）因光电鼠标上的发光器件损坏造成的，更换发光器件或鼠标。

5．鼠标按键失灵

【现象】 计算机正常启动后，鼠标按键失灵。

【分析与解决】

（1）因鼠标按键与电路板上的微动开关距离太远，或单击开关经过一段时间的使用后反弹能力下降造成的。打开鼠标，在鼠标按键的下面粘上一块厚度适中塑料片，安装好鼠标即可使用。

（2）因按键下方微动开关中的碗形接触片断裂造成的，将拆开鼠标的微动开关后，细心清洗触点，上一些润滑油即可使用。如果还不能，只能更换好的鼠标。

6. 鼠标损坏引起键盘都无法使用

【现象】　计算机正常启动后，键盘和鼠标都没有任何反应。

【分析与解决】

（1）因键盘和鼠标是否相互连接反了造成的，仔细观察一下，如果是接反，关闭计算机后，正确连接好键盘和鼠标。

（2）因键盘和鼠标是否接触不良造成的，重新连接键盘和鼠标。

（3）如果故障仍然存在，使用替换法更换好的键盘和鼠标来检测是否键盘和鼠标的硬件的问题造成的。

13.5　实训

13.5.1　通过计算机的报警声来判断和解决故障

1. 实验设备

（1）每组一台多媒体计算机。

（2）每组一把十字形螺丝刀。

2. 实验目的

掌握计算机的报警声来判断和解决的方法。

3. 实验指导

（1）将学生分为若干组，以组为单位进行实验。

（2）在老师的指导下做出计算机各种报警声，并判断、分析和解决故障。

（3）每个学生练一下计算机各种报警声，并判断、分析和解决故障的方法，并都要写出实验报告。

13.5.2　解决每次要按 F1 键才能进入系统现象

1. 实验设备

（1）每组一台多媒体计算机。

（2）每组一把十字形螺丝刀。

（3）每组一张系统盘

2．实验目的

（1）掌握屏幕提示错误信息来判断和解决的方法。

（2）掌握按 F1 键才能进入系统故障的方法。

3．实验指导

（1）将学生分为若干组，以组为单位进行实验。

（2）在老师的指导下做出计算机各种屏幕提示错误信息，并判断、分析和解决故障。

（3）每个学生练习一下计算机各种屏幕提示错误信息，并判断、分析和解决故障的方法，并都要写出实验报告。

（4）下面练习一下解决每次要按 F1 键才能进入系统现象的操作步骤：

• 根据屏幕上提示信息来进入 BIOS 中解决针对的错误信息。

• 把主板上 CMOS 电池拆下来，在电池槽上正负进行短接放电。

• 进入 BIOS 系统后，设置 Load Fail-Safe Defaults（恢复出值）或 Load Optimized Defaults（高级优化性能值），如图 13-62 所示。

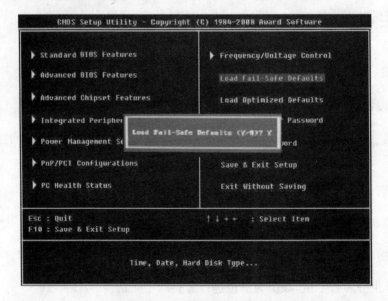

图 13-62 恢复出厂默认值设置

• 在 BIOS 系统的 Standard CMOS Features 菜单中，把 Drive A/B 项设置为 None，如图 13-63 所示。

• 在 BIOS 系统的 Standard CMOS Features 菜单中，把 Halt On 项设置为 No Errors，如图 13-64 所示。

• 在 BIOS 系统中，按 F10 保存并退出。

• 如果故障仍然存在，就更换 CMOS 电池。

• 更换电池后，故障仍然存在，那就是 BIOS 系统出错，更新 BIOS 程序或送修。

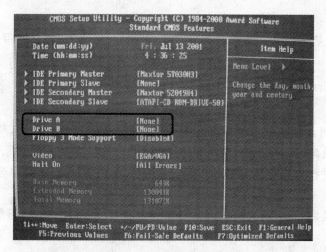

图 13-63　没有软驱设置

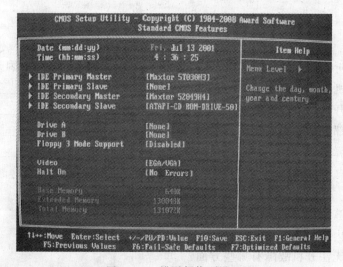

图 13-64　错误暂停项设置

13.5.3　计算机各个部件的故障判断和排除

1．实验设备

（1）每组一台多媒体计算机。

（2）每组一把十字形螺丝刀。

（3）每组各一张系统盘和工具盘。

2．实验目的

掌握计算机各个部件的故障判断和排除方法。

3．实验指导

（1）将学生分为若干组，以组为单位进行实验。

（2）在老师的指导下做出计算机各个部件的故障判断和排除。

（3）每个学生练习一下计算机各种的故障判断和排除方法，并都要写出实验报告。

本章小结

本章主要介绍计算机故障原因产生和处理，计算机故障判断方法，软件和硬件故障排除。用户在排除故障时，首先从故障的现象入手，进行分析哪些方面的原因产生的，然后深入到具体的部位进行排除。最简单的方法是：先软后硬的方法，还要综合考虑故障原因的所在。

通过理论与实践相结合，分析故障的能力和方法，提高用户的故障排除水平。

练习 13

1. 填空题

（1）开机后听到连续的"嘀嘀"声，显示器黑屏无显示，通常的故障原因是_____。

（2）如果开机后找不到硬盘，首先应检查_____。

（3）如果一开机显示器就黑屏，故障原因不可能的是_____。

（4）屏幕局部显示马赛克花斑，造成故障的原因是_____。

（5）下述故障中，最先影响到系统启动的是_____。

2. 简答题

（1）产生计算机故障的原因主要有哪几种？

（2）常见的内存故障有哪些？

（3）计算机无法开机故障有哪些方面？

参 考 文 献

1. 范沙浪,秦红霞.计算机组装与维护.上海:上海科学普及出版社,2005.
2. 方晨.计算机组装与维护教程.上海:上海科学普及出版社,2008.
3. 姜鹏.电脑组装与维护精品教程.北京:航空工业出版社,2008.
4. 电脑报.硬盘维修手册.重庆:电脑报电子音像出版社,2008.
5. 陈锦玲.计算机组装与维护.北京:人民邮电出版社,2009.
6. 康轩文化.2009电脑硬装备.重庆:电脑报电子音像出版社,2009.

21 世纪高等学校数字媒体专业规划教材

ISBN	书　名	定价(元)
9787302224877	数字动画编导制作	29.50
9787302222651	数字图像处理技术	35.00
9787302218562	动态网页设计与制作	35.00
9787302222644	J2ME 手机游戏开发技术与实践	36.00
9787302217343	Flash 多媒体课件制作教程	29.50
9787302208037	Photoshop CS4 中文版上机必做练习	99.00
9787302210399	数字音视频资源的设计与制作	25.00
9787302201076	Flash 动画设计与制作	29.50
9787302174530	网页设计与制作	29.50
9787302185406	网页设计与制作实践教程	35.00
9787302180319	非线性编辑原理与技术	25.00
9787302168119	数字媒体技术导论	32.00
9787302155188	多媒体技术与应用	25.00
9787302235118	虚拟现实技术	35.00
9787302234111	多媒体 CAI 课件制作技术及应用	35.00
9787302238133	影视技术导论	29.00
9787302224921	网络视频技术	35.00
9787302232865	计算机动画制作与技术	39.50

以上教材样书可以免费赠送给授课教师,如果需要,请发电子邮件与我们联系。

教学资源支持

敬爱的教师:

感谢您一直以来对清华版计算机教材的支持和爱护。为了配合本课程的教学需要,本教材配有配套的电子教案(素材),有需求的教师可以与我们联系,我们将向使用本教材进行教学的教师免费赠送电子教案(素材),希望有助于教学活动的开展。

相关信息请拨打电话 010-62776969 或发送电子邮件至 weijj@tup.tsinghua.edu.cn 咨询,也可以到清华大学出版社主页(http://www.tup.com.cn 或 http://www.tup.tsinghua.edu.cn)上查询和下载。

如果您在使用本教材的过程中遇到了什么问题,或者有相关教材出版计划,也请您发邮件或来信告诉我们,以便我们更好地为您服务。

地址:北京市海淀区双清路学研大厦 A 座 708　　　计算机与信息分社魏江江　收

邮编:100084　　　　　　　　　　　　　电子邮件:weijj@tup.tsinghua.edu.cn

电话:010-62770175-4604　　　　　　　邮购电话:010-62786544

《网页设计与制作(第2版)》目录

ISBN 978-7-302-25413-3　　梁　芳　主编

图书简介:

　　Dreamweaver CS3、Fireworks CS3 和 Flash CS3 是 Macromedia 公司为网页制作人员研制的新一代网页设计软件,被称为网页制作"三剑客"。它们在专业网页制作、网页图形处理、矢量动画以及 Web 编程等领域中占有十分重要的地位。

　　本书共 11 章,从基础网络知识出发,从网站规划开始,重点介绍了使用"网页三剑客"制作网页的方法。内容包括了网页设计基础、HTML 语言基础、使用 Dreamweaver CS3 管理站点和制作网页、使用 Fireworks CS3 处理网页图像、使用 Flash CS3 制作动画和动态交互式网页,以及网站制作的综合应用。

　　本书遵循循序渐进的原则,通过实例结合基础知识讲解的方法介绍了网页设计与制作的基础知识和基本操作技能,在每章的后面都提供了配套的习题。

　　为了方便教学和读者上机操作练习,作者还编写了《网页设计与制作实践教程》一书,作为与本书配套的实验教材。另外,还有与本书配套的电子课件,供教师教学参考。

　　本书可作为高等院校本、专科网页设计课程的教材,也可作为高职高专院校相关课程的教材或培训教材。

目　录: